A CONQUISTA

ELLE KENNEDY

A CONQUISTA

Tradução

JULIANA ROMEIRO

paralela

A Editora Paralela é uma divisão da Editora Schwarcz S.A.

Grafia atualizada segundo o Acordo Ortográfico da Língua Portuguesa de 1990, que entrou em vigor no Brasil em 2009.

TÍTULO ORIGINAL The Goal: An Off-Campus Novel
CAPA E QUARTA CAPA Paulo Cabral
PREPARAÇÃO Natalia Engler
REVISÃO Luciana Baraldi e Marise Leal

Dados Internacionais de Catalogação na Publicação (CIP)
(Câmara Brasileira do Livro, SP, Brasil)

Kennedy, Elle
   A conquista / Elle Kennedy ; tradução Juliana Romeiro.
— 1ª ed. — São Paulo : Paralela, 2017.

   Título original: The Goal : An Off-Campus Novel.
   ISBN 978-85-8439-066-3

   1. Ficção norte-americana I. Título.

17-03100   CDD-813

Índice para catálogo sistemático:
1. Ficção : Literatura norte-americana   81

13ª reimpressão

Todos os direitos desta edição reservados à
EDITORA SCHWARCZ S.A.
Rua Bandeira Paulista, 702, cj. 32
04532-002 — São Paulo — SP
Telefone: (11) 3707-3500
editoraparalela.com.br
atendimentoaoleitor@editoraparalela.com.br
facebook.com/editoraparalela
instagram.com/editoraparalela
twitter.com/editoraparalela

A CONQUISTA

1

SABRINA

"Merda. Merda. Merda. Meeeeeerda. Cadê minha chave?"

O relógio no corredor estreito me avisa que tenho cinquenta e dois minutos para fazer uma viagem de sessenta e oito, se quiser chegar à festa na hora.

Procuro na bolsa de novo, mas a chave não está lá. Onde mais poderia estar? Na cômoda? Não. No banheiro? Acabei de olhar. Na cozinha? Talvez...

Estou prestes a virar na direção da cozinha, quando ouço um tilintar de metal atrás de mim.

"Tá procurando isso aqui?"

Sinto o desprezo dando um nó na minha garganta ao entrar na sala de estar minúscula, com os cinco móveis velhos espremidos feito sardinhas em lata — duas mesas, um sofá de dois lugares e um de três, e uma poltrona. A montanha de sebo sentada no sofá balança meu chaveiro no ar. Diante do meu suspiro de irritação, ele sorri e senta em cima da chave com a bunda coberta por uma calça de moletom.

"Vem pegar."

Frustrada, jogo o cabelo que acabei de alisar para trás do ombro e caminho a passos largos na direção do meu padrasto. "Me dá minha chave", exijo.

Ray responde com um olhar lascivo. "Uau, tá gostosa hoje, hein? Até que você encorpou bem, Rina. A gente podia se divertir, eu e você."

Ignoro a mão inchada que desliza até sua virilha. Nunca conheci homem nenhum tão desesperado para se tocar. Perto dele, Homer Simpson é um cavalheiro.

"Você e eu não existimos um pro outro. Para de olhar pra mim e *não* me chama de Rina." Ray é a única pessoa que me chama assim, e odeio isso. "Agora me dá a chave."

"Já falei, vem pegar."

Com os dentes cerrados, enfio a mão sob a bunda dele e procuro a chave. Ray grunhe e se contorce feito o babaca repugnante que é, até que minha mão encontra o metal.

Recupero a chave e viro na direção da porta.

"Qual o problema?", ele zomba para as minhas costas. "A gente nem é parente, não tem esse negócio de incesto."

Gasto trinta segundos do meu precioso tempo para encará-lo, estarrecida. "Você é meu padrasto. Você casou com a minha mãe. E...", engulo a bile, "... e agora tá dormindo com a minha avó. Então, não, não basta a gente não ser parente. Você é a pessoa mais nojenta do mundo e devia estar preso."

Uma sombra cobre seus olhos castanhos. "Cuidado com a língua, mocinha, ou um dia vai acabar chegando em casa e encontrando a fechadura trocada."

Até parece. "Pago um terço do aluguel aqui", lembro a ele.

"Bem, talvez devesse pagar mais."

Ele volta a atenção para a televisão, e gasto outros trinta segundos valiosos imaginando como seria golpear sua cabeça com a minha bolsa. Vale a pena.

Na cozinha, vovó está sentada à mesa, fumando um cigarro e lendo um exemplar da revista *People*. "Viu isso?", exclama. "Kim Kardashian apareceu pelada de novo."

"Que bom pra ela." Pego meu casaco do encosto da cadeira e sigo para a porta da cozinha.

Descobri que é mais seguro sair de casa pelos fundos. Aqui nesta parte da zona sul de Boston, que pode ser chamada de qualquer coisa menos de rica, sempre tem uns trombadinhas nos degraus da frente das casas geminadas. Além do mais, nossa garagem fica atrás da casa.

"Ouvi que Rachel Berkovich pegou barriga", comenta ela. "Devia ter abortado, mas acho que é contra a religião dela."

Cerro os dentes de novo e me viro para encarar minha avó. Como de costume, ela está usando um roupão surrado e pantufas cor-de-rosa atoalhadas, mas está toda maquiada e com um penteado perfeito no cabelo louro tingido, embora quase nunca saia de casa.

"Ela é judia, vó. Acho que aborto não é contra a religião dela, mas, mesmo que fosse, a escolha é dela."

"No mínimo quer receber pensão", conclui vovó, soprando uma baforada comprida de fumaça na minha direção. Merda. Espero não chegar em Hastings cheirando a cinzeiro.

"Não acho que é por isso que a Rachel vai ficar com o bebê." Com uma das mãos na porta, me mexo, agitada, esperando uma oportunidade para dizer tchau.

"Sua mãe pensou em abortar você."

E pronto, aí está a minha deixa. "Tá legal, já chega", murmuro. "Tô indo pra Hastings. Volto hoje ainda."

Ela ergue o rosto da revista num sobressalto e estreita os olhos ao notar minha saia preta de tricô, o suéter preto de manga curta e gola redonda e os sapatos de salto alto. Vejo as palavras se formando em sua mente antes mesmo de saírem da boca.

"Tá toda metida, hein?! Indo praquela faculdade besta, é? Agora você tem aula sábado à noite?"

"É um coquetel", respondo, de má vontade.

"Uhhh, coquetel, olha só. Não vai cansar esses dedinhos de tanto puxar saco, viu?"

"Tá bom, vó, obrigada pela dica." Abro a porta dos fundos com um movimento brusco e me forço a acrescentar: "Te amo".

"Também te amo, querida."

Ela me ama, mas às vezes esse amor é tão contaminado que não sei se está me machucando ou me ajudando.

Minha viagem até a pequena cidade de Hastings não leva cinquenta e dois minutos *nem* sessenta e oito. As estradas estão tão ruins que acabo gastando uma hora e meia dirigindo. Perco mais uns cinco minutos procurando vaga e, quando chego à casa da professora Gibson, estou mais tensa que uma corda de piano — e me sentindo tão frágil quanto.

"Oi, sr. Gibson. Mil desculpas pelo atraso", digo ao homem de óculos na porta.

O marido da minha orientadora me abre um sorriso gentil. "Não se preocupe, Sabrina. O tempo está horrível. Deixe eu pegar seu casaco." Ele estende a mão e espera com paciência enquanto tento me desvencilhar do casaco de lã.

A professora Gibson chega no momento em que seu marido está pendurando meu casaco barato entre outros caríssimos no armário do corredor. A peça de roupa parece tão fora de lugar quanto eu. Afasto a sensação de desconforto e abro um sorriso animado.

"Sabrina!", exclama Gibson alegremente. Sua presença dominante chama minha atenção. "Que bom te ver inteira. Está nevando ainda?"

"Não, só chovendo."

Ela faz uma careta e pega meu braço. "Pior ainda. Espero que não esteja pensando em voltar pra Boston hoje. As estradas vão estar gelo puro."

Como tenho que trabalhar de manhã, vou fazer a viagem independentemente das condições da estrada, mas não quero que minha professora se preocupe, então abro um sorriso tranquilizador. "Não se preocupe comigo. Ela ainda está aqui?"

Gibson aperta meu antebraço. "Sim, e está doida pra te conhecer."

Ótimo. Inspiro fundo pela primeira vez desde que cheguei e me deixo ser levada pela sala em direção a uma mulher baixa, de cabelos grisalhos, vestindo um blazer em tom pastel e calça preta. A roupa é bem sem graça, mas os diamantes brilhando em suas orelhas são maiores do que meu polegar. E sabe o que mais? Ela parece gentil demais para uma professora de direito. Sempre achei que elas eram criaturas sérias e batalhadoras. Como eu.

"Amelia, queria te apresentar Sabrina James. É a aluna de quem falei. Primeiro lugar da turma, tem dois empregos e tirou setenta e sete na prova de admissão para a faculdade de direito." A professora Gibson se vira para mim. "Sabrina, Amelia Fromm, especialista em direito constitucional."

"Estou muito feliz de conhecer você", digo, estendendo a mão e pedindo a Deus para que não esteja úmida. Pratiquei apertar minha própria mão por uma hora antes deste momento.

Amelia segura minha mão de leve antes de dar um passo para trás. "Mãe italiana, avô judeu, daí a estranha combinação de nomes. James é um nome escocês... Sua família é da Escócia?" Seus olhos brilhantes me analisam, e resisto à tentação de brincar com a etiqueta da minha roupa barata para me distrair.

"Não sei dizer, senhora." Minha família veio da sarjeta. A Escócia soa como um lugar agradável e nobre demais para ter produzido uma família como a minha.

Ela dispensa o assunto com um gesto da mão. "Não importa. Genealogia é meu passatempo. Então, você se candidatou para Harvard? Foi o que Kelly me contou."

Kelly? Conheço alguma Kelly?

"Ela está falando de mim, querida", esclarece Gibson com uma risada gentil.

Sinto o rosto corar. "Claro, desculpe. Penso em você como professora."

"Tão formal, Kelly!", acusa a professora Fromm. "Sabrina, para onde mais você se inscreveu?"

"Boston College, Suffolk e Yale, mas Harvard é o meu sonho."

Amelia ergue uma sobrancelha diante da minha lista de faculdades locais, duas delas inclusive não tão bem avaliadas.

A professora Gibson corre em minha defesa. "Ela quer ficar perto de casa. E obviamente merece ir para algum lugar melhor do que Yale."

As duas professoras trocam um risinho de desdém. Gibson se formou em Harvard e, ao que parece, qualquer um que passa por Harvard é um eterno rival de Yale.

"Pelo que Kelly tem comentado, parece que Harvard deveria agradecer por ter você como aluna."

"Seria uma honra estudar em Harvard, professora."

"As cartas de aceitação vão ser enviadas em breve." Seus olhos brilham com malícia. "Vou me assegurar de falar bem de você."

Amelia abre outro sorriso, e quase desmaio num surto feliz de alívio. Não estava falando da boca para fora. Harvard é mesmo o meu sonho.

"Obrigada", é tudo o que consigo dizer.

A professora Gibson aponta na direção da mesa. "Por que não come alguma coisa? Amelia, queria falar com você sobre aquele artigo de opinião que parece que a Brown vai publicar. Você chegou a dar uma olhada nele?"

As duas se afastam, mergulhando numa discussão profunda sobre a interseccionalidade do feminismo negro e a teoria de raça, tema no qual a professora Gibson é especialista.

Caminho até a mesa das comidas, que está decorada com uma toalha branca e cheia de queijos, biscoitos e frutas. Duas das minhas amigas mais chegadas — Hope Matthews e Carin Thompson — já estão lá. Uma morena e a outra mais clara, as duas são os anjos mais bonitos e inteligentes do mundo.

Corro até elas e quase me jogo em seus braços.

"E aí? Como foi?", pergunta Hope, ansiosa.

"Tudo bem, acho. Ela falou que achava que Harvard deveria agradecer por ter a mim como aluna, e que a primeira leva de cartas de aceitação vai ser enviada em breve."

Pego um prato e começo a me servir, desejando que os pedaços de queijo fossem maiores. Estou com tanta fome que poderia comer uma peça inteira. Passei o dia louca de ansiedade por causa dessa reunião, e, agora que acabou, quero cair de cara na mesa de comida.

"Ah, tá no papo", declara Carin.

Nós três somos orientandas da professora Gibson, que é uma grande partidária de ajudar mulheres jovens. Existem outras organizações no campus voltadas para a formação de contatos profissionais, mas a influência dela é orientada exclusivamente para o avanço das mulheres, e não tenho palavras para agradecer o apoio.

O coquetel de hoje foi pensado para que suas alunas pudessem conhecer alguns membros do corpo docente dos programas de pós-graduação mais competitivos do país. Hope está batalhando por uma vaga na faculdade de medicina de Harvard, e Carin vai para o MIT.

É isso aí, a casa da professora Gibson parece um mar de estrogênio. Tirando o marido dela, só tem mais outros dois homens aqui. Vou sentir saudade deste lugar quando me formar. Tem sido como uma segunda casa para mim.

"Estou cruzando os dedos", digo, em resposta a Carin. "Se não entrar em Harvard, então vou pra Boston ou Suffolk." O que seria bom, mas Harvard praticamente iria me garantir o trabalho que quero depois de me formar — um emprego num dos principais escritórios de advocacia do país, ou o que todo mundo chama de Big Law.

"Você vai entrar", diz Hope, confiante. "E espero que pare de se matar quando receber essa carta de aceitação, porque, caramba, amiga, você tá tensa."

Giro a cabeça no pescoço mecanicamente. É, *estou* tensa. "Eu sei. Minha rotina tá me matando. Fui pra cama às duas da manhã, porque a garota que ia fechar o Boots & Chutes foi embora mais cedo e me deixou sozinha, aí acordei às quatro por causa do expediente no correio. Cheguei em casa lá pelo meio-dia, caí na cama e quase perdi a hora."

"Você ainda tá nos dois empregos?" Carin afasta os cabelos ruivos do rosto. "Achei que ia largar o trabalho de garçonete."

"Ainda não posso. A professora Gibson disse que eles não querem que a gente trabalhe no primeiro ano do curso de direito. Só vou conseguir dar conta se já tiver economizado o suficiente pra comida e aluguel antes de setembro."

Carin faz um barulhinho de compreensão. "Sei como é. Meus pais fizeram um empréstimo tão grande que daria pra fundar um pequeno país com o dinheiro."

"Queria que você morasse com a gente", resmunga Hope.

"Sério? Não tinha percebido", brinco. "Você só disse isso duas vezes por dia desde que o semestre começou."

Ela franze o nariz perfeito. "Você ia *amar* o lugar que meu pai alugou pra gente. Tem um janelão que vai do chão ao teto e fica do lado do metrô. Transporte público." Ela eleva as sobrancelhas, tentando me seduzir.

"É muito caro, H."

"Você sabe que eu cobriria a diferença — quer dizer, meus pais cobririam", ela se corrige. A família da menina tem mais dinheiro do que um magnata do petróleo, mas ninguém jamais adivinharia. Hope é a pessoa mais pé no chão que conheço.

"Eu sei", respondo, engolindo mordidas de minissalsichas. "Mas eu ficaria me sentindo culpada. Depois, a culpa ia virar ressentimento, que ia acabar azedando a amizade, e não ser sua amiga ia ser um saco."

Ela sacode a cabeça para mim. "Se, em algum momento, seu orgulho permitir que você peça ajuda, estou aqui."

"*Nós* estamos aqui", interrompe Carin.

"Tá vendo?" Balanço o garfo de uma para a outra. "É por isso que não posso morar com vocês. São importantes demais pra mim. Além do mais, tá dando tudo certo. Tenho quase dez meses pra economizar antes de as aulas começarem no outono que vem. Eu dou conta."

"Pelo menos vem tomar um drinque com a gente depois do coquetel", implora Carin.

"Tenho que ir pra casa." Faço uma careta. "Entro cedo no correio amanhã."

"No domingo?", exclama Hope.

"Hora extra. Não tinha como recusar. Na verdade, acho que já tá na minha hora." Pouso o prato na mesa e tento ver o que está acontecendo do outro lado da enorme janela. Tudo o que enxergo é escuridão e filetes de chuva escorrendo pelo vidro. "Quanto antes pegar a estrada, melhor."

"Não com este tempo." A professora Gibson aparece junto ao meu cotovelo com uma taça de vinho na mão. "A previsão é de gelo na estrada — a temperatura caiu, e a chuva está congelando."

Basta uma conferida no rosto da minha orientadora e sei que tenho que ceder. E é o que faço, mas com muita relutância.

"Tudo bem", digo, "mas faço isso sob protesto. E você...", aponto o garfo na direção de Carin, "... é melhor ter sorvete no freezer, pro caso de eu ter que dormir na sua casa, senão vou ficar muito brava."

As três riem. A professora Gibson se afasta, deixando-nos à vontade para socializar como só três universitárias do último ano sabem fazer. Depois de uma hora de festa, Hope, Carin e eu pegamos nossos casacos.

"Pra onde a gente vai?", pergunto às meninas.

"O D'Andre tá no Malone's, falei que ia encontrar com ele lá", diz Hope. "Fica a dois minutos daqui, a gente não deve ter problema pra chegar."

"Sério? No Malone's? Aquilo é um bar de hóquei", reclamo. "O que o D'Andre tá fazendo lá?"

"Bebendo e me esperando. Falando nisso, você precisa pegar alguém, e atletas são seu tipo favorito."

Carin bufa. "Seu único tipo."

"Ei, tenho uma boa razão pra preferir atletas", argumento.

"Eu sei. Já ouvimos antes." Ela revira os olhos. "Se você estiver atrás de uma resposta sobre estatística, procure um nerd da matemática. Se quiser satisfazer uma necessidade física, procure um atleta. O corpo é a ferramenta do atleta de elite. Eles cuidam bem dele, sabem como forçar seus limites, blá-blá-blá." Carin abre e fecha a mão esquerda para mim, me chamando de tagarela.

Mostro o dedo do meio pra ela.

"Mas sexo com alguém que você gosta é muito melhor." O comentário vem de Hope, que namora D'Andre, do time de futebol americano, desde o primeiro ano de faculdade.

"Eu gosto de atletas", protesto, "... durante os mais ou menos sessenta minutos em que estou usando o corpinho deles."

Trocamos uma risadinha, até que Carin lembra de um cara que fez essa média despencar.

"Lembra do Greg Dez Segundos?"

Estremeço. "Em primeiro lugar, muito obrigada por não me deixar esquecer disso; em segundo, não tô dizendo que você nunca vai encontrar uns pangarés por aí. Só que o risco é menor com um atleta."

"E jogadores de hóquei são pangarés?", pergunta Carin.

Dou de ombros. "Não sei. Não descartei o time de hóquei da minha lista por causa do desempenho deles na cama, mas porque são uns babacas privilegiados que recebem favorezinhos dos professores."

"Sabrina, amiga, você tem que esquecer isso", implora Hope.

"Não. Tô fora de jogador de hóquei."

"Nossa, pensa só no que você tá perdendo." Carin lambe os lábios com lascívia exagerada. "E o cara do time que usa barba? Nunca peguei ninguém de barba, mas tá na minha lista."

"Vai em frente, então. Meu boicote ao time de hóquei significa que sobra mais pra você."

"Dessa parte eu gostei, mas..." Ela sorri. "Preciso te lembrar que você transou com o Di Laurentis, o maior pegador da universidade?"

Eca. Essa é uma memória que *nunca* preciso desenterrar.

"Primeiro, eu estava completamente bêbada", resmungo. "Segundo, isso foi no segundo ano. E terceiro, ele é a razão pela qual jurei nunca mais sair com jogadores de hóquei."

Embora a Briar tenha um time de futebol americano cheio de títulos, ela é famosa por ser uma universidade do hóquei. Os caras que usam patins são tratados como deuses. Dean Heyward-Di Laurentis, por exemplo. Como eu, ele é aluno de ciência política, o curso preparatório para a faculdade de direito, então já fizemos várias aulas juntos, inclusive estatística, no segundo ano. É uma matéria difícil pra cacete. Todo mundo penou.

Todo mundo menos Dean, que estava comendo a professora assistente.

E — surpresa! — ele tirou um dez que absolutamente *não* merecia. Sei disso porque fiz dupla com ele no projeto final e vi a porcaria de trabalho que ele entregou.

Quando descobri que Dean gabaritou, tive vontade de decepar o pau dele. Foi tão injusto. Trabalhei duro naquela matéria. Droga, dou duro em tudo. Tudo que conquisto é à custa de sangue, suor e lágrimas. Enquanto isso, um babaca recebe o mundo todo de bandeja? De jeito nenhum.

"Ela tá ficando brava de novo", Hope sussurra para Carin.

"Tá pensando em como Di Laurentis tirou dez naquela matéria", Carin finge cochichar de volta. "Nossa amiga tá precisando muito pegar alguém. Faz quanto tempo?"

Começo a mostrar o dedo do meio para ela de novo quando me dou conta de que não lembro a última vez que peguei alguém.

"Teve o... Como era mesmo o nome? Meyer? O cara do time de lacrosse. Isso foi em setembro. E depois teve o Beau..." Fico animada. "Rá! Tá vendo? Faz só um pouco mais de um mês. Não sou um caso perdido."

"Amiga, alguém com a sua rotina não pode passar *um mês* sem sexo", contrapõe Hope. "Você é uma pilha de nervos ambulante, o que significa que precisa de uma boa transa, pelo menos... uma vez por dia", decide ela.

"Dia sim, dia não", intervém Carin. "Dá uma folga pro parque de diversões dela."

Hope concorda com a cabeça. "Tá bom. Mas nada de folga hoje..."

Solto uma gargalhada.

"Ouviu isso, S.? Você já comeu, dormiu à tarde e agora precisa de um pouco de diversão", declara Carin.

"Mas no Malone's?", retruco, incerta. "A gente acabou de concordar que o lugar vive cheio de jogador de hóquei."

"Não é só gente do hóquei. Aposto que o Beau tá lá. Quer que eu pergunte pro D'Andre?" Hope ergue o celular, mas nego com a cabeça.

"Beau toma muito tempo. O tipo de cara que quer conversar no meio do sexo. O negócio comigo é fazer o que interessa e partir pra outra."

"Uau, conversar! Que perigo."

"Ah, cala a boca."

"Vem calar." Hope vira a cabeça para sair da casa da professora Gibson, e suas longas tranças roçam o meu casaco.

Carin dá de ombros e segue a amiga, e, depois de um segundo de hesitação, vou atrás. Quando chegamos ao carro de Hope, nossos casacos estão encharcados, mas, como estamos de capuz, os penteados sobrevivem ao aguaceiro.

Não estou com a menor vontade de paquerar ninguém hoje, mas tenho que dar o braço a torcer. Faz semanas que estou tensa, e, nos últimos dias, tenho sentido um... formigamento. E é do tipo que só pode ser aliviado por um corpo forte, musculoso e, de preferência, mais bem-dotado que a média.

Só que sou extremamente seletiva com potenciais ficantes e, como temia, quando entramos no Malone's cinco minutos depois, o lugar está abarrotado de jogadores de hóquei.

Mas tudo bem. Se essas são as únicas cartas que tenho à mão, acho que não custa nada jogar e ver o que acontece.

Ainda assim, sigo minhas amigas em direção ao balcão do bar com zero expectativas.

2

TUCKER

"Fica longe dessa mulher. Ela é tóxica."

Entro no Malone's, fugindo do temporal, e encontro Dean derramando sua sabedoria (em geral equivocada) sobre o nosso ala esquerda, o calouro Hunter Davenport.

As estradas estão uma merda, e eu não estava com muita vontade de vir aqui hoje, mas Dean insistiu que a gente precisava sair. Ele passou o dia andando de um lado para o outro dentro de casa, mal-humorado e obviamente aborrecido, mas, quando perguntei qual era o problema, deu de ombros e disse que estava se sentindo inquieto.

E isso é uma mentira deslavada. Posso até ser um cara calado, comparando com meus colegas de time tagarelas, mas não sou burro. E não preciso ser um detetive para decifrar as pistas.

Allie Hayes, a melhor amiga da namorada do nosso outro colega de república, passou a noite lá em casa ontem.

Dean é um pegador.

As garotas amam Dean.

Allie é uma garota.

Logo, Dean ficou com Allie.

Além do mais, tinha um monte de roupa espalhada pela sala, porque Dean é fisicamente incapaz de transar no próprio quarto.

Ele ainda não abriu o jogo, mas tenho certeza de que vai acabar confessando. Também tenho certeza de que, o que quer que tenha acontecido entre eles ontem à noite, Allie não está a fim de um repeteco. Mas por que Dean, o rei das transas de uma noite só, estaria incomodado com isso, ainda tenho que descobrir.

"Pra mim, não parece", diz Hunter, enquanto sacudo a água do cabelo.

"Ei, Totó", resmunga Dean na minha direção, "vai se secar em outro lugar."

Reviro os olhos para ele e acompanho o olhar de Hunter, que está colado numa morena esbelta junto ao bar, de costas para a gente. Noto a saia curta, as pernas esculturais e os cabelos escuros caindo pelas costas em ondas. Para não falar na bunda mais redonda, sarada e sensual que já tive o prazer de admirar.

"Delícia", comento, antes de sorrir para Dean. "E aí? Já decidiu que a presa é sua e ninguém tasca?"

O rosto dele fica branco de horror. "Tô fora. Essa aí é a Sabrina, cara. Já me enche o saco todo dia na aula. Não preciso dela me aporrinhando fora da faculdade."

"Espera aí, essa é a Sabrina?", pergunto, devagar. *Aquela* é a garota que Dean jura ser sua arqui-inimiga? "Vejo essa menina no campus o tempo todo, mas não sabia que era dela que você sempre reclamava."

"A própria", murmura ele.

"Que pena. Sem dúvida é uma gostosa." Mais do que isso, na verdade. No dicionário, ao lado da definição de *linda*, tem uma foto da bunda da Sabrina. A mesma imagem poderia ilustrar os verbetes *perfeição*, *uau* e *tentação*.

"Qual é o problema de vocês?", se intromete Hunter. "Ela é sua ex?"

Dean chega a tremer. "Nossa, não."

O calouro aperta os lábios. "Então não tem problema nenhum se eu quiser tentar a sorte?"

"Você quer tentar a sorte? Disponha. Mas tô avisando, essa maluca vai te comer vivo."

Viro o rosto para esconder um sorriso. Parece que alguém deu um fora em Dean. Os dois sem dúvida têm uma história, mas, mesmo depois de Hunter fazer uma pressão, Dean não solta informação nenhuma. Do outro lado do bar, Sabrina se vira. Ela provavelmente sente os três pares de olhos na sua bunda — dois dos quais estão mais do que famintos.

Seu olhar encontra o meu, e ela não o desvia. Seus olhos brilham com um desafio, e o atleta competitivo que existe em mim desperta para enfrentá-lo.

Você dá conta do recado?, ela parece estar perguntando.

Você não tem ideia, princesa.

Uma faísca se acende em seu olhar — mas então ele recai sobre Dean. Na mesma hora, os lábios exuberantes se estreitam, e ela ergue o dedo do meio na nossa direção.

Hunter solta um gemido e murmura alguma coisa sobre Dean ter arruinado suas chances. Mas Hunter é uma criança, e essa mulher tem fogo suficiente para incendiar o mundo inteiro. Não consigo imaginá-la querendo levar um menino de dezoito anos para a cama, principalmente se ele encara o primeiro obstáculo como uma derrota. Tá na hora de o garoto crescer, se quiser virar homem.

Enfio a mão no bolso, procurando algum dinheiro. "Vou pegar uma cerveja. Alguém quer mais uma?"

Os dois negam com a cabeça. Liberado do meu dever de amigo, sigo na direção do bar e de Sabrina, chegando bem no instante em que o barman entrega sua bebida.

Deposito uma nota de vinte no balcão. "Deixa comigo, e, quando você puder, quero uma Miller."

O barman pega a nota e se apressa até a caixa registradora antes que Sabrina possa se opor. Ela me lança um olhar contemplativo e leva a longneck de cerveja aos lábios.

"Não vou dormir com você só porque me pagou uma bebida", diz, por cima da garrafa.

"Ainda bem", respondo com um dar de ombros. "Tenho padrões mais elevados do que isso."

Cumprimento-a com um aceno de cabeça e volto para a mesa dos meus amigos. Sinto seus olhos cravados em minhas costas. Como ela não pode me ver, deixo um sorriso de satisfação se abrir em meu rosto. A garota está acostumada que corram atrás dela, o que significa que preciso ser criativo na minha caçada.

Na mesa, Hunter está de olho em outro grupo de meninas, e Dean está com a cara enfiada no celular, provavelmente trocando mensagens com Allie. Será que os outros caras já sabem que eles transaram? Aposto que não. Garrett e Logan só voltam de Boston com as namoradas amanhã, então é provável que ainda não desconfiem de nada. Mas Garrett insistiu que era para Dean manter as mãos longe de Allie este fim de semana. Não queria que nada abalasse o relacionamento perfeito que tem com Hannah, a melhor amiga de Allie.

Considerando que ainda não aconteceu nenhuma explosão nem telefonema histérico, imagino que Dean e Allie estejam mantendo a noite passada em segredo.

Hunter abre a boca para lançar uma cantada ruim para uma das garotas que veio até a nossa mesa, e as luzes piscam sinistramente.

Dean franze o cenho. "É o apocalipse lá fora ou algo assim?"

"Tá chovendo feio", digo.

Com isso, Dean decide ir embora. Fico onde estou, apesar do fato de que nem queria ter vindo ao bar hoje. Não sei por quê, mas a breve conversa com Sabrina me deixou mais do que um pouco ansioso.

Não que falte mulher na minha vida. Posso não me gabar das minhas conquistas feito Dean, Logan ou os outros caras do time, mas me divirto bastante. Até me permito sexo casual, se estiver no clima pra isso.

E hoje estou no clima.

Quero Sabrina embaixo de mim. Em cima de mim. Em qualquer lugar que ela queira ficar. E quero tanto que tenho que esfregar a mão na barba para não ceder à tentação de esfregar outra coisa.

Ainda não sei o que acho da barba. Deixei crescer na época da final do campeonato, na primavera passada, mas o negócio ficou meio homem das cavernas, então raspei no verão. Agora cresceu de novo, porque sou preguiçoso pra burro, e só aparar é muito mais fácil do que raspar.

"Senta aí, cara", insiste Hunter. Seus olhos me dizem que tem três mulheres para nós dois, mas essas daí, por mais bonitas que sejam, não me interessam nem um pouco.

"Todas suas, moleque."

Viro a longneck e volto para o bar, onde Sabrina ainda está de pé. Dois outros predadores se aproximaram. Olho feio para eles e ocupo o lugar que acabou de vagar ao lado dela.

Apoio um dos cotovelos no balcão do bar atrás de mim, dando a ela a ilusão de que tem mais espaço. Ela parece um pônei indomado — os olhos imensos, as pernas compridas e a promessa implícita do melhor passeio da sua vida. Mas, se você der sua cartada cedo demais, ela vai fugir para nunca mais voltar.

"Então quer dizer que você é amigo do Di Laurentis?

As palavras soam casuais, mas, considerando que ela e Dean não gostam um do outro, provavelmente só tem um jeito certo de responder, e é dizer que não.

Mas não vou fazer isso com um amigo, nem mesmo para me dar bem. E, qualquer que seja o problema de Sabrina com Dean, a questão não me influencia, assim como a opinião de Dean sobre Sabrina não vai modificar o que estou procurando nela. Além do mais, sou um grande defensor de que se deve jogar limpo sempre.

"A gente mora junto."

Ela não faz o menor esforço para esconder a aversão e começa a me dispensar. "Obrigada pela bebida, mas acho que minhas amigas estão me chamando." Indica um grupo de meninas com a cabeça.

Examino a multidão e não vejo ninguém olhando na nossa direção, então me viro para ela e balanço a cabeça, pesaroso. "Você vai ter que se esforçar mais. Se quer que eu vá embora, é só falar. Você parece ser alguém que sabe o que quer e não tem medo de dizer."

"Foi o Dean que te falou isso? Aposto que me chamou de bruxa, não chamou?

Dessa vez, decido manter a boca fechada. Em vez de responder, dou um gole na bebida.

"Ele tem razão", continua ela. "Sou uma bruxa mesmo e não tô nem aí."

Ela ergue o queixo, irritada, e é a coisa mais linda. Dá vontade de apertar, mas acho que perderia uns dedos se fizesse isso, e vou precisar deles mais tarde. Tenho planos de correr meus dedos por todo o corpo dela.

Sabrina dá outro gole na cerveja que comprei, e vejo os músculos delicados do seu pescoço se moverem. Porra, ela é linda. Dean podia ter dito que ela come criancinhas no café da manhã, e eu ainda estaria aqui. É esse tipo de atração que ela irradia.

E não sou só eu. Metade da população masculina no bar está lançando olhares de inveja em minha direção. Inclino o corpo um pouco, para escondê-la dos outros.

"Tá bom", digo, despreocupado.

"Tá bom?" Seu rosto se fecha numa expressão fofa de quem não entendeu direito.

"É. Tá querendo me assustar?"

Ela franze as sobrancelhas. "Não sei o que mais ele falou, mas não sou fácil. Não sou contra uma coisa casual, mas sou exigente com quem levo pra cama."

"Ele não falou nada disso. Só contou que você gosta de encher o saco. Mas nós dois conhecemos o ego do Dean. A questão é se você sente alguma coisa por ele. Parece que sim, porque só fala no cara." Dou de ombros. "Se for esse o caso, vou te deixar em paz."

Embora Dean tenha dito que não sente nada por Sabrina, quero ter certeza de que não ficou alguma questão mal resolvida desse lado. Mas o tom dela ao falar nele era de raiva, não de ressentimento, o que considero um bom sinal. Raiva pode advir de um monte de coisas. Já ressentimento em geral vem da mágoa.

Quando — e não "se" — formos para a cama, tem que ser porque ela quer ficar comigo, e não para se vingar de Dean.

Seu olhar viaja por sobre meu ombro para onde meu colega de time ainda está sentado, e então de volta para mim. Ela e eu bebemos em silêncio por um tempo. Seus olhos castanhos são difíceis de decifrar, mas tenho a sensação de que está digerindo minhas palavras com cuidado. Talvez imagine que eu vá falar alguma coisa, tentar preencher o silêncio, mas estou esperando por ela. Além do mais, isso me dá um tempo para analisá-la de perto. E, daqui, Sabrina é ainda mais bonita do que eu tinha imaginado.

Não são só as pernas intermináveis e a bunda espetacular. Os seios são do tipo que podem converter um homem. Algo como "obrigado, Jesus, por criar essa criatura maravilhosa" e "por favor, Senhor, faça com que ela não seja lésbica". Não secar descaradamente as curvas bonitas do seu decote é uma das coisas mais difíceis que já tive que fazer.

Por fim, ela pousa a longneck no balcão. "Só porque você é bonito não significa que tô interessada."

Sorrio. "Esse me parece um bom ponto de partida."

Um sorriso relutante curva os cantos de sua boca. Ela limpa a mão na saia e a estende para mim.

"Sabrina James. Já ouvi todas as piadas possíveis sobre ser uma bruxa, e não, não estou a fim de Dean Di Laurentis."

Pego sua mão e uso o contato para puxá-la um centímetro na minha direção. Com essa, vou ter que avançar a passos de tartaruga.

"John Tucker. Que bom, mas acho que você devia saber que Dean é como um irmão pra mim. Faz quatro anos que a gente apoia um ao outro dentro do rinque, três que a gente mora junto, pretendo ser padrinho dele no dia em que se casar e espero que ele faça o mesmo por mim. Dito isto, ele é meu amigo, não meu pai."

"Espera, você vai se casar?", pergunta ela, confusa.

É meio engraçado que, de tudo o que falei, ela tenha escolhido questionar essa parte. Deslizo a mão ao longo de seu braço e faço círculos leves com os dedos em seu pulso. "No futuro, princesa. No futuro."

"Ah." Ela pega sua garrafa e logo a pousa de volta no balcão, quando percebe que está vazia. "Espera. Você *quer* se casar?"

"Um dia." Rio de seu espanto. "Não hoje, mas, sim, um dia quero casar e ter um filho ou três. E você?"

O barman se aproxima, e deslizo outra nota de vinte na sua direção.

Mas Sabrina faz que não com a cabeça. "Tô de carro. Uma cerveja é meu limite."

Peço duas águas então, e ele volta num instante com dois copos altos.

As luzes piscam de novo, e sou tomado pelo senso de urgência. Tenho que agilizar aqui, antes que tudo vá por água abaixo.

"Obrigada", diz ela, enquanto bebe a água. "E não. Não me vejo tendo filhos ou um marido num futuro próximo. Além do mais, achei que vocês jogadores de hóquei gostassem de passar o rodo."

"Um dia, até os grandes se aposentam." Sorrio por cima do copo.

Ela ri. "Tudo bem. Eu entendo. Então, tá cursando o quê, John?"

"Tucker. Todo mundo me chama de Tucker ou de Tuck. E estudo administração de empresas."

"Pra poder gerenciar todo o seu dinheiro do hóquei?"

Ainda não soltei o pulso dela e, a cada frase, diminuo a distância entre nós.

"Não." Aponto para o meu joelho. "Sou lento demais pra virar profissional. Apanhei feio na escola. Sou bom o suficiente pra uma bolsa de estudos aqui, mas conheço meus limites."

"Ah, que pena." O tom de consternação em sua voz é verdadeiro.

Dean não sabe de nada. Esta menina é o que há de mais doce. Mal posso esperar para pôr a boca nela.

E as mãos.

E os dentes.

E meu pau duro.

"Não esquenta. Eu não ligo."

Deslizo a mão ao longo do bar até Sabrina estar basicamente de pé num círculo dentro dos meus braços. Seus pés estão acomodados entre os meus, e se eu chegar o quadril um pouquinho para a frente vou conseguir o contato que meu corpo está desesperado para sentir. Mas se tem uma coisa que aprendi em todos esses anos jogando hóquei é que vale a pena ter paciência. Você não manda uma tacada para o gol assim que recebe o passe. Você espera uma abertura.

"Nunca quis virar profissional", acrescento. "Acho que é uma daquelas coisas que você tem que querer muito pra correr atrás."

E então ela me oferece a abertura. "E o que você quer hoje em dia?"

"Você", respondo, sem rodeios.

Duas coisas acontecem. As luzes se apagam completamente, e ela quase deixa cair o copo. O jukebox para de repente, o bar parece silencioso demais. À nossa volta, ouvimos risos e gritos de consternação.

"Nada de mão boba, crianças", grita um dos atendentes atrás do bar. "Vamos ver o que está acontecendo. O gerador deve começar a funcionar a qualquer momento."

Como se tivesse ouvido a deixa, um zumbido corta o ambiente, e uma lâmpada fraca ilumina o bar lotado.

"Ainda está com sede?", pergunto, acariciando o interior de seu pulso com movimentos longos e suaves. Subindo até a parte interna do cotovelo e de volta para o pulso. E mais uma vez. De novo e de novo e de novo.

Seus olhos caem nas nossas mãos unidas e se arregalam, como se ela tivesse acabado de perceber que passamos os últimos cerca de dez minutos nos tocando. Baixo a cabeça e roço o nariz contra sua orelha, inspirando o aroma sedutor.

Poderia ficar aqui a noite inteira. Gosto de prolongar a expectativa até quase doer. Torna o alívio ainda mais explosivo. Tenho a sensação de que sexo com Sabrina James vai ser do outro mundo.

Mal posso esperar.

Depois de inspirar fundo, o que faz com que seus seios perfeitos pressionem meu peito, ela se afasta — não muito, mas o suficiente para criar uma distância entre nós.

"Não curto relacionamentos", diz, sem rodeios. "Se fizermos aquilo..."

"Aquilo o quê?" Não consigo evitar a provocação.

"*Aquilo*. Não se faça de bobo, Tucker. Você é melhor do que isso."

Deixo escapar um riso. "Tá certo. Tudo bem..." Concordo com um gesto da mão. "Continua..."

"Se fizermos aquilo", repete ela, "vai ser só sexo. Nada de bom-dia desajeitado na manhã seguinte. E nada de trocar telefones também."

Faço um último carinho antes de soltá-la, deixando que o meu silêncio dê a ela a resposta que quer ouvir. Duvido que uma vez só vá ser o suficiente para a gente, mas se é nisso que ela precisa acreditar hoje, por mim tudo bem.

"Vamos, então."

Seus lábios se curvam. "Agora?"

"Agora." Umedeço o lábio inferior com a língua. "A menos que você prefira ficar um pouco mais e continuar fingindo que a gente não quer rasgar a roupa um do outro."

Ela solta uma risada gutural que vibra direto no meu saco. "Ótimo argumento, Tucker."

Meu Deus. Adoro o jeito como meu nome salta dos seus lábios cheios e carnudos. Talvez peça para ela dizer de novo quando estiver gozando.

O desejo que toma conta de mim é tão forte que tenho que me contrair inteiro e respirar pelo nariz para tentar controlá-lo. Seguro Sabrina pelo cotovelo e abro caminho até a porta. Algumas pessoas me chamam ou me dão um tapinha nas costas para dizer que o jogo foi bom. Ignoro todo mundo.

Do lado de fora, ainda está caindo o mundo. Aperto Sabrina junto de mim e passo minha jaqueta preta e prata do time por sobre sua cabeça. Por sorte, minha caminhonete está perto da porta. "Aqui."

"Bela vaga", comenta ela.

"Não tenho do que reclamar." É um dos privilégios de ser titular de um time de hóquei universitário campeão.

Ajudo-a a entrar na caminhonete, em seguida sento no banco do motorista e ligo o motor. "Pra onde vamos?"

Ela treme um pouco, mas não sei se é pelo frio ou por outro motivo. "Moro em Boston."

"Minha casa, então." Porque de jeito nenhum vou aguentar esperar uma hora dirigindo até Boston. Meu pau vai explodir.

Ela pousa a mão no meu pulso antes que eu possa engatar a ré. "Você mora com Dean. Não acha que vai ser esquisito?"

"Não, por que seria?"

"Não sei." Seu indicador desliza por sobre meus dedos.

Cerro os dentes, e minha ereção quase rasga o zíper. A única razão pela qual não a beijei no segundo em que saímos do bar foi porque se tivesse começado provavelmente a teria pressionado contra a fachada do prédio e ido até o fim. Mas agora ela está me tocando, e meu autocontrole está mais frágil do que uma nuvem de vapor.

"Vamos fazer aqui", decide ela.

Franzo a testa. "Dentro do carro?"

"Por que não? Você precisa de velas e pétalas de rosa? É só sexo", insiste.

"Princesa, você fica repetindo isso, e vou começar a me perguntar se sou eu mesmo que você quer convencer." Seu polegar acaricia um círculo pequeno no centro da palma da minha mão, e tenho que prender a respiração. Que se dane. Preciso demais dela. "Mas tudo bem. Você quer transar nesta caminhonete, então que seja na caminhonete."

Sem mais uma palavra, levo a mão para baixo do banco e o empurro para trás o máximo que posso. Então tiro a jaqueta e jogo no banco de trás.

"Você tem alguma regra para seus encontros meramente sexuais?", pergunto, com a voz arrastada. "Tipo nada de beijo na boca?"

"De jeito nenhum. Pareço a Julia Roberts?"

Franzo a testa.

"*Uma linda mulher*?", explica ela. "A prostituta de bom coração? Que não beija os clientes?"

Abro um sorriso. "Quer dizer que tenho direito a beijo?" Bato no peito, torcendo para que ela não pense que estou chamando-a de prostituta.

Sabrina ri. "Se eu não ganhar um beijo, vou ficar muito puta. Preciso de beijo. Senão ficava em casa com meu vibrador."

Um sorriso se abre lentamente em meu rosto. Recostado contra a porta do carro e com a bota apoiada no painel, crio um ninho para seu corpo quente e a chamo para junto de mim. "Então vem aqui fazer o que quiser comigo."

3

SABRINA

Tucker fica parado ali, um sorrisinho no rosto e uma ereção imensa nas calças. Molho os lábios com a língua, sentindo a excitação percorrer minhas veias. Nossa, que delícia vai ser ter esse gigante dentro de mim.

Meu olhar se detém na barba bem aparada, e me pergunto, por um instante, se devia ter deixado Carin ter uma chance com ele. Afinal, barba estava na lista dela. Mas agora *eu* estou com vontade de saber qual vai ser a sensação de ter esses pelos entre as minhas pernas. Suave? Será que pinica? Aperto as coxas, ansiosa.

Hope e Carin tinham razão. Estou mesmo precisando transar e, jogador de hóquei ou não, acredito que Tucker seja o cara certo para isso. Ele é autoconfiante sem egocentrismo, o que é a coisa mais excitante que existe. Quando respondeu à minha pergunta sobre o que ele queria dizendo "você", quase tive um orgasmo.

E parece um sujeito equilibrado, como se nem um terremoto fosse capaz de abalá-lo. Até admirei o jeito como defendeu Dean, embora saiba que a lealdade seja equivocada. Tucker devia saber que, se tivesse mentido sobre a amizade com Dean, talvez pudesse ter tido mais chances comigo, mas ele escolheu a honestidade, o que valorizo mais do que qualquer coisa.

"Precisa de alguma instrução?" Sua voz é baixa e rouca, alongando as sílabas. *Ins-tru-ção.*

Mãe do céu, que sotaque.

"Estou só avaliando minhas opções." Adoro o jeito como fica parado ali, me deixando fazer o que quiser com ele. Como se seu pau grande existisse só pra mim.

Mal posso esperar, mas não consigo decidir o que quero primeiro. Minha boca está salivando só de pensar no seu membro tocando minha língua, mas por dentro estou pulsando com a expectativa de senti-lo me abrindo e me enchendo por inteiro.

"Por que não começa com um beijo, já que gosta tanto disso?", sugere ele.

Encontro seu olhar ardente. "Onde?", pergunto, tímida, o que é estranho, porque nunca sou tímida. Mas alguma coisa na confiança que ele exala desperta a mulher em mim, e percebo que não me importo nem um pouco com isso.

Ele toca o lábio inferior com seu dedo comprido. "Bem aqui."

Com o máximo de sensualidade que consigo demonstrar, rastejo sobre o painel até seu colo, deixando meus sapatos caírem no chão do carro. Ele abre a boca num convite, mas não pressiono os lábios nos dele de imediato.

Em vez disso, corro os dedos por sua barba, de um lado da mandíbula até o outro. "Macia", murmuro.

Seus olhos escurecem e se enchem de tanta luxúria que é difícil respirar. E então ele me agarra, cansado de esperar e cansado de falar.

Nossas bocas se chocam. Ele enfia uma das mãos no meu cabelo, não sei se é para conseguir um ângulo melhor ou se é para aumentar a força da sua invasão. Seja como for, sua língua está me fazendo sentir coisas mágicas lá embaixo. Não lembro mais por que quase o dispensei.

Quer dizer, alto, gostoso, cabelo ruivo, barba deliciosa? Por que foi que hesitei? Ah, já sei. Porque ele joga hóquei.

Afasto a boca e ofego: "Só pra deixar bem claro, odeio jogadores de hóquei. Isso aqui nunca vai se repetir".

Ele afasta meu cabelo para expor o pescoço. "Entendido. Não vou nem te lembrar disso quando estiver me implorando por uma segunda rodada."

Rindo, agarro sua cabeça e a aperto contra mim, e ele decide abrir um caminho com a língua do meu pescoço até os meus seios. "Isso nunca vai acontecer."

"Nunca diga nunca. Assim fica mais fácil mudar de ideia. Mais elegante."

Suas palavras soam levemente abafadas, pois ele enterrou o rosto entre os meus seios. Com a mão calejada, puxa minha camisa para baixo, então ouço um grunhido de frustração, pois o decote não cede o suficiente para dar acesso ao que ele quer.

Ainda bem que estamos no mesmo clima. Levo a mão à barra da camisa e a tiro, e sua boca envolve o meu mamilo antes que eu consiga abrir o sutiã. Quando alcanço o fecho em minhas costas, as mãos dele afastam as minhas.

Rio de sua urgência, mas o som morre em minha garganta quando ele envolve um seio nu com a palma da mão. Arqueio as costas diante da carícia bruta. Ai, nossa, faz muito, *muito* tempo. Enquanto Tucker se ocupa em chupar um dos mamilos enrugados, seus dedos apertam e provocam o outro.

Ele é bom nisso. Sabe a intensidade com que chupar, a força com que deve morder, a suavidade do beijo, e, apesar do volume na calça, age como se pudesse fazer isso a noite toda.

Esfrego a parte inferior do corpo sobre seu membro, puxando a saia para senti-lo de verdade. Quero esse homem, droga. Quero esse corpo nu se esfregando contra o meu. Quero Tucker dentro de mim.

Quero tudo.

Procuro a barra da sua camiseta. Ele não oferece qualquer assistência, porque está ocupado demais com meus seios agora. Encontro a bainha e puxo com força. Só então Tucker se afasta de mim, e o ar frio na caminhonete faz com que meus mamilos se contraiam ainda mais.

"Não preciso de mais preliminares", digo, tirando a camiseta dele pela cabeça.

Minha nossa, que músculos. Muitos e muitos músculos lisos e definidos deslizando sob minhas mãos. Como não amar atletas?

Ele enfia a mão na minha saia. "Tudo bem se eu fizer isso?"

Não tem nada de gracioso no jeito como seus dedos afastam minha calcinha, e, sem qualquer aviso prévio, ele enfia dois deles dentro de mim. É tão erótico e devasso. Inspiro fundo por entre os dentes.

"Gosta disso, é?", murmura.

"Um pouco", minto, e, na mesma hora, ele me pune, retirando os dedos. "Tá bom. Gosto sim."

Ele tira os dedos de novo, agora molhados, e os utiliza para esfregar de leve meu clitóris. Meu corpo inteiro se contorce e implora por mais.

"Só gosta, é?", provoca.

Acabo cedendo. "Adoro. É uma delícia."

"Eu sei." Ele parece convencido. "Odeio dizer isso, Sabrina. Mas você cometeu um grande erro."

"O quê? Por quê?"

Seus dedos puxam minha calcinha com força, o tecido cortando meus lábios inchados. "Porque você nunca mais vai querer ninguém. Peço desculpas de antemão."

Ele então afasta o tecido para o lado e enfia três dedos. A safadeza explícita do ato é um choque e tanto. Sinto aquilo — ele — em todos os lugares. Até as pontas dos dedos do pé. Uma onda de excitação me invade. Puta merda, ele está me fazendo gozar. Será que isso é possível?

Encaro-o, boquiaberta, e ele sorri de volta, os dentes brancos, a pele bronzeada, a barba, plenamente consciente de que está me deixando louca. Seus dedos se movem de novo, dois deles esfregando aquele ponto que quase ninguém além de mim é capaz de encontrar.

E ele não para de esfregá-lo, enfiando os dedos em mim. E continuo gozando. Deixo a cabeça cair para trás, minhas pálpebras se fecham, e me entrego ao prazer que invade meu corpo até virar uma massa trêmula de sensações.

Quando volto para o planeta Terra, me vejo debruçada contra seu peito, arfando. Nunca tive um orgasmo tão forte na vida, e o cara nem entrou em mim ainda. Meu coração está batendo insanamente rápido, e minha cabeça lenta está com dificuldade de acompanhar.

Ele é só um cara. Um cara normal, digo a mim mesma. Não tem nada de especial.

"Faz tempo que não transo com ninguém", murmuro, quando minha respiração começa a normalizar. "Tenho andado muito estressada. Meu corpo estava precisando muito relaxar."

Três dedos compridos se flexionam dentro de mim. "Se pensar assim vai te fazer se sentir melhor, princesa, fica à vontade."

Sua voz tem um tom de presunção, mas o cara acabou de me levar ao orgasmo com os dedos (o que *nunca* acontece comigo), então acho que não posso culpá-lo. Ele retira os dedos, arrastando as pontas em minhas terminações nervosas sensíveis, o que provoca outro tremor involuntário em mim.

Tucker ergue a mão entre nós, e, mesmo na cabine escura da caminhonete, seus dedos brilham com a umidade. Não estou preparada para o choque de excitação que me atinge quando ele os leva à boca.

Engulo em seco.

Com um puxão rápido da alavanca, o encosto do seu banco baixa por completo. Tucker se deita e me chama de novo. "Vem aqui e senta na minha cara. Preciso de mais do que isso."

Ai. Meu. Deus. *Quem* é esse cara?

Talvez eu não devesse levantar a saia até a cintura e obedecer, mas é o que faço. É como se ele tivesse lançado um feitiço em mim, e eu não fosse capaz de contrariá-lo.

"Se segura", avisa, com a voz rouca, "porque vou fazer você gozar de novo."

"Você é tão arrogante."

"Não. Sou seguro. E você também. Agora senta aqui com essa boceta gostosa."

Ai, minha nossa. Sexo com Tucker é mais safado e sensual do que imaginei. Não achei que seria assim, mas os quietinhos costumam ter essa fama, certo?

Estou gostando, quase demais.

Me abaixo sobre seu rosto e sinto a respiração quente na minha pele.

"Delícia", é a última coisa que ele diz antes de a sua boca me tocar.

Tucker não usa só a língua. Usa os lábios, e com os dentes arranha o clitóris hipersensível. Com uma das mãos segura meu quadril e usa a outra para enfiar o dedo em mim. E a língua? Me lambe demoradamente, acariciando, e até preciso abafar os gritos com a mão. Então ele me abre com dois dedos e mantém assim para me penetrar com força com a língua.

Ele tinha razão — preciso me segurar. Agarro as laterais do assento e me entrego. Ele me leva direto para a beira do precipício e me atira lá de cima.

Ainda estou tremendo pelo segundo orgasmo da noite quando Tucker me ergue do seu rosto e me põe no colo. De alguma forma, o pau dele já está fora da calça jeans. Levo a mão até ele e o seguro.

"Espera", grita, mas é tarde demais.

Mordo o lábio conforme a cabeça larga me penetra devagar. Ávida, faço força para baixo, querendo que ele me preencha. Suas mãos seguram meu quadril, e solto um suspiro de satisfação antecipada, apenas para gritar de decepção quando ele me levanta de novo.

"Camisinha", diz, duramente.

Olho para baixo, surpresa. Nunca cometi esse erro. Nunca. Minha mão voa para a boca. "Desculpa. Não estava pensando..."

Ele enfia a mão no bolso da calça jeans, pega a carteira e a joga para mim. "Tudo bem. Foi só um pouco."

Uma piscadela maliciosa me faz soltar uma risada surpresa. Rasgo a embalagem e coloco o preservativo sobre ele.

"Não tenho nada", me sinto na obrigação de dizer. "Sempre faço um teste depois...", paro de falar, sentindo que comentar relações passadas é falta de educação quando estou nua e prestes a sentar no pau de outra pessoa. "Bem, depois. E tomo pílula."

"Tudo certo do meu lado", diz ele. Deslizo o preservativo em seu membro grosso e quente, e Tucker fecha as pálpebras por um instante. Um gemido baixo escapa da sua boca, então ele afasta minha mão e segura o pau.

"Pronta?", pergunta, pondo a cabeça na minha entrada.

Não sei se respondo com um aceno, se dou um gemido ou imploro, mas o que quer que tenha saído de minha boca deve ter soado como consentimento, porque ele sobe com um movimento rápido até estar inteiro dentro de mim.

"Porra, você é tão apertada", exclama, entre os dentes.

"E você é enorme", murmuro, rouca, me contorcendo em cima dele.

Ele agarra meu quadril para me manter imóvel e entra de leve em mim. "Não se mexe."

"Não consigo." O atrito é tão bom. Se seus dedos e sua boca eram mágicos, seu pau é de outro mundo. Sinto-o em *todos* os lugares.

Enfio os joelhos no assento de couro e descanso as mãos sobre seu peito. Os músculos flexionam sob minhas mãos, e corro os olhos pelo abdome definido, a penugem clara no peito e a linha fina de pelos que mostra o caminho da perdição.

Tucker é tão delicioso de olhar quanto de tocar. Pergunto-me qual é o seu gosto, mas isso vai ter que ficar para depois. Agora, preciso que ele me coma até apagar por completo a ansiedade com Harvard, com a falta de dinheiro e com a vida dentro de casa. Quero esquecer, e Tucker é a pessoa certa para isso.

Desço com força. Uma expressão feroz atravessa seu rosto, e sua mão grande aperta minha bunda. Tucker me ergue, não sei bem como, e, mesmo comigo por cima, o controle é todo dele, que é exatamente o que quero.

Seus dentes estão cerrados, e sinto seus dedos na minha bunda, me puxando para baixo a cada investida. Aperto as coxas com força em volta dele e me entrego aos seus cuidados, dando-lhe o poder de me levar ao esquecimento.

"Goza pra mim", murmura ele. "Faz o que quiser comigo."

Dentro de mim, seu membro pulsa, então seus dedos encontram meu clitóris, acariciando e me provocando até eu gozar como um foguete, tremendo tanto que mal consigo ficar em cima dele.

Tucker levanta o tronco o suficiente para me apertar contra seu peito, entrando em mim com tanta força que tenho que levar as mãos trêmulas até o teto do carro para não bater com a cabeça.

Ele entra mais e mais até que, de repente, está tremendo, totalmente entregue, com dificuldade de manter o controle. Tucker cai de costas no banco, me levando junto.

Permito-me alguns momentos de egoísmo para recuperar o fôlego, deleitando-me contra o peito grande embaixo de mim. Os tremores dão lugar ao contentamento. Uma parte de mim quer prolongar esse momento para sempre, me aninhar no colo desse cara, que está deslizando a mão com suavidade para cima e para baixo ao longo das minhas costas.

"Tem certeza que não quer ir pra minha casa?", pergunta.

Por um segundo, quase digo que sim. Sim, topo ir para a casa dele. Sim para mais uma rodada de sexo. Sim para tomar café da manhã, faltar no trabalho e passar o dia na cama com ele. A necessidade me surpreende e me assusta.

Respiro fundo e recolho os pedaços da minha compostura que ele estilhaçou com essa transa inesquecível. "Não. Preciso ir pra casa."

Foi só sexo.

Isso. Só sexo. John Tucker é bom de cama. Tão bom que deveria ganhar um troféu. Mas não foi o melhor que já tive. Só *parece* que foi, por causa do estresse que estou passando. Ou, mesmo que tenha sido o melhor que já tive, isso só quer dizer que ele é mais uma evidência de que atletas são bons de cama. Resistência física. Dedos e língua experientes. Um pau que poderia servir como modelo para os tamanhos grandes num sex shop.

Procuro por minha camisa e o casaco. Visto depressa, sem me importar que provavelmente estão do avesso. Preciso sair dessa caminhonete e entrar no meu carro.

"Tô pronta", anuncio. "Meu carro tá a dois quarteirões daqui."

Suas feições bonitas amolecem. "Você parece um pouco nervosa."

Me viro, agitada, mas sua expressão não demonstra nada além de preocupação. "Tô bem", afirmo.

Tucker senta, tira a camisinha, dá um nó e embrulha num bolo de lenços de papel. Segura a chave por um instante e, em seguida, liga a caminhonete. "Onde?"

Deixo escapar um suspiro de alívio. "Na Forest Street. Na frente de um casarão vitoriano."

"Beleza."

Percorremos a curta distância em silêncio. Ao primeiro sinal do meu carro, a vontade de fugir é tanta que tenho dificuldade de resistir. Abro a porta antes de ele frear por completo.

"Vejo você por aí", digo, descontraída.

"Vou te acompanhar até o carro."

Ele levanta o quadril para puxar a calça, alertando-me para o fato de que ainda está seminu. Tento não encarar enquanto ele guarda o pau semiereto. Tucker daria outra fácil.

Meu corpo implora por mais contato, mas ignoro, saltando da caminhonete. Quando Tucker se junta a mim, está de camiseta, e a calça jeans pende baixa no quadril forte, o zíper aberto. Ainda está de bota.

Uma onda de risos histéricos entala em minha garganta. Ele me fodeu daquele jeito sem nem tirar as botas?

"Vou te seguir até em casa", diz.

"Já falei, moro em Boston."

Ele dá de ombros. "E daí? As estradas estão uma merda, e quero ter certeza que você chegou bem."

"Vou ficar bem. Já fiz esse trajeto dezenas de vezes."

"Então me manda uma mensagem quando chegar em casa."

"Nada de telefone", lembro a ele, sentindo um pânico estranho.

"Ou manda mensagem, ou eu te sigo." Sua voz soa decidida.

Parece que tive uma noite de sexo casual com o último cavalheiro do planeta.

"Tudo bem." Pego o celular no bolso do casaco. "Mas você tá acabando com o clima."

Seus olhos castanho-claros brilham. "Não importa, né, porque isso não vai se repetir, certo?"

Que merda, ele tem resposta pra tudo. "Você deveria estudar direito", murmuro. "Me dá seu número."

Digito enquanto ele recita, em seguida abro o carro e praticamente me jogo no banco do motorista. Por sorte, meu pouco confiável Honda pega de primeira.

Baixo a janela uns dois centímetros e murmuro, apressada: "Boa noite, Tucker". Ele responde com um aceno rápido.

Observo-o pelo retrovisor por quase um quarteirão, uma figura solitária contra o luar, antes de forçar meus olhos na estrada à minha frente. É nela que tenho que me concentrar.

Mas a viagem até minha casa transcorre num borrão, com meu cérebro repassando o sexo quente de novo e de novo. Cérebro idiota.

Mas... o sexo foi *tão* bom. Seria tão ruim assim vê-lo de novo?

Estaciono no asfalto rachado da garagem atrás da minha casa e fico sentada ali por um momento. Então passo a mão pelo cabelo despenteado e pego o celular.

Eu: *Cheguei.*

A resposta é imediata.

Ele: *Que bom. Fico feliz em saber. Fique à vontade para usar este número de novo.*

Será que quero usar esse número — ou ele — de novo? É tão tentador. John Tucker é gostoso, faz sexo como um deus e é tão descontraído que nada parece perturbá-lo. Não me fez nenhuma pergunta complicada nem pareceu interessado em querer mais do que eu poderia oferecer. Quantas vezes na vida um cara desses aparece?

Eu: *Vou me lembrar disso.*

Ele: *Faça isso, princesa.*

Deslizo o polegar sobre o lábio, lembrando como foi bom quando ele me beijou. Argh. Talvez eu use *mesmo* esse número de novo.

A exaustão me atinge no momento em que saio do carro. Preciso dormir um pouco, pra ontem. Amanhã vai ser um dia tão longo e cansativo quanto hoje, e não estou nem um pouco ansiosa por isso.

Quando tropeço para dentro de casa, vovó está sentada no mesmo lugar em que a deixei. Acho que só saiu dali durante as quatro horas ou mais em que estive fora para fazer xixi e eliminar os dois litros de Coca da garrafa que está vazia na mesa da cozinha. A garrafa estava cheia quando saí. No entanto, está com uma revista diferente agora. Acho que é a *Enquirer*.

Ela repara no meu estado desgrenhado. "Achei que tinha ido para um coquetel." E abre um sorriso. "Mas parece que o cardápio era você."

Um calor inunda meu rosto. Pois é. Nada como algumas palavras da minha avó para pôr o mundo de volta nos eixos.

Ignoro a provocação e sigo para o corredor. "Boa noite", murmuro.

"Boa noite", responde ela, suas risadas me acompanhando até o quarto.

Depois de fechar e trancar a porta, pego o celular e abro o contato de Tucker. Olho para ele por um longo instante. Fico tentada a escrever alguma coisa. Qualquer coisa.

Em vez disso, abro as opções e aperto "bloquear".

Porque não importa o quão gostoso ele seja ou quantos orgasmos possa arrancar de mim, não existe espaço na minha vida para uma segunda rodada com ele.

4

TUCKER

Acordo com o barulho de um motor roncando. Ainda está escuro lá fora, mas sou capaz de distinguir uma faixa de luz minúscula no horizonte, uma linha cinza sobre o fundo preto. Puxo a alavanca do meu assento e coloco o encosto na vertical, bem a tempo de ver um Honda Civic saindo da entrada da casa de Sabrina James.

Com os olhos embaçados, confiro a hora no painel. Quatro da manhã. O carro passa por mim, pego um vislumbre de cabelo escuro e, antes que me dê conta, entro no trânsito atrás dela.

Segui Sabrina até Boston na noite passada porque as estradas ainda estavam congeladas, e eu estava preocupado. E não acreditei que ela fosse me escrever. Depois do último orgasmo, ela se fechou completamente. Ficou na cara que intimidade não é o forte dela. Tenho a impressão de que ela não se importaria se eu dissesse as coisas mais sujas, mas bastou uma palavra de carinho e atenção para fugir feito uma louca.

Ela quase pulou para fora da minha caminhonete na pressa de fugir. Mas não levei para o lado pessoal.

Alongo as costas o melhor que posso. Faz tempo que não durmo na caminhonete, e meu corpo está me lembrando exatamente por quê. Mas era isso ou arriscar dirigir de volta nas estradas escorregadias. Escolhi dormir no carro.

O carro de Sabrina passa no sinal amarelo e faz uma curva à esquerda. Quando consigo alcançá-la, está entrando no estacionamento de funcionários de uma agência dos correios no sul de Boston. Um segundo depois, ela sai pela porta do motorista vestindo um uniforme de trabalho, o cabelo comprido preso num rabo de cavalo.

Um sorriso curva meus lábios. Gata, exuberante e trabalhadora? Caramba. Minha mãe ia adorar essa menina.

Dirijo de volta até Hastings com um sorriso idiota na cara e me jogo na cama para dormir por três míseras horas. Então volto para a caminhonete e dirijo até o campus, para encontrar meu grupo de estudos, porque amanhã temos uma prova importante de marketing. Mas não sei se estudar às nove da manhã vai ajudar muito no meu estado grogue. Depois de duas xícaras de café, até que acordo um pouco, e me sinto muito mais desperto quando a sessão termina, lá pelas onze.

Em vez de voltar direto para casa, pego um terceiro café e o meu smartphone. É hora de uma pequena investigação, e acho melhor fazer isso na cafeteria do que em casa, onde meus amigos intrometidos podem fazer perguntas.

Sei que Sabrina está na mesma turma que Dean em algumas matérias, mas ele não é exatamente confiável quando se trata dela, então escrevo para a única outra aluna de ciência política que conheço — Sheena Drake. É minha ex-namorada, mas continuamos amigos. Na verdade, não consigo lembrar de uma ex que não tenha continuado minha amiga.

Eu: *O q vc sabe da Sabrina James?*

Sheena responde na mesma hora.

Ela: *Afff. Odeio ela.*

Franzo a testa para o celular.

Eu: *Pq?*

Ela: *Pq é + gostosa q eu. Desgraçada.*

Minha gargalhada chama a atenção do trio de alunos na mesa vizinha. Sheena manda outra mensagem.

Ela: *Mas ela é + gostosa q QUALQUER UMA. Então acho q ñ posso reclamar... Pq quer saber?*

Eu: *Esbarrei c/ ela ontem. Pareceu legal.*

Ela: *Não sei dizer. Fazemos 2 aulas juntas, só q ela não é d falar mto. Mas é super inteligente. Dizem q só pega atleta.*

Saboreio meu café e penso no assunto. Acho que faz sentido, já que ela ficou comigo ontem. Meu celular vibra com outra mensagem de Sheena.

Tá a fim?

Considerando que usei a língua, a boca, os dedos e o pau nela todinha ontem, acho que poderia dizer que já passei dessa fase. Mas digito simplesmente *Talvez*.

Ela: *Tá caidinho!!! Conta tudo!!!*

Eu: *Nada pra contar. T vejo amanhã na aula d econ?*

Ela: *Claro.*

Eu: *Flw. Vlw, gata.*

Ela: *<3*

Repasso minha lista de contatos em busca de alguém mais que poderia conhecer Sabrina, mas só consigo pensar num nome. Merda, talvez devesse ter falado com ele primeiro.

Viro o restante do café e sigo para a porta. Digito uma mensagem rápida, mas ele não responde, então mando outra, mas dessa vez para Ollie Jankowitz, que mora com o cara que estou procurando.

Eu: *Tá c/ o Beau?*

Ele: *Negativo.*

Eu: *Sabe onde ele tá?*

Ele: *Academia.*

Bem, foi fácil.

Deixo a caminhonete no estacionamento de estudantes e sigo a pé, porque o estádio de futebol americano fica perto da cafeteria. Minha carteirinha de jogador de hóquei da Briar não me dá acesso ao centro de treinamento, mas felizmente chego à porta junto com um atacante do segundo ano, que me deixa entrar.

Encontro Beau Maxwell na sala de musculação, malhando o peito e os braços. Beau é o adorado quarterback da Briar, e, pelo que sei, o último cara que segurou a atenção de Sabrina por um período significativo de tempo.

É meu amigo, mais próximo de Dean do que de qualquer um de nós, mas somos camaradas, e prefiro que ele ouça de mim mesmo que estou correndo atrás de Sabrina do que descubra pela rádio fofoca. Atletas gastam tanto tempo quanto qualquer um conversando sobre ficadas, namoros e conquistas futuras.

"Maxwell", chamo, enquanto atravesso o salão, que cheira a suor e desinfetante industrial. "Tem um minuto?"

Beau não afasta o olhar do espelho. "Claro. Vou fazer supino quando terminar aqui. Você pode me acompanhar."

"Beleza." Sento no banco ao seu lado e conto mentalmente as repetições. Na décima, ele baixa o halter de vinte e dois quilos e se vira para mim.

"Tô pegando pesos leves, repetições duplas", explica, sentindo a necessidade de justificar as duas anilhas de vinte e dois quilos na barra.

"E você deveria mesmo estar levantando alguma coisa?" Não sei muito sobre a posição de quarterback, mas me parece que qualquer músculo extra poderia afetar seu arremesso.

"Só peso leve", reitera.

Ele se deita e ergue os braços para a barra, e me posiciono atrás da sua cabeça. Com esses pesos, duvido que Beau consiga se machucar, então ele meio que não precisa de alguém o acompanhando. Mas isso me dá o que fazer enquanto conversamos.

"Ouvi dizer que você e a Sabrina James andaram saindo juntos, no outono", começo, meio sem jeito. "Cê ainda tá nessa?"

Beau inclina a cabeça para trás, para olhar para mim. Ele tem uns olhos azuis cristalinos em que certamente metade das meninas da Briar já se perderam. Ou nos quais sonham em se perder.

"Que nada, a fila andou", responde, por fim. "Por quê? Tá a fim de pegar?"

Já peguei, cara. Mas repito o que falei para Sheena. "Talvez."

"Entendi. Bem, se estiver atrás de mais do que só um pouco de diversão, ela não é o que você tá procurando."

"Ah, é?"

"Pode apostar. Sério, Tuck, a mulher é mais fechada que porta de submarino. Não tem tempo pra nada." Beau franze a testa. "Tem uns quatro ou cinco empregos, e você tem que se encaixar na agenda dela. Tipo médico de plantão."

"Bom saber."

Ele continua as repetições em silêncio. Quando termina, senta no banco, e jogo uma garrafa d'água que encontro ao nosso lado na direção dele.

"Precisa de mais alguma ajuda?", pergunto.

"Não, tá tranquilo."

"Vejo você por aí, então." Dou um passo, em seguida olho para ele de novo. "Faz um favor? Pode manter essa conversa entre a gente?"

Ele assente com a cabeça. "Pode deixar."

Quando chego à porta, Beau me chama de novo.

"Ei, e se eu dissesse que ainda estava a fim?"

Viro para encarar seus olhos. "Seria uma pena."

Beau ri. "Foi o que imaginei. Bem, boa sorte pra você, cara, mas estou avisando — existem mulheres mais fáceis do que a Sabrina."

"Por que eu iria querer alguém fácil?" Abro um sorriso. "Não teria a menor graça."

5

SABRINA

Que dia! Parece que estou num desenho animado do Papa-Léguas, correndo de um lugar para o outro sem uma chance de sentar nem de respirar.

Bem, tecnicamente passo muito tempo sentada nas aulas do turno da manhã, mas isso não tem nada de relaxante, porque estamos nos preparando para os artigos de direito constitucional, que compõem a totalidade da minha nota, e fui estúpida o suficiente para escolher um dos temas mais difíceis — os diferentes padrões legais usados para examinar a constitucionalidade das leis.

Meu café da manhã consiste em um croissant de queijo, que devoro no caminho entre a aula de teoria política avançada e a de mídia e governo. Nem sequer consigo comer tudo, porque, na pressa, tropeço nos paralelepípedos que cortam o campus e acabo deixando o croissant cair na lama.

Meu estômago ronca irritado durante a aula de mídia, e fica ainda mais alto e mais irritado quando encontro com minha orientadora para falar de coisa séria. Não tinha carta de aceitação nenhuma na minha caixa de correio hoje de manhã, mas tenho que acreditar que pelo menos consegui passar em *um* dos programas em que me inscrevi. E mesmo as escolas de segunda categoria vão custar muito caro, o que significa que preciso de uma bolsa de estudos. Se não entrar numa faculdade de direito no topo do ranking, não vou conseguir um emprego numa Big Law com um salário de Big Law, e isso significa uma dívida esmagadora, desmoralizante e infinita.

Depois da reunião, tenho uma monitoria de uma hora para a matéria de teoria dos jogos. É com o professor assistente, um cara magro com cabelo de Albert Einstein e o hábito irritante e pretensioso de incorporar palavras COMPLICADÍSSIMAS em todas as frases que profere.

Sou uma pessoa inteligente, mas toda vez que chego perto desse cara fico conferindo escondida o dicionário do meu celular debaixo da mesa. Não tem razão nenhuma para uma pessoa usar "parcimonioso" quando pode simplesmente dizer "econômico", a menos que seja um babaca completo, claro. Mas Steve se acha. O boato que corre por aí, no entanto, é que ele ainda é assistente porque reprovou — duas vezes — na defesa da dissertação e não consegue arrumar uma vaga de professor adjunto em lugar nenhum.

Terminada a reunião, guardo o laptop e o caderno na bolsa e corro para a porta.

Estou com tanta fome que me sinto tonta. Por sorte, tem uma lojinha de sanduíches na portaria do prédio. Passo voando pela porta, mas paro num sobressalto quando um rosto familiar me cumprimenta.

Meu coração dá um pulo tão alto que é embaraçoso. Passei o último dia e meio tentando não pensar nesse cara, e agora ele está de pé aqui, em carne e osso.

Devoro-o com os olhos. Está com a jaqueta do time de hóquei de novo. O cabelo ruivo parece desarrumado pelo vento e o rosto está corado, como se tivesse acabado de chegar do frio. A calça jeans desbotada envolve as pernas incrivelmente longas, e as mãos estão enganchadas de leve no alto dos bolsos.

"Tucker", exclamo.

Seus lábios se torcem num sorriso. "Sabrina."

"O... o que você tá fazendo aqui?" Ai, meu Deus. Estou gaguejando. Qual é o meu problema?

Alguém me empurra por trás. Afasto-me depressa da porta para deixar os outros alunos saírem. Não sei bem o que dizer, mas sei o que quero *fazer*. Quero me jogar nele, envolver os braços no seu pescoço, as pernas na sua cintura, e atacá-lo com a minha boca.

Mas me contenho.

"Você tá ignorando minhas mensagens", diz, sem rodeios.

Sinto a culpa pinicando na garganta. Não estou ignorando as mensagens — não recebi nenhuma. Porque bloqueei o número dele.

Ainda assim, meu coração dá outra pirueta boba ao saber que ele me escreveu. De repente, sinto vontade de saber o que disse, mas não vou perguntar. Isso seria só procurar problemas.

Por alguma razão estúpida, porém, me vejo confessando: "Bloqueei seu telefone".

Em vez de parecer ofendido, ele ri. "É. Desconfiei. Por isso rastreei você."

Estreito os olhos para ele. "E como você fez isso, exatamente? Como sabia que eu ia estar aqui?"

"Pedi seus horários para o meu orientador."

Fico boquiaberta. "E ele deu?"

"Deu. Com muito prazer."

Meu sangue ferve com descrença e indignação. Como assim? A faculdade não pode simplesmente dar os horários dos alunos para qualquer um que pedir, pode? Isso é violação de privacidade. Cerro os dentes e decido que, assim que me formar, a primeira coisa que vou fazer vai ser processar esta faculdade idiota.

"Ele te deu meu histórico escolar também?", resmungo.

"Não. E não se preocupe, tenho certeza que sua grade horária não tá rodando o campus em forma de panfleto promocional. Ele só me deu porque jogo hóquei."

"E isso deveria me tranquilizar, então? Saber que você é um idiota privilegiado que recebe tratamento especial porque anda de patins num rinque de gelo e ganha troféus?"

Começo a caminhar num ritmo acelerado, mas ele é grande o suficiente para me alcançar com as passadas largas num piscar de olhos.

"Desculpa." Tucker parece genuinamente arrependido. "Se isso ajuda, em geral não uso o trunfo do atleta para conseguir favores. Poderia ter pedido a sua grade pro Dean, mas achei que você ia gostar menos ainda."

Nisso ele tem razão. A ideia de Tucker falando com Dean Di Laurentis sobre mim me dá arrepios.

"Tá legal, você me rastreou. O que você quer, Tucker?" Acelero o passo.

"Por que a pressa, princesa?"

"Essa é a minha vida", murmuro.

"O quê?"

"Tô sempre com pressa", esclareço. "Tenho vinte minutos pra comer alguma coisa antes da próxima aula."

Chegamos ao saguão, onde entro na mesma hora na fila da vendinha de sanduíches e começo a examinar o cardápio na parede. O estudante na nossa frente deixa o balcão antes que Tucker possa falar. Dou um passo apressado e faço meu pedido. Quando vou pegar a carteira na bolsa, Tucker pousa a mão sobre a minha.

"Deixa comigo", diz, já sacando uma nota de vinte da carteira de couro.

Não sei por quê, mas isso me irrita ainda mais. "Primeiro você paga minha bebida no Malone's e agora meu almoço? Qual é, tá querendo se exibir? Deixar bem claro que tem dinheiro sobrando?"

Vejo a mágoa tremular em seus profundos olhos castanhos.

Droga. Não sei por que estou hostilizando o cara. É só que... aparecer aqui, admitir que usou de favores para me encontrar, pagar meu almoço...

Era para ser uma coisa de uma noite só, mas agora ele está no meu pé, e não gosto disso.

Não, isso não é verdade. *Adoro* ter ele por perto. Tucker é tão sexy e cheira tão bem, um aroma cítrico e de sândalo. Quero enterrar o nariz naquele pescoço forte e inspirar até me embriagar.

Mas não tenho tempo para isso. Tempo é um conceito que não existe na minha vida, e John Tucker é distração demais.

"Estou pagando seu almoço porque foi assim que minha mãe me criou", responde, baixinho. "Pode me chamar de antiquado, mas comigo é assim."

Engulo outra golfada de culpa. "Sinto muito." Minha voz treme de leve. "Obrigada pelo almoço. De verdade."

Passamos para a outra ponta do balcão e esperamos em silêncio, enquanto uma menina de cabelos encaracolados prepara meu sanduíche de presunto com queijo. Ela o embrulha para mim, e o coloco debaixo do braço conforme abro a Coca diet que pedi. Então voltamos a caminhar. Tucker me segue para fora do prédio, achando graça porque tento equilibrar bebida e bolsa e desembrulhar meu sanduíche ao mesmo tempo.

"Deixa eu segurar isso pra você." Ele toma a garrafa da minha mão. Há uma suavidade em suas feições enquanto me observa enfiar os dentes no pão de centeio levemente torrado.

Mal mastigo e já estou dando uma segunda mordida, o que o faz rir. "Com fome?", brinca.

"Morrendo", admito, e nem me importo com a falta de educação de falar com a boca cheia.

Desço depressa os degraus largos. Mais uma vez, ele acompanha o passo.

"Você não deveria comer andando", aconselha.

"Não tenho tempo. Minha próxima aula é do outro lado do campus, então... ei!", exclamo, quando ele me segura pelo braço e me arrasta para fora do caminho. "O que você tá fazendo?"

Ignorando meus protestos, ele me conduz até um dos bancos de ferro forjado no gramado. Ainda não nevou neste inverno, mas a grama está coberta por uma camada prateada de gelo. Tucker me obriga a sentar, em seguida senta ao meu lado e pousa uma das mãos no meu joelho, como se estivesse com medo de que eu fugisse. E era exatamente o que eu estava pensando em fazer, antes de aquela mão grande fazer contato. O calor dele atravessa minha meia-calça e aquece meu cerne.

"Coma", diz, num tom gentil. "Você tem direito a se dar dois minutos para recarregar as energias, princesa."

Acabo obedecendo, do mesmo jeito que obedeci na outra noite, quando ele me mandou sentar na sua cara, e quando me mandou gozar. Um arrepio percorre minha coluna. Ai, por que não consigo tirar esse cara da cabeça?

"O que você escreveu nas mensagens?", deixo escapar.

Ele abre um sorriso misterioso. "Acho que você nunca vai saber."

Apesar de tudo, sorrio de volta. "Era sacanagem, não era?"

Ele assobia, inocente.

"Era!", acuso, e depois experimento uma onda de autocensura, porque, droga, aposto que era alguma coisa imunda, deliciosa e perfeita.

"Escuta, não vou tomar muito do seu tempo", diz ele. "Sei que você é ocupada. Sei que mora em Boston. Que tem vários empregos..."

"Dois", corrijo. Ergo a cabeça, em tom de desafio. "E como você sabe disso?"

Ele dá de ombros. "Andei sondando."

Andou, é? Droga. Por mais lisonjeiro que isso seja, tenho medo de saber com quem ele falou e o que as pessoas disseram. Tirando Hope e Carin, não passo muito tempo com meus colegas. Sei que às vezes pareço meio reservada...

Tá bom, esnobe. Reservada é só uma palavra bonita para *esnobe*. E, embora não goste muito da ideia de que meus colegas me achem uma bruxa, não tem muito o que eu possa fazer sobre isso. Não tenho tempo nem energia para conversa fiada, nem para tomar um café depois da aula ou fingir que tenho alguma coisa em comum com os jovens ricos e elitistas que compõem a maior parte dos alunos desta faculdade.

"A questão é que eu entendo, tá legal?", termina ele. "Você tá sobrecarregada, e não estou te pedindo pra usar minha camisa do time ou meu anel de formatura e ser minha namorada."

Tenho que rir da vida perfeita que ele pintou. "Então *o que* você tá me pedindo?"

"Um encontro", diz ele, simplesmente. "Só um encontro. Talvez acabe com a gente transando de novo..."

Meu corpo exulta de prazer.

"... ou talvez não. Seja como for, quero te ver de novo."

Observo-o, enquanto ele corre a mão pelos cabelos avermelhados. Droga, nunca tinha conhecido um ruivo tão gato.

"Não importa quando. Se você quiser comer alguma coisa tarde da noite, tudo bem. De manhã, tudo bem também, contanto que eu não tenha treino. Tô disposto a seguir as suas regras, me adaptar à sua rotina."

O prazer e a suspeita batalham dentro de mim, mas a última vence. "Por quê? Quer dizer, sei que a gente virou o mundo um do outro de ponta-cabeça por uma noite, mas por que você quer tanto me ver de novo?"

Tucker me encara com um olhar firme, intenso, e engulo em seco. Então ele me assusta ainda mais, perguntando: "Você acredita em amor à primeira vista?".

Ai, meu Deus.

Começo a me levantar.

Ele me puxa de volta para o banco com uma risada profunda. "Relaxa, Sabrina. Isso não quer dizer que tô apaixonado por você."

É melhor não estar! Inspirando fundo, pouso no colo o sanduíche comido pela metade e tento escolher um tom que não transmita o pânico que corre em minhas veias. "Então o que isso quer dizer?"

"Já tinha visto você pela faculdade antes da noite no Malone's", admite. "E sim, te achei gostosa, mas não fiquei desesperado pra descobrir quem você era."

"Puxa, obrigada."

"Se decide, princesa. Quer que eu esteja apaixonado por você ou quer que eu não dê a mínima?"

As duas coisas! Quero as duas coisas, e o problema é esse, droga.

"De qualquer forma, já tinha te visto antes. Mas naquela noite, quando nossos olhos se cruzaram, cada um num canto do bar, aconteceu alguma coisa de mágico", diz, com toda a franqueza. "Sei que você também sentiu."

Pego o sanduíche e dou uma pequena mordida, mastigando bem devagar, para adiar minha resposta. Tucker está me assustando de novo, com esse olhar confiante e o tom pragmático. Nunca conheci um cara capaz de soltar frases como "amor à primeira vista" e "aconteceu alguma coisa de mágico" sem pelo menos ter a decência de corar ou parecer mortificado.

Por fim, me obrigo a responder. "A única coisa mágica que aconteceu foi que gostamos do que vimos. Feromônios, Tucker. Só isso."

"Em parte", concorda ele. "Mas teve mais do que isso, e você sabe. No momento em que a gente se olhou teve uma conexão."

Levo minha Coca aos lábios e viro quase metade.

"Quero explorar isso. Acho que seria burrice ignorar."

"E eu acho que..." Tenho dificuldade em encontrar as palavras certas. "Acho que..."

Acho que você é o cara mais fascinante que já conheci.

Acho que é incrível na cama e quero você de novo.

Acho que, se existisse alguém capaz de partir meu coração, essa pessoa seria você.

"Acho que fui bem clara naquela noite", termino. "Não tô disponível para um relacionamento nem pra uma amizade colorida. Queria sexo. Você fez seu trabalho. Pronto, acabou."

Não deixo de notar a decepção que inunda seus olhos. Isso provoca uma pontada de arrependimento e faz meu estômago revirar dolorosamente, mas já decidi o que quero e agora preciso manter o foco. Sou muito boa em manter o foco.

"Sei que atletas são seres teimosos e que não desistem quando querem uma coisa, mas..." Inspiro. "Tô pedindo pra você desistir."

Ele tensiona a mandíbula. "Sabrina..."

"Por favor." O tom de desespero em minha voz me assusta. "Desiste, tá legal? Não quero começar nada. Não quero sair com ninguém. Eu quero..." Levanto, as pernas bambas. "Quero ir pra aula, só isso."

Depois de um silêncio interminavelmente longo, ele também levanta. "Claro, princesa. Se é o que você quer."

Não é uma provocação. Sua resposta não contém nem mesmo um quê de promessa, do tipo *claro, princesa, vou desistir — por enquanto. Mas pode ter certeza de que vou continuar te perseguindo até você entregar os pontos.*

Não, suas palavras possuem uma irrevogabilidade que me deixa triste. John Tucker é obviamente um homem de palavra, e, embora seja algo de se admirar, de repente virei uma hipócrita, porque agora sou *eu* que estou decepcionada.

"Te vejo por aí", diz ele, brusco.

E, sem mais uma palavra, vai embora, e fico olhando-o se afastar, consternada.

Fiz a coisa certa. *Sei* que fiz. Mesmo que tivesse tempo de sobra para tentar alguma coisa com ele, não tenho espaço na minha vida para alguém como Tucker. Ele é gentil, sincero e tá na cara que tem dinheiro; já eu sou uma chata, vivo estressada e moro na sarjeta. Ele pode falar o quanto quiser sobre amor à primeira vista, mas isso não muda a verdade.

Não sou boa suficiente para John Tucker, e nunca vou ser.

6

TUCKER

Os treinos estão uma merda. O time simplesmente não está dando liga nesta temporada, e o treinador Jensen cai de pau na gente, agora que temos algumas derrotas manchando a campanha. A de ontem mexeu com o moral de todo mundo —jogamos contra um time da segunda divisão que *não* deveria ter acabado com a nossa raça no gelo daquele jeito.

O novo técnico defensivo, Frank O'Shea, está só piorando tudo. Agradeço aos céus por não ser da defesa. O'Shea parece ter uma birra com Dean e fica sempre chamando a atenção dele e pegando no pé por causa dos erros.

Toda vez que o cara abre a boca, Dean fica mais vermelho que um camarão. Segundo Logan, ele foi treinador do Dean na escola. Os dois obviamente têm uma história, mas, seja qual for, Dean não quer abrir o jogo. E também não está feliz. Além de sempre ter que ficar até mais tarde com os outros jogadores da defesa, também, ao que parece, foi forçado a treinar o time infantil da escola primária da cidade.

Deslizo até o banco depois do meu turno e pulo a mureta, em seguida esguicho um pouco de água na boca e observo a linha de Garrett passar voando pela linha azul. O treino coletivo de hoje continua zero a zero. Sim, somos péssimos. Não conseguimos sequer marcar um gol contra nós mesmos durante o treino, e não é porque nossos goleiros estão no auge da forma —nenhum dos atacantes consegue dar uma dentro —incluindo eu.

Um apito soa. O treinador começa a gritar com um dos jogadores da defesa, um cara do terceiro ano, por cometer um impedimento.

"Que merda, Kelvin! Tinha quatro caras livres esperando o passe e você decide lançar a porra do disco!" O treinador parece prestes a arrancar os cabelos.

Não o culpo.

"Eu teria feito o passe, se não estivesse no banco", resmunga Dean ao meu lado.

Olho para ele em solidariedade. Uma das primeiras determinações de O'Shea foi reorganizar as linhas de defesa. Ele pôs Dean com Brodowski e Logan com Kelvin, mas todo mundo sabe que Logan e Dean são insuperáveis juntos.

"O'Shea vai acabar percebendo o erro."

"Até parece. Isso é castigo. O filho da puta me odeia."

Mais uma vez, minha curiosidade é despertada. "Por quê, hein?"

Suas feições se tornam indecifráveis. "Esquece isso."

"Não sei se você sabe", digo, brincando, "mas segredos destroem amizades."

Isso o faz soltar um riso de escárnio. "Quer mesmo falar comigo de segredo? Onde você se meteu esse fim de semana?"

Fecho a cara na mesma hora. Não ligo de me abrir com meus amigos sobre minha vida amorosa, mas não quero falar da Sabrina com Dean, principalmente porque sei a opinião dele sobre ela. Além do mais, o que tenho pra falar? Ela me deu um fora. Chamei a garota para sair, e ela foi bem clara quando disse que não toparia.

Se eu achasse que havia a mínima chance de ela querer que eu corresse atrás, talvez não tivesse aceitado uma resposta negativa. Talvez aparecesse depois das suas aulas mais algumas vezes, comprasse mais alguns sanduíches, jogasse todo o meu charme pra cima dela e me valesse do sotaque sulista sempre que a sentisse se afastando de mim.

Mas vi a expressão nos seus olhos. Ela estava falando sério, Sabrina não quer me ver de novo. E, embora eu não tenha problema nenhum em correr atrás de mulher, não vou ficar perseguindo quem não está interessada.

Mesmo assim, é uma merda. Quando a gente sentou um do lado do outro naquele banco no outro dia, tudo o que queria era puxá-la para o meu colo e transar com ela ali mesmo, sem me importar com as pessoas à nossa volta. O próprio Dean poderia estar ali batendo o pé, e eu não teria parado. Precisei de toda a minha força de vontade para suprimir meus instintos primitivos, mas, cara, tem alguma coisa naquela menina...

Não é só a beleza, embora isso não atrapalhe. É... é... droga, não sei nem explicar. Ela tem essa casca dura, mas por dentro é mole feito manteiga. Vejo lampejos de vulnerabilidade naqueles profundos olhos escuros e tudo o que quero é... cuidar dela.

Meus amigos iriam rir da minha cara se soubessem o que estou pensando agora. Ou não, sei lá. Eles já me enchem o saco todo dia em casa por causa do meu lado "mãe". Sou o cozinheiro da casa, faço a maior parte da limpeza, tomo o cuidado de manter tudo em ordem.

Mas foi assim que minha mãe me criou. Não tenho pai. Ele morreu quando eu tinha três anos, e mal me lembro dele. Mas minha mãe supriu muito bem essa ausência, e a figura paterna que faltava veio na forma dos meus treinadores de hóquei.

O Texas é um estado do futebol americano. Eu provavelmente teria seguido por esse caminho se não fosse por umas férias que passamos em Wisconsin quando eu tinha cinco anos. Uma vez por ano, minha mãe e eu visitávamos a irmã do meu pai em Green Bay. Ou pelo menos tentávamos visitar. Às vezes o dinheiro não dava, mas fazíamos o possível.

Naquele ano, a tia Nancy me encasacou todo e me levou para patinar. Faz um frio desgraçado em Green Bay — imagino que seja o pior pesadelo da maioria das pessoas, mas eu amei o frio no rosto, o assobio do ar gelado nos meus ouvidos enquanto eu patinava na lagoa ao ar livre. Umas crianças mais velhas estavam jogando hóquei, e fiquei louco de vê-las voando no gelo. Parecia tão divertido. Quando voltamos para o Texas na semana seguinte, falei para minha mãe que queria jogar hóquei. Ela riu, achando graça, mas acabou cedendo e encontrou um rinque que funcionava o ano inteiro, a uma hora da nossa casa.

Acho que imaginou que eu acabaria enjoando. Em vez disso, me apaixonei ainda mais.

Agora estou aqui, numa universidade da Ivy League na Costa Leste, jogando hóquei para um time que ganhou três campeonatos nacionais —consecutivos. Mas tenho a sensação de que não vai ter um quarto, não do jeito que estamos jogando ultimamente.

"O que foi, perdeu a língua?"

Olho para o lado e vejo Dean me encarando com uma expressão cautelosa. O quê? Ah, é, ele quer saber onde passei o fim de semana.

"Saí com uns amigos", digo, vagamente.

"Que amigos? Todos os seus amigos estão aqui..." Ele gesticula para o rinque. "E tenho certeza de que você não estava com nenhum deles."

Dou de ombros. "Você não conhece esses amigos." Então me viro para o rinque, com Dean resmungando ao meu lado.

"Fala sério, você é pior do que Antoine e Marie-Thérèse."

Minha cabeça gira de volta para ele. "Como é que é?"

"Esquece", murmura.

Quem diabos são Antoine e Marie-Thérèse? Da mesma forma que Dean conhece todos os meus amigos, conheço todos os dele, e tenho certeza de que não sei de ninguém com esses nomes. Tanto faz. Não o quero me pressionando com um monte de perguntas, então também não vou pressionar o cara.

"É isso aí, porra!", grita uma voz na outra ponta do banco.

Volto minha atenção para o gelo em tempo de ver Garrett mandar uma bomba no gol de Patrick, um aluno do último ano. É o primeiro e único gol do treino coletivo, e todos os jogadores no banco comemoram, batendo as luvas contra a parede.

O treinador apita e nos dispensa, e o treino acaba de forma positiva. Mais ou menos. Os jogadores da defesa são convidados a ficar até mais tarde, como de costume, e não deixo de notar a frustração nos olhos de Dean e Logan. O'Shea precisa pegar leve, se quiser ganhar o respeito do time.

No vestiário, tiro a camisa suada e os protetores e deixo cair a calça do uniforme no chão reluzente. As instalações aqui são de última geração. O vestiário é enorme, com armários de couro acolchoado e sistema de ventilação de alto nível. *Quase* não se sente o cheiro de meia velha.

Garrett aparece do meu lado e tira o capacete. O cabelo escuro está molhado de suor e grudado na testa. Quando ergue o braço para afastar a mecha do rosto, vejo as labaredas tatuadas em seu bíceps. Elas quase me deixam com vontade de fazer uma tatuagem também, mas aí me lembro da cagada que Hollis fez na perna depois da nossa primeira vitória no Frozen Four. Três anos depois, ele passa a maior parte do tempo de meias compridas para esconder.

"Acha que um dia a gente vai lembrar como se joga hóquei de novo?", pergunta, com ironia.

Rio, desanimado. "A temporada acabou de começar. Vai dar tudo certo."

Ele não parece convencido. Nem Hunter Davenport, que se arrasta pelo vestiário com um olhar amargurado.

"A gente só piora", rosna o calouro e, em seguida, bem ao estilo de um garoto de dezoito anos, arremessa uma das luvas contra a parede.

Dou uma olhada em volta depressa e suspiro de alívio quando não vejo o treinador. O homem ia ter um troço se visse um de nós fazendo cena no vestiário.

"Relaxa, garoto", diz Mike Hollis, aluno do terceiro ano. Está sem camisa e abrindo a calça. "Quem liga que a gente perdeu um treino coletivo?"

"Não é só o treino", retruca Hunter. "É que a gente é uma *merda*."

Hollis deita a cabeça de leve. "Você transou ontem, não transou?"

O calouro de cabelos escuros franze a testa. "O que isso tem a ver?"

"Tudo. A gente passou vergonha naquele jogo, apanhou feio, e ainda tinha uma fila de mulher pronta pra te chupar. Ganhar ou perder, não importa — somos jogadores de hóquei. A gente manda nesta faculdade, cara."

"Você fala como se não tivesse ambição", comenta Garrett, tentando conter o riso.

Hollis dá de ombros. "Ei, nem todo mundo tem tesão em virar profissional que nem você. Tem gente aqui muito feliz de fazer isso só pra pegar mulher."

Um suspiro pesado ecoa da outra ponta do banco comprido que se estende diante dos armários. Colin "Fitzy" Fitzgerald, um gigante do terceiro ano, com o cabelo desalinhado e mais tatuagens que um motoqueiro, se aproxima e dá um tapa na bunda de Hollis.

"Você não sabe falar de mais *nada*?", pergunta Fitzy.

"Pra quê? Pegar mulher é a melhor coisa que tem."

Ele tem razão. Infelizmente, não vou saber o que é isso por pelo menos... o quê, um mês? Dois? Não sei quanto tempo meu pau vai precisar para esquecer Sabrina James. Se ficasse com alguém agora, ia só comparar a menina com Sabrina, e isso não seria justo com nenhum dos envolvidos.

"Ah", começa Hollis, de repente. "Falando em mulher..."

Garrett revira os olhos. Sem disfarçar.

"Vou dar um pulo em Boston esse fim de semana", continua Hollis. "Ficar na casa do meu irmão. Alguém topa? Beber, ir numas baladas, pegar geral. Vai ser demais."

Nosso capitão fecha a cara. "Tem jogo no sábado."

Hollis o dispensa com um gesto da mão. "A gente volta antes."

"Acho bom." Garrett dá de ombros. "Mas não posso ir. Já marquei com a minha namorada este fim de semana." Seu rosto adquire uma expressão distante, uma mistura de admiração e felicidade pura, e ele segue para o chuveiro.

Reprimo a inveja que me sobe até a garganta. Faz um ano que Garrett e Hannah estão juntos, e parece que essa aura de amor nunca vai se desgastar. Ele está tão apaixonado pela namorada que é quase enjoativo. O mesmo vale para Logan, que recentemente voltou com Grace e se declarou para ela num programa de rádio.

Parece meio... errado, acho, que os dois maiores pegadores que conheço tenham sossegado. De todos nós, sou o cara que mais curte compromisso. Quando entrei para a Briar, achei que na semana do trote iria encontrar a mulher dos meus sonhos — *a* mulher —, namorar com ela pelos próximos quatro anos e a pedir em casamento depois da formatura. Mas as coisas foram bem diferentes. Namorei um monte de meninas, dormi com um monte delas também, mas nenhuma era *a* mulher.

E Garrett e Logan encontraram exatamente isso sem nem estar procurando, filhos da mãe sortudos.

"Tuck?", insiste Hollis. "Boston? Fim de semana só dos caras? Topa?"

Minha primeira reação é dizer não, mas minha mente tropeça na palavra *Boston*. Sei que Sabrina disse que não queria me ver de novo, mas... Será que ela ia me dispensar mesmo se a gente se esbarrasse por acaso pela cidade? Quer dizer, ela mora lá, e como sei seu endereço... Quem sabe, né? Com uma pesquisa rápida na internet talvez consiga descobrir algum bar alucinante no bairro dela para ir com os caras. Talvez a gente se esbarre. Talvez...

Talvez você esteja virando um stalker?

Abafo um suspiro. Tudo bem, meu cérebro está definitivamente pisando em território perigoso. Mesmo ciente disso, não consigo me conter e respondo: "Claro, tô dentro. Não me importaria de ver um jogo do Bruins num bar ou algo assim".

"Eu também", decide Fitzy. "Quero passar numa loja de video games no centro da cidade. Eles têm um jogo de RPG que não tô conseguindo encontrar em lugar nenhum na internet. Vou ter que dar o braço a torcer e gastar dinheiro."

O olhar horrorizado de Hollis vai de mim para Fitz. "Um jogo do Bruins? Uma loja de video games? Como é que sou amigo de vocês dois?"

Arqueio uma sobrancelha. "Prefere que a gente mude de ideia?"

"Não." Ele solta um suspiro. "Mas vocês podiam pelo menos *tentar* fingir que estão nessa pra pegar mulher."

Dou um riso de escárnio e um tapinha em seu ombro. "Se isso faz você se sentir melhor, então tudo bem. A gente tá nessa..."

Olho para Fitz, convidando-o a completar comigo.

"... pra pegar mulher", terminamos em uníssono.

7

SABRINA

Quando chego em casa depois do dia todo na Briar, estou me arrastando.

Não sei o que odeio mais — os fins de semana, quando trabalho na boate até duas ou três da manhã e depois tenho que organizar pacotes e cartas das quatro às onze, ou os dias de semana, em que tenho aula de manhã e trabalho no correio de tarde, ou ainda quando começo o dia com um turno desumano no correio e depois vou para a aula. Hoje foi o segundo caso, então estou exausta ao deixar minha mochila no chão do corredor.

Mesmo que quisesse ver Tucker de novo (e a maioria das partes do meu corpo é a favor disso), estou esgotada demais para fazer qualquer coisa além de ficar deitada de barriga para cima.

Mas... Talvez isso não fosse de todo ruim. Ele poderia me fazer uma massagem, me comer devagar, e eu ia só ficar deitada, aproveitando.

Me dou um tapa imaginário. Tucker e suas habilidades são a última coisa que devia estar na minha cabeça.

Na cozinha, vovó está mexendo uma panela no fogão, vestindo uma calça jeans apertada, uma camiseta de lycra que está perdendo a elasticidade e as sempre presentes pantufas cor-de-rosa atoalhadas.

"Que cheiro bom!", digo a ela.

O molho de tomate no fogo enche a cozinha com o aroma mais celestial. Meu estômago ronca, e me lembro que não comi nada desde o bagel que engoli no café da manhã, antes do trabalho.

"Menina, você parece prestes a desmoronar. Senta aí. O jantar vai estar pronto num segundo."

Ela não precisa falar duas vezes, mas quando noto a mesa vazia dou a volta e pego pratos e talheres. Pelo corredor, vejo o topo da cabeça de Ray, enquanto ele assiste à televisão. No mínimo está se tocando. Tremo ao tirar os pratos do armário.

"Vai querer leite ou água?", pergunto, arrumando a mesa.

"Água, querida. Estou me sentindo inchada. Sabia que Anne Hathaway tem intolerância a lactose? Ela não come laticínio nenhum. Talvez você devesse cortar laticínios da dieta."

"Vó, isso significa nada de queijo nem sorvete. A menos que um médico me diga que vou morrer se comer laticínios, quero tudo que as vacas têm pra me oferecer."

"Só tô dizendo que pode ser por isso que você tá sempre cansada." Ela aponta a colher na minha direção.

"Não, tenho certeza que é porque tenho dois empregos e tô fazendo período integral na faculdade", respondo, secamente.

"Se ela parar de comer laticínios, vai ficar menos rabugenta?", pergunta Ray, entrando na cozinha. Está com a mesma calça de moletom de sempre. O tecido está tão desgastado na virilha que juro que dá para ver uma pele rosada de relance.

Quase tenho ânsia e me viro, antes que a visão estrague meu apetite.

"Ray, não começa", reclama minha avó. "Meu amor, pega o escorredor pra mim?"

Meu padrasto me cutuca quando passo por ele. "Ela tá falando com você."

"Não brinca. Porque ela sabe que falar com você é a mesma coisa que falar com o sofá. O resultado é o mesmo."

Pouso o copo d'água ao lado do prato da minha avó e corro até a pia para pegar o escorredor. Vovó serve o molho numa tigela e me encarrego de cuidar do macarrão.

Ray, por sua vez, se reclina contra a geladeira feito um sapo preguiçoso e nos observa correndo de um lado para o outro na cozinha.

Odeio esse homem com todo o meu coração. Desde o instante em que minha mãe apareceu com ele em casa, quando eu tinha oito anos, sabia que Ray era sinônimo de problema. Falei isso para minha mãe, mas ela nunca foi muito boa em ouvir a filha. Nem em ficar por perto, aliás.

Mamãe fugiu com outro cafajeste quando eu tinha dezesseis anos, e nunca mais a vi. Ela liga algumas vezes por ano para "ver como estou", mas, até onde sei, não tem planos de voltar a Boston algum dia.

Nem sei onde mora atualmente. O que sei é que não existe razão nenhuma para Ray continuar morando *aqui*. Ele não é meu pai — o privilégio é do canalha que abandonou minha mãe depois de engravidá-la — e com certeza não é da família. Acho que a única razão pela qual vovó o mantém por perto é porque o seguro-desemprego dele paga um terço do aluguel. Imagino que transe com ele pelo mesmo motivo. Porque ele é conveniente.

Mas, Deus, ele é tão inútil que acho que até os vermes torceriam o nariz para ele. Quer dizer, se vermes tivessem nariz.

Só quando a mesa está posta e o macarrão fumegante pronto para ser servido é que Ray se senta.

"Cadê o pão?", pergunta.

Vovó pula da cadeira. "Droga. Tá no forno."

"Pode deixar", digo a ela. "Senta aí." Por mais que os comentários grosseiros da minha avó machuquem, a mulher me criou, me vestiu e me alimentou, enquanto Ray ficava sentado com aquela bunda nojenta, fumando maconha e se masturbando na frente da tv.

Lanço um olhar para trás e noto, pela primeira vez, um envelope branco enfiado dentro de sua calça de moletom. No mínimo é uma conta. A última vez que Ray escondeu uma conta da gente (porque tinha visto um monte de pornô no pay-per-view), ficamos com três mensalidades atrasadas para pagar. Nosso orçamento só funciona se não tivermos esse tipo de surpresa inesperada.

Tiro os pães do forno, coloco numa cesta e levo para a mesa. Ao me sentar, puxo o envelope das costas da calça de Ray. "O que é isso?", pergunto, balançado a carta no ar. "Alguma conta?"

"Você não andou assistindo àqueles programas sujos de novo, andou, Ray?" Os lábios de minha avó se curvam para baixo.

Ele fica vermelho. "Claro que não. Já falei que não vejo mais essa merda." Então se ajeita na cadeira e me lança um sorriso zombeteiro. "É pra você." E arranca o envelope das minhas mãos para esfregar debaixo do nariz. "Pra mim, tem cheiro de gente rabugenta e metida a besta."

Um vislumbre de vermelho na beirada faz meu coração bater mais rápido e me jogo na direção do envelope, mas Ray afasta o braço, fazendo com que eu tenha que me espremer contra ele. Meu Deus, *odeio* esse cara.

"Dá a carta pra ela", exige minha avó. "A comida tá esfriando."

"Tava só brincando", devolve ele, deixando o envelope cair junto do meu prato.

Meus olhos se fixam no brasão carmim no canto superior esquerdo.

"Abre", instiga minha avó.

Seu tom tem um quê de ansiedade. Ela pode zombar da minha educação inútil e de meus sonhos ridículos, mas acho que no fundo está vibrando. Pelo menos isso vai servir para esnobar as mulheres no cabeleireiro, cuja netas estão tendo filhos em vez de entrar para Harvard.

Só que... o envelope é tão fino. Todas as minhas cartas de aceitação para a faculdade vieram em envelopes gigantes, cheios de brochuras bonitas e catálogos.

"Ela tá com medo. Provavelmente não passou." As palavras de Ray estão imbuídas tanto de desdém quanto de alegria.

Pego a carta e rasgo o envelope com a faca dele. Uma única folha de papel cai lá de dentro. Tem vários parágrafos, nenhum dos quais leio por inteiro porque estou só passando o olho em busca das palavras mais importantes.

Parabéns pela admissão na Faculdade de Direito de Harvard! Esperamos que você se junte a nós em Cambridge, como parte da classe de...

"E aí?", pergunta minha avó.

O maior sorriso que a humanidade já viu se abre por todo o meu rosto. A fome, o cansaço, a irritação com Ray, tudo sumiu.

"Eu... passei." As palavras saem num sopro de ar. Repito, gritando desta vez. "Passei! Meu Deus! Eu passei!"

Balanço a carta no ar, dançando descontroladamente pela cozinha. Não costumo baixar a guarda na frente de Ray, mas o filho da mãe nem sequer existe para mim agora. Sinto a empolgação pulsando em meu sangue, junto com um alívio tão intenso que me impede de ficar em pé por muito tempo. Eu me jogo sobre os ombros de minha avó e dou um abraço apertado nela.

"Ih, vai ficar ainda mais metida agora", ouço-a reclamar, mas nem ligo.

"Que nada, isso não faz dela alguém especial nem nada assim", resmunga Ray. "Ainda tem dois buracos que nem qualquer vagabunda. Três, se você contar a boca."

Fico esperando que minha avó me defenda, mas, aparentemente, o ciúme está ganhando do orgulho neste momento. Ela ri do comentário repugnante, e, na mesma hora, não quero mais comemorar com essas pessoas. *Não vejo a hora* de sair desta casa.

Ainda assim, me recuso a deixar qualquer coisa afetar minha felicidade agora. Dou as costas para eles e saio saltitando pelo corredor para dar a notícia às minhas amigas.

"E o jantar?", grita minha avó atrás de mim.

Ignoro-a e continuo caminhando. No meu quarto, me jogo na cama e escrevo para elas.

Passei.

Hope ganha de Carin por um milésimo de segundo.

Ai meu Deus! Parabéns!!!!!!!!

Carin responde: *FOTO! FOTO! FOTO!*

Tiro uma foto da carta e mando. Enquanto espero as respostas, corro pelo corredor, faço um prato de macarrão, enfio um pão na boca e volto às pressas para o quarto. Minha avó e Ray dizem alguma coisa, mas nem escuto. Meus ouvidos estão zunindo de alegria.

Tem uma dezena de respostas esperando por mim quando chego ao quarto.

Hope: <3

Carin: *QUE LINDO! Vc é tão incrível!*

Hope: *Tô tão orgulhosa. Vc vai ser a melhor advogada do MUNDO. Por favor, diz q vai me representar se eu for processada por erro médico.*

Carin: *ISSO É A COISA MAIS LINDA!*

Hope: *Qdo a gnt vai comemorar? E "não", "nunca" e "não vai acontecer" não são respostas aceitáveis.*

Mastigo o pão e escrevo de volta.

Eu: *A) Vcs duas acabaram d garantir assessoria jurídica d graça pro resto da vida.*

B) Comemorar amanhã. Prometo estourar o cartão de crédito d vcs.

Hope: *Não creio! Vou fzr reserva no Santino's.*

Carin: *Esse lugar precisa d reserva?!*

Hope: *Não sei! Jeito d dizer. Mas a gente podia ir no Malone's d nv, se vc quiser comemorar com sexo.*

Eu: *Ainda tô c/ o telefone do cara d sábado passado. E vc? Seu parque d diversões funcionou ontem?*

As duas tinham ido juntas a uma festa na casa de Beau Maxwell. Será que Tucker estava lá? E se estava, quem será que ele levou para a caminhonete? A ideia daquelas mãos grandes e calejadas nos peitos de outra me faz cerrar os dentes de inveja, mas não tenho o direito de ter ciúme. Bloqueei o telefone do cara, afinal. Deixei bem claro que não estava interessada em sair com ele.

Então por que desbloqueou o número dele, hein?

A voz de escárnio na minha cabeça me faz morder o lábio. Tá, é isso aí, desbloqueei o número. Mas não foi porque queria sair com ele nem nada assim. Só achei que podia ser útil para o caso de... uma emergência.

Nossa, sou tão patética.

Meu celular apita, despertando-me dos meus pensamentos.

Carin: *Não. Fui uma santa.*

Hope: *Mentira! Ai meu Deus, q mentirosa. Manda 1 foto do chupão. Agora, ou eu mando.*

Carin: *Tá bom. Eu te odeio.*

Às vezes, queria tanto morar com elas. Engulo mais um pouco de macarrão enquanto espero a foto de Carin. Quando a imagem chega, quase engasgo com a comida.

Eu: *Vc pegou um lobisomem adolescente ontem?*

Carin: *Não. Brad Allen.*

Vasculho a memória e me vem a imagem de um menino de um metro e noventa, de cara redonda e gentil.

Eu: *Um q joga na defesa? Tem carinha d anjo!*

Carin: *É. Acontece q gosta d chupar. Ainda bem q tá frio, pq camiseta tá fora d cogitação.*

Eu: *E além d tentar tirar sangue dos seus peitos, vc gostou?*

Carin: *Não foi ruim. Ele sabia usar o equipamento.*

Eu: *Rá! Minha teoria sobre atletas continua firme e forte!*

Hope: *Entre Tucker e Brad Allen, parece q a hipótese da S. é válida.*

Carin: *Vcs sabem q não é assim q o método científico funciona, né?*

Eu: *Sim, mas não estamos nem aí.*

Hope: *Quer dizer q Tucker vai ganhar uma segunda rodada?*

Eu: *Duvido. Ele é bom, mas qdo tenho tempo?*

Continuamos trocando mensagens por mais alguns minutos, mas o pico de adrenalina está passando. Apoio o prato pela metade na cabeceira e abraço a carta de Harvard junto do peito. Está tudo acontecendo. Todas as coisas boas pelas quais trabalhei tanto estão se concretizando. Nada pode me parar agora.

Pego no sono com um sorriso grande e feliz no rosto.

Vou ter q deixar pra próxima, mulherada, respondo para minhas amigas no dia seguinte, depois que Hope escreve perguntando se quero almoçar com elas.

Hope: *Ah, pq??*

Eu: *Prof Fromm me chamou pra visitar o campus. Tô em Boston, matei a última aula. Aliás, sou oficialmente boa d+ pra vcs.*

Hope: *Bjs! Depois conta como foi. Tô doida pro ano q vem chegar logo, nós 3 em Boston, fazendo facul!!!*

Carin está na aula, mas sei que vou receber uma mensagem dela assim que sair.

Pego a Linha Vermelha do metrô até Harvard Square. Juro que até a estação aqui cheira bem, diferente das outras, que cheiram a lixo, xixi velho e suor. E o campus é lindo. Minha vontade é abrir os braços e rodar de felicidade.

Segundo o mapa, os dezoito ou mais prédios da faculdade de direito ficam do outro lado do campus. Mas não estou com pressa, então caminho lentamente, admirando os edifícios enormes de tijolo aparente, as dezenas e mais dezenas de árvores com as últimas folhas nos galhos, a vastidão dos gramados — ainda verdes em alguns pontos. É como uma Briar turbinada. Até os estudantes parecem mais inteligentes, mais ricos, mais importantes.

A maioria das alunas está usando o que gosto de chamar de uniforme da menina rica: mocassim da Sperry, calça jeans Rag & Bone e moletom

Joie — do tipo que parece saído de uma lata de lixo, mas na verdade custa algumas centenas de dólares. Só sei disso por causa do armário da Hope.

Mas só porque minha saia preta e a camisa branca vieram de uma loja barata não significa que não pertenço a este lugar. Posso não ter tanto dinheiro quanto os outros aqui, mas poria meu cérebro à prova contra qualquer um desses alunos.

Abro as portas do Everett, o edifício onde fica a sala da professora Fromm, e me apresento para a recepcionista. Ela anota meu nome num livro de visitas e, em seguida, sinaliza para que eu aguarde um instante.

Não passo nem um minuto sentada na recepção, e um jovem de camisa xadrez azul e branca e gravata azul-escura chega de uma sala lateral que não notei que existia quando entrei.

"Oi. Meu nome é Kale Delacroix." Ele estende a mão.

Aperto-a automaticamente, sem entender por que está aqui, ao mesmo tempo em que me pergunto por que alguém chamaria o filho de *Kale*. "Sou Sabrina James."

"Ótimo. Bem-vinda à Assistência Jurídica de Harvard. Aqui está nosso formulário de inscrição. Se precisar de alguma ajuda, me avise."

Ele empurra uma prancheta na minha direção. Passo o olho pelo documento, sem entender por que preciso preencher um formulário para ver a professora Fromm. Solto a caneta da prancheta e começo a escrever meu nome. Então paro. Embora não goste muito de parecer burra, acho melhor perguntar o que é isso. "Isto é para a assistência jurídica gratuita? Porque não..."

Ele me interrompe. "Não se preocupe. É para isso que serve a assistência jurídica. Para os necessitados." A última palavra vem carregada de condescendência.

Meus cabelos da nuca se eriçam. "Sei disso..."

"Você não lê inglês? *Habla español*?" Ele arranca a prancheta da minha mão, vira a página e me devolve. O formulário agora está em espanhol.

"Falo inglês", rosno entre dentes.

"Ah, tá. Posso preencher o formulário, se você não souber ler nem escrever. Tem muita gente com esse tipo de problema aqui. É uma causa de família? Disputa de proprietário com inquilino? Não lidamos com delitos aqui." Mais uma vez, ele me abre um sorriso condescendente.

"Sou uma aluna", digo a ele. "Quer dizer, vou ser uma aluna."

Nós nos encaramos por um momento, enquanto espero a ficha dele cair. Dá para ver o momento em que isso acontece, porque o sujeito branquelo fica ainda mais branco. "Ah. Nossa, pensei..."

Sei o que ele pensou. Deu uma olhada no meu casaco puído e me rotulou como uma pessoa carente que precisa de orientação jurídica de graça. E a parte mais humilhante é que ele não está errado. Se eu precisasse de um advogado, não seria capaz de pagar.

"Algum problema?", interrompe uma voz nova. Uma mulher girafa surge atrás de Kale, as mãos entrelaçadas nas costas.

"Não, problema nenhum, professora Stein." Kale me lança um sorriso contido, mas seus olhos piscam em alerta, como se dissesse para eu não dar com a língua nos dentes.

O sorriso que lhe ofereço em resposta é o mais escancarado possível. "*Dale* aqui pensou que eu fosse uma cliente, mas na verdade tenho uma reunião com a professora Fromm."

A professora me examina, inteirando-se rapidamente da situação. Ela pega a prancheta e aponta as escadas com a cabeça. "Segundo andar, primeira porta à esquerda." Em seguida devolve o formulário para Kale.

"É *Kale*", sibila ele, e se afasta de nós, pisando duro.

A professora sacode a cabeça. "Alunos novos", diz, como quem pede desculpas, antes de caminhar na direção oposta.

Assim que Kale desaparece no corredor, ouço uma voz estridente recebê-lo. "Ai, meu Deus, isso foi demais. Você realmente confundiu aquela menina com uma imigrante de língua espanhola?"

Eu devia sair dali, mas meus pés criaram raízes. A recepcionista me lança um olhar aflito.

"Viu a roupa dela?", protesta Kale, do corredor. "Parecia uma daquelas indigentes que vêm todo ano pegar roupa na cesta de doações para vítimas de violência doméstica."

Uma nova voz entra na conversa. "Do que vocês estão rindo?"

"Kale confundiu uma aluna que veio falar com a professora Fromm com uma mendiga."

Com as bochechas queimando, me volto para a recepcionista. "Vocês têm que fazer alguma coisa com essa acústica."

Ela dá de ombros. "Se acha que isso é o pior que ouço todo dia, você não vai ter uma surpresa muito boa."

Que beleza. A ideia de continuar aqui já não é mais tão atraente, então subo os degraus dois de cada vez. A sala da professora Fromm fica no último andar. Ela está ao telefone, mas me vê na mesma hora.

"Sabrina, entre", convida, cobrindo o fone com uma das mãos e me chamando com a outra. "Só um minuto." Para a pessoa no telefone, ela diz: "Tenho que ir. Chegou uma aluna. Não esquece de pegar a roupa na lavanderia".

A sala está forrada de livros, a maioria deles publicações jurídicas de capa dura verde-oliva com as palavras North Eastern Reporter em letras douradas na lombada.

Sento na cadeira de couro preta diante da mesa e me pergunto como seria estar do outro lado. Significaria que, quando eu chegasse, ninguém nunca mais me confundiria com uma usuária da assistência jurídica.

"Então... Parabéns!" Ela sorri para mim. "Quase contei na outra noite, mas não quis estragar a surpresa."

"Obrigada. Nem posso dizer como estou emocionada."

"Seu histórico é impecável, mas..." Ela faz uma pausa, e meu coração dispara descontrolado.

A professora Fromm não pode anular minha aprovação, pode? Depois que recebi a carta, ela não pode mais ser revogada, né?

"Kelly falou que você tem dois empregos", termina ela.

"É, sou garçonete e trabalho no correio." A professora Gibson sabe exatamente onde trabalho de garçonete, mas me falou que ninguém em Harvard precisava saber, então mantenho isso em segredo. "Pretendo largar os dois trabalhos antes do início das aulas, no outono."

Isso a deixa feliz. "Ótimo. Estava torcendo por isso. Embora não seja mais verdadeiro aquele velho ditado que diz que, se olhar para a esquerda e para a direita, um de vocês três não vai estar aqui no ano que vem, alguns alunos ainda largam o curso depois do primeiro ano. Não quero que você seja um deles. Esse outono, você precisa concentrar sua atenção nos estudos. Espera-se que você absorva mais informações numa noite do que a maioria dos alunos de graduação faz num semestre."

Ela pega dois livros de uma pilha no chão e os desliza sobre a mesa na minha direção. Pelos títulos, um é sobre direito administrativo, o outro, sobre a arte de escrever.

"Quando tiver um tempo, e sugiro que arranje, pratique sua escrita. A caneta é sua arma mais forte aqui. Se souber escrever bem, você vai longe. Aqui também está um livro sobre direito administrativo. Um monte de gente se atrapalha com prática regulatória versus lei corporativa e de responsabilidade civil. É bom estar um passo à frente." Ela dá mais um empurrãozinho nos livros na minha direção.

"Obrigada", digo, com gratidão, recolhendo-os e pousando no colo.

"Não se preocupe. Mande um abraço para Kelly quando voltar para a Briar."

Então é isso. Estou obviamente dispensada.

"Obrigada", repito, sem jeito, e, segurando os livros, levanto.

Matei aula, peguei metrô e encarei um encontro humilhante com um babaca chamado Kale, para quê? Uma conversa de cinco minutos e duas recomendações de livro?

Quando chego à porta, a professora Fromm me chama de novo. "E, Sabrina, vou te dar uma dica. Invista um pouco do dinheiro do empréstimo num guarda-roupa novo. Vai te ajudar a se sentir em casa aqui, e o campo de batalha não vai parecer tão desigual. Você deve se vestir para o trabalho que quer, e não para o que tem."

Faço que sim com a cabeça, torcendo para que meu rosto não esteja completamente vermelho. E eu achando que a sessão "Vamos humilhar a Sabrina" já tinha terminado.

Caminhando pelo campus, tudo parece ter perdido um pouco do brilho. Desta vez, noto que a maior parte do gramado está marrom e que as árvores estão praticamente peladas e sem folhas. Os alunos parecem todos iguais — ricos e privilegiados.

Quando chego em casa, atiro os livros sobre a cômoda e deito na cama. Tem um pedaço da parede perto da janela onde o gesso rachou e está ficando amarelado. A infiltração existe há tanto tempo que já nem me lembro, mas uma vez comentei sobre isso com minha avó, e a resposta que obtive foi um olhar vazio, então nunca mais toquei no assunto.

Viro de barriga para cima e olho para o teto. O gesso lá em cima também está rachado, e existem umas manchas escuras que sempre me intrigaram. Será que tem um vazamento no telhado?

Sinto uma onda de vergonha tomar conta de mim, mas não sei do que estou envergonhada. Da minha casa feia e dilapidada? Das minhas roupas baratas? De mim em geral?

Deixa pra sentir pena de si mesma mais tarde. Hora de pagar as contas.

Deus. A última coisa que quero fazer agora é sair de uma humilhação e ir para outra, mas não tenho muita escolha. Meu turno no Boots & Chutes começa em uma hora.

Me obrigo a ficar de pé e pego o shortinho e o sutiã que compõem meu uniforme. Só mais dez meses disso, digo a mim mesma, ao vestir a roupa e passar a maquiagem. Calço minhas plataformas de stripper salto quinze, visto meu casaco de lã puído e sigo para a boate de strip. Que, infelizmente, é o único lugar em que me encaixo de verdade.

Sou vulgar. Vivo com gente vulgar. Pertenço a lugares vulgares.

A questão é: será que serei capaz de me livrar do fedor do passado para me encaixar em Harvard? Achei que fosse.

Mas hoje, honestamente, não sei.

8

TUCKER

"O time tá uma merda", reclama Hollis.

"O time não anda muito bem", reconheço.

O treino hoje foi um desastre, o que não é um bom prenúncio para o jogo de amanhã contra Yale. Estava torcendo para que a viagem até Boston nos distraísse do quão mal estamos jogando, mas faz quase uma hora que estamos sentados neste bar e, até agora, só falamos de hóquei. O jogo do Bruins que está passando nas várias televisões à nossa volta também não está ajudando em nada — ver um time bom jogar bem é só a cereja de um bolo de merda.

Olho para minha longneck vazia e aceno para a garçonete trazer outra cerveja. Vou precisar de mais umas cinco dessas se quiser sair desse humor azedo.

Hollis continua resmungando ao meu lado. "Se a gente não ajeitar a defesa, pode esquecer o Frozen Four."

"A temporada tá no começo. Não vamos jogar a toalha ainda", comenta Fitzy, do outro lado da mesa. Está bebendo uma Coca, porque é o motorista da vez.

"Vocês não vão parar de falar de hóquei, não?", reclama Brody, irmão de Hollis. Ele tem vinte e cinco anos, mas, com a cara lisa e o boné do Red Sox virado para trás, parece muito mais jovem.

"O que mais tem pra falar? Este lugar só tem cueca." Hollis atira uma bolinha de guardanapo no irmão.

Ele não está errado. Só vi duas mulheres no bar. Elas têm mais ou menos a nossa idade, são gostosas pra burro e estão se pegando numa mesa do canto. Noventa e cinco por cento dos homens aqui — incluindo eu —já lançaram olhares furtivos para as duas. Os outros cinco por cento estão ocupados se pegando.

"Tudo bem, seus manés." Brody solta um suspiro exagerado. "Não gostaram do lugar? Então vamos embora."

"Pra onde?", pergunta seu irmão mais novo.

"Pra um lugar onde haja mulher."

"Boa."

Três minutos depois, estamos entrando no carro de Fitzy e seguindo o Audi prata de Brody pela cidade.

"Carrão", comento, apontando para ele.

"É alugado", me informa Hollis. "Ele gosta de tirar uma onda com o que não tem."

"Uau", comenta Fitzy, do banco do motorista. "Lembra alguém que você conhece?"

Nosso colega levanta o dedo do meio. "Cara. Tiro mais onda que *você*, seu bunda-mole. Você nem pegou ninguém no seu aniversário, essa semana."

"Não estava querendo pegar ninguém. Vai por mim, se estivesse, você nem teria me visto aquela noite."

"A gente quase nem te viu! Você voltou mais cedo pra casa, pra jogar video game!"

"Pra fazer uma demo do jogo que eu desenvolvi", corrige o outro. "Não vejo *você* fazendo nada de produtivo com o seu tempo."

"Na verdade, meu pau foi *muito* produtivo, tá legal?"

Escondo um sorriso. Sempre me espanto com o fato de esses dois serem amigos tão próximos. Hollis é um sujeito barulhento que só pensa numa coisa — mulher —, já Fitzy é sério e intenso, e também só pensa numa coisa — video game. Ou talvez duas coisas, considerando o quanto gosta de se tatuar. De alguma forma, a amizade funciona, embora pareça funcionar principalmente à base de provocações e dedos médios.

Entramos num estacionamento de cascalho e paramos na vaga ao lado de Brody. O Audi não parece fora de lugar, comparado aos outros carros, mas não combina nem um pouco com o bar. No alto do prédio despretensioso, brilha um letreiro de néon com as palavras "Boots & Chutes", logo abaixo de uma menina seminua montando um touro.

Hollis encara o letreiro, boquiaberto. "Sério? Um bar country de strip em Boston? Que merda." Ele parece prestes a esmurrar o irmão.

"Você é mesmo uma mocinha." Brody envolve os ombros de Hollis com um dos braços e nos chama para entrar. "Vocês queriam mulher, não queriam? Bem, aqui está."

"É isso que acontece depois que você sai da faculdade? Tem que pagar pra comer alguém?" Hollis abaixa a cabeça. "Nunca vou sair da Briar, cara. Nunca."

Eu rio. "Ei, pensa só em todas as marias-patins que vão sobrar pra você quando Garrett e Logan começarem a jogar na liga profissional."

Isso o deixa animado na mesma hora. "É verdade. E olha...", ele aponta para o letreiro, "... agora você também não precisa ir embora de Boston. Quem precisa voltar pro Texas quando tem cowgirls bem aqui?"

"Tentador", digo, secamente, "mas acho que vou manter o plano."

A menos que minha mãe de repente resolva que gosta da Costa Leste, vou voltar para Patterson depois de me formar. Não sei se nossa cidade pequena é um bom lugar para começar um negócio, mas posso tentar abrir alguma coisa em Dallas e voltar para casa nos fins de semana. Minha mãe se sacrificou muito para me colocar aqui, e não vou deixá-la sozinha.

A boate cheira a suor, cigarro e desespero. Encabeçando o nosso grupo, o irmão de Hollis põe alguma coisa nas mãos do segurança, e eles têm uma conversa breve.

"Nada de tocar as meninas. Danças privadas começam em cinco contos." Ele chama uma garçonete. "Primeira fila, palco da direita", diz a ela.

Todo mundo começa a se mover.

Todo mundo, menos eu.

"Algum problema?"

A voz ríspida do segurança me põe em movimento. "Não", respondo, descontraído.

Mas meio que tem. Um problema enorme, na verdade. Um problema gigante.

Porque sob o delineador pesado e o penteado volumoso, reconheço a garçonete. Merda, já passei as mãos e a boca por toda aquela pele exposta.

O olhar espantado de Sabrina encontra o meu. Vejo toda a cor sumir do seu rosto, o que significa muito, porque ela não pegou leve no blush.

"Por aqui", murmura, em seguida se vira, fazendo o cabelo escuro voar à sua volta, mas não antes de me lançar um olhar de advertência.

Pode deixar. Ela não quer que eu diga aos caras que a gente se conhece. Não a culpo. Isto é no mínimo constrangedor pra caramba para ela.

"Que tipo de mulher trabalha nesta espelunca?", pergunta Hollis, babando na bunda incrível de Sabrina, que o shortinho minúsculo mal consegue cobrir.

"Do tipo gostosa", responde Fitzy, seco.

É um eufemismo. As mulheres aqui são mais do que gostosas. São simplesmente espetaculares. Fonte: meus globos oculares.

Altas, baixas, curvilíneas. Brancas, negras e todas as cores que existem entre uma coisa e outra. Mas meu olhar continua voltando para Sabrina, como se ele estivesse preso a um barbante invisível que é controlado por sua bunda perfeita.

"Retiro todas as grosserias que falei sobre cowgirls no estacionamento. Qualquer uma dessas meninas pode montar em mim."

Sinto um calor invadir minha barriga. Não gosto da ideia de Hollis — nem nenhum dos caras aqui — sendo montado por Sabrina. Ela é minha.

"Tudo bem?", pergunta Fitzy. "Você parece irritado."

Inspiro. "É, desculpa. Tava pensando no time."

Ele engole a mentira. "Isso é de deixar qualquer um fervendo de raiva. Anda. Vamos pegar uma bebida e esquecer o hóquei."

Concordo com a cabeça, distraído, além de fascinado demais pelas costas de Sabrina. Estão completamente expostas, exceto por uma tirinha desprezível que parece que vai se soltar se eu soprar o laço. Meu olhar desce, assimilando a curva elegante de sua coluna e indo até o alto do shortinho de cetim preto.

Quando chegamos ao palco, já estou meio duro, o que é vergonhoso. Ficar com tesão assim só de ver a bunda de uma menina é uma coisa que não acontece comigo desde a época do colégio.

Me obrigo a olhar para cima bem a tempo de evitar uma mesa cheia de garotos de fraternidade. Um deles estende a mão para dar um tapa na bunda de Sabrina à medida que ela passa por eles.

Uma onda de raiva sobe por minha coluna. Abro caminho na direção do cara, mas um segurança sentado na frente do palco alcança o imbecil antes de mim.

"Nada de tocar as meninas, idiota." Ele levanta o garoto pela camisa polo. "Anda."

"Ei, desculpa", protesta o babaca. "Foi reflexo."

Mas o segurança não dá ouvidos, e o cara é arrastado para fora. Seus amigos ficam só olhando.

Hollis sorri. "Eles são linha-dura por aqui."

"Precisamos daquele cara no time", comenta Fitzy.

"Não brinca."

Sabrina estende a mão apontando a mesa. "O que posso fazer por vocês, rapazes?" A música ensurdecedora da boate torna sua voz quase inaudível.

"Um chope, qual você tiver." Mantenho os olhos fixos acima do seu queixo, o que é um puta milagre.

Não deixo de notar a infelicidade no seu rosto. Não é preciso ser um gênio para desconfiar que ela está com vergonha, e não tenho nem como dizer que onde ela trabalha não faz a menor diferença para mim.

Brody ocupa a cadeira ao meu lado. Ele descansa os braços na mesa e se inclina para a frente, para observar uma mulher seminua dançando a um metro e meio de nós. A ruiva alta está tirando o fio dental, o que a deixa com nada além de um coldre de couro na cintura e duas armas de mentira.

"E você?"

O irmão de Hollis desvia o olhar da cowgirl nua e se volta para Sabrina. "Uísque puro."

"É pra já."

"Obrigado, gatinha."

Com um sorriso forçado, Sabrina desaparece, e, de alguma forma, consigo conter a vontade de me jogar por cima da mesa para dar um murro em Brody. Sabrina não é a gatinha dele. Se ele a chamar assim de novo, não sei se vou conseguir não dar uma surra no sujeito.

"Ela parece alguém que eu conheço", grita Hollis no meu ouvido. "A garçonete. Não é?"

Dou de ombros. "Não sei."

Fitzy se vira e a examina anotando um pedido debruçada em uma mesa perto da nossa. "Acho que parece um pouco a Olivia Munn."

"De jeito nenhum. É um milhão de vezes mais gostosa", comenta Hollis. Então dá de ombros. "Sei lá, talvez não seja ninguém."

Seu irmão sorri. "Depois eu pergunto pra ela por que parece conhecida. Sabe como é, quando ela estiver de joelhos na minha frente."

Cerro os punhos junto das coxas. Preciso fazer isso ou vou esmurrar o irmão de Hollis, e aí Hollis vai ficar puto. Gosto do Hollis.

Por sorte, Brody decide parar de ser um babaca, como se, em algum nível inconsciente, soubesse que estou perto de acabar com a raça dele. Ele se vira para mim e comenta: "Mikey falou que você vai abrir o próprio negócio".

Faço que sim com a cabeça. "Esse é o plano."

"Já sabe o que vai ser?"

"Tenho algumas ideias, mas não resolvi nada ainda. Tô me concentrando no hóquei."

"É, sei como é."

"Mas, quando sair da faculdade, vou avaliar as opções."

"Se precisar de ajuda, me fala. Tenho uns contatos aí numas oportunidades novas. Só coisa que tá indo bem no começo. Não sei quanto dinheiro você tem, mas esses investimentos não estão abertos pro público. Um dia você tem uns duzentos mil, e três anos depois você é um bilionário, depois que o Facebook vem te comprar." Ele estala os dedos, como se fosse assim *tão* fácil.

"Parece interessante. Talvez eu te ligue quando estiver pronto pra decidir alguma coisa." Aceno de novo com a cabeça, mas, sério, não tenho nenhum plano de ligar para Brody Hollis para pedir conselho de investimento. Obrigado, mas prefiro não ser enrolado por um esquema de pirâmide.

Sabrina volta com uma bandeja na mão, e, na mesma hora, toda a minha atenção pertence a ela. De pé junto ao meu ombro, ela pousa nossas bebidas na mesa. Acho que é porque ofereço menos perigo de agarrar sua bunda, e não porque ela quer esfregar os peitos na minha bochecha.

"Daqui a pouco eu volto pra ver se vocês precisam de mais alguma coisa", murmura, antes de desaparecer da nossa frente.

Nossa. Olho para Sabrina admirado, desejando poder correr atrás dela e abraçá-la. Servir um monte de caras da Briar — para não falar de um com quem ela transou — não deve ser confortável para ela. Podia ter pedido para o chefe trocá-la de seção, mas não o fez. Continua trabalhando como se nossa presença não a afetasse nem um pouco.

Pela meia hora seguinte, eu e os rapazes assistimos às strippers fazerem o que sabem fazer. Bem, eles assistem. Eu? Estou todo focado em Sabrina. Lanço olhares para ela a todo instante, mal prestando atenção ao que está acontecendo ao meu redor. Registro, distraído, risos, gritos e trechos de conversas, mas todo o meu mundo se reduziu a Sabrina James. O balanço sensual do seu quadril quando ela caminha. Os saltos altos, que fazem suas pernas compridas parecerem impossivelmente mais compridas. Toda vez que passa por nossa mesa, luto contra o impulso de puxá-la para o meu colo e beijá-la até não poder mais.

"Quanto custa uma menina como você?", uma voz alta e embriagada ressoa atrás de mim.

"Não sou dançarina."

Meus ombros ficam rígidos quando reconheço a voz de Sabrina. A mulher no palco acabou de terminar seu show, e a música baixou um pouco, enquanto a próxima garota se prepara para subir. Quando viro em minha cadeira, vejo que os idiotas dos garotos de fraternidade estão em ação de novo.

"Mas você seria, pelo preço certo", diz um dos babacas.

"Não. Só sirvo bebidas." De onde estou, posso ver a tensão nos ombros delgados.

"E se eu quisesse mais que uma bebida?", provoca o imbecil.

"Vai por mim, você não quer desperdiçar seu dinheiro comigo. Sou péssima dançarina." Seu tom é leve por fora, mas gélido por dentro. "Mais alguma coisa?"

"Gata, não tô pedindo um show da Broadway. Só quero que você balance esses peitos e rebole a bunda na minha cara. Talvez se esfregar um pouquinho em mim..."

Pronto. Já chega.

Não deixo de notar o olhar de incompreensão de Fitzy quando levanto da cadeira e caminho até a mesa dos babacas.

"Ela disse que não", rosno.

O idiota principal sorri para mim. "Ela é uma porra duma stripper, cara."

Cruzo os braços sobre o peito. "Ela disse que não", repito.

De canto de olho, vejo Sabrina dar um passo para trás.

"Qual é a tua?", pergunta o imbecil. "Vai cuidar da sua vida, ou vou..."

Ouço as cadeiras atrás de mim arrastando contra o chão, e o babaca se encolhe em seu assento, com quase trezentos quilos de jogadores de hóquei irritados o encarando. Fitzy é particularmente ameaçador, com os braços todos tatuados e o corte no supercílio que arrumou no último jogo.

"Vai o quê?", pergunto, levantando uma sobrancelha.

"Nada", responde o garoto de fraternidade, emburrado.

"Foi o que eu pensei." Mostro os dentes para os idiotas, e volto com os rapazes para as nossas cadeiras.

Levo um segundo até perceber que Sabrina está quase do outro lado do salão. Ela se vira, brevemente, para espiar a nossa mesa. Quando nossos olhares se encontram, há uma tristeza inconfundível no dela.

Antes que possa me deter, pego o celular e digito uma mensagem rápida. Não sei se ela desbloqueou meu número, mas não custa tentar.

Mil desculpas por isso.

Não espero uma resposta. Então, quando meu celular vibra três minutos depois, fico sinceramente surpreso. Mas logo minha surpresa vira irritação, porque o que ela escreveu foi: *Vc me seguiu até aqui?*

Preciso de um minuto para me acalmar. Dou um gole na cerveja, respiro fundo e respondo com: *Me encontra no banheiro?*

Desta vez, ela responde na mesma hora.

5 min.

Passo os quatro minutos seguintes fazendo força para não olhar para a tela. Ou colocar um alarme no celular. A impaciência borbulha dentro de mim, intensificando-se a cada segundo. Quando me levanto, estou tenso até dizer chega.

"Vou ao banheiro", murmuro, mas os caras nem olham. Hollis e Brody estão ocupados demais enfiando notas no fio dental de uma stripper, e Fitzy os observa com uma expressão entediada.

Abro caminho por entre a multidão quase só de homens até as portas do outro lado do ambiente escuro. O Boots & Chutes se empenhou na decoração country — os banheiros são separados do salão principal por portas ao estilo saloon, e as placas de madeira que os identificam dizem "Cowboy" e "Cowgirl". Atrás da porta que diz "Cowgirl", ouço os sons abafados de gemidos femininos entrecortados por grunhidos masculinos. Quanta finesse.

"E aí, vai me responder?"

Viro ao ouvir a voz de Sabrina. Ela caminha a passos duros na minha direção, os braços cruzados com força sobre o peito de um jeito que faz seus seios transbordarem por cima do sutiã.

"Se segui você até aqui?" Aperto os lábios com força. "Não, princesa, não segui."

Ela me estuda por vários segundos antes de assentir. "Tá bom. Acredito em você." Então se vira para ir embora.

Ah, mas de jeito nenhum.

"Sabrina", chamo, em voz baixa.

Ela para. "O... o quê?"

Algo dentro de mim se derrete ao ouvir sua voz falhar. Ela permanece de costas para mim, a coluna rígida feito uma barra de metal. Quando a alcanço, toda a indignação que senti por causa da sua suspeita injusta já desapareceu. Toco seu braço gentilmente para virá-la e podermos nos olhar nos olhos.

"Sabrina?" Mantenho a voz suave e segura.

Ela engole visivelmente. "Eu trabalho aqui."

Dou um aceno lento. "Você trabalha aqui."

"Já acabou? Não vai falar mais nada?"

Acaricio seu ombro nu com a ponta do polegar, satisfeito ao senti-la estremecer. "Você trabalha aqui. E recebe por isso. E usa esse salário para pagar as contas, imagino. O que mais quer que eu diga?"

Mas sei o que ela esperava de mim. Censura. Desprezo. Talvez um comentário obsceno ou dois.

Só que não sou esse tipo de homem.

Ela continua me olhando, até que finalmente um pequeno sorriso brinca em seus lábios lindos. "Estou esperando a parte em que você me diz que *nunca* vem a lugares assim, que seus amigos te arrastaram contra a sua vontade, e blá-blá-blá."

"Estaria mentindo se dissesse que nunca fui a uma boate de strip. Mas meio que vim arrastado aqui hoje — meu voto foi pelo bar de esportes. E a única razão que me fez vir pra Boston foi..." Paro, porque a última coisa que quero fazer é assustá-la de novo.

"Foi o quê?"

Que se dane. Dou de ombros e respondo: "Tava torcendo pra talvez esbarrar com você".

Sabrina ri. "Boston é enorme — achou mesmo que ia me encontrar por acaso?"

"Achar, não achei. Mas torcer? Ah, pode apostar que eu torci."

Isso rende outra risada.

Ficamos olhando um para o outro por um instante. Minha voz sai rouca quando murmuro: "Você desbloqueou meu número".

"Eu desbloqueei seu número", repete ela.

Então umedece o lábio inferior com a ponta da língua, e engulo um gemido. Droga, quero beijá-la.

"Melhor eu... voltar ao trabalho."

Percebo o mais ínfimo fio de relutância em suas palavras, mas um fio é tudo de que preciso. "Que horas você sai?"

"Duas."

"Quer encontrar comigo quando sair?"

Ela não responde imediatamente. Fico ali, prendendo a respiração, torcendo para que o desejo avassalador e primitivo que sinto por ela não transpareça em meu rosto, rezando para que ela diga...

"Quero."

9

TUCKER

Espero por Sabrina no estacionamento. Quase todos os carros já foram embora, exceto uma meia dúzia, provavelmente dos empregados. Faz algumas horas que os caras voltaram para o apartamento de Brody, onde na certa vão passar a noite bebendo. Falei que ia encontrar uma menina, o que fez com que Hollis comemorasse, sem deixar de mencionar o quanto eu era um vacilão por não perguntar se ela tinha uma amiga.

Depois que eles me deixaram numa lanchonete vinte e quatro horas a poucos quarteirões da boate, o local do meu suposto encontro, gastei uma hora comendo um hambúrguer e tomando café, para não ficar caindo de sono quando encontrasse Sabrina. Então caminhei até o Boots & Chutes, e agora estou recostado na porta do Honda de Sabrina, vigiando a entrada da boate, ansioso.

Quando ela aparece, minha empolgação aumenta um pouco. Está usando um casaco de lã que vai até os joelhos. Abaixo disso, suas pernas estão nuas.

Me pergunto se está usando aquele shortinho por baixo, e sinto meu pau contrair. Então me recrimino, porque dava para ver como ela estava com vergonha do uniforme minúsculo.

"Oi", diz, ao se aproximar.

"Oi."

Quero beijá-la, só que Sabrina não está transmitindo um clima de "vem cá, bonitão". Mas preciso tocá-la, então me aproximo e ajeito uma mecha de cabelo atrás da orelha.

Ela morde o lábio, hesitante. "Aonde a gente vai?"

"Aonde você quer ir?" Quero deixar a decisão inteiramente para ela. "Tá com fome?"

"Não. Acabei de comer. Você?"

"Comi uma barrinha energética no último intervalo."

Pisco para ela. "Achou que ia precisar de energia, é? Por quê?"

Suas bochechas se tingem do tom mais bonito de rosa. Sabrina tenta conter um sorriso, e, quando ele se liberta, comemoro por dentro. Ela é tão linda sorrindo. Queria que fizesse isso mais vezes.

Ela olha ao redor. "Você não veio na sua caminhonete."

"É, deixei em Hastings. A gente veio no carro do Fitzy."

Ela assente e morde o lábio de novo. "Eu... bem... o que a gente devia fazer, então?"

"Sem pressão." Chego um pouco mais perto, pousando de leve uma das mãos em seu quadril enquanto acompanho a linha do queixo com a outra. Ela não se afasta, e minha pulsação dispara. "A gente pode caminhar. Só relaxar no carro e conversar. O que você quiser."

Sabrina deixa escapar um suspiro que produz uma nuvem branca no ar frio da noite. "Não estou a fim de andar. Tá frio, e meus pés estão doendo de passar a noite toda em pé. E meu carro é pequeno demais pra você. Você ia ficar dolorido em cinco segundos."

"Quer ir pra sua casa?"

Ela fica tensa. "Na verdade, não." Solta o ar novamente. "Não quero que você..."

"O quê?"

"Não quero que veja onde moro." Ela soa defensiva. "É uma merda, tá legal?"

Meu coração contrai de leve. Não respondo, porque não sei o que dizer.

"Bem, não o meu quarto", admite ela. "Meu quarto não é uma merda."

Sabrina fica em silêncio, como se estivesse lutando por dentro.

"Estava falando sério", digo, com uma voz suave. "Sem pressão. Mas se você estiver preocupada que eu vá julgar o lugar onde mora, pode ir parando. Não me importo se é uma mansão ou um barraco. Só quero passar um tempo com você, onde e quando não importa."

Quando acaricio seus lábios com o polegar, os ombros tornam-se menos tensos. "Tá", sussurra, por fim. "Vamos pra minha casa."

Avalio seu rosto. "Tem certeza?"

"Tenho, não tem problema. Queria estar num lugar gostoso e quentinho agora. Não que minha casa seja gostosa e quentinha, mas é mais quente do que aqui, na rua."

Decidida, ela abre a porta e entra no carro. Sento no banco do passageiro. E ela não estava errada — minhas pernas não estão felizes. Mesmo depois de empurrar o banco o máximo possível para trás, não tenho espaço para me esticar.

Ela liga o carro e deixa o estacionamento. "Moro aqui perto."

Depois disso, não fala muito durante o caminho. Não sei se está nervosa ou arrependida de se encontrar comigo, mas estou torcendo para que não seja a última opção.

Não insisto que fale, porque sei como ela pode ser arisca. O negócio aqui é ser paciente, e ter paciência com Sabrina James compensa. É tão cheia de vida, então basta deixá-la confortável que ela se entrega de corpo e alma.

Quando viramos na rua dela, finjo que é a primeira vez que venho aqui. Que não reconheço as casas geminadas estreitas e malcuidadas. Que não dormi no meu carro junto do meio-fio desigual na noite em que a segui até em casa para ter certeza de que ela chegaria bem.

Sabrina entra na pequena garagem nos fundos da casa. Ela desliga o carro e salta em silêncio.

"Por aqui", murmura, enquanto contorno o Honda.

Sem pegar na minha mão, confere se estou atrás dela subindo os três degraus baixos da varanda dos fundos. Ela abre a porta, e seu chaveiro faz um barulhinho baixo na noite silenciosa.

No segundo seguinte, entramos numa pequena cozinha com um papel de parede amarelo e rosa de mau gosto e uma mesa de madeira quadrada no centro, com quatro cadeiras. Os eletrodomésticos parecem velhos, mas, pelas panelas sujas em cima do fogão, dá para ver que funcionam.

Sabrina empalidece diante da bagunça. "Minha avó nunca arruma a cozinha", diz, sem encontrar meu olhar.

Dou uma olhada no espaço apertado à minha volta. "São só vocês duas aqui?"

"Não. Meu padrasto também mora com a gente." Ela não explica, e não peço mais detalhes. "Mas não se preocupe. Sexta é dia de pôquer... Em geral ele passa a noite fora e chega lá pelo meio-dia. E vovó toma um sonífero toda noite antes de deitar. Ela dorme feito uma pedra."

Não estava preocupado, mas tenho a sensação de que ela está tentando tranquilizar a si mesma, e não a mim.

"Meu quarto é pra cá." Ela entra no corredor antes que eu possa dizer uma palavra.

Vou atrás, reparando em como o corredor é estreito, como o carpete está sujo e como não tem nenhuma foto de família nas paredes. Meu coração sente uma pontada, porque os ombros caídos de Sabrina me dizem que ela tem vergonha deste lugar.

Merda. Odeio vê-la assim tão derrotada. Quero contar para ela da pintura descascando na parede da minha casa no Texas, sobre como passei o ensino médio inteiro no menor quarto da casa para minha mãe poder montar um salão de beleza no quarto maior e complementar a renda de cabeleireira num salão no centro da cidade.

Mas fico em silêncio. Estou seguindo as regras dela aqui.

Seu quarto é pequeno, arrumado e nitidamente a sua fonte de refúgio. A cama de casal está feita e coberta com uma colcha azul-clara. A mesa é impecável, cheia de livros empilhados com cuidado. O lugar tem um cheiro limpo e fresco, uma fragrância de pinho, limão e algo tão feminino que chega a ser viciante.

Sabrina desabotoa o casaco e o pendura na cadeira.

Minha boca começa a salivar. Ela vestiu uma camiseta por cima do sutiã minúsculo do "uniforme", mas ainda está de shortinho. E com os sapatos. Deus do céu, que sapatos.

"Então", começa ela.

Abro meu casaco. "Então", repito.

Seus olhos escuros acompanham o movimento de minhas mãos enquanto jogo o casaco de lado. Em seguida, ela balança a cabeça bruscamente, como se estivesse tentando parar de... me secar? Acho que sim. Escondo um sorriso.

"Estava falando sério quando disse que não queria me envolver com ninguém", começa ela.

"Eu sei. Foi por isso que não liguei." Caminho até a mesa, examinando os títulos dos livros, um zilhão deles.

Na parede há um pequeno quadro de cortiça, cheio de retratos. Sorrio para uma foto de Sabrina imprensada entre duas outras meninas. A da esquerda tem um cabelo vermelho-vivo e está mostrando a língua e apertando a bunda de Sabrina de forma exagerada. A da direita está de tranças finas e compridas, e dá um beijo na bochecha de Sabrina. Está na cara que a adoram, e fico feliz de saber que ela tem pelo menos duas pessoas que a apoiam.

"Minhas amigas", explica Sabrina, chegando ao meu lado. Ela aponta para a da direita. "Esta é Hope..." E depois para a da esquerda. "E Carin. Elas caíram do céu. Sério."

"Parecem legais." Meu olhar percorre as outras fotos antes de pousar numa folha de papel branco com o emblema de Harvard no canto. "Puta merda", exclamo. "Isso é o que eu acho que é?"

Todo o seu rosto se ilumina. "É. Entrei na faculdade de direito de Harvard."

"Uau!" Viro na direção dela e a puxo para um abraço. "Parabéns, princesa. Tô orgulhoso de você."

"Também tô orgulhosa de mim." Sua voz soa abafada contra o meu pescoço.

Ai, não. Este abraço foi uma má ideia. Agora só consigo pensar nas suas curvas, nos seios grandes apertados contra o meu peito. Juro que seus mamilos estão duros também.

Sabrina prende a respiração ao sentir a mudança no meu corpo.

"Desculpa", digo, arrependido, afastando o quadril. "Meu pau ficou confuso."

Um riso escapa da sua boca. Ela vira a cabeça para mim, os olhos brincalhões. E excitados. Não tenho dúvidas de que estou vendo uma centelha de excitação neles.

"Tadinho", murmura. "Preciso explicar pra ele a diferença entre um abraço e sexo?"

Meu Deus. Esta mulher está proibida de dizer a palavra *sexo*. Nesses lábios carnudos, soa demais como uma promessa.

"Acho que é uma boa ideia", respondo, sério. "Embora ele não seja o cara mais inteligente do mundo — pode ser que precise de uma aula prática."

Ela ergue uma sobrancelha. "O que aconteceu com o 'sem pressão'?"

"Ah, tava brincando. Não tem pressão nenhuma, princesa." Quer dizer, tirando a pressão dentro da minha calça.

Ela fica em silêncio por um momento. Já não estamos nos abraçando, mas continuamos a poucos centímetros de distância.

"Sério?", diz. "Costumo funcionar melhor sob pressão. Às vezes preciso de um... empurrãozinho."

Ouço o pedido implícito, mas, embora meu pau fique ainda mais duro, me obrigo a demonstrar controle. "Não vou pressionar você. A menos que tenha certeza absoluta de que é isso que você quer." Estudo a expressão dela. "É isso que você quer?"

Ela umedece os lábios. "É."

"Preciso de mais do que isso. Me diz exatamente o que você quer."

"Você. Quero você."

"Seja mais específica." Merda, ao que parece, sou masoquista. Mas essa garota me rejeitou duas vezes desde que a gente dormiu junto. Preciso ter certeza de que estamos no mesmo pé.

"Quero você. Quero *isto*." Ela pousa a mão na minha virilha, e minha ereção quase rasga a calça.

"Onde?" Minha voz sai áspera.

"Na minha boca."

Tchau, controle. Com essas três palavrinhas repletas de luxúria, Sabrina James literalmente jogou uma bomba nele.

Num piscar de olhos, estou beijando seus lábios. E é o tipo de beijo que vai de zero a cem quilômetros por hora num segundo. Minha língua invade sua boca entreaberta num carinho ganancioso. Ela ofega de prazer e me beija de volta, a língua enroscando na minha por alguns segundos estonteantes, então deixa uma trilha de beijos até o meu pescoço. Ela ofega, seus seios aumentam, e sinto seu gemido direto no meu saco.

"Você cheira tão bem", sussurra, e seus lábios me cobrem por inteiro. Descem pelo meu pescoço, se esfregam contra a minha clavícula e fazem cócegas no meu queixo. Praticamente me deixando louco.

Ela desliza uma das mãos entre nós dois e me acaricia por sobre a calça. Não abre o zíper. Nem passa a mão por dentro da calça. Não sei se é porque está me provocando ou esperando o empurrãozinho de que parece precisar. Como não tenho paciência para a primeira opção, decido se tratar da última.

"Coloca meu pau para fora", ordeno, bruscamente.

Seus lábios se curvam num sorriso provocante. "Por que eu faria isso?"

"Você disse que me queria na sua boca." Cerro o punho junto do meu corpo. "Então me põe na boca."

Ela solta um barulhinho, uma mistura de gemido e suspiro. Sinto seus dedos trêmulos abrindo o botão da minha calça, mas sei que não é de nervoso, porque sua expressão esbanja ansiedade.

"Queria fazer isso naquela noite na sua caminhonete", confessa. "Mas estava doida pra sentir você dentro de mim."

Com cuidado, ela tira meu membro rígido da cueca e o envolve com os dedos. Arranco minhas botas e chuto para um canto, em seguida baixo a calça e a cueca. Então chuto as duas também.

"Tira a camisa", ordena ela, parecendo se divertir. "Quero ver seu peito."

Essa menina vai me matar. Tiro a camisa e fico ali, completamente pelado na frente dela. Sabrina continua toda vestida, se é que se pode chamar o shortinho e a camiseta fina que está usando de *roupa*.

Com seu olhar ardente me comendo, agradeço aos deuses do hóquei por terem inventado um esporte tão intenso. Hóquei é um jogo difícil e perigoso que exige horas de treino. E me rendeu músculos em lugares que eu nem sabia que tinha músculos. E agora todo esse trabalho árduo está me recompensando em dobro, com a expressão faminta no rosto de Sabrina.

"Seu corpo é uma loucura", ela diz.

Rio. "O seu, então", respondo, segurando seus seios por sobre a camiseta.

Ela afasta minhas mãos. "Não me atrapalhe! Tenho um trabalho a fazer."

Dou uma piscadinha. "Você tá sempre tão ocupada, achei que fosse boa em fazer várias coisas ao mesmo tempo."

"Boa não, ótima. Mas agora não quero fazer várias coisas ao mesmo tempo. Quero saborear isto." Ela me lança essa promessa sedutora e vai se ajoelhando lentamente.

Ergue os olhos para mim, e seu cabelo cai por cima de um dos ombros. É a coisa mais excitante que já vi. Acaricio sua boca com o polegar. Quero ver esses lábios me envolvendo. Quero ver essa boca me recebendo.

"Me chupa", imploro, porque ela continua ajoelhada ali, sem me tocar.

Sabrina ouve o tom de desespero em minha voz e tem pena de mim, então se aproxima. Ela faz o mais leve carinho possível com a língua, e só isso é o suficiente para enviar um espasmo pela minha coluna. Não vou durar muito.

Seguro a parte de trás da sua cabeça e a trago mais para perto. Ela obedece, abrindo a boca e recebendo metade de mim. O calor úmido que me envolve me faz gemer. É incrível, e isso *antes* de ela começar a usar a língua.

"Ah, merda", deixo escapar, quando ela lambe a parte de baixo, mais sensível.

Sabrina ri, e o som me atravessa e vibra no meu saco. Ela me enlouquece com os movimentos lentos da mão. A boca molhada indo fundo. As lambidas suaves. E, o tempo todo, faz os ruídos mais sensuais que já ouvi. Gemidos baixos de excitação e suspiros ofegantes que me dizem que ela está tão perto de perder o controle quanto eu.

Acaricio seu cabelo, que escorre tão macio e sedoso entre os meus dedos. Movo o quadril, devagar, porque quero que isso dure. Mas quando sua boca de repente desliza para a frente até seus lábios estarem me apertando pela base, não há nada que possa conter o orgasmo.

Enterrado em sua garganta, explodo feito fogos de artifício. É tão rápido que nem tenho tempo de avisar.

"Sabrina", murmuro, tentando sair.

Ela só geme e chupa com mais força, recebendo tudo o que tenho para oferecer.

O prazer é tão intenso que quase me derruba. Meus joelhos se chocam. Meu cérebro parou de produzir pensamentos coerentes mais ou menos na hora em que ela pôs a boca em mim.

Por fim, percebo a carícia suave de sua mão em minhas coxas, seus dedos roçando meu membro, num último movimento antes de ficar de pé.

"Isso foi divertido", me diz.

Engasgo de tanto rir. Divertido? Isso é que é eufemismo.

"Isso foi bom pra caralho", corrijo, puxando-a para mim.

Beijo-a até estar sem fôlego. Minhas pernas ainda estão trêmulas, mas minhas mãos estão mais do que firmes ao tirar sua camiseta e desfazer o nó do sutiã. Com nossas bocas ainda grudadas, empurro-a para a cama, avançando sobre seu corpo até ela não ter escolha além de cair sobre os cotovelos, de costas na cama.

Tiro seus sapatos, um de cada vez, aproveitando para beijar os tornozelos bem esculpidos. Então tiro o shortinho e jogo do outro lado do quarto, antes de pegar os sapatos de novo.

Sabrina ergue uma sobrancelha. "Vai colocar de volta?"

"Ah, vou. Você não tem ideia de como fica gostosa nesses saltos."

Calço um dos seus pés, depois o outro. Quando termino, olho para ela por um bom tempo e me pergunto como pude ter tanta sorte. Ela é só braços, pernas, curvas e pele macia e bronzeada. Seu cabelo escuro está espalhado atrás da cabeça, os lábios vermelhos estão brilhando e entreabertos. E esses sapatos... Meu Deus. Ela é um verdadeiro sonho.

Subo de joelhos no colchão e me aproximo. Meu pau está acordando de novo, mas ignoro. Ele pode descansar um pouco enquanto eu me divirto.

"Você é tão bonita que nem dá pra acreditar", digo, a voz áspera, deslizando a mão por entre suas pernas.

Quando esfrego a ponta do polegar em seu clitóris, seu quadril se ergue da cama em resposta.

Sorrio. Mal toquei, e ela já está doida por mim. Ou talvez tenha ficado doida quando estava me fazendo um boquete que deveria entrar para a história.

Deslizo o dedo até sua abertura, arfando ao descobrir que ela está encharcada. "Isso é por minha causa?", murmuro.

Vejo a malícia brilhando em seus olhos. "Desculpa, mas não. Estava o tempo todo fingindo que você era o Tom Hardy."

"Mentira." Enfio um dedo, e ela geme alto. "Você sabia exatamente o pau de quem estava na sua boca."

Sabrina se contorce contra meu dedo. Enfio outro e a acaricio por dentro, e meu polegar esfrega seu clitóris numa provocação.

"Tá bom, sabia", arfa ela. "Quem precisa de estrela de cinema? Você é a fantasia de qualquer uma."

Não dá para fingir que meu ego não gosta disso. E meu pau definitivamente gosta do jeito como seu corpo aperta meus dedos. Lembro de como ela parecia apertada da última vez e de como foi bom, e mais uma vez esqueço que estou tentando ir devagar.

Gemendo, afasto suas coxas com a mão livre e enterro a cara onde meu pau queria estar. Quando minha língua a toca, ela geme alto o suficiente para acordar os mortos. Espero que o remédio que sua avó tomou para dormir esteja fazendo efeito, senão estamos prestes a sofrer uma interrupção desconfortável pra cacete.

Beijo, lambo, chupo e brinco até meu corpo não aguentar mais. Até minha mente se desligar de novo e ficar completamente vazia, exceto por um pensamento: *preciso estar dentro dela.*

Afastar minha boca a faz soltar um gemido de decepção. Minha barba deixou manchas rosadas em suas coxas, mas ela não parece se importar. Está se contorcendo e apertando as pernas, um olhar excitado no rosto.

"Tucker", implora.

"Espera, princesa." Me debruço na beirada da cama para puxar minha calça, então pego uma camisinha na carteira.

Ela me olha colocar o preservativo. Seu olhar não está mais encoberto pela frustração. Está pegando fogo, brilhando de expectativa.

"Entra em mim", ordena.

"Sim, senhora."

Com um sorriso, me arrasto de volta até ela, um punho segurando o pau para guiá-lo. Mergulho fundo, e nós dois gememos. Mas acho que não foi fundo o suficiente. Ela envolve as pernas compridas, macias e maravilhosas na minha cintura e enfia os saltos na minha bunda, erguendo o quadril para aprofundar o contato, e é a melhor sensação do mundo.

Desço o tronco, apoiando os cotovelos de ambos os lados da sua cabeça. "Linda", murmuro, fitando seu rosto corado. Baixo a cabeça e a beijo de novo, enquanto meu pau pulsa no calor apertado de seu corpo.

Tento ir devagar. O máximo que consigo. Mas Sabrina tem outros planos.

Ela enfia a mão no meu cabelo e puxa minha cabeça até separar nossas bocas. "Quero mais." Soa tão desesperada quanto eu.

"Me diz o que você quer."

"Isto." Ela segura minha mão e a leva até o ponto em que estamos unidos. Seus dedos cobrem os meus num pedido para acariciar seu clitóris. "E isto." Ela ergue o quadril e começa a me foder.

E então, senhoras e senhores, é isso aí.

Meu ritmo lento e comedido vai para o espaço, e começamos a transar feito dois animais. Entro o máximo que posso. Mantenho a palma colada em seu clitóris inchado, esfregando no ritmo de cada impulso frenético. Em poucos segundos, estamos os dois encharcados de suor e ofegantes. As molas do colchão rangem com a força de nossos movimentos. A cabeceira bate contra a parede num *tum-tum-tum* rítmico que corresponde às batidas desvairadas do meu coração.

Ela goza antes de mim, segurando meus ombros e tremendo sob meu corpo. O boquete adiou um pouco as coisas para mim. Droga, adiou mais do que eu queria, porque estou louco para gozar. Todos os músculos do meu corpo estão tensos, implorando por um alívio que ainda está fora do meu alcance.

"Relaxa", murmura Sabrina.

Então seus dedos abrem minhas nádegas, um deles desce lá atrás e...

É *isso* aí.

Gozo com um grito rouco. Esqueço meu nome. Acho que chego a apagar por um minuto. Me sinto tonto e maravilhoso, e minhas bolas ainda estão formigando, mas acho que devo estar esmagando Sabrina, então arrasto o corpo fraco de cima dela e desabo de costas na cama.

"Puta merda", murmuro, olhando para o teto. "Isso foi..."

Uma batida à porta me interrompe.

"Tá divertido aí?", pergunta uma voz masculina embriagada. "Porque tá parecendo que sim."

Sabrina fica rígida feito um animal paralisado pelos faróis de um carro numa estrada escura. O brilho de satisfação em seu rosto desaparece na mesma hora. Ela fica pálida, os dedos se enroscam na colcha.

"Vai embora", grita para a porta.

"Como assim? Não vai me apresentar pro seu amigo? Olha a falta de educação, Rina."

"Vai embora, Ray."

Mas o filho da mãe não vai a lugar nenhum. Ele começa a bater na porta de novo, o riso bêbado ecoando pelo corredor. "Deixa eu conhecer seu amigo! Vai, vou ser bonzinho."

Sabrina salta da cama e começa a catar peças de roupa. Faço o mesmo, porque está na cara que não posso continuar pelado.

Ela veste uma camiseta e um shorts de algodão, então vai pisando duro até a porta e abre. "Fica longe da porta do meu quarto, Ray. Tô falando sério."

O homem passa por ela, esticando o pescoço para dar uma boa olhada em mim. Quando nossos olhares se encontram, ele ri de novo.

"Ah, você arrumou um atleta! Olha só os músculos do cara!" Seu cabelo oleoso escorre sobre a testa quando ele se vira para Sabrina. "Você gosta de músculos, é? Claro que gosta. Dava pra ouvir você gritando que nem uma cadela no cio lá da sala de estar."

"*Sai daqui*", rosna Sabrina.

"Foi uma delícia escutar..."

Ah, *isso* não. Dou um passo à frente, a raiva borbulhando nas veias. Não estou nem aí se o cara é padrasto da Sabrina. O babaca não tem direito de falar assim com ela.

"Já chega", digo em voz baixa. "Ela pediu pra sair."

Ele arregala os olhos. "Quem é você pra me dar ordens? Você tá na *minha* casa, garoto."

"E este é o quarto dela", retruco.

"Tucker", começa ela, mas Ray a interrompe.

"Rina, fala pro seu atleta calar a boca. Ou quem vai calar sou eu."

Até parece. Sou capaz de derrubar o filho da puta com um único soco. Ele está tão bêbado que não consegue parar em pé.

"Ray." Sabrina tenta soar calma. "Quero que você saia agora."

O silêncio paira entre nós. Ray por fim revira os olhos de uma forma dramática e se afasta. "Nossa, você é uma bruxa metida a besta, hein! Tava só brincando."

"Vai brincar em outro lugar", digo, friamente.

"Cala a boca, atleta." Mas ele não se demora no quarto.

Ouvimos seus passos vacilantes no corredor. Um momento depois, uma porta se fecha.

Me viro para Sabrina lentamente. Sinto um nó de preocupação na barriga. E uma pontada de medo também, porque odeio a ideia de que o idiota dorme a duas portas da dela.

Antes que eu possa dizer qualquer coisa, ela passa o cabelo atrás das orelhas e anuncia: "Estou muito cansada. Acho melhor você ir embora".

Meu olhar salta para o corredor.

"Ele não vai me incomodar", sussurra ela, como se estivesse lendo meus pensamentos. "Tranco a porta à noite."

Não estou muito certo de que uma porta trancada vai manter o filho da mãe longe dela. Ray não é alto nem grande como eu, mas também não é fraco. Meio magrelo, é verdade, mas não é fraco...

"Vou ficar bem", insiste, e o olhar em seu rosto me diz que está tão ansiosa para que eu vá quanto eu para ficar.

"Tem certeza?", pergunto, por fim.

Ela assente.

"Certo. Então... acho que vou indo." Tiro o celular do bolso e abro o aplicativo do Uber. Demoro muito mais do que o necessário para pedir um carro, torcendo para que ela mude de ideia.

Mas isso não acontece. Ela espera em silêncio, depois me leva até a cozinha, abre a porta para mim e murmura um boa-noite baixinho.

Sem beijo de despedida.

10

SABRINA

Não sei se vc me bloqueou d novo. Caso não tenha bloqueado, vc é demais na cama. Seu corpo quase ofusca esse seu cérebro sexy. Quase. Quero t ver d novo. Na cama, fora dela. Tanto faz.

Gosto de fingir que sou imune a coisas corriqueiras, como sentimentos, por exemplo. Que minha concentração é precisa e cirúrgica, que nada pode me afastar do caminho que escolhi para mim quando ainda estava no colégio. Mas, diante da visão de uma menina se esfregando em Tucker do outro lado do pátio, Harvard, as notas perfeitas e minha vingança contra todo mundo que nunca acreditou em mim são substituídas por uma onda de inveja.

Quero andar até lá, pegar meu celular e esfregar a mensagem que ele me mandou na cara dela. *Ele é meu, tá vendo?*, eu rosnaria e então o arrastaria para longe. Ou talvez o jogasse no chão e montasse no colo dele na frente da faculdade inteira.

"S., você tá com cara de que quer matar a Amber Pivalis ou transar com o Tucker. As duas coisas são proibidas dentro do campus." Hope ri junto ao meu ouvido.

Amber? O nome vai para a minha lista negra.

"Não tenho tempo pra isso", murmuro, erguendo um pouco os livros em meus braços. Não sei se estou falando comigo mesma ou com Hope. Com as duas, talvez.

"Isso o quê? Sua obsessão súbita por Tucker ou essa mania enlouquecedora de não se permitir curtir a vida?"

"Se você subir mais as sobrancelhas, elas vão se juntar com o seu cabelo" é a minha não resposta.

"A sua presença me causa esses tiques esquisitos." Hope sacode as sobrancelhas.

"Você faz essas caras na cama com o D'Andre? É algum fetiche dele?"

"Você sabe qual é o fetiche do D'Andre, e não são as minhas sobrancelhas."

"Ai. Tá bom. Não deveria ter tocado no assunto." A preferência de D'Andre por bundas não passou despercebida por nenhum dos amigos de Hope, mas não é algo que eu gostaria de comentar, nem para me distrair de Amber.

A srta. Sebosa está correndo os dedos pelo braço de Tucker, enquanto ele escuta atentamente cada coisa idiota que sai daquela boca idiota. Quer dizer, ela poderia estar discutindo as teorias nietzschianas do niilismo, mas ia continuar sendo idiota, porque Tucker está hipnotizado.

"A gente vai ficar aqui o dia todo assistindo ao showzinho Amber e Tucker ou vamos comer?"

Os nomes nem combinam. O apelido deles ia ser Tamber ou Aucker, e as duas opções são ridículas.

Mas nosso apelido ia ser Sucker, o que podia ser uma referência a sexo ou a como me sinto agora — uma idiota. Afinal, o que ele está fazendo, flertando com outra depois de me mandar uma mensagem daquelas?

"Comer", resmungo, mas minhas pernas estão me levando para a direita, que não é o caminho do restaurante.

"Você sabe que o refeitório fica pro outro lado, não sabe?" Hope parece estar tentando não explodir de tanto rir.

Paro, de repente, mas é tarde demais. Tucker levanta a cabeça e me vê. Posso sentir o calor do seu sorriso daqui.

Ai, merda, isso foi um erro. Aquela noite três dias atrás foi um erro. Uma semana atrás, foi um erro. Atravessar o campus feito uma namorada ciumenta definitivamente é um erro.

Pego o braço de Hope e caminho depressa na direção contrária. "Tô morrendo de fome. Vamos comer."

"Você tem noção de que correr é uma coisa que só faço na esteira, de tênis e roupa de ginástica, né?" Ela se apressa ao meu lado, tentando me acompanhar nas botas caras de camurça com saltos altíssimos.

Acelero o passo. "Não tô ouvindo. A vergonha tá dando curto no meu cérebro."

"Se é a vergonha que tá te fazendo pirar, o que te fez sair correndo pelo campus?"

Como se ela não soubesse. Mas antes que eu possa responder, Tucker aparece à minha direita.

"Onde é o incêndio?", pergunta, achando graça.

Hope para de repente. "Graças a Deus você alcançou a gente." Ela limpa a testa num movimento exagerado. "Não fui feita pra me exercitar ao ar livre."

"Fica quieta, Hope", resmungo.

Ela sorri, descaradamente. "Vou pegar uma mesa pra gente. Quando terminar, me encontra lá dentro." Estende o braço na minha frente e aperta o bíceps de Tucker. "Se quiser, pode comer com a gente, bonitão."

Alguém rosna. Espero que eles pensem que foi a minha barriga, mas, pelo sorriso largo de Hope e a risadinha de Tucker, sei que eles me pegaram. Pelo menos Tucker tem a decência de esperar Hope se afastar antes de abrir a boca.

"Ignorando minhas mensagens de novo?"

"Foi uma mensagem, e tem só três dias." Mantenho os olhos fixos no nada e evito seu rosto bonito e os profundos olhos castanhos.

"Mas quem tá contando, né?"

Nem preciso olhar para ele para saber que está sorrindo. Ouço em cada palavra.

Ficamos ali por um momento, os dois em silêncio. Acho que está olhando para mim, e eu estou olhando para tudo, menos ele. Por fim, dou o braço a torcer e viro o rosto em sua direção.

O sorriso foi embora. Tucker agora está ostentando um cenho levemente franzido, como se eu fosse uma incógnita que ele quer decifrar. Uma dezena de perguntas giram em minha cabeça, e repasso todas elas até chegar à que mais me incomoda —a cena horrível com Ray, antes de Tucker sair da minha casa, na sexta à noite.

"Fui a Harvard no outro dia", começo, sem jeito. "Sentei na recepção, e um aluno me confundiu com uma indigente procurando assistência jurídica."

"Que merda."

Dispenso a compaixão com um gesto. "Depois que falei que ia estudar ali com ele a partir do outono que vem, fui ao encontro que tinha marcado com a professora que é amiga da minha orientadora, e ela me disse pra comprar roupas novas. Até este fim de semana, isso foi provavelmente a coisa mais humilhante da minha vida. Quer dizer, tirando o dia em que fiquei menstruada no meio da aula de educação física, no colégio. Escalando uma corda."

Ele ri. "Putz."

"Mas nada pior que você ter ouvido aquelas merdas que o meu padrasto falou." Faço uma pausa, estremecendo com a lembrança. "Essa é uma cena que queria apagar da memória."

"Sabrina..."

Eu o interrompo. "Minha vida é uma sequência de episódios horríveis desses reality shows de baixo nível. E se não continuar tirando notas perfeitas, se não conseguir competir com os outros..." Minha voz falha de leve, e sou obrigada a parar.

Tucker não responde. Está me observando com uma expressão indecifrável.

Limpo a garganta. "Se não conseguir competir, então nunca vou sair de lá, o que, francamente, não posso aceitar. Então, por mais que o sexo com você seja incrível, é uma distração. Você é uma distração", confesso.

Ele deixa escapar um suspiro lento e regular. "Gata. Você acha que é a única que tem parentes constrangedores? Meu tio Jim literalmente dá vida ao estereótipo do tio esquisitão. Tá sempre tocando os parentes de um jeito estranho. Nenhuma das minhas primas quer chegar perto. Se eu te levasse numa reunião de família, ele ia ficar falando grosserias e tentando passar a mão na sua bunda. Mas acho que você não ia pensar menos de mim por causa disso, né?"

"Não, mas..." Começo a dizer que é diferente, mas nós dois sabemos que não é verdade. É a mesma coisa. Ray não é meu pai. É só um babaca com quem minha mãe se casou e deixou para trás feito uma mala sem alça. O mesmo que fez comigo.

"E, ao contrário do que você pensa, não tenho dinheiro. Tô aqui com bolsa integral por causa do hóquei. Se a Briar não tivesse me oferecido isso, estaria numa faculdade comunitária no Texas." Ele dá de ombros. "Tenho umas economias e quero usar isso pra dar um gás na minha vida depois da faculdade, mas não sou o babaca que você acha que sou."

"Não acho você um babaca", murmuro, mas não nego que fico desconfiada de caras com dinheiro.

Ele me estuda por um momento. "Deixa eu te perguntar uma coisa. O fundo de investimento que os pais do Dean fizeram pra ele rende mais em juros num trimestre do que toda a minha herança. O sexo com ele era diferente?"

Estremeço por um momento, porque a noite regada a álcool que tive com Dean Di Laurentis não é algo de que gosto de lembrar. Ao mesmo tempo, a ideia de que o dinheiro dele fizesse seu pau parecer diferente é tão boba que não consigo conter o riso. "Não lembro. Tava bêbada, e ele também."

"Você se sentiu superior ao resto do mundo no dia seguinte?"

"Deus, não."

"Então o problema não é o dinheiro. Não importa se a carteira da pessoa tá cheia ou vazia. Todo mundo se machuca. Todo mundo se apaixona. Somos iguais. E o seu passado, com quem você mora, de onde veio, isso não importa. Você tá criando o seu próprio futuro, e quero ver onde a estrada vai te levar." Tucker desliza um dedo sob a alça da minha bolsa. "Você tem que comer alguma coisa. Posso levar isso enquanto te acompanho até o refeitório?"

Parece que a aula de filosofia acabou. Ainda bem, porque não estou preparada para responder a nada do que ele acabou de dizer.

Em vez disso, deixo-o carregar minha bolsa. Caminhamos em silêncio por alguns passos, até que me sinto obrigada a perguntar: "Você não se abala com nada?".

Ele faz que sim, sério, e ajeita minha bolsa no ombro. Qualquer um pareceria um pouco ridículo com uma mochila nas costas e uma bolsa no ombro, mas, de alguma forma, provavelmente por causa do peito largo e a altura, ele se sai bem.

"Claro, com um monte de coisa, mas tento não deixar isso me derrubar. É um desperdício de energia."

"Me fala uma, só uma", imploro. "Uma coisa constrangedora. Uma falha. Algo que te incomoda."

"Você não me ligar de volta me incomoda."

"Você tá sendo modesto, isso não é constrangedor."

"Você me rejeitou. Duas vezes", lembra ele. "Como é que admitir que isso me incomoda é ser modesto?"

"Porque o sexo foi bom, então você sabe que eu dormiria contigo de novo se as circunstâncias fossem outras", argumento.

Em algum lugar lá no fundo, reconheço que esta conversa está atingindo níveis absurdos. Estou discutindo com um cara com quem dormi sobre como não posso dormir com ele de novo porque ele é bom demais de cama. É oficial, minha vida é bizarra.

"O que você considera circunstâncias normais?", pergunta, curioso, diminuindo a passada para me acompanhar.

"Não sei. Não consigo prever tão longe."

Ele para de repente bem na entrada do refeitório. "Mentira."

"O quê?"

"Mentira. Você sabe exatamente onde quer estar daqui a no mínimo cinquenta anos, e não só pelos próximos cinco."

Minhas bochechas ficam quentes, porque ele está certo.

"Escuta. O negócio é o seguinte." Tucker ajeita uma mecha do meu cabelo, esfregando-a entre os dedos antes de passar atrás da minha orelha. "Gostei de dormir com você. Gostei de ouvir os gemidinhos sensuais que você fez quando eu tava te chupando, e gostei de sentir você tremendo na base quando gozava debaixo de mim." As palavras sujas contrastam fortemente com seu tom prático e a firmeza com que ele me encara. "Mas não gostei da maneira como o seu pai..."

"Padrasto", corrijo.

"... como o seu padrasto te tratou. Odiei, pra falar verdade. Odeio que você viva desse jeito e tô feliz que esteja dando um jeito de sair de lá, porque é isso que você tá fazendo, não é? Você tá se matando pra conseguir notas perfeitas e pra passar nas melhores faculdades, só pra escapar de lá."

Seu polegar acaricia minha maçã do rosto. "Não quero ser uma distração, mas quero você. Acho que existe alguma coisa entre a gente, mas

sou um cara paciente e vou aceitar o que você tem pra me oferecer agora. Não tô aqui pra aumentar a pressão sobre você nem pra dificultar as
coisas. Quero aliviar sua carga."

Meu coração bate com força, e ele reduz o espaço entre nós.

"Meu pai morreu quando eu tinha três anos", diz, rispidamente.
"Acidente de carro. Quase não lembro dele. Mas lembro de acordar com
minha mãe chorando de noite. Lembro de ver seu rosto quando ela não
podia comprar patins novos pra mim ou um video game. Lembro da
raiva dela quando dei um ataque na sala de casa uma vez e enfiei uma
lâmpada na televisão. Levei uma bela bronca por isso." Sua expressão é
mais de arrependimento do que de raiva. "Ela tinha dois empregos pra
eu poder jogar hóquei, e quando me formar vou dar o descanso que ela
merece. Mas também sei que quero alguém na minha vida. Minha mãe
é uma pessoa solitária. Não quero isso pra mim. E também não quero
isso pra você."

Quando ele me beija, não é como das outras vezes. Aqueles foram
beijos brutos, quentes e carregados de energia sexual. Este tem a leveza
de uma pétala de flor e é doce como o mel em que ele envolve suas palavras. É como se Tucker estivesse despejando ternura em mim aos bal-
des. A cada toque dos seus lábios contra os meus, está repetindo a promessa de não me dar nada mais do que o que eu pedir.

E é este beijo — este beijo doce, terno e atencioso — que me assusta
mais do que qualquer coisa na vida.

11

TUCKER

Alguns dias depois da conversa com Sabrina no campus, levanto do sofá de Fitzy e me preparo para um treino matutino brutal. Não tinha planejado dormir na casa dele essa noite, mas ficamos jogando video game até duas da manhã, e não fazia sentido voltar para casa e acordar às cinco e meia para o treino das seis.

Fitzy mora sozinho em Hastings, num apartamento do tamanho de uma caixa de sapato. Seu "quarto" é separado da sala por uma cortina pendurada no teto. Para chegar ao banheiro minúsculo, tenho basicamente que passar por cima da cama dele.

O jogador de hóquei tatuado e imenso está deitado de bruços, dormindo feito uma pedra, então, no caminho do banheiro, dou um tapa bem dado na bunda dele.

"Acorda, cara. Treino", resmungo.

Ele murmura algo ininteligível e vira de lado.

Encontro uma escova de dentes reserva numa gaveta ao lado da pia e abro a embalagem. Enquanto escovo os dentes, dou uma olhada nas mensagens, para ver se Sabrina escreveu depois que coloquei o celular no mudo ontem à noite.

Não escreveu. Droga. Estava torcendo para que o meu discurso — e aquele beijo fenomenal — a tivessem feito mudar de ideia sobre sair comigo, mas acho que não.

Porém me deparo com a conversa mais estapafúrdia no grupo que tenho com meus colegas de república. As mensagens são todas de ontem à noite, e são bizarras pra caralho.

Garrett: *Q merda foi isso, D.?!*

Dean: *N é o q vc tá pensando!!*

Logan: *N dá p/ ignorar seu banho romântico c/ aquela coisa rosa gigante! Na sua bunda!*

Dean: *Não tava na minha bunda!*

Garrett: *N vou nem perguntar onde tava.*

Dean: *Eu tava c/ uma menina!*

Garrett: *Claaaaaaaaaaro.*

Logan: *Claaaaaaaaaaro.*

Dean: *Odeio vcs.*

Garrett: *<3*

Logan: *<3*

Enxáguo a boca, cuspo e deposito a escova de dentes no copinho na pia. Então digito uma mensagem rápida.

Eu: *Peraí... O q eu perdi?*

Como temos treino daqui a vinte minutos, os caras já estão acordados e obviamente com os celulares na mão. Recebo duas imagens ao mesmo tempo. Tanto Garrett quanto Logan me mandam fotos de vibradores cor-de-rosa. Fico ainda mais confuso.

Dean responde na mesma hora com: *Pq vcs têm fotos d vibradores à mão?*

Logan: *PMNTNMB*

Dean: *???*

Eu: *???*

Garrett: *Pelo menos não tá na minha bunda.*

Rio alto, porque estou começando a entender.

Logan: *Boa, G.! D primeira!*

Garrett: *A gente passa tempo demais junto.*

Eu: *Pfvr me diz q vcs pegaram o D. brincando c/ um vibrador.*

Logan: *Isso aí.*

Dean é rápido em negar: *EU TAVA COM UMA MENINA!*

Enchemos o saco dele por mais alguns minutos, mas tenho que parar quando Fitzy tropeça no banheiro e me empurra para o lado. Está todo descabelado e totalmente nu.

"Tenho que mijar", murmura.

"Bom dia, flor do dia", digo, alegre. "Quer que eu faça um café?"

"Nossa, pelo amor de Deus."

Rindo, saio do banheiro e dou uns quatro passos até a cozinha. Quando ele finalmente aparece, enfio uma caneca na sua mão, dou um gole na minha própria e digo: "Dean enfiou um vibrador na bunda ontem".

Fitzy assente com a cabeça. "Faz sentido."

Rio no meio do gole, derramando café. "Pior que faz, né?"

Ele assente de novo e vira a caneca. Já estou vestido e pronto para sair, então termino minha bebida sem pressa, enquanto Fitzy corre pelo apartamento atrás das roupas.

Cinco minutos depois, saímos para o frio da manhã e seguimos para os nossos respectivos carros. Felizmente, estou com meu equipamento no porta-malas, então não tenho que passar em casa primeiro. E, embora isso seja a maior idiotice, Fitz e eu apostamos corrida até o campus. Ele ganha, porque minha caminhonete é velha e lenta pra cacete.

Entramos na arena com dez minutos de sobra, o que é bom, porque meu celular escolhe esse momento para tocar. Meu pulso dispara diante da ideia de que pode ser Sabrina.

Não é. Fico levemente decepcionado quando vejo o número da minha mãe e depois me sinto mal, porque amo minha mãe.

"Te vejo lá dentro", grito para Fitzy, que está saltando do carro. Ele assente e se afasta, então atendo à chamada. "Oi, mãe. O treino tá quase começando, não tenho muito tempo."

"Ah, então não vou demorar. Só liguei pra saber como você tá e dizer um oi."

Sua voz tão conhecida me faz derreter por dentro. Juro, minha mãe sempre tem esse efeito em mim. Posso estar tenso até dizer chega, e uma palavra dela solta todos os meus músculos. Acho que sou um filhinho da mamãe, mas não tinha como ser diferente, considerando que não tenho pai.

"Acordou cedo, hein", comento. Ainda são cinco da manhã no Texas, o que é cedo até para ela.

"Não consegui dormir", admite. "Vou fazer cabelo e maquiagem de uma noiva e todas as madrinhas hoje. Tô muito nervosa."

"Ah, não sei por quê. Você é a melhor cabeleireira do mundo, lembra?"

Minha mãe ri. "Cabeleireira, vá lá. Mas maquiadora, nem tanto. Os cursos que fiz no verão ajudaram, mas, meu filho, tô enlouquecendo!

Com que cara vou ficar se acabar com o grande dia de uma noiva porque fiz uma maquiagem de palhaço?!"

"Vai dar tudo certo", asseguro. "Eu garanto."

"Uuuh, você garante? Isso é mais que uma simples promessa. Você confia muito na sua mãe, hein, John?"

"Claro que confio. Porque minha mãe é a melhor que existe."

"Transformei você num galanteador, hein?"

"É isso aí." Sorrio e, saltando da caminhonete, ainda equilibro o celular no ombro.

"Tá legal, faz um resumo rápido do que você anda fazendo", pede ela.

Caminho até a entrada gigante das instalações de hóquei da Briar. "Não muito", confesso. "Hóquei, aulas, amigos — o de sempre."

"Ainda sem namorada?" Sua voz tem um tom de provocação.

"Ainda." Hesito por um instante. "Mas conheci uma pessoa."

"Uuuh! Conta tudo!"

Rindo, tiro minha carteirinha de aluno do bolso para abrir a porta da frente. A segurança aqui é coisa séria. "Nada pra contar ainda. Mas, quando tiver mais detalhes, você vai ser a primeira a saber. Tenho que ir. Caminhando pro rinque."

"Tudo bem, me liga quando tiver mais tempo pra conversar. Te amo, meu filho."

"Também te amo."

Desligo e passo a carteirinha no leitor, então entro às pressas no saguão elegante, com ar-condicionado, camisetas de uniformes antigos emolduradas nas paredes e flâmulas comemorativas pendendo do teto.

Queria ter mais tempo para conversar com a minha mãe, mas quando se trata de hóquei na Briar não existe isso de pegar leve. O treinador Jensen comanda um programa de alto nível, que se orgulha da excelência e do trabalho árduo. Só porque estamos indo mal no rinque esses dias não significa que esquecemos esses ideais.

Sigo para o vestiário com passos rápidos. Ainda estou com o celular na mão e, depois de um instante de hesitação, mando uma mensagem para Sabrina.

Eu: *Bom dia, princesa. Pensou no q eu falei? Tô c/ uma oferta d primeiro encontro aqui especial p/ vc...*

Então guardo o celular e vou para o treino.

SABRINA

Já estou atrasada para encontrar as meninas, mas assim que saio da aula de revisão no final da tarde percebo que estou prestes a me atrasar ainda mais.

Beau Maxwell está com uns amigos no pé da escada, cercado por meia dúzia de tietes. Pelo que consigo ver da cena, é óbvio que os meninos estão gostando da atenção. Embora a Briar seja basicamente uma faculdade do hóquei, os jogadores de futebol americano também recebem bastante atenção.

"Sabrina!"

Ao me ver nos degraus, Beau se separa do grupo. Seus olhos azuis brilham, o que faz várias meninas à sua volta fecharem a cara. Obviamente não gostam de me ver roubar o seu quarterback/ peguete potencial desta noite, mas não estou nem aí. Faz semanas que não falo com Beau e estou muito feliz em vê-lo.

Nós nos encontramos no meio da escada num abraço. Seus braços fortes e musculosos me envolvem, me levantando do chão. Rio, ignorando o olhar mortífero das meninas.

"Oi", digo, quando ele me põe de volta. "Tudo bem?"

"Mais ou menos, pra falar verdade. Bem mais ou menos. Minha cama tá fria e solitária sem você."

Sei que é brincadeira, por causa do beicinho exagerado. E nem a cara de bobo o deixa menos bonito. Com o cabelo escuro e as feições esculpidas, Beau é sexy pra caramba. Nos conhecemos numa festa, na primavera passada, e ele me conquistou em poucos segundos com aquelas covinhas e o charme despreocupado. Acho que fomos pra cama uns dez minutos depois, e ele é um dos poucos caras com quem me permiti sair mais de uma vez.

Só que, agora que estamos cara a cara, não estou sentindo mais nada. Nenhum arrepio. Nenhuma chama. Nenhum *quero provar isso de novo*. Por mais lindo que Beau seja, não é para ele que quero tirar a roupa ultimamente.

Essa honra é de John Tucker. Também conhecido como o cara mais gentil, mais gostoso, mais paciente do mundo. E também conhecido como o cara que me convidou para sair por mensagem hoje de manhã, e que ainda não respondi.

"Sério, gata, o que fiz pra merecer isso?" Ele aperta o coração como se sentisse dor, e as meninas emburradas e furiosas ficam ainda mais emburradas e furiosas.

"Aham. Certeza que a sua cama continua vazia desde que fui embora. Aposto que você tá vivendo uma vida infeliz de monge."

"Não é bem assim." Ele pisca. "Mas você podia pelo menos *tentar* agir como se sentisse saudade de pegar tudo isto aqui..." Ele aponta para si mesmo da cabeça aos pés.

E, sim, "tudo isto aqui" é muito atraente. Estou falando de um peitoral grande, braços fortes, pernas compridas e músculos de sobra.

Mas Tucker também tem tudo isso.

"Quer dizer que o seu ego continua grande", comento, brincando.

Beau assente, animado. "Pois é. Não tão grande quanto o meu pau, claro..."

"Claro."

"Mas não tenho do que reclamar."

"Tirando o seu pau e o ego grandes, como vai a vida? E Joanna, como está?" Conheci a irmã mais velha de Beau, Joanna, numa das festas dele, e assistir aos dois implicando um com o outro foi muito divertido.

"Tá ótima. Continua naquele musical da Broadway e arrasando." Ele suspira. "Ela pergunta de você o tempo todo."

"Ah, é?"

"Pergunta. Me acha um idiota por não te fazer minha namorada."

"Me fazer?", repito, secamente.

"Tentei explicar que sou homem demais pra você, mas Jo insiste que *você* é mulher demais pra mim. Ela tá errada, claro."

Meus lábios se contorcem, bem-humorados. "Claro. O que mais? Como tá a temporada?"

Sua expressão descontraída vacila um pouco. "O time já perdeu dois jogos."

Sinto uma onda de compaixão apertar o peito. Sei como o futebol é importante para ele. "Vocês ainda vão dar a volta por cima", garanto, embora não tenha a menor ideia de que isso seja verdade.

Ao que parece, não é. "Que nada, estamos fodidos", diz, triste. "Duas derrotas é praticamente certeza de que não vamos chegar nas finais."

Ah, merda. E é o último ano dele na Briar. "Mas pelo menos você ganhou *um* campeonato pro time enquanto estava aqui", lembro. "Isso conta para alguma coisa, não conta?"

"Claro." Mas ele não parece convencido. Limpa a garganta e oferece um sorriso que já não tem o brilho de antes. "De qualquer forma, ainda bem que esbarrei com você. Prometi não contar isso pra ninguém, mas acho que tudo bem comentar com você, já que é a outra parte envolvida."

Enrugo a testa. "A outra parte envolvida no quê?"

Ele abre um amplo sorriso, e, desta vez, isso se reflete em seus olhos. "A busca épica de Tuck por você."

Ai, não.

"Do que você tá falando?", exclamo.

"Rá. Para de se fazer de desentendida, gata. Faz uma semana que ele veio atrás de mim na academia, e conheço o cara — de jeito nenhum ele ia passar uma semana sem correr atrás de *você*."

A ansiedade aflora em minha barriga. Beau e eu podemos até ter terminado de forma amigável, mas isso não significa que me sinto à vontade discutindo outros caras com ele.

Como se pressentisse, ele suaviza o tom. "Tá tranquilo, S. Você não tem que me dar detalhes se não quiser." Ele dá de ombros. "Só quero que você saiba que ele é um cara decente."

Peraí, o quê?

"Peraí, o quê?", pergunto, em voz alta.

Beau ri. "Tucker", esclarece ele, como se eu não soubesse de quem estamos falando. "Sei que você tem esse ódio contra jogadores de hóquei..."

"Tenho nada!", protesto.

"Ah, tem sim!" Está gargalhando agora. "Quer que eu liste todas as vezes em que tive que ouvir você reclamar do Di Laurentis? Na verdade, é impossível. De tantas vezes que você fez isso."

"Posso ter reclamado umas duas vezes", admito, resmungando.

"Duas, cem, mesma coisa, né? Mas não vou nem tentar defender o Dean — que é gente boa pra caramba, aliás. Sei que você não vai mudar de ideia. Mas Tucker é legal de verdade. É um dos caras mais bacanas que já conheci."

Eu também, penso, com ironia. Em voz alta, pergunto: "Por que você tá me falando isso?".

"Porque conheço você." Ele estende a mão e brinca com uma mecha do meu cabelo. Atrás de nós, ouço um suspiro indignado do grupinho de tietes. "Aposto que já inventou um milhão de razões pra não dar uma chance pro cara. E se uma dessas razões é que você realmente não tá a fim, então beleza, não sai com ele. Mas, se você tá a fim, não deixa esse seu cérebro gigante...", ele dá um tapinha na minha cabeça, "... te convencer do contrário, tá legal?"

"Acho melhor você parar de me tocar. Suas fãs estão ficando magoadas."

Ele deixa escapar uma risada. "Acha mesmo que tocar você vai impedir que uma ou duas ou todas elas venham pra cima de mim hoje?"

Fico branca. "Que nojo, Beau."

"É sério, Sabrina." Ele agita as sobrancelhas. "Sou um deus por aqui. Não tem nada que eu possa fazer."

Hum. Deve ser bom viver num mundo em que você recebe tudo numa bandeja de prata e os seus erros não significam nada.

Não compartilho o pensamento cínico. "Então, o que foi que o Tucker te falou?"

"Que tá a fim de você." Beau dá de ombros de novo. "Queria saber se a nossa história ia ser um problema. Respondi que não."

Fico boquiaberta. "Então ele basicamente te pediu permissão pra sair comigo?"

"Permissão?" Beau gargalha alto o suficiente para todos os seus amigos olharem na nossa direção. "Até parece. Ele meio que anunciou que tava a fim de você, e que se eu tivesse um problema com isso, azar."

Luto contra a alegria que está ameaçando aparecer. Mesmo com todas as palavras gentis e os sorrisos tímidos, Tucker é um cara firme. Não sei por que isso me deixa tão animada.

"De qualquer forma, não vai dar uma de idiota", diz Beau, com firmeza. "Um cara como Tuck pode ser bom pra você. Pode te salvar de morrer de tanto estudar."

"Ah!" Exclamo. "Antes que esqueça... passei em Harvard!"

"Sério?" Seu rosto irrompe no maior sorriso. "Parabéns, porra!"

E então me puxa de novo num abraço apertado, enquanto as meninas bonitas no pé da escada praticamente me fuzilam com os olhos.

12

SABRINA

A BMW de Hope está esperando por mim no estacionamento. Quando sento no banco de trás, encontro Carin e ela cantando uma música pop horrível, e esqueço a culpa por tê-las feito esperar. Está na cara que estão se divertindo.

"Então, que lugar novo é esse que a gente vai?", pergunto, quando a música termina.

"Você vai ver", cantarola Hope do banco do motorista.

Minhas amigas trocam olhares zombeteiros, o que aumenta minhas suspeitas.

"Se for o bar hippie esquisito que você me levou em Boston, aquele que servia shot de clorofila, tô fora. Falando sério."

"Dessa vez você vai gostar", garante ela. "Tem tudo o que você mais gosta."

Não preciso ver o rosto delas para saber que estão rindo de mim. "Tô confiando em você", aviso. "Não vai me passar a perna."

Carin se vira. "Esquece isso. Do que você e Beau estavam falando?"

Inclino para a frente e conto a conversa que acabei de ter com o quarterback de ouro da Briar.

"Nossa, o cara não brinca em serviço", exclama Hope.

"Beau ou Tucker?"

"Tucker. Dã. Ele foi falar com um dos seus ex-namorados e declarar suas intenções? Amiga, o cara tá cem por cento na sua."

"Que esquisito, né? Quer dizer, o cara tá correndo atrás de mim de verdade. *Muito* esquisito." Dirijo meu comentário principalmente para Carin. Hope é uma romântica. Acha que todas as pessoas no reality show

The Bachelor estão ali para encontrar amor, quando todo mundo sabe que são só um monte de gente interessada em fama.

Mas Carin vai contra as minhas expectativas. "Não é esquisito — é o máximo. Quer dizer, já peguei desconhecidos. Olhei nos olhos de um cara do outro lado do bar ou comecei uma conversa, mas nunca tive ninguém correndo atrás de mim."

"Nem eu", diz Hope, me fitando pelo retrovisor. "D'Andre me chamou pra sair quando eu tava andando na esteira. Disse que nunca tinha visto outra menina que ficasse tão bonita suada." Ela solta um suspiro apaixonado. "Topei na mesma hora. Se ele correu atrás de mim, foi por cinco minutos. A gente transou no segundo encontro, lembra?"

"Qual a sensação?" Carin me olha como se eu fosse uma nova descoberta fascinante numa lâmina de microscópio.

"De transar com a Hope? Bom, ela beija bem, mas precisa melhorar um pouco o resto da técnica." A piada não tem a menor graça, mas não me sinto pronta para admitir que estou toda boba com a busca incessante e determinada de Tucker.

Hope me mostra o dedo do meio. "Sou ótima na cama. Minha técnica é perfeita. Se fosse melhor, D'Andre nunca mais ia sair do quarto. Do jeito que as coisas estão, já tenho que colocar ele pra fora."

"É verdade", confirma Carin. "D'Andre sempre implora feito uma criança triste quando tem que sair de manhã."

"É assim com Tucker?", provoca Hope.

"Quer mesmo saber como me sinto sobre isso?" Exalo um suspiro longo e pesado, decidindo abrir o jogo com minhas amigas — e comigo mesma. "Me sinto boba e fraca, e não gosto. Eu devia ser imune a isso. Quer dizer, ele é só um cara. Já dormi com um monte deles antes e tenho certeza que vai ter mais um monte no futuro. Então por que fico toda boba e com as pernas tremendo perto dele?"

"Por que sentir alguma coisa por alguém é uma fraqueza?", Hope me censura. "Sei que você não me acha fraca."

"Nossa, não. Mas você é..."

Você é rica, linda e inteligente, e eu tenho que trabalhar pra caramba por tudo.

Frustrada, aperto a têmpora com o polegar. "Você é mais bem resolvida que eu. Sempre me sinto como se estivesse a um passo de um desastre. Uma noite dessas, sonhei que a professora Fromm entrou no Boots & Chutes, comigo no palco só de purpurina e fio dental. Acordei em pânico, porque tinha certeza de que ia ter um e-mail no meu computador dizendo que minha admissão em Harvard tava cancelada."

No banco da frente, Hope sacode as tranças. "Amiga, você mesma disse. Sua rotina é uma loucura. Você tá tão estressada porque só tem uma hora ou duas por semana pra relaxar."

"Ela tem razão", concorda Carin. "E, olha, acho o máximo você encontrar com a gente uma vez por semana, mas, nesse ritmo, você vai ter um treco antes de entrar em Harvard. É *isso* que o seu sonho está tentando dizer."

"A Briar tá cheia de alunos brilhantes. A faculdade de direito não vai ser mais competitiva do que o que você já enfrentou." Hope me encara com um olhar sério no espelho. "Pega leve, S. Quer dizer, pelo menos enquanto ainda pode."

"Você não tem que casar com o cara", acrescenta Carin. "Sair ou transar com ele não é um compromisso. Ele também é aluno aqui, o que significa que tem que estudar. E tá no time de hóquei, o que significa que tem treinos e jogos. Se você tiver que sair com alguém, melhor que seja com uma pessoa que também tenha uma vida agitada, né?"

Hope levanta uma sobrancelha. "Ele tem jogo hoje à noite..."

Olho boquiaberta para a minha amiga. "Tá stalkeando o cara? Como sabe que ele tem jogo hoje?"

"Olhei a agenda do time no site da Briar."

Carin assente, animada.

"Quem são vocês e o que vocês fizeram com as minhas amigas?", pergunto. "Vocês nem *gostam* de hóquei."

"Eu gosto", protesta Carin. "Todo ano meu pai dá uma festa no dia da Stanley Cup!"

Olho para Hope, que dá de ombros. "Não gosto nem desgosto. E não tenho nada contra ir a um jogo, se isso significa ver minha melhor amiga finalmente se divertindo um pouco."

"Vamos", insiste Carin. "A gente não precisa ficar até o final. Só ver um pouco da partida, e depois você pode dizer pro Tucker como ele jogou bem e como fica gostoso de uniforme. Na verdade..." Ela aponta pela janela. "Chegamos."

"É aqui que a gente vai jantar?" Fico olhando a arena de hóquei de vários milhões de dólares da Briar e todos os alunos entrando.

Carin sorri. "É. Você adora um cachorro-quente, não adora?"

"D'Andre vai encontrar a gente lá dentro", acrescenta Hope.

Suspiro. "Então ele tá por dentro desse plano diabólico de vocês?"

"Claro. Ele é meu parceiro no crime." Hope desliga o carro, e ela e Carin soltam os cintos de segurança. "Anda, chega de frescura. O tempo tá passando, S."

Espio a arena de novo, me sentindo estranhamente nervosa. "Acho que não."

"Ah, anda logo", insiste Carin. "O lugar tá cheio da sua coisa preferida: atletas."

Mostro a língua para ela, mas minha amiga apenas ri.

"Ei, já que você não quer o Tuck, então talvez eu devesse riscar *barba* da minha lista." Ela pisca, inocente. "Quer dizer, se você não tá mesmo a fim desse sujeito maravilhoso e cheio de músculos que te deu o melhor sexo da sua vida, então não deve se incomodar se eu pegar o cara."

A imagem da pequena Carin debaixo do corpo imenso de Tucker faz meu estômago revirar. "É Tucker. E não Tuck." E coro diante da rigidez em minha própria voz.

Hope se desfaz num ataque de risos.

"Nossa, se você pudesse ver a sua cara feia agora..." Carin ri. "Amiga, você tá doidinha por ele."

Hope tira uma garrafinha da bolsa. "Se o jogo for um saco, a gente vai só encher a cara assistindo a um bando de meninos brancos patinar com lâminas nos pés."

Sua descrição do esporte faz Carin e eu cairmos na gargalhada. E, quando minhas amigas saltam do carro, me vejo saindo e acompanhando-as até a entrada da arena.

Elas têm razão sobre um monte de coisas. Preciso de uma pausa e, talvez, só talvez, precise de Tucker.

Não sou muito de acompanhar esportes. Não porque não gosto, mas porque nunca tive tempo de aprender nenhum. Sei um pouco de futebol americano por causa do Beau. E um pouco de beisebol, porque é só o que Ray assiste na primavera.

Hóquei, nem tanto.

Mas tenho que admitir, ver o time da Briar jogar é mais emocionante do que imaginei.

Estou espremida entre Hope e Carin, com D'Andre sentado do outro lado de Hope. Não sei se nossos lugares são bons ou não. Carin diz que sim, mas eu teria preferido ficar atrás do banco da casa, para olhar para Tucker o jogo inteiro. Em vez disso, tenho que me contentar em vê-lo no gelo.

Hope me falou que ele joga com a camisa quarenta e seis. Acho que também descobriu isso no site da faculdade. Então grudo os olhos na camisa preta e prata de número quarenta e seis, maravilhada com a confiança com que ele empunha o bastão. Não acho que conseguiria segurar um taco de hóquei com essas luvas de boxe enormes.

Quando falo isso para os meus amigos, D'Andre gargalha. "É luva de hóquei, menina. Não de boxe."

"Ah." Agora me sinto uma idiota.

Em minha defesa, nunca fui a um jogo de hóquei antes, então como é que ia saber o nome do equipamento? Sei que tem taco, discos e gols. Sei que alguns jogadores ficam no ataque, porque foi o que Tucker me falou que fazia. E sei que outros ficam na defesa, porque foi o que Beau disse que Dean fazia.

Fora isso, não sei nada desse jogo. Nunca tive motivo para aprender, já que jogadores de hóquei estavam na minha lista negra.

Aliás, ter namorados também estava.

Argh. Não acredito que deixei minhas amigas me convencerem a fazer isso. Não tenho tempo para um namorado. E, mesmo que tivesse, Tucker não é o cara. Ele é muito legal. E gentil. E maravilhoso.

A pontada de vergonha que senti quando Ray pegou a gente transando ainda me faz tremer toda vez que penso nisso. Foi tão humilhante. E, embora Tucker tenha me assegurado que aquilo não o fez pensar menos de mim, uma parte de *mim* pensa menos de mim.

Odeio minhas origens. Odeio Ray. Às vezes, odeio até a minha mãe. Sei que tenho que amá-la porque ela me trouxe ao mundo, mas ela me abandonou. Simplesmente foi embora.

"Já ganhou!", grita um fã empolgado, me despertando dos pensamentos sombrios.

Olho para o gelo e vejo Tucker patinando de novo. Na noite em que nos conhecemos, ele disse que era lento por causa de uma antiga lesão no joelho, mas ele não *parece* lento. O cara voa no gelo, vai de uma ponta à outra do rinque mais rápido do que consigo piscar os olhos.

Seus colegas são igualmente rápidos, mal consigo acompanhar o disco. Achei que estivesse com Tucker, mas a multidão grita de decepção, e olho para o lado e vejo o disco preto batendo na trave. Acho que estava com outra pessoa, mas Tucker pega o rebote. Ele passa para um dos colegas. Quando o cara devolve o disco para Tuck, fico de pé para ver melhor o lance.

Ele erra o gol. Solto um gemido de frustração. Sento de novo, e Carin ri de mim, mas não zomba da súbita explosão de tietagem.

O jogo chega ao terceiro tempo sem gols. Não acredito que já assistimos a trinta minutos de hóquei e ninguém marcou ainda. Seria de imaginar que eu acharia isso um porre, mas estou na beirada do assento, morrendo para saber quem vai abrir o placar.

É a Briar.

Quando as luzes sobre o gol se acendem, um rock explode nas caixas de som, e a torcida da casa comemora. O locutor anuncia que o gol foi marcado por um tal de Mike Hollis, com passe de... John Tucker.

Fico de pé de novo, comemorando aos berros. Desta vez, meus amigos comentam.

"Ih, tá caidinha", diz D'Andre.

"Eu te disse", comenta Hope com o namorado.

"Qual o problema?", murmuro, na defensiva. "Foi uma bela manobra de pontuação."

Carin se dobra de tanto rir. "Manobra de pontuação?", exclama, por entre risos. "S., presta atenção. O nome disso é *gol*."

"Gol é a sua mãe", retruco, igual a uma criança.

D'André dá um risinho. "Boa."

Sento e assisto ao jogo acelerado prendendo o fôlego. Para meu alívio, a Briar segura o outro time, e ganhamos por um a zero. Está todo mundo de bom humor ao deixar a arena, inclusive eu.

Estou feliz de ter vindo hoje. E, mesmo sem saber se devo me envolver com Tucker, não posso negar que estou empolgada para vê-lo, dar um abraço nele e dizer como jogou bem. Ele vai me abraçar de volta e me agradecer. Talvez sugira que a gente dê um pulo na caminhonete dele para uma comemoração animada...

Se fizer isso, acho que desta vez não vou recusar.

"Parece que as marias-patins ficam todas na saída do vestiário", Carin sussurra para mim, e seguimos em fila para a entrada principal. "Vamos esperar por ele lá fora. Vai estar mais vazio."

"Marias-patins?"

"É. As fãs de hóquei. Chame como quiser." Ela dá de ombros. "As garotas desesperadas pra pegar um jogador de hóquei."

"Ah. Entendi." Dou de ombros, porque não tenho nada contra meninas que querem isso. Afinal de contas, minha exigência para pegar alguém é que o cara seja atleta.

Mas, quando o atleta pelo qual estou esperando finalmente sai da arena, ele não está sozinho.

Estico a coluna e vejo Tucker parar nos degraus com o braço envolvendo os ombros de uma loira baixinha. Está com o casaco do time, e ela está usando uma parca vermelha, mas, pela forma como minha barriga se contorce de inveja, seria de imaginar que estão completamente pelados, transando sem o menor descaramento na entrada da arena.

"Vamos embora", chamo minhas amigas.

A mão firme de alguém me segura pelo pulso. "Eles estão só conversando", diz Hope, baixinho.

Contraio as bochechas e ranjo os dentes. "Ele tá com o braço em volta dela."

Me *recuso* a fazer papel de boba por causa de um jogador de hóquei, principalmente um que diz estar doido pra sair comigo e depois sai de uma vitória com o braço em volta de outra.

Dou mais uma olhada. É isso aí. Ainda com o braço em volta dela. E rindo de tudo que a loira diz.

Meus molares estão virando pó, mas não consigo desviar o olhar. A loira dá um abraço apertado na cintura de Tucker. Ela inclina a cabeça para ele. Ele sorri para ela.

E então meu coração morre um pouquinho, porque Tucker está baixando a cabeça na direção dela. Sua boca está cada vez mais baixa, até que ele finalmente a beija...

13

SABRINA

... na testa.

Tucker beija a loira na testa.

E depois bagunça o cabelo dela como se a garota fosse uma criança.

"Cacete. Ela ganhou o beijo na testa?", murmura D'Andre. "Que pesado."

E daí. Foi um beijo! E não quero mais nem saber quem é essa garota. Eu me sinto uma idiota de ter vindo hoje.

Tucker é o sr. Popular, tem um enxame de admiradoras, modos impecáveis e aquele cabelo avermelhado que o faz parecer saído de um seriado antigo em que a vida é perfeita.

Eu sou a garota esforçada, a bruxa que se mata de estudar e passa todos os segundos do dia tentando sair da sarjeta em que nasceu para não se sentir inferior aos outros alunos da Briar.

"Vamos embora", repito.

Meus amigos devem ter percebido que estou falando sério, porque todos eles dão um passo adiante. Estamos a meio metro do pé da escada quando ouço meu nome.

"Sabrina!"

Merda. Fui vista.

"Espera." Sua voz soa mais próxima agora.

Olho para Carin, num pedido silencioso de ajuda, mas ela apenas sorri. Quando me viro para Hope e D'Andre, eles fingem que estão mexendo no telefone. Traidores.

Suspirando, dou meia-volta e encontro Tucker no meio do caminho.

Ele está visivelmente emocionado em me ver, os olhos brilhando e a boca sexy curvada num sorriso. "O que você tá fazendo aqui?"

Digo a primeira idiotice que me vem à mente. "Estava aqui perto."

"Ah, é?" Seu sorriso se expande. "E por acaso você viu alguma coisa do jogo enquanto estava por aqui?"

"O jogo inteiro, na verdade. Belo passe."

"Achei que você não sabia nada de hóquei."

"Não sei. Tô só repetindo o que o locutor falou."

"Tuck!", chama um cara num grupinho de jogadores. "Você vem?"

Ele vira de costas para gritar para o colega: "Encontro vocês lá!" Quando se volta para mim, está sorrindo. "Quer passar lá em casa pra comemorar a vitória com a gente?"

Faço que não com a cabeça. "Tenho que ir pra casa. Trabalho amanhã. Além do mais..." *Não diga isso...* "Acho que não estou a fim..." *Que merda, Sabrina, não diga isso!* "... de ficar de vela", concluo, e quero me dar um soco por isso.

Ele arregala os olhos. "Do que você tá falando?"

Cerro os dentes.

"Princesa", insiste ele.

"A Chapeuzinho Vermelho ali", murmuro, apontando com a cabeça para a loira, que agora está conversando com um dos amigos de Tucker. "Vocês dois pareciam estar num encontro."

"Num encontro? Hum, não." Ele começa a rir. "Aquela é a Sheena, uma amiga minha." Ele faz uma pausa. "Quer dizer, uma ex."

Me agarro a essa informação. "Tá vendo!"

"Vendo o quê? Ela é minha ex, e minha amiga também. Sou amigo de várias ex-namoradas."

Claro que é. Nenhuma menina no mundo ficaria com esse cara e depois arranharia a caminhonete dele com uma chave ou quebraria tudo com um taco de beisebol. Ele é legal demais. É impossível odiá-lo.

"Você tá com ciúme", provoca Tucker.

"Tô nada", minto.

"Tá sim." Vejo a alegria estampada em seu rosto. "Você gosta de mim."

"Não gosto", minto de novo. "Já falei — estava aqui perto. Pensei em dizer oi."

"Você é melhor do que isso, gata. Por que não acaba com esse sofrimento e diz logo que aceita?"

"Aceito o quê?"

"Sair comigo. Basta falar que sim."

Minha boca se abre para formar as palavras. Ou melhor, a palavra. *Sim*. Quero dizê-la, de verdade, mas odeio ser posta contra a parede. Sinto os olhares divertidos dos meus amigos em cima da gente, e agora alguns dos amigos dele também estão olhando. E Tucker é bom e gentil demais, e eu sou vulgar e fria demais, e meu padrasto é a coisa mais nojenta que existe, e tudo isso é demais para mim agora.

Então, quando enfim respondo, não é com a palavra que ele queria ouvir. "Seus amigos estão te esperando", murmuro, e corro de volta para os meus, antes que ele possa contestar.

Carin dá uma única olhada na minha cara e me leva para o estacionamento, onde D'Andre parou o carro.

"Ugh!" Solto um gemido, quando saímos do campo de visão de Tucker. "Sou tão burra!"

"Você não é burra", discorda Hope.

"Na verdade, você é inteligente demais", diz Carin. "Seu cérebro é o seu maior inimigo."

"Como assim?"

"Você pensa demais. Todo mundo aqui viu a sua cara agora — você gosta dele. De verdade."

"Ele me assusta", deixo escapar.

Três pares de olhos me encaram, surpresos.

"Ele é perfeito demais, gente." Solto outro gemido. "E eu sou uma bagunça completa a maior parte do tempo. Tenho medo de que, se ele me conhecer melhor, perceba isso."

"E daí?", argumenta Hope.

Meus dentes se afundam em meu lábio inferior.

Carin toca o meu braço. "Você precisa sair com ele. Sério, Sabrina, você vai se arrepender se não sair. E a única coisa que sei que você odeia é arrependimento."

Ela tem razão. Sempre me odeio depois que deixo uma oportunidade passar.

"Quer saber", diz ela, quando hesito por tempo demais. "Vamos marcar um encontro duplo."

"Um encontro duplo?", repito, baixinho.

"Uuuuh, sexo em grupo." Hope agita as sobrancelhas. "Que pervertido."

"Sossega o facho, Hope", ordena Carin. "Estou falando de um encontro duplo normal, dois casais."

Penso na ideia. Um encontro duplo diminuiria a pressão. "O.k... Eu topo."

Carin abre um sorriso. "Ótimo. Agora escreve pra ele antes que você mude de ideia. Ah, e o cara que você arrumar pra mim tem que ser gostoso. E saber usar a língua."

"Ei, eu tô bem aqui." D'Andre ergue a mão. "Dá pra parar de ficar objetificando o clã masculino?"

Hope ri.

"Quem está objetificando aqui?", responde Carin. "Só tô falando que quero um cara que seja bom de língua. Isso devia ser pré-requisito para todos os membros do seu 'clã masculino'. No ensino médio, deveriam ensinar a ler, a escrever e a usar a língua direito."

"Menina, acho que você pode ser presa por falar essas coisas", adverte ele.

Hope continua a rir descontroladamente por mais um minuto, antes de se recompor o suficiente para apertar meu braço. "Isso vai ser bom para você."

"Se der errado, tenho o direito de falar 'eu te disse'?"

"Vou escrever na testa com caneta marcadora preta pra você", promete ela.

Enquanto minhas amigas seguem para o carro de Hope, reúno toda a coragem de que sou capaz e escrevo para Tucker antes que mude de ideia.

Se eu disser sim, isso não significa nada.

Sua resposta é imediata.

Ele: *Significa q vc disse sim.*

Eu: *Mas não vou me comprometer a mais nada além d um encontro.*

Ele: *Meio presunçoso, não acha? Só t chamei pra um encontro.*

Olho para o celular. Será que entendi errado? O cara falou de amor à primeira vista, de casar e ter filhos, e ele só quer me ver mais uma vez e transar comigo?

Ele: *Brincadeira, princesa. Vou adiar o pedido d casamento até o 3º encontro. Qdo?*

Eu: *Vou levar minha amiga Carin e vc precisa levar o cara + gostoso q conhece.*

Ele: *Eu sou o cara + gostoso q conheço. Vou procurar o segundo + gostoso da faculdade. Ela tem alguma preferência?*

Eu: *Alguém q saiba usar a língua.*

Ele: *Mais uma vez, esse sou eu. Não sei como vou descobrir o quão bom os outros caras são c/ o equipamento deles. Não é uma coisa q a gente discuta mt.*

Eu: *É o preço do meu tempo.*

Ele: *Deixa comigo.*

Há um pequeno intervalo, e, em seguida, aparece outra mensagem.

Ele: *Você não vai se arrepender.*

Arrumei o encontro perfeito, diz a mensagem de Carin, uma hora depois. São onze da noite, e estou me arrumando para dormir, porque tenho que acordar às quatro para trabalhar no correio. A mensagem vem acompanhada de uma foto um pouco borrada. Aumento o zoom até conseguir decifrar algumas palavras.

Eu: *Noite d pintura? Não sei desenhar. Até meus bonecos de palito são horríveis. Vc sabe disso. Já zombou da minha forca.*

Ela: *Aquilo NÃO era uma forca. Aquilo... Os braços têm q sair do corpo, e não do pescoço. Mas isso vai ser fácil. É q nem pintura por números. A gente bebe/ pinta/se diverte. Se o encontro for horrível, eu e vc podemos beber até esquecer.*

Eu: *Tá bom. Quando é? Só posso dom., 2ª, 4ª e 5ª.*

Ela: *Eu sei. Por isso q escolhi isso, sua idiota. É domingo sim, domingo não. Amanhã tem.*

Como é que eu ia saber? A foto que ela mandou é pequena e borrada e podia ser de um anúncio de uma reunião do grupo da igreja no sábado de manhã.

Eu: *Vou ver se o T. pode.*

Ela: *Aposto q pode.*

Não aceito a aposta. Em vez disso, mando uma mensagem para Tucker.

Eu: *Topa uma sessão de pintura por números?*

Meu celular apita com uma nova mensagem no exato instante em que estou vestindo o pijama.

Ele: *É q nem jogar Twister pelado?*

Eu: *Sei lá.*

Mando a foto. Talvez ele consiga identificar alguma coisa, porque eu não consigo.

Ele: *Isso foi batido por uma câmera d verdade ou é um desenho feito por gnomos?*

Eu: *Carin é cientista, não fotógrafa. Aliás, achou alguém?*

Ele: *Achei. Meu amigo Fitz vai c/ a gente. Antes q vc pergunte, não tenho a menor ideia sobre as habilidades orais dele. Mas é inteligente pra burro, tem uma tacada certeira e nunca ouvi reclamações.*

Encaminho a mensagem para Carin.

Eu: *Topa?*

Ela: *Posso ver uma foto?*

Escrevo para Tuck: *Ela pode ver uma foto?*

Ele: *Do quê?*

Ai, meu Deus. Estou num jogo de telefone sem fio.

Eu: *Tucker pergunta: do quê?*

Ela: *Cara, peitoral, bunda. Sem pau.*

Encaminho a resposta dela para Tucker. Enquanto ele considera o pedido, lavo o rosto e escovo os dentes. Quando subo na cama, encontro uma mensagem esperando por mim. Uma foto de um cara lindo, com cabelos escuros e mostrando o dedo do meio para Tucker, enche a minha tela.

Uau. Impressionante como o time de hóquei da Briar só tem homem bonito. É uma exigência para entrar na equipe? Habilidade para golpear um disco a cem quilômetros por hora e ser capa de revista?

Mando a imagem para Carin, que me responde com um emoji de polegar para cima. Então escrevo para Tucker de novo.

Eu: *Aprovado.*

Ele: *Qdo/onde? Impossível ler esse negócio.*

Eu: *Amanhã. 8 da noite. Carin diz q tem bebida.*

Ele: *Blz.*

Estou prestes a guardar o celular quando vejo três pontinhos que me indicam que Tucker está escrevendo alguma coisa. Eles desaparecem. Em seguida, aparecem de novo. Enfim, recebo a mensagem.

Ele: *Mandar foto do pau é tão ruim assim?*

Abafo uma risadinha. É isso que ele quer saber?

Eu: *Pq? Vai me mandar uma?*

Ele: *Isso é uma pegadinha? Vc quer uma?*

Eu: *Depende do contexto. Mandar uma foto do pau aleatória = não. Outras situações? Não sei. Nunca recebi uma q gostasse d verdade. Já mandou alguma? Ou várias?*

Ele: *Meus dedos estão cansados. Peraí.*

Um segundo depois, o celular vibra na minha mão.

"Oi", respondo.

"Oi." Ele faz uma pausa. "Então, por que você mudou de ideia sobre o encontro?"

"Minhas amigas disseram que ia ser bom pra mim", admito.

"Suas amigas estão certas." Posso ouvir o sorriso em sua voz. "De qualquer forma, queria ter essa conversa pessoalmente pra poder ver o seu rosto. Emojis de berinjela não têm sutileza o suficiente."

Isso me faz rir. "Verdade."

"Mas você tá em Boston, e eu em Hastings, então vai ser por telefone. Posso ter mandado uma foto uma vez, mas foi porque pediram. Ela me mandou uma primeiro."

"Sério? Não curto muito. Tem muita foto rolando na internet por vingança." Além do mais, nunca fiquei com um cara por tempo suficiente para querer mandar uma foto para ele, mas não comento isso com Tucker. "Quer dizer que tem fotos da cobra poderosa do Tucker dando sopa por aí?"

"Ninguém me marcou no Instagram ainda, então tô torcendo para que não. Mas obrigado por chamar minha cobra de poderosa. A gente agradece." As palavras transmitem divertimento.

"A gente quem? Você e o seu pênis?"

"É", diz ele, animado.

Me ajeito debaixo das cobertas. "Você tem um nome pra ele?"

"Todo mundo tem, vai. Homens dão nome pra tudo que acham importante: o carro, o pau. Teve um cara no time que deu nome pro taco de hóquei, o que é uma idiotice, porque eles quebram o tempo todo. No final da temporada, foram doze."

"E quais foram os nomes?"

"Ele ficava só acrescentando um número no final, igual iPhone 6, iPhone 7, só que no caso dele era Henrietta 1, Henrietta 2 e por aí vai."

Rio. "Devia ter usado a convenção de nomenclatura para furacões."

"Princesa, ele não foi inteligente o bastante pra inventar dois nomes, imagina doze."

Princesa. Meu coração tropeça com o apelido. Nas outras vezes em que ele usou, parecia uma coisa banal. Mas agora, depois que acabou de dizer que homens dão nomes para as coisas que acham importantes...

Contenho minha leitura fantástica das suas palavras antes que ela me leve para um lugar perigoso. *Estamos flertando*. *Mantenha o tom leve*. "Qual é o nome do seu?"

"Nada disso", repreende ele. "Isso só se conta pra esposa. Na lua de mel eu falo."

Fico esperando que o desconforto inevitável me arrepie a nuca, mas ele não se manifesta. Parece que as piadas casuais sobre casamento já não me incomodam.

"Então, o que faz uma foto de pau ser boa?", pergunta ele. "Não que eu vá te mandar uma."

"Isso também é exclusividade da esposa?", provoco.

"Da noiva, eu diria."

Deixo esse pensamento de lado e considero sua pergunta. "Se for explícito demais, eu não gosto. Como falei, preciso de contexto. Sua mão segurando seria interessante. Você tem mãos bonitas."

Ouço um farfalhar do outro lado, passos e o barulho de uma porta se fechando. Ele foi para um lugar privado, e saber disso faz com que certas partes do meu corpo pulsem de excitação.

"Tive que sair da sala. Tá cheio de gente aqui, e você pensando no meu pau é excitante pra caralho. Tô duro demais para ficar em público."

Meus seios ficam tão pesados que tenho dificuldade de respirar. Quando me ajeito embaixo das cobertas, ouço-o prender a respiração.

"No que você tá pensando?", murmura ele.

Inspiro um pouco para encher os pulmões subitamente vazios. Sei onde isso vai dar. Se continuar no telefone, a gente vai se excitar tanto que vou ter que me masturbar depois que desligar. Tucker fica em silêncio, deixando a decisão comigo. Deslizo a mão entre as pernas, como se a pressão pudesse fazer o anseio ir embora, mas o contato só intensifica meu desejo.

Minha voz soa rouca. "Tô imaginando você segurando o seu pau. Só que agora você tá mexendo a mão, se acariciando."

Diante da falta de resposta, fico vermelha, achando que fui longe demais. Mas suas palavras seguintes me dizem que ele continua no clima.

"Você tá me deixando louco."

Mordo o lábio e me esfrego com mais força. "Também tô ficando maluca."

"Isso não ajuda, porque agora tô te imaginando toda excitada. Você tá molhada, Sabrina?"

Meus dedos deslizam sobre minha abertura. "Muito."

"Cacete. O que eu estaria fazendo se estivesse aí?"

"Me lambendo", digo na mesma hora. Ele é ótimo com a língua.

Do seu lado, há mais um farfalhar e, em seguida, ele pergunta, a voz rouca: "Você precisa de um brinquedo?".

"Preciso, me dá um segundo." Vasculho minha gaveta da escrivaninha e pego a caixa de absorvente interno em que guardo as coisas que quero esconder de Ray — um pouco de dinheiro enrolado numa embalagem vazia e meu vibrador. Pego o segundo e ligo.

"Pronto", digo, e levo o brinquedo até o meu clitóris. Meu quadril se arqueia, e um pequeno grito me escapa.

"Puta merda", murmura ele. "Enfia lá dentro, bem devagar. É a minha mão nesse vibrador e a minha língua no seu clitóris."

Diante da ordem e da imagem erótica que ele pintou, enfio e tiro o brinquedo de dentro de mim. É um alívio não ter que pensar, me entregar completamente a ele. Não digo mais nada. Na verdade, não consigo. Estou concentrada demais no seu sotaque texano se derramando em mim feito calda quente, nas instruções roucas e devassas me falando para enfiar mais forte, imaginando-o me lambendo, ouvindo-o dizer como sou linda e sexy e como ele nunca ficou tão duro na vida.

Atinjo o clímax com os sons de Tucker se masturbando misturados aos meus próprios suspiros de prazer. Sua voz invade o meu mundo.

"Boa noite, princesa", diz ele, quando minha respiração se acalma.

"Boa noite", mal consigo responder. Então caio num sono profundo, longo e plenamente saciado.

14

SABRINA

"Pintura com modelo vivo?" Abro a porta do Wine and Brush, e a suspeita me invade. O cartaz atrevido exibe dois bonecos articulados de madeira num abraço indecente. Muito apropriado para um bar de vinhos de uma cidade universitária. "Você tirou aquela foto borrada de propósito", acuso minha amiga.

"Claro que foi de propósito", responde Carin, muito satisfeita consigo mesma. "Não queria que você tivesse uma desculpa pra dizer não." Ela entra e para a cerca de dois passos da porta, o olhar fixo no balcão do bar, do outro lado do salão. "Uau." Assobia baixinho. "Mandou bem."

Sorrio. "Não fiz nada, mas aceito o crédito."

Cada uma de nós pega uma taça de vinho numa bandeja sobre a mesa e seguimos em frente. Nossos pares estão conversando no bar. Mesmo encurvados, são cerca de uma cabeça mais altos do que qualquer outra pessoa na sala. Vejo as outras mulheres dando uma conferida nos respectivos pares antes de lançarem olhares gulosos na direção de Tucker e Fitzy.

São esses olhares que me fazem atravessar o salão e ficar na ponta dos pés para beijar Tucker nos lábios.

Sua boca sexy se curva num sorriso, como se ele soubesse exatamente o que estou fazendo. "Que bom te ver, princesa. Dormiu bem ontem?"

"Dormi. E você?"

"Que nem uma pedra."

Carin percebe alguma coisa. "Você dormiu em Boston ontem?", provoca ela.

Ele nega com a cabeça. "Só ouvi uma história muito boa."

Escondo o sorriso com a taça, enquanto Tucker apresenta nossos amigos. "Carin, este é Colin, mas todo mundo chama ele de Fitzy."

"É muito melhor mesmo", anuncia ela. "Carin e Colin ficaria fofinho demais."

O grandalhão de mais de um metro e oitenta sorri, tímido, e aperta a mão de Carin com cuidado, como se tivesse medo de machucá-la. Só que ele não tem com o que se preocupar. Ela é baixinha, mas durona.

"Vocês moram juntos?", pergunta Carin, e nem tenta disfarçar que está secando o cara dos pés à cabeça.

Também estou meio que fazendo a mesma coisa. Fitzy é bonito pra burro. Seu cabelo escuro bagunçado é daqueles que te deixa com vontade de passar a mão. E as tatuagens... lindas. Está com uma camiseta que revela duas mangas de desenhos intrincados nos braços e um monte de seres e imagens fantásticas — vejo vários dragões e pelo menos uma espada. E tem também alguma coisa saindo pela gola. Carin em geral não é muito fã de tatuagem, mas seus olhos estão grudados nele.

"Não. Moro sozinho", responde Fitzy. "Tuck mora com as estrelas."

"As estrelas?", repito, mas acho que sei a resposta.

Tucker parece se divertir. "Garrett e Logan são os astros do time. Os dois vão virar profissionais. E você conhece Dean."

Torço o nariz para o nome.

"Não provoca", adverte Carin.

Fitzy abre um sorriso torto. "Uma menina que não gosta de Dean? Não sabia que existia."

"Ele tirou dez porque tava dormindo com a professora assistente!", resmungo.

Carin cobre a minha boca com a mão. "Te avisei. Vem, Fitzy." Ela chama o jogador enorme com o dedo. "Vamos arrumar um lugar pra sentar. Já ouvi essa história antes, e não tem a menor graça." E cantarola algumas notas de "Let It Go", de *Frozen*, antes de se afastar.

Solto um suspiro frustrado, mas como metade do meu público foi embora, viro para a única pessoa que restou. "Também vai me falar pra deixar pra lá?"

"Não... Pode remoer o quanto quiser. Quem sou eu pra dizer do que você tem que ter raiva?" Ele envolve a minha nuca com uma palma imensa e se aproxima para sussurrar no meu ouvido. "Mas posso te dizer com prazer o que fazer depois daqui."

Meu corpo se contrai na mesma hora. Sexo com Tucker é a coisa menos estressante e mais agradável da minha vida, e conforme me reclino contra seu toque firme percebo que não estou mais interessada em lutar contra a atração que existe entre nós. Minhas amigas estavam certas — *preciso* disso. Não só do sexo, mas da companhia. Sair com um cara inteligente, bonito, que só quer ficar comigo, do jeito que for possível.

Acho que vou só deixar rolar e ver o que acontece.

"Combinado."

Ele dá uma piscadinha. "Tô tendo ideias agora."

"Como se você não estivesse com ideias antes", zombo.

"Tô com mais ideias. Você é muito inspiradora."

Seu olhar ardente me faz dar um passo à frente e levar a mão ao seu peito — um peito muito musculoso, lindo e bom de lamber. Sob minha palma, seus músculos se flexionam e seu coração bate agitado. Fico na ponta dos pés para...

Uma tosse alta atrás de nós me faz recuar.

"O que foi?", Tucker pergunta para Fitzy, sem desgrudar os olhos dos meus.

"Acho que vocês podiam escolher um lugar. Tá todo mundo esperando."

Viro na direção dele e vejo que quase todas as pessoas na sala estão nos olhando, esperando que a gente se sente ou torcendo para que a gente comece a se agarrar na frente deles. As mesas compridas estão arrumadas em formato de C, e tem um pequeno tablado no meio, onde imagino que o modelo vai ficar. Cada um tem o próprio cavalete, tela e uma seleção de pincéis e tintas acrílicas. É muito legal.

"Senta de uma vez, gente. A menos que vocês prefiram tirar a roupa e servir de modelos", ordena Carin.

Tucker desliza a mão por meu corpo, provocando mil arrepios no caminho até a minha mão. Aperto-a com força e caminho até as cadeiras ao lado de Carin.

"Você tem que esperar o encontro acabar pra pular em cima dele", sussurra ela enquanto me sento.

Deixo a taça de lado e pego um pincel. "Regras são pra gente chata, sua certinha."

Ela passa um pincel no meu nariz, fingindo nojinho, mas a instrutora começa a falar, e a gente cala a boca, por puro hábito.

"Oi, gente! Meu nome é Aria, e vou ser a instrutora de vocês hoje! Adoro quando a turma tá cheia! Vamos lá, gente!"

Que beleza. Nossa professora é energia pura, praticamente saltitando ao se dirigir ao grupo. Ela tem um emaranhado louco de *dreads* na cabeça ao estilo Medusa, que sacode feito um ninho de cobras conforme fala e saltita.

"Primeiro, vou apresentar nosso modelo! Este é Spector..."

Spector?

Tucker balança na cadeira, e, quando me viro para ele, vejo-o lutando contra o riso. Pouso a mão em seu joelho, para acalmá-lo.

"Se comporta", sussurro.

"Tô tentando." Ele ri, enquanto murmura "Spector" para si mesmo.

Um cara alto de roupão branco aparece e acena para o grupo. Seu cabelo preto é mais comprido que o meu, e ele tem aqueles olhos apertados do James Franco que o fazem parecer eternamente chapado.

"Oi", é tudo o que diz.

Em seguida, tira o roupão.

Quase engasgo de susto, porque, ai, meu Deus, o pênis dele está *bem ali*. E é impressionante.

Ao meu lado, Carin também não demora para verificar a mercadoria. "É *disso* que eu tô falando! Olá, sr. Pé de Mesa!", grita para o modelo, antes de se voltar para as outras mulheres presentes. "Moças, acho que o Spector aqui merece uma salva de palmas, não?"

Agora sou eu que estou lutando contra o riso, porque todas as mulheres a acompanham numa salva de palmas meio lenta, que vai ganhando força até acabar em gritinhos e assobios. O pobre Spector está tão vermelho quanto a tinta na minha paleta.

Ao meu lado, Tucker deixa escapar uma risada, e Fitzy se reclina por trás de Carin e me pergunta: "Ela é sempre assim?".

"Em geral, é pior", respondo, animada.

Ele não parece incomodado. A instrutora, no entanto, está começando a ficar irritada.

"Gente!" Ela bate as mãos uma vez. "Foco! A arte espera por vocês!" Sua expressão séria é substituída por um sorriso. "É claro que isso inclui o equipamento do Spector."

Este é o encontro mais esquisito em que já estive.

Aria nos explica como a coisa funciona. Não é muito complicado. Basta beber vinho e pintar o pênis de Spector. Fico espantada ao ver Tuck, Fitz e os outros homens do grupo porem as mãos à obra imediatamente. Tubos de tinta se abrem, pincéis estão a postos, e logo começamos a fazer arte.

Mais ou menos.

Deslizo o pincel desajeitadamente sobre a tela. Tentei misturar amarelo, branco e marrom para criar um tom de pele para o meu Spector, mas ficou parecendo que ele está com um bronzeado falsificado horroroso.

Tucker passa um dos pincéis secos num dedo que ostenta um hematoma. "Consigo pensar em uma dezena de coisas boas pra fazer com isso. Acho que vou levar pra casa."

Reviro os olhos. "Pincéis não são brinquedos sexuais."

"Quem falou?"

Passamos uma hora pintando com dedicação. Carin é ótima nisso. Fitzy também. Segundo Tuck, ele desenvolve seus próprios video games. Tucker é surpreendentemente jeitoso, embora pareça estar evitando a região do pau.

"Uma hora você vai ter que pintar a ferramenta dele", provoco.

Ele pisca para mim. "Tô guardando o melhor para o final."

Do outro lado, um louro de cabelo desarrumado e camiseta do Red Sox levanta a mão. "Professora, não sei fazer pelos! Parece um monte de formiguinha!"

Uma explosão de gargalhadas irrompe na sala. Acho que o sr. Red Sox também está num encontro duplo, porque ele e o seu par estão sentados ao lado de outro casal que está se acabando de rir.

"Sério, Spec", grita o amigo do sr. Red Sox. "Não dava pra ter aparado um pouco as coisas antes de hoje, não?"

"Não posso", responde Spector do tablado, parecendo um tanto entediado. "Meu contrato não deixa."

Ele tem um *contrato*? Para posar nu numa noite de pintura de um bar universitário?

"Pelos dão textura", explica Aria ao grupo. "Mas, lembrem, arte é interpretar. Pintem o que vocês estiverem vendo aqui...", ela pousa a mão no coração, "... e não o que estiverem vendo aqui...", aponta para os olhos.

"O que isso quer dizer?", sussurro para Tucker, que está vermelho de tanto rir.

"*Assim!*", exclama Aria, de repente. "*Isto* é interpretar!"

Olho para o lado e a vejo tirando a tela de Fitzy do cavalete. O grandalhão protesta, mas ela o ignora e ergue a pintura com um grande floreio.

Meu queixo cai quando vejo o que o amigo de Tucker pintou. É Spector, mas uma versão guerreira dele, de capacete e empunhando um escudo. Em vez do tão falado pênis, Fitzy pintou uma espada elaborada saindo da virilha do sujeito. Uma espada digna de *Game of Thrones*.

"*Cara*", exclama Tucker, devidamente impressionado.

"Que demais!", uma Carin de olhos arregalados elogia seu par.

Ele dá de ombros. "Ficou mais ou menos."

Sua modéstia me faz sorrir. E meu sorriso aumenta ainda mais quando Aria devolve a tela e implora que ele a deixe com ela ao final da aula.

Continuamos a pintar, contando piadas e tomando vinho. De vez em quando, Tucker se inclina para o senhor ao seu lado e ajuda o coitado.

"Não, a sombra fica *aqui*", aponta ele. "Imagine que a luz tá batendo no braço dele lá do alto. Então a sombra fica aqui embaixo."

O velho resmunga alto. "Que perda de tempo."

"Hiram!", repreende a esposa.

"O que foi? É verdade", retruca ele numa voz mal-humorada e, em seguida, lança um olhar ranzinza na nossa direção. "Foi ideia *dela*."

"Achei que você ia gostar", protesta a senhora grisalha. "Você sempre diz que inveja minhas habilidades artísticas."

Os dois parecem estar no final da casa dos sessenta. Sei lá, acho até que podem estar no final da casa dos setenta. Nunca fui boa de adivinhar idades. Além do mais, os idosos hoje parecem tão mais jovens do que são. Vovó podia se passar por minha irmã mais velha.

"Desculpa, Doris, mas não aprendi a desenhar gente pelada quando tava tomando tiro no Vietnã!"

Doris bate o pincel contra a mesa. "A gente já conversou sobre isso! O dr. Phillips disse que não é pra gente ficar falando do Vietnã. É destrutivo para o nosso relacionamento."

"Foi o momento mais difícil da minha vida", teima ele.

"E você acha que foi fácil pra mim?", revida ela. "Ficar em casa cuidando de dois filhos de fralda enquanto você tava por aí caçando vietcongue?"

Ele urra de indignação. "Você tava limpando bunda de criança! Eu tava matando gente!"

Mordo o lábio para conter o riso, embora esta não seja uma conversa particularmente engraçada. Talvez seja efeito do vinho.

"Ei, ei", interfere Tucker. "Hiram, meu caro, sua esposa é linda e obviamente te adora. E Doris, Hiram aqui lutou pelo país para manter você e os seus filhos em segurança — pensa só no quanto ele deve te amar pra ter feito isso. Então, não tem por que brigar, né? Por que a gente não se concentra em pintar o sujeito simpático ali e fazer justiça ao equipamento dele?"

Fitzy deixa escapar um riso do outro lado de Carin.

O mesmo acontece com Hiram, cuja voz se torna embargada ao se dirigir à esposa. "Desculpa, Dorrie. Você tem razão... foi uma ótima ideia."

"E você foi muito corajoso na guerra", responde ela, dando o braço a torcer.

Hiram se aproxima e dá um tapinha no ombro de Tucker. "Tá legal, me mostra esse negócio da sombra."

Meu coração se derrete ao assistir Tucker ajudar o homem mais velho. Doris, no entanto, está corando, provavelmente pensando em como ele a chamou de linda.

"Fui com a sua cara, garoto", diz Hiram para o meu par.

É. Eu também.

TUCKER

Estamos todos meio bobos e tontos ao sair do bar com nossas telas embrulhadas embaixo do braço. Quer dizer, menos Fitzy — a professora fez ele deixar sua obra-prima para trás, para mostrar em aulas futuras.

Aqui fora, o ar está um gelo, mas isso não impede Hiram de dizer: "Vi uma sorveteria no caminho. Vamos ver se ainda está aberta".

E, sim, nosso encontro duplo virou um encontro triplo, e, de repente, estamos indo tomar sorvete com um veterano de guerra e o seu docinho de esposa.

Pego na mão de Sabrina conforme caminhamos pela calçada. Não achei que fosse me divertir tanto hoje. Fala sério, aula de pintura? Tem um milhão de coisas — mais indecentes — que eu teria preferido fazer, mas isso não foi tão ruim. E nunca vi Fitzy rir tanto.

A sorveteria está fechando quando chegamos, mas o garoto prestes a trancar a porta fica com pena e abre a caixa registradora. Nós agradecemos efusivamente, fazemos nosso pedido e levamos nossas casquinhas para o estacionamento do bar.

Agora que já não estão brigando, Hiram e Doris nos deliciam com histórias sobre seus quarenta e seis anos juntos. Eles passaram por maus bocados, mas estou mais interessado nas memórias felizes.

Quarenta e seis anos. É surreal imaginar alguém ao seu lado por tanto tempo. Sou totalmente louco por querer isso?

Sabrina também parece fascinada pelas histórias, e quando o casal de idosos entra no pequeno carro e vai embora ela parece genuinamente decepcionada ao vê-los partir.

"Vamos terminar o sorvete no meu carro", diz Carin, e não tem nada de discreto na forma como ela anuncia isso. Com um sorriso malicioso, puxa Fitzy pela mão e o leva para o carro azul do outro lado do estacionamento.

Ele olha para trás por cima do ombro e sorri para mim.

"Certeza que eles vão ficar", diz Sabrina.

"É."

Puxo Sabrina para o meu próprio carro. No banco da frente, giro a chave e ligo o ar quente. Sorvete provavelmente não foi uma boa ideia — ela está tremendo enquanto esperamos a caminhonete esquentar.

"Então", digo.

"Então."

"Foi divertido."

"Que parte? Quando o cara com a camiseta do Red Sox pintou formigas no lugar dos pelos? Ou quando Hiram e Doris descreveram como foi viver a moda do silicone na década de oitenta?"

"Minha nossa. E quando ela disse que pensou em 'botar peito'?"

"Meu Deus. Quase *morri*!" Sabrina está tendo um ataque do meu lado, e o som de suas risadas agudas provoca uma onda de calor em meu peito.

Droga. Gosto dessa garota de verdade. Ela é... incrível. Não é o monstro que Dean insiste que é, longe disso. É inteligente, engraçada, afetuosa e...

E acho que posso estar me apaixonando por ela.

Minha risada morre.

"O que foi?", pergunta Sabrina, na mesma hora.

"Nada", eu minto. É isso ou dizer a ela o que estou pensando, e tenho certeza que ela não quer ouvir.

Não quero nem imaginar qual seria a reação dela se eu dissesse que estou me apaixonando. Transamos duas vezes e saímos *uma* vez juntos. Tá cedo demais para falar de amor.

"Tem certeza?" Ela parece preocupada. "Você tá com uma ruga enorme bem... aqui." Ela passa dois dedos na minha testa.

"Certeza, tudo bem." Eu me ajeito no banco e me aproximo dela. "Tô me divertindo muito."

"Eu também." Seu lábio inferior se projeta num biquinho. "Queria..."

"Queria o quê?"

Ela suspira. "Queria que a gente pudesse voltar pra minha casa, mas tenho que acordar às quatro. Não posso ficar acordada até tarde."

"Nem eu. Tenho treino às sete."

"Então, nada de sexo", conclui ela, decepcionada.

"A menos que você queira fazer na caminhonete de novo."

Seus olhos escuros brilham de interesse, que logo se transforma em resignação. "A proposta é tentadora, mas ia ser esquisito transar com Carin a três metros de distância."

"Tenho certeza que Carin não tá prestando atenção na gente agora."

Sabrina balança a cabeça. "Vai por mim, eles não vão demorar muito. Ela é muito rígida quanto a não transar no primeiro encontro. Fitzy vai só ganhar uns amassos." Ela ri. "E uma bela dor nas bolas, provavelmente."

"E eu? Minhas bolas vão estar me odiando quando eu chegar em casa?"

"Não sei. Me diz você." Ela então se aproxima e me beija.

Quando sua língua envolve a minha de forma sedutora, sinto uma pontada de prazer nas bolas. Gemo contra os lábios macios. "É", murmuro. "Definitivamente vou ter que botar gelo nelas essa noite."

"Ah. Tadinho", sussurra, e começa a me torturar com beijos famintos e um movimento preguiçoso da mão sobre minha virilha.

Ficamos assim por um tempo, nenhum de nós está ansioso para levar isso adiante. Mas é gostoso pra cacete. As janelas da minha caminhonete se embaçam, e estou duro feito pedra quando nos separamos.

"Melhor eu ir pra casa", diz ela, desanimada.

Faço que sim, abrindo um sorriso irônico. "Par ou ímpar pra ver quem vai bater na janela deles?"

Só que não chega a ser necessário, porque, de repente, ouvimos uma batida na minha janela. Baixo o vidro e vejo o rosto corado de Carin me fitando. Seus lábios estão inchados, os cachos ruivos completamente embaraçados.

"Desculpa", diz, dando de ombros, envergonhada. "Mas a S. falou que precisava ir embora às dez e meia. Já passou disso."

Com muita relutância, salto da caminhonete e corro para abrir a porta de Sabrina. Sua expressão é tão relutante quanto a minha.

Um Fitzy de cabelos desgrenhados está recostado na lateral da caminhonete, e Carin lhe dá um tapa na bunda no caminho até seu carro.

"A gente pode repetir isso?", murmuro para Sabrina.

"Aula de pintura? Não sei. Acho que uma vez basta."

"Outro encontro", corrijo. "Me liga quando tiver um tempo livre?"

Meio que espero uma discussão, mas ela simplesmente fica na ponta dos pés, me beija nos lábios e me diz: "Claro".

15

TUCKER

Dezembro

Eu: *Tô c/ saudade.*
Ela: *Eu tb.*
Eu: *A gente podia mudar isso. Levo meu pau...*
Ela: *HAHAHA. Isso não é óbvio? O q eu ia fazer sem seu equipamento?*
Eu: *Meu superequipamento ;)*

Tá, eu sei que estou pegando pesado, mas, cara, que saudade dessa garota. Faz uma semana que a gente não se vê, o que é uns sete dias a mais do que eu gostaria. Desde o encontro duplo no mês passado, a gente tentou se encontrar pelo menos duas ou três vezes por semana. Do jeito que nossas agendas são lotadas, é um milagre que a gente tenha conseguido, mas em algum momento a rotina ia acabar levando a melhor.

Nas duas últimas semanas, estivemos os dois enrolados com a faculdade. Tive uns treinos e jogos brutais, depois veio o feriado de Ação de Graças, que eu já tinha prometido passar com Hollis e a família dele. Fiquei tentado a dar o cano e sair com Sabrina, mas ela estava trabalhando e admitiu que preferia que eu não fosse à boate. Aparentemente o Boots & Chutes é o refúgio dos babacas durante as festas de fim de ano.

Estou louco para vê-la, então, quando leio sua resposta, comemoro em silêncio.

Ela: *Se vc não se importar d dirigir, podia vir a Boston hj? Tô escrevendo meu artigo d direito constitucional, mas posso fazer várias pausas se vc quiser me fazer companhia.*

Nem hesito.

Eu: *Indo.*

Já tinha tomado banho e trocado de roupa, imaginando que talvez fosse encontrar com ela hoje. Desço as escadas às pressas, torcendo para conseguir sair de casa sem que ninguém perceba.

"Tuck, chega mais! Precisamos da opinião de um adulto."

Droga. Quase.

Sigo a voz de Garrett até a sala, onde o encontro com Hannah na poltrona. Ela está no colo do namorado, e ele está com os braços em volta da cintura dela. Os dois parecem tão felizes e à vontade que sinto uma pontada de inveja. Mas não estão sozinhos. Logan, Fitzy e Morris, amigo de Logan, estão no sofá, com controles de video game na mão. Na televisão, um jogo de tiro está pausado.

"O que foi?" Tento esconder a impaciência. "Tava de saída."

Do sofá, Logan arqueia a sobrancelha. "Você tem feito isso bastante, ultimamente."

Dou de ombros. "Um monte de coisa pra fazer."

"Você não vai contar o nome dela?", pergunta Hannah, numa voz animada.

"Não sei do que você tá falando", respondo, inocente.

Garrett me dispensa com um gesto da mão. "Não tô nem ligando pra namorada misteriosa do Tuck. Preciso de alguém pra me apoiar — agora."

Sorrio. "Apoiar com o quê?"

"Dean e Allie."

Ah. Estava me perguntando quando o assunto ia aparecer. Na volta do feriado de Ação de Graças, todo mundo descobriu que Dean e Allie eram oficialmente um casal.

Não fiquei surpreso, porque já suspeitava que eles tinham ficado, mas estou um pouco chocado que estejam de fato namorando. Desde que conheço Dean, ele nunca teve uma namorada.

"Aparentemente sou o único que acha que isso é a pior ideia desde cavalos", diz Garrett, irritado.

"Cavalos?", Logan e Fitzy repetem, em uníssono.

"Tipo, cavalos em geral?", pergunta Morris, confuso.

"Tipo, domesticar cavalos", resmunga Garrett. "Eles tinham que estar na natureza. Fim de papo."

"Amor", Hannah interrompe, "você só tá dizendo isso porque tem medo de cavalo?"

O queixo de Garrett cai. "Não tenho medo de cavalo."

Ela ignora a negação. "Ai, meu Deus, agora que eu tô entendendo. É por isso que você não quis ir à feira de Ação de Graças na Filadélfia." Ela se volta para o restante de nós. "Meus tios queriam levar a gente para um festival superlegal, com barraquinhas e uma demonstração de bichos... e passeios a cavalo. Ele disse que tava com *dor de estômago*."

Garrett cerra os dentes ostensivamente. "Eu *tava* com dor de estômago. Enchi a cara de peru, Wellsy. Enfim, não tô gostando dessa história. Vou me ferrar quando eles se separarem."

"Talvez eles não se separem", comenta ela.

Franzo a sobrancelha. "E como isso te afetaria?"

Como não estou enxergando sua lógica, ele me explica tim-tim por tim-tim. "Lados, cara. As pessoas terminam, os amigos escolhem de que lado vão ficar. Dean é meu amigo, então obviamente tenho que ficar do lado dele. Mas essa aqui...", ele aponta para Hannah, "é minha namorada. Namorada ganha de amigo. Wellsy vai ficar do lado da Allie, e eu vou ter que ficar do lado da Wellsy, *vis-à-vis*, vou acabar ficando do lado da Allie."

"Acho que você não tá usando *vis-à-vis* direito", comenta Morris.

"É, acho que a palavra que você tá procurando é *portanto*." Logan está fazendo muita força pra segurar o riso.

"Não vou obrigar você a ficar do lado da Allie por minha causa", protesta Hannah. "E você tá sendo infantil. É todo mundo adulto aqui. Se eles terminarem, a gente vai continuar sendo capaz de coexistir pacificamente."

"Ross e Rachel coexistiram em *Friends*", concorda Logan.

Fitzy deixa escapar uma risada.

Garrett está ocupado demais olhando para Hannah. "Não acredito que você tá tranquila com isso. Ela é a sua melhor amiga. Ele vai estragar tudo — você *sabe* disso."

Sua namorada dá de ombros. "Só sei que a Allie tá feliz. E se a Allie tá feliz, por mim tudo bem."

"Tuck, o que você acha?", pergunta Garrett.

Hesito. Por um lado, Dean parece gostar de Allie de verdade, pelo menos, pelas poucas interações entre eles que testemunhei. Por outro lado, o sujeito não tem um pingo de seriedade no corpo. Allie é uma garota legal. Não quero que ela se machuque.

De qualquer forma, não é da minha conta.

"Wellsy tá certa. Os dois são adultos. Se querem ficar juntos, o que a gente tem a ver com isso?"

Ele me olha feio. "Traidor."

"G., a menina nocauteou o cara ontem", comenta Logan, com um sorriso. "Você conhece o ego do Dean — se ele é capaz de aguentar esse tipo de coisa e ainda quer ficar com ela, então o negócio é sério."

Apesar de tudo, começo a rir. Cara, queria que os outros estivessem aqui ontem para testemunhar o caos. Depois da partida em Scranton, Dean e eu encontramos a casa toda escura. Allie e a irmã de Dean estavam assistindo a um filme de terror. As duas se assustaram, e Allie acidentalmente nocauteou Dean com um peso de papel, e agora tenho munição para torturá-lo pelo resto da vida.

"Ah, por falar em ontem", começa Hannah. "A irmã do Dean chegou bem na Brown? Queria tanto conhecê-la."

"Vai por mim", resmunga Fitzy, do sofá. "Sorte sua que não conheceu."

Logan dá um risinho. "Coitadinho — a loira gostosa tava se atirando em você. Quem ela pensa que é?"

O outro fica vermelho. "Ela pediu pra ver o meu pau!"

"E isso é um problema, porque...?"

Morris e Garrett começam a gargalhar, mas Fitzy se limita a encolher os ombros. "Não gosto de mulher agressiva. Prefiro fazer as coisas no meu próprio tempo, tá legal?"

Fico tentado a dizer que é mentira, porque ele realmente não pareceu se importar quando Carin o arrastou para dar uns amassos no carro dela. Mas Fitz e eu não conversamos sobre aquela noite, então fico quieto. Além do mais, se falar do encontro duplo, todo mundo vai querer saber com quem *eu* estava.

Na última vez em que nos vimos, Sabrina brincou comigo que não estou contando para as pessoas sobre a gente porque tenho vergonha dela. Não é isso. Meus amigos têm a mania de se meter na vida amorosa dos outros — vide a obsessão de Garrett com Dean e Allie. Então prefiro não ter um monte de gente dissecando o meu relacionamento com Sabrina, que ainda está tão no começo.

De qualquer maneira, sei que no fundo ela está aliviada por estarmos mantendo segredo. Usei a palavra *relacionamento* uma única vez para descrever a gente, e ela ficou toda esquisita comigo.

"Beleza, tenho que ir", digo para a sala. "Mais alguma questão adulta que a gente precisa discutir ou posso sair?"

"Vai embora", resmunga Garrett, me enxotando com a mão. "Você não ajudou em nada mesmo."

SABRINA

A língua de Tucker está na minha boca antes mesmo de eu fechar a porta da frente. Apesar das ondas de calor que me tomam o corpo, me forço a interromper o beijo. Vovó está na cozinha, e não preciso dela testemunhando isso.

"Minha avó tá em casa", murmuro.

Imaginei que ele ficaria decepcionado, mas Tuck apenas assente com a cabeça. "Legal. Quer me apresentar?"

Se tem uma coisa que aprendi neste último mês em que tenho saído com Tucker é que nada afeta esse cara. Ele leva tudo na boa, e se adapta conforme necessário. Não sei nem como ele é quando fica irritado.

"Deixa eu te avisar — vovó é meio... direta." É a minha forma delicada de dizer *grossa*. No caminho da cozinha, torço para que ela não seja rude com Tucker.

Ela está à mesa quando entramos, folheando um exemplar da US *Weekly*. "Ray esqueceu a chave de novo?", pergunta, sem erguer os olhos.

"Hum. Não." Eu mudo o peso de perna, sem jeito. "Vó, este é o Tucker."

Sua cabeça voa na direção dele. Imediatamente, os olhos se enchem de interesse. Ela estuda Tucker da cabeça aos pés, devorando-o de uma forma tão descarada que sinto o rosto corar.

"Vó!", repreendo.

Ela parece despertar. "Muito prazer, Tucker." Ela enfatiza a palavra *muito*.

Ótimo. Minha avó está dando em cima do meu... bem, não sei o que ele é. Mas o tom sedutor da vovó não é legal.

"Sou Joy, avó da Sabrina."

"Prazer em conhecer, senhora." Ele estende a mão, e ela a aperta por tempo suficiente para ele parecer pouco à vontade quando recua.

"Sabrina não falou que tinha um namorado."

"Somos só amigos", respondo.

Os ombros de Tucker ficam tensos.

Ah, droga. Não queria machucá-lo. Só não quero minha avó se intrometendo e perguntando quando é o casamento, ou alguma merda assim.

"Achei que você era ocupada demais pra ter amigos." Ela levanta a sobrancelha, zombeteira.

Cerro os dentes. "Não sou ocupada demais para ter amigos. Saio com Hope e Carin, não saio?"

Em vez de responder, ela se vira para Tucker. "Então, o que os dois *amigos* vão fazer hoje?"

Respondo antes que ele diga qualquer coisa. "Vamos ficar no meu quarto um pouco. Talvez ver um filme ou algo assim."

Um sorrisinho sabido desponta em seus lábios. "Então tá. Mantenha o volume baixo, tá bom?"

E todos nós sabemos que ela não está se referindo ao volume da televisão.

Com as bochechas pegando fogo, arrasto Tucker para fora da cozinha. "Desculpa", digo, quando chegamos ao corredor. "Ela às vezes é meio indelicada."

Ele me encara com um olhar firme. "Por que seria indelicadeza ela perguntar o que somos um para o outro?"

Desvio o rosto. Ele me pegou.

A verdade é que o motivo pelo qual não quero minha avó fazendo perguntas é porque não tenho nenhuma resposta. Não sei o que Tucker e eu somos um para o outro. Só sei que sinto falta quando ele não está por perto. Que toda vez que aparece uma mensagem dele no meu celular, meu coração flutua feito um balão de gás. Que quando ele me olha com aqueles olhos castanhos de pálpebras pesadas, esqueço meu próprio nome.

Vamos até o meu quarto, e ele senta na beirada da cama enquanto fecho e tranco a porta. Dois segundos se passam. Então ele dá um tapinha nas coxas e me chama: "Vem aqui, princesa".

Estou em cima dele num piscar de olhos, as pernas envolvendo sua cintura e os dedos enfiados em seu cabelo. "Senti muita falta de você", sussurro, apertando os lábios nos seus.

Beijar Tucker é como entrar numa banheira quente. Faz minha pele formigar e transforma meus membros em geleia, envolvendo-me num casulo de calor do qual não quero nunca mais sair. Sua língua saboreia o meu lábio inferior antes de entrar na minha boca. Suas mãos estão quentes e firmes quando ele as desliza por baixo da minha camiseta e acaricia meu quadril nu.

Quando me dou conta, estamos entrelaçados na cama, arrancando as roupas um do outro sem desgrudar as bocas. Logo que ficamos nus, meu corpo se aperta contra o dele, ansiando por algum alívio. Tucker está tão frenético quanto eu. Não há preliminares, nem trocamos uma única palavra. Pego uma camisinha na mesa de cabeceira e jogo para ele, que a coloca depressa.

É o sexo mais silencioso que já fizemos. Tem que ser, porque vovó está bem ali no corredor. E tem algo de muito excitante e devasso nessa transa silenciosa. Ele me enche por completo, entrando e saindo do meu corpo pulsante num ritmo lento e doce que me deixa louca.

"Estou quase", sussurra, no meu ouvido.

Abro os olhos e vejo seu rosto bonito contraído, os dentes cravados no lábio inferior num esforço para não fazer barulho.

A visão fenomenal despedaça a tensão dentro de mim. Com o orgasmo despontando, arfo e agarro seus ombros largos, apertando-o com força, enquanto ele treme em cima de mim.

Depois, ele vira para o lado e me puxa para junto de si. Seus dedos enroscam no meu cabelo, e eu passo uma perna sobre a parte inferior do seu corpo. Ficamos abraçados em silêncio por um tempo, até que Tuck enfim começa a me contar o que tem feito. Trocamos mensagens regularmente, então já conheço a maioria das histórias, mas a voz dele é tão sensual que o ouviria recitar o cardápio de um restaurante para ter o seu sotaque arrastado do Texas no meu ouvido.

Abafo o riso com a palma da mão quando ele me conta como a namorada do Dean — quem diria — apagou o cara com um peso de papel ontem à noite. Beijo seu ombro quando ele confessa o quanto está ansioso para ver a mãe nas férias de fim de ano. E, quando admito como estou estressada com as provas finais, ele acaricia minhas costas e garante que vou me sair bem.

Por fim, nos vestimos e colocamos um filme, mas só ele assiste. Abro um livro e começo a sublinhar os trechos que quero usar no meu artigo. Tuck ri baixinho da comédia obscena passando na pequena televisão pendurada na minha parede.

De vez em quando, ele se debruça e beija minha têmpora, acaricia minha bochecha, brinca com meu mamilo.

De vez em quando, eu me debruço e chupo seu pescoço, mexo com sua barba, aperto sua bunda.

É a noite mais perfeita que eu jamais poderia ter imaginado. E, lá no fundo, uma pequena voz fica sussurrando, *acho que eu conseguiria me acostumar com isso...*

16

TUCKER

Saio do avião em Dallas, e minha mãe está me esperando no aeroporto, ao pé da escada rolante, com três balões. Parece até que estou voltando da guerra, e não de uma faculdade metida a besta na Costa Leste.

"Olha só pra você!", exclama ela.

Levanto-a do chão e a giro num abraço. Ela se recosta em mim, envolvendo-me com o cheiro familiar de laquê.

"Olhar o quê?", provoco.

Ela me abre um sorriso meloso de mãe antes de passar o braço magro pela minha cintura e me apertar. "Você tá tão bonito. Tá ótimo."

Dou de ombros, e seguimos para a saída. "Me sinto muito bem."

"Que bom. Achei que você ia estar chateado porque a temporada não está indo bem." Nossos jogos não passam muito na televisão, mas ela acompanha os resultados pela internet.

"Os balões foram pra isso?"

"Você acha que os balões são pra você? Porque não são."

"É por isso que o prateado diz 'Bem-vindo, filho'?"

"Tava na promoção. Teria comprado o que dizia 'Sou a melhor mãe do mundo', mas era cinco dólares mais caro."

"Caramba, o patriarcado tá arruinando até as vendas de balão?"

Passando os balões na minha direção, ela ri. "Esse mundo é um lugar cruel, por isso que a gente precisa de balões."

"Isso tá me lembrando muito o incidente do avental cor-de-rosa", digo, num protesto simulado, mas levo os balões assim mesmo e me abaixo para beijar sua testa. Como o avental que meus colegas de república me deram, carregar uns balões pelo aeroporto não vai ferir meu ego.

"Se eu fosse você, daria uma coisa rosa para cada um deles."

Lembro do vibrador rosa com que Dean gosta de tomar banho. "Não é má ideia. Tenho que comprar uns presentes antes de voltar. Vou tomar o cuidado de só comprar coisas rosa ou cheias de purpurina. Ou os dois, se conseguir." Garret e Logan iam morrer de rir da ideia de dar um vibrador rosa e brilhante para Dean. Tenho que escrever para eles depois.

"Você não trouxe mala?", pergunta ela, quando passamos direito pela esteira de bagagens.

"Não, senhora." Não preciso nem olhar para o seu rosto para saber que está decepcionada. "Você sabe que preciso voltar pro treino. Mesmo com a temporada indo por água abaixo, ainda tenho que comparecer. É o preço da minha bolsa."

Minha agenda lotada durante o fim de ano sempre foi uma fonte de mágoa para a minha mãe, que adora comemorações. Ela vive para o Natal, e é por isso que tive o cuidado de vir visitá-la, embora a maior parte dos caras tenha ficado na Briar.

"Como é o seu último ano e vocês não estão indo bem, achei que você ia poder passar as festas todas comigo."

"Não é assim que funciona. Além do mais, daqui a pouco você vai cansar de mim e ficar doida pra me ver pelas costas", aviso.

Mas, assim que termino de falar, penso em Sabrina. Ela vai passar os próximos três anos em Boston. Eu me pergunto como a gente vai fazer isso dar certo.

Isto é, se ela quiser que dê certo.

Teria sido muito mais fácil se a gente tivesse se conhecido no ano passado. Merda, ou até no semestre passado, mas agora a gente só tem mais uns poucos meses morando no mesmo estado, e, por razões que não estou totalmente preparado para avaliar, em especial com a minha mãe do lado, a perspectiva da distância entre nós me incomoda pra cacete.

Luto contra o impulso de subir de novo no avião e voltar para Boston. Mas vou ter de me contentar com mensagens, telefonemas e, se tiver sorte, uma chamada de vídeo. Queria ver como ela usa seu brinquedinho quando não estou por perto.

Quase dou de cara na suv da minha mãe, perdido em meus pensamentos sobre Sabrina e seu vibrador. Limpo a garganta. "Posso dirigir?"

Ela me joga a chave. "Nunca ia cansar de você, filho. Você sabe que eu ia adorar se viesse morar comigo."

"Isso não vai acontecer. Mulher nenhuma quer sair com um cara que mora com a mãe", digo, abrindo a porta para ela.

Ela entra, fazendo cara feia. "Qual o problema de morar com a mãe?"

"Todos, e você sabe disso." Então me abaixo e dou outro beijo em sua testa, para aliviar a dor.

Durante a viagem de quatro horas de Dallas até em casa, ela me atualiza sobre as fofocas de Patterson. "A filha da Maria Solis veio da Universidade do Texas. Está cortando o cabelo em Austin agora, mas continua muito gentil. Passou no salão outro dia só pra dizer oi."

Faço que sim, distraído, me perguntando se Sabrina teria vindo, caso eu tivesse chamado para passar as festas comigo. Achei que o convite não seria bem-vindo, não só porque ela veria como um sinal de que estamos indo rápido demais, mas porque precisa do dinheiro do trabalho. Antes da minha viagem, ela estava vibrando de alegria com as horas extras que ia receber.

"Você devia chamá-la pra sair." A voz de minha mãe me desperta dos devaneios mais uma vez.

"Quem?", pergunto.

"A filha da Maria Solis", responde ela, impaciente.

Desvio a atenção da estrada para lançar um olhar incrédulo na direção dela. "Você quer que eu saia com a Daniela Solis?"

"Por que não? Ela é linda e inteligente." Minha mãe se recosta no assento e cruza os braços.

"E gay."

Ela fica boquiaberta. "Dani Solis é gay?"

"Acho que o termo certo é *lésbica*", brinco, lembrando das aulas de orientação sexual.

"Não pode ser", minha mãe protesta. "Ela é bonita demais."

"Mãe, meninas bonitas também podem ser lésbicas."

"Tem certeza? Vai ver ela é bi. Dizem que as crianças experimentam na faculdade."

"Ela levou Cassie Carter para o baile de formatura! Você fez o cabelo das duas."

"Achei que eram amigas."

"Elas tiveram que ir como amigas, porque a organização do baile não deixou que fossem como um casal."

A pequena cidade texana em que cresci tem um quê de conservadora. Dani e Cassie *eram* amigas, mas amigas que se beijavam e trocavam amassos no corredor. E que deixavam todos os meninos à sua volta completamente loucos. Passei muitas noites da adolescência fantasiando sobre as coisas que elas faziam quando estavam sozinhas. Com certeza era uma coisa imprópria de se fazer, mas a maioria dos meus pensamentos dos dez aos dezessete anos caía na categoria impróprios.

Minha mãe murcha no banco do passageiro. É óbvio que tinha todo um plano complexo montado na cabeça para me juntar com Dani.

"Lembra quando falei que conheci uma menina?", digo lentamente, decidindo que é melhor falar logo, antes que ela comece a tentar me casar com cada uma das mulheres solteiras de Patterson.

"Humm" Ela soa cautelosa. "Achei que não era nada sério."

"Agora é. Você ia gostar dela. Só tira nota boa, tem dois empregos e acabou de passar na faculdade de direito de Harvard."

"Harvard? Isso não é em Boston?"

Sua voz parece tomada pela preocupação. Eu entendo. Ela está com medo de que eu não volte para casa se me apaixonar por uma menina de Boston, e foi por esse motivo que ela veio para cima de mim com essa história da Dani Solis antes mesmo de sairmos do carro.

"É. Em Cambridge." Não posso nem garantir nada, porque, a esta altura, não sei nem o que vou fazer a respeito de Boston, Patterson nem nada disso. A única coisa de que tenho certeza é que quero ficar com Sabrina.

"Quanto tempo é a faculdade de direito?"

"Três anos." Ou seja, tempo demais para ficar separado.

"Seu plano ainda é voltar pra casa e começar um negócio, não é? Estava conversando com Stewart Randolph outro dia. Você se lembra dele? É o dono da imobiliária de Pleasant. Ele tá pensando em se aposentar, e aquele filho dele não quer sair de Austin. Parece que Randy estaria interessado em vender, dependendo da oferta."

Aperto o volante um pouquinho mais forte. Sabrina me perguntou se alguma coisa me afetava. Bem, fazer minha mãe infeliz está no topo da lista. Mas a ideia de comprar a imobiliária de Stewart Randolph não perde por muito. Na verdade, só de pensar em mim na sala de Randolph usando gravata todos os dias faz minha pele pinicar. Tenho alguns planos para o que vou fazer quando me formar, e ser um corretor de imóveis não é um deles, principalmente em Patterson, uma cidade de dez mil habitantes.

"Vou falar com ele", ouço-me dizendo.

"Ótimo." Pelo menos alguém está satisfeito. "Ah, a propósito, os Solis vão jantar com a gente hoje."

"Deus do céu, mãe."

"Olha a blasfêmia, John."

Inspiro fundo e peço paciência, imaginando quando vou conseguir mandar uma mensagem para Sabrina.

"Minha mãe te declarou oficialmente um 'bom partido'." Dani senta ao meu lado nos degraus dos fundos da pequena casa de dois andares onde morei a vida inteira.

Toco minha taça de sangria na dela. "Que honra. Vou escrever isso no meu perfil do Tinder."

"Ela também falou que você tem um dinheiro escondido que vai esbanjar comigo, quando eu lhe der o indispensável primogênito." O sorriso de Dani vai de orelha a orelha. Está na cara que está adorando isso.

"Minha mãe me disse que você era linda e inteligente." Abafo um suspiro, pensando na outra garota linda e inteligente para quem não consegui escrever mais nada desde que mandei uma mensagem dizendo *Pousei*, horas atrás.

O *Eba! Que bom* que ela me mandou de volta não foi suficiente para satisfazer minha necessidade diária de Sabrina. Acho que a distância faz mesmo a gente valorizar mais o que tinha, porque estou morrendo de saudade.

"E você respondeu o quê?"

Volto a atenção para minha amiga. "Que achava que você era lésbica, e minha mãe respondeu que talvez você fosse bi."

Com isso, Dani desata a gargalhar. Ela se dobra de tanto rir, derramando sangria para todo lado.

Tiro a taça da sua mão, para não levar um banho, e a pouso do meu outro lado. Dani leva um tempo para se recompor, então termino minha bebida e viro o restante da taça dela.

"Desculpa, Tuck", suspira, passando a mão encharcada de vinho no rosto. "A ideia da sra. Tucker torcendo para que eu fosse bissexual para a gente poder ficar junto é engraçada demais."

"Ainda bem que tenho confiança em mim mesmo", digo, secamente. "Ou essas gargalhadas todas podiam ter feito minhas bolas murcharem."

Dani fica séria na mesma hora. "Ai, não! Te ofendi? Você... sente alguma coisa por mim?"

"Não, e não tô dizendo que você não é gostosa, porque você é, mas sei que você torce pro outro time desde que a gente tava no colégio."

"É, eu sempre soube." Ela morde o lábio. "Sua mãe ficou chateada?"

"Ela não pensa menos de você, se é isso que você tá perguntando. Só ficou decepcionada."

Dani faz que sim com a cabeça, pensativa. "Patterson é tão careta, né? Não me importo de vir visitar às vezes, mas jamais moraria aqui." Ela pontua a declaração com um arrepio de desgosto. "Me espanta que você esteja voltando."

"Por quê?"

"Tuck, você joga hóquei." Ela pronuncia a última palavra como se tivesse um significado adicional, mas sou burro, então tenho que pedir para explicar.

"Tem um time de hóquei em Dallas", lembro a ela. "Não é tão incomum assim."

"É sim. Isso aqui é a terra do futebol americano, mas não, você, um menino do Texas, ama o gelo e o frio. Tô surpresa que não vá ficar em Boston."

Estico as pernas e ergo os olhos para o céu escuro. Patterson é uma daquelas cidades que parou no tempo —já foi autossustentável um dia, mas quase todas as pequenas empresas perderam lugar para as megastores regionais, que oferecem preços mais baixos e mais opções de escolha. Quase todos os que vivem neste lugar são fazendeiros ou trabalham na fábrica de tratores das redondezas. Já pensei em morar em Boston, mas todas as vezes que falei disso com minha mãe nos últimos quatro anos ela rejeitou a ideia.

"Mamãe ama este lugar. Esta é a casa do meu pai, que ele comprou quando eles eram casados." Dou um tapinha nos degraus. "Ela não quer sair daqui."

"Quer dizer que você não conheceu ninguém na Briar? Passou quatro anos lá e vai voltar pra casa para sossegar e ser o corretor de imóveis número um de Patterson?" Ela ergue o dedo indicador e usa uma voz grave.

Tenho que admitir, isso não soa nada promissor. "Também tá sabendo desses planos?"

"Tô, foi parte da propaganda. Junto com a sua conta bancária enorme, você ia me dar uma vida inteira de luxo vendendo casas neste lugar. A boa notícia para a sua mãe é que todas as solteiras de Patterson dariam o peito esquerdo para ser a mulher de John Tucker."

Só existe uma garota a quem eu daria esse título, e não estou muito certo de que ela queira.

"Tenho uma menina lá em Briar", confesso. Falar de Sabrina parece aproximá-la um pouco. Cara, tô ficando todo sentimental. Mas acho que não ligo para isso, porque pego meu telefone. "Quer ver?"

Dani faz que sim, ansiosa.

Abro a foto que tirei de Sabrina no bar onde jantamos na última vez em que fui até Boston para vê-la. Está com o cabelo escuro solto e caindo sobre os ombros, e seus olhos exibem um brilho malicioso, porque ela tinha acabado de dar um tapa na minha bunda, na saída do bar.

"Nossa, que gostosa!" Dani toma o celular de mim para dar zoom na imagem, primeiro no rosto de Sabrina e depois no restante do corpo. "Tem certeza de que ela não é bi? Porque é um crime uma mulher dessas ter que suportar a vida com um homem."

"Ei, sou bom de língua."

Dani me lança um olhar de desprezo. "Nenhum homem jamais vai ser tão bom de oral quanto uma lésbica. Tá provado cientificamente."

"Ah é? Então desembucha aí os seus segredos, Solis. Se não for por mim, que seja pela pobre Sabrina."

Dani curva os lábios num sorriso sensual. "Quer saber? É isso mesmo que vou fazer."

E então passa a me dar uma lição muito explícita do que constitui um bom oral.

17

SABRINA

Encontrei uma amiga do tempo do colégio. É lésbica. Ela me falou q homem nenhum pode fazer o q uma mulher faz. Dei um porre d sangria nela e forcei a me revelar os segredos. Se prepara. Vou acabar c/ vc.

A mensagem de Tucker chega durante meu intervalo na boate. Enquanto tiro os sapatos de salto quinze, digito:

Quero só ver.

Como ele não responde imediatamente, guardo o telefone e tento não ficar decepcionada. Deve estar ocupado com a mãe e os amigos de infância.

O nó que se instalou hoje na minha barriga quando ele foi embora aumenta um pouco. Estou com saudade. Pra falar a verdade, acho que estou me apaixonando. John Tucker entrou na minha vida com tudo, preenchendo espaços que eu não sabia que existiam.

E ele não é a distração que achei que seria. Quando preciso de paz, é isso que me dá. Quando preciso de diversão, ele está lá com um sorriso fácil. E quando todo o meu corpo dói de desejo ele não tem o menor problema em me comer até eu perder os sentidos. Ele gosta de ficar comigo. E eu gosto de ficar com ele.

Aperto a nuca. Será que deixei isso ir longe demais? Melhor pular fora agora? Posso continuar sem que alguém se machuque?

Tucker pressentiu que eu tinha a vida toda planejada — e eu tinha mesmo. Meu objetivo de cursar quatro anos de faculdade, entrar no curso de direito, conseguir um estágio de verão bem remunerado e depois o emprego perfeito num escritório de advocacia de primeira, fechando com uma aposentadoria numa praia paradisíaca... é um plano que jamais incluiu um homem. Não sei por quê. Simplesmente nunca pensei nisso.

Homens foram feitos para... sexo. E isso é fácil de conseguir e fácil de largar. Ou, pelo menos, *era* fácil de largar. Agora, não tanto, porque a ideia de não ter Tucker faz o nó na minha barriga parecer uma pedra. Na verdade, esse nó está me dando enjoo. Inspiro fundo algumas vezes e tento me lembrar da última vez que comi alguma coisa.

"Tá se sentindo bem, querida?", pergunta Kitty Thompson, preocupada. Kitty é uma das donas do Boots & Chutes. Ela toca a boate com outras três ex-strippers, e este é um dos melhores lugares em que já trabalhei.

Esfrego a têmpora antes de responder. "É só cansaço."

"Só faltam mais umas horinhas." Ela faz um barulhinho de simpatia. "E a noite tá meio devagar. Acho que posso te liberar mais cedo."

Nós duas avaliamos o punhado de mesas ocupadas.

Com um aceno decisivo, ela diz: "É, melhor você ir embora. Você não vai ganhar muito mais do que vinte dólares. Vai pra casa e descansa um pouco".

Ela não precisa falar duas vezes. Ter algumas horas de sono a mais antes de ir para o correio separar correspondências parece um sonho. Então corro para casa e caio na cama sem conferir o celular de novo. Ele ainda vai estar lá de manhã.

Às três e quarenta, meu alarme toca. Quando sento na cama, quase desmaio de tontura. O lanche que engoli às pressas ontem na boate ameaça voltar.

Fecho os olhos e inspiro fundo várias vezes. Quando acho que vou conseguir levantar sem vomitar, abaixo para pegar o telefone.

O que é um grande erro.

Meu estômago se revolta. Estou com vômito na boca antes de alcançar o banheiro, e já despejo tudo antes de conseguir levantar a tampa do vaso sanitário. Caio de joelhos, e parece que tudo que comi na última semana jorra de dentro de mim.

Nossa. Eu me sinto péssima.

Tenho ânsias até não sair mais nada além de uma bile aguada e clara. Ainda de joelhos, pego uma toalha e limpo o rosto. Percebo que estou suando. Estou tremendo, suando e enjoada até não aguentar mais. Fraca, dou descarga duas vezes antes de me levantar.

Na pia, enxáguo a boca e encaro meu reflexo pálido. Tenho que ir para o trabalho. No fim de ano sempre falta mão de obra no correio, e os funcionários recebem hora extra. Não posso me dar ao luxo de ficar em casa.

Volto meio trôpega até o meu quarto, mas paro na porta. Ai, não. A água que engoli não caiu bem. Minha testa começa a suar, obrigando-me a correr de novo para o banheiro.

Ao dar descarga, a ficha começa a cair.

Vou ter que avisar no trabalho que estou doente. Não tenho condições de ir hoje.

O relógio na cabeceira me diz que são 4:05. Já estou atrasada. Pego o telefone e ligo. Kam, meu supervisor, atende na mesma hora.

"Kam, é Sabrina. Tô vomitando muito..."

"Você tem um atestado médico?", interrompe ele.

"Não, mas..."

"Desculpa, Sabrina, você precisa vir. A gente precisa de toda mão de obra possível. Você pediu pra pegar esses turnos."

"Eu sei, mas..."

"Nada de 'mas'. Desculpa."

"Eu não paro de vomitar..."

"Olha, tenho que ir, mas vou te fazer um favor, vou bater seu ponto, pra você não ser descontada nem levar advertência pelo atraso. Mas você precisa vir. Tem caixa pra cacete pra organizar, não dá nem pra ver a outra parede da sala. Ninguém faz compras no shopping mais?"

Aparentemente foi uma pergunta retórica, porque ele desliga logo depois.

Olho para o telefone e fico de pé. Não tenho escolha a não ser ir para o trabalho, então.

"Você tá um lixo", comenta uma das funcionárias temporárias quando entro no correio, vinte minutos depois. "Não chega nem perto. Não quero ficar doente."

Olho feio para ela e fico tentada a vomitar no seu uniforme engomado inteirinho. "Nem eu", respondo, seca.

Kam aparece com uma expressão emburrada e o iPad na mão. "Vai pra baia quatro e começa a separar os pacotes. Estamos atrasados pacas."

Resisto ao impulso de bater continência. Mas concordo com ele — a situação não tem a menor graça. Estou me sentindo péssima.

A manhã se arrasta. É como se eu estivesse coberta de piche e cada movimento exigisse um esforço imenso. Devo ter pegado uma gripe. Estou exausta, exatamente como Hope avisou que ia acontecer, por causa dos dois empregos, a faculdade, o estresse com Harvard. Peguei pesado demais este semestre e agora estou pagando por isso.

Quando o turno acaba, quase não tenho forças para entrar no carro e sair do estacionamento. Chego em casa, mas, no instante em que entro na cozinha, sou tomada por outra onda de náuseas. Tapo a boca com a mão e corro para o banheiro.

"Qual o problema de vocês?", resmunga Ray, de pé, na porta aberta. Está com uma das suas regatas brancas manchadas para fora da calça de moletom cinza. Numa das mãos, segura uma cerveja.

Você. Você é o nosso problema.

Em seguida, percebo o que ele acabou de dizer. "Como assim 'vocês'? Vovó tá doente?"

"Foi o que ela disse. Não terminou de fazer meu café da manhã. Se sentiu mal e teve que ir deitar." Ele aponta o quarto da minha avó com a cabeça.

Fico de pé e me arrasto até o quarto dela. "Vó, você tá doente?", pergunto.

O quarto está escuro, e ela está deitada na cama com uma máscara de dormir cobrindo os olhos. "Tô. Acho que peguei uma gripe."

"Merda. Eu também."

"Ouvi você vomitar hoje de manhã."

"Desculpa."

Ela dá um tapinha na cama. "Vem aqui e deita um pouco comigo, meu bem. Você ainda vai trabalhar hoje?"

Faço que não com a cabeça, embora ela não possa me ver. "Tô de folga até amanhã de manhã. Hoje não vou pra boate."

"Que bom. Você trabalha muito."

Me aninho no espaço que ela abriu para mim. Quando era criança, costumava dormir com a minha avó. Eu ficava com medo, e ela me encontrava toda enrolada debaixo das minhas cobertas, chorando no travesseiro. Mamãe estava por aí, com Ray ou algum dos outros homens que teve antes dele. Então minha avó me carregava para o quarto dela e me dizia que os monstros não iam me pegar se a gente ficasse abraçada.

Encontro a mão da minha avó e entrelaço os dedos nos dela. "É só por mais alguns meses."

"Não se mate antes disso."

"Pode deixar."

Ela aperta minha mão. "Desculpa pelo que eu falei."

"O que foi mesmo?"

"Que você é metida. Que sua mãe pensou em abortar você. Ainda bem que ela não fez isso. Te amo, minha lindinha."

Lágrimas brotam nos meus olhos. "Também te amo."

"Desculpa não ter sido uma mãe melhor pra você."

"Você se saiu bem", protesto. "Tô indo pra Harvard, lembra?"

"É. Harvard." A palavra vem imbuída de incredulidade e espanto.

"E eu?", Ray reclama da porta. "Você não terminou de fazer o café da manhã e já tá na hora do almoço, porra."

Sinto vovó tremer de leve ao meu lado e não sei se é de raiva ou por causa da doença. Eu me forço a sentar. "Fica aqui, vó. Eu dou um jeito."

Ela desvia o olhar da porta e de Ray, mas de mim também. Acho que, lá no fundo, eu queria que ela mandasse Ray à merda.

Meu padrasto grunhe quando passo por ele a caminho da cozinha.

"O que você quer?" Abro a geladeira e a encontro surpreendentemente vazia. Será que faz muito tempo que minha vó tem se sentido mal e eu não notei?

"Sanduíche de queijo grelhado e sopa de tomate", responde ele. Em seguida, puxa uma cadeira e senta.

"Vai lá assistir televisão", digo, pegando um bloco de queijo cheddar, manteiga e leite.

"Não... Gosto de ver sua bunda trabalhando na cozinha. É tão bom quanto qualquer programa de tv." Ele cruza os braços atrás da cabeça e se recosta na cadeira. Sinto seus olhos redondos acompanhando todos os meus movimentos arrastados.

O pão parece surpreendentemente convidativo, e tiro um pedacinho, mastigando devagar, para ver se ele fica na barriga. Como meu estômago não o rejeita, como outro pedacinho. Depois de um tempo, a tontura e a náusea diminuem.

A frigideira de ferro fundido já está no fogão, e o sanduíche está pronto para tostar a qualquer momento.

"Não esquece a sopa, mocinha."

Esfrego a lateral do meu pescoço com o dedo do meio antes de cruzar a cozinha para pegar uma lata de sopa no armário.

"Por que você é tão babaca?", pergunto, com ar de descontração, enquanto procuro um abridor de latas na gaveta. "É porque você é um saco inútil de merda que não aguenta se olhar no espelho? Ou é porque a única mulher que consegue convencer a levar pra cama hoje em dia recebe aposentaria?"

"Tem um monte de mulher atrás de mim, não precisa se preocupar. Um dia você vai cair desse pedestal e vir se arrastando também." Ele estala os lábios com um barulho nojento. "E talvez eu aceite te comer, ou talvez te deixe fazer um boquete quando me der vontade."

Prefiro me matar.

Não, mataria ele primeiro.

Ao abrir a lata, fantasio com a tampa afiada saindo, voando pela cozinha e cortando fora o pau de Ray. Então o cheiro ácido do tomate chega ao meu nariz, e uma ânsia de vômito irrefreável me atinge.

Largo tudo e corro para o banheiro, onde vomito pela terceira vez hoje.

18

TUCKER

Noite de Ano-Novo

Às duas e quinze, Sabrina aparece na saída da boate. O cabelo castanho está preso num rabo de cavalo alto, e ela vestiu um casaco comprido sobre o uniforme minúsculo de garçonete. Uma moça mais velha sai de trás dela. As duas trocam algumas palavras, parando sob a entrada mal iluminada.

Meu coração dispara agitado. Não pude beijá-la à meia-noite, para abrir o ano, mas estou planejando beijá-la a noite inteira para compensar. Senti uma saudade louca dela no Texas, e, embora minha mãe tenha me feito trabalhar feito um cachorro, Sabrina não me saiu da cabeça.

Consertei a grade da varanda, ajudei minha mãe a trocar de vaso algumas das plantas perenes que ela estava guardando na garagem, troquei cinco lâmpadas, as baterias de todos os detectores de fumaça, limpei a fornalha e resolvi problemas do instante em que acordava até a hora de dormir. Também encontrei com o sr. Corretor de Imóveis Número Um e fingi demonstrar interesse, mas, por mais que tentasse imaginar Sabrina em Patterson, a imagem não parecia se encaixar.

"Oi, bonitão", ela me cumprimenta. "Não sabia que você vinha. Achei que ia te encontrar amanhã."

"Não consegui esperar", digo, sendo sincero. "Feliz Ano-Novo, princesa."

"Feliz Ano-Novo, Tuck."

Aperto-a contra mim e enterro o rosto em seu pescoço exposto. Ela estremece em resposta à carícia leve, e o pau meio duro dentro da minha calça termina de subir.

Relutante, interrompo o abraço e abro a porta do carro. "Melhor a gente ir, ou todas as minhas boas intenções vão descer pelo ralo."

"Achei que suas boas intenções eram me comer amanhã", brinca ela, fazendo referência a uma das mensagens que consegui mandar entre as tarefas que minha mãe arrumou para mim.

Quase derrubo Sabrina no chão, mas, apesar das palavras descontraídas, posso ver a exaustão em cada traço do seu rosto lindo.

Em vez disso, aponto os outros caminhando até seus carros. "Por que dar um show de graça para essas pessoas?"

"Tem razão." Ela gira o chaveiro no dedo. "Só tem um problema. Meu padrasto tá em casa, e acho que a gente não quer repetir aquela cena."

Realmente não precisamos disso. Aquele tarado filho da puta precisa de um murro na cara e um chute na bunda, mas não quero falar dele. Planejei um monte de coisas, e nenhuma delas inclui gastar um segundo com o imbecil.

"Não dou a mínima pro seu padrasto", admito, "mas achei que, como é fim de ano e não te dei presente nenhum, a gente podia fazer uma coisa diferente. Por que você não entra no carro?"

Ela gira a chave mais uma vez e, em seguida, joga-a para mim. "Você dirige. Estou cansada."

Pego o chaveiro no ar e abro as portas. Então empurro o banco para trás, para não ter que dirigir com os joelhos no queixo.

Sabrina senta no banco do passageiro. "Pra onde a gente tá indo?"

"Pro centro."

"Uuuuh, quanto mistério. Gosto de mistérios."

E eu gosto de te comer. Fico olhando para sua boca por tempo demais antes de me obrigar a sair daquele transe e ligar o carro.

"Como é que você tá? Se sentindo melhor?"

"Tô bem. O mal-estar vai e vem. Mas vovó melhorou, então acho que só preciso suar mais alguns dias, e a virose vai acabar passando."

Estendo o braço e deslizo a mão pela parte de trás da sua cabeça. Faz muito tempo desde que a toquei, preciso deste pequeno contato.

"Quer que eu te leve num médico?", ofereço.

"Pareço tão mal assim?"

"Não, você tá linda, mas falou que andou enjoada...", *e você parece frágil — mais frágil que cristal — sob a minha mão.* "Quero cuidar de você."

"Não quero ir ao médico."

"É o dinheiro? Porque se você não quiser que eu pague a gente pode ir pra Hastings e usar a clínica da faculdade."

Ela balança a cabeça, fazendo um movimento lento de um lado para o outro contra a minha palma. Desço a mão para massagear seu pescoço, e ela geme. O som vai direto para o meu pau abandonado.

"Tenho convênio. Só preciso descansar", insiste. "E amanhã é domingo, o que significa que vou poder passar o dia inteiro na cama, de bobeira."

Decido não pressionar. "Que coincidência. Pensei em fazer exatamente isso."

Desta vez, quando nossos olhares se encontram, ela parece tão faminta quanto eu. Piso no acelerador um pouco mais fundo do que pretendia.

"Um hotel?", exclama, dez minutos depois, quando paro na frente do Fairmont.

Sorrio. "Feliz Natal atrasado."

O manobrista se aproxima e abre a porta dela. Salto do carro e o contorno pela frente, agradecendo a ele enquanto entrego as chaves. Isso está me custando uma nota preta, mas não ligo. Também não ligo que o porteiro esteja dando um sorrisinho irônico para a roupa de Sabrina e o nosso carro. Ele provavelmente acha que vou me dar mal por trazer uma prostituta para o meu quarto.

"Seu presente tá na minha casa", diz ela, triste, quando a alcanço na calçada.

Envolvendo-a pelas costas, conduzo-a com gentileza. "Amanhã você me dá, quando a gente estiver de bobeira."

"Combinado."

Sigo direto para os elevadores e fixo os olhos no display digital, para não a atacar no saguão deste lugar pomposo.

"Certeza que todo mundo aqui acha que sou uma prostituta", diz, secamente.

"Se eles acharem isso, deve ser porque esse é o único motivo para alguém tão bonita quanto você me deixar pôr essas patas sujas no seu corpo."

"Mentira, mas foi um bom elogio."

"Te beijaria agora, mas, como faz dez dias que não te vejo, no mínimo ia perder o controle e tentar te comer aqui no hall."

"Posso esperar." Ela lança um olhar indiscreto para a protuberância na minha calça jeans. "Mas, pelo contorno desse monstro nas suas calças, acho que ninguém iria se surpreender."

O apito do elevador encobre meu rosnado, mas, a julgar pelo sorriso que se abre no rosto de Sabrina, acho que ela ouviu.

Saímos no quarto andar. Mal entro no quarto e a pressiono contra a porta, enfiando a língua na sua boca e as mãos no casaco para apalpar os seios.

Ela geme, mas não é de tesão.

Afasto as mãos na mesma hora. "Machuquei você?"

"Não." Ela me puxa de novo para si. "Meus peitos estão supersensíveis, não sei por quê."

Corro as mãos pelas laterais do seu corpo. "Então vou ser supercarinhoso." Deixo que ela me puxe para mais um beijo e recuo. Em seguida, ajeito as coisas lá embaixo. "Me dá um minuto, princesa. Não planejei te atacar no primeiro segundo, mas, cara, você me deixa louco."

"Você também." Ela passa uma palma na testa, e acho que sua mão parece trêmula demais.

Pergunto-me se parte disso é fome. "Por que você não senta um pouco?" Aponto o pequeno sofá junto da parede.

Sabrina assente e caminha pelo quarto. Nesse meio-tempo, aperto o pau com a palma da mão e me forço a agir como se já tivesse feito sexo antes.

"Quanto custou isso?" Ela desaba no sofá e avalia o quarto, impressionada.

"Não foi nada", afirmo. "O dono é ex-aluno da Briar. Ele dá desconto pra gente. Não conta para a Associação Atlética."

"É proibido?"

"Não sei. Mas minha tática é não perguntar e não contar nada."

"Entendi." Ela tira os sapatos e pousa o casaco no braço do sofá, o que a deixa apenas de shortinho e sutiã.

Nossa, ela é a coisa mais gostosa do planeta.

"O que é aquilo?", pergunta, olhando para a caixa embrulhada no meio da cama.

"Seu presente." Eu tinha passado no quarto antes e deixado o presente na cama. Pego o pacote e me junto a ela no sofá. "Feliz Natal."

Ela segura a caixa, e seu rosto se ilumina. Recosto contra o sofá e fico olhando. Mal posso esperar para ver sua cara quando abrir o embrulho.

"O que é?", pergunta, sem jeito. "Parece caro."

Rio. "Você consegue dizer se é caro ou não baseada no peso?"

"Claro. Quanto mais pesado, mais caro." Ela morde o lábio. "Espero que você não tenha gastado uma fortuna comigo."

"Prometo que não." Estou mentindo. É muito mais dinheiro do que já gastei com qualquer menina antes, mas não resisti.

Uma das clientes da mamãe faz artigos de couro personalizados e vende pela internet, e ela me deixou comprar o presente da Sabrina a preço de custo, porque tinha um defeito no couro na parte de dentro. Fiquei muito empolgado quando escolhi. Minha mãe? Não muito. Achou caro demais para uma menina que mal conheço, mas achei que é a cara da Sabrina.

Ao meu lado, ela rasga o papel e tira a tampa. Quando o cheiro forte invade o quarto, sua boca forma um círculo perfeito de surpresa.

"O que você comprou?", pergunta ela, mas não preciso responder. Suas mãos rasgam o papel de seda para revelar o couro brilhante e as fivelas de latão de uma pasta.

"Ai, meu Deus, é linda!"

Não preciso nem perguntar se ela gostou. Vejo em cada suspiro e carinho que ela faz no couro. Acertei em cheio.

"Mandei bem?" Sorrio, vendo-a abrir cada aba e cada zíper. Ela examina a pasta, vira para um lado e para o outro. Até levanta para se olhar no espelho.

"Mandou bem *demais*." Por fim deixa a pasta de lado e pula em cima de mim. "É linda", repete, pontuando a palavra com um beijo. "Minha vez de te dar um presente."

Lambendo os lábios, ela desce pelo meu corpo e começa a abrir minha calça jeans.

Meu pau salta para fora. Ela me envolve com a mão e abre o sorriso mais devasso e diabólico antes de me engolir até o fundo da garganta.

Puta merda, isso é bom. Seguro sua cabeça enquanto ela me chupa, admirando a forma como sua bunda se projeta no ar à medida que ela se inclina para a frente, para me enfiar mais fundo na boca. Deslizo a mão por baixo do cetim do shortinho até meus dedos encontrarem sua boceta encharcada.

De repente, sua boca já não é suficiente. Tenho que estar dentro dela.

Levanto-a e, em três passos, estamos na cama. Ela arranca minhas roupas. Eu arranco as dela. Estamos impacientes, um pouco descoordenados e cheios de necessidade.

Pego uma camisinha na calça jeans e, no instante seguinte, estou dentro dela. Sabrina goza com três movimentos.

"Faz tempo", suspira.

Diminuo o ritmo, o suor brotando em minha testa, e tento prologar o prazer pelo máximo de tempo humanamente possível.

Mas, como de costume, Sabrina tem outros planos.

"Vai, Tuck. Me fode com força."

Ela enterra as unhas na minha bunda, e eu me deixo levar.

Entro com força o suficiente para empurrá-la até o outro lado da cama. Ela goza de novo, e eu me entrego por fim.

Amo essa garota. Amo desesperadamente. As palavras estão na ponta da minha língua, e quase não consigo refreá-las. Ela ainda não está segura a meu respeito. Preciso dar mais tempo, mas, contanto que eu esteja no páreo, não me preocupo muito com o assunto.

"Vou tirar a camisinha", murmuro, e ela assente com a cabeça, sonolenta.

Quando saio do banheiro, Sabrina está debaixo das cobertas, dormindo.

Sorrio e me deito do lado dela, me apoiando num cotovelo para fitar seu rosto bonito. Os cílios grossos tocam sua face, e há um sorriso de satisfação em seus lábios. Para o mundo, Sabrina James faz pose de durona e imune a tudo, mas, na verdade, ela é vulnerável, gentil e preciosa.

Passo um braço sob seu pescoço, e, mesmo dormindo, ela se ajeita em mim, enroscando as pernas nas minhas. Dormimos abraçados. Duas metades de um todo maior e melhor.

Acordo com o barulho de vômitos. Tem alguém pondo as tripas para fora no banheiro. Olho para o relógio — não são nem seis da manhã.

Tropeço para fora da cama, pelado e ainda meio dormindo.

No banheiro, encontro Sabrina de joelhos, vomitando na privada.

Desperto na mesma hora. Pego uma toalha do suporte na parede e envolvo seus ombros. "Do que você precisa?", pergunto, numa voz suave.

Ela balança a cabeça em silêncio e desaba contra as minhas pernas. Afasto o cabelo do seu rosto, a preocupação invadindo o meu sangue. Que merda devo fazer?

Sem movê-la, pego um copo atrás de mim e encho com água, em seguida me abaixo e ofereço a ela.

"Obrigada." Ela segura com a mão trêmula.

Acaricio suas costas enquanto ela dá um gole tímido. "Bebe devagar."

Na minha cabeça, já estou ligando para médicos e empurrando-a numa cadeira de rodas para a sala de emergência, mas tenho que medir as palavras ou ela não vai topar. Antes que eu possa sequer tocar no assunto, ela se joga para a frente e vomita a água que acabou de beber.

Espero que ela termine de novo, então a levanto nos braços e a carrego de volta para a cama. "Vou te levar ao médico", anuncio.

"Não." Ela agarra meu pulso, mas seus dedos estão fracos. "Mais umas horinhas e vou ficar bem. Só peguei pesado esta semana." As lágrimas escorrem pelo seu rosto. "Ai, aquilo foi nojento. Desculpa."

"Imagina, linda, pra que se desculpar?" Seguro-a contra o peito e afasto os lençóis para que ela volte a deitar.

Depois de cobri-la, saio para buscar uma toalha de rosto e um copo d'água. No caminho de volta, pego a lixeira e coloco no chão ao lado dela.

Odeio vê-la tão abatida. Meu lado protetor aflora, e pouso a toalha na sua testa. "Faz quanto tempo que você tá vomitando assim?"

"Não sei. Um tempo. Peguei uma virose. Vovó ficou mal primeiro, mas finalmente melhorou. É só esperar um pouco. Daqui a algumas horas vou estar melhor."

"Tá com febre? Tomou aspirina?" Toco seu rosto com as costas da mão. Não parece quente.

"Sem febre", murmura ela. "Só enjoada e cansada."

Um alarme dispara na minha cabeça.

Mordendo a bochecha por dentro, repasso os sintomas. Enjoo pela manhã, mas que melhora à tarde, seios sensíveis, fadiga. Nenhum sinal de febre. E o fato de que ela nunca ficou menstruada, ou pelo menos nunca falou disso, nos mais ou menos dois meses em que estamos transando.

"Você tá grávida?", deixo escapar.

Suas pálpebras se abrem. "O quê?"

"Grávida." Listo os sintomas, pontuando com os dedos, e termino com a falta de menstruação.

"Não. Não tô. Fiquei menstruada..." Ela faz uma pausa e pensa. Seu rosto fica branco. "Há uns três meses", sussurra. "Mas... Minha menstruação sempre foi fraquinha, mesmo com a pílula. E tive uns sangramentos nos últimos dois meses. Achei..."

Fico de pé e cato minhas roupas.

"Aonde você vai?", murmura.

"Comprar um teste de gravidez." Ou cinco. Pego um pacote de biscoitos da bancada e jogo na direção dela. "Tenta comer, o.k.? Volto já."

Sabrina ainda está reclamando quando saio do quarto.

Tem uma farmácia vinte e quatro horas a oito quarteirões. Corro até ela como se estivesse tentando me qualificar para as Olimpíadas, indiferente ao fato de que esqueci o casaco no hotel.

Na farmácia, encontro três testes diferentes. Compro todos.

O vendedor me lança um olhar de simpatia e abre a boca para dizer alguma besteira. A expressão de ódio na minha cara o faz ficar quieto.

Quando chego de volta, Sabrina está sentada na beirada da cama, comendo os biscoitos. Acho que a esta altura não precisamos dos testes. Ela poderia estar num comercial para grávidas.

Estou surpreendentemente calmo ao abrir as caixas. "Aqui. Três diferentes."

"A gente sempre usa camisinha", diz ela, num tom distante, como se estivesse falando para si mesma, e não para mim. "Tô tomando pílula."

"Menos na primeira vez."

Ela faz uma careta. "Foi só a pontinha."

Deixo escapar uma risada involuntária. "Então fazer xixi nesses palitinhos só vai nos dar paz de espírito, certo?"

Ela termina o biscoito em silêncio. Não sei se devo sentar do seu lado ou no sofá. Opto pelo sofá, para lhe dar mais espaço. Às vezes é muito difícil ler Sabrina. Agora, por exemplo, não tenho a menor ideia do que está passando na sua cabeça.

Ela levanta lentamente e se aproxima das pequenas caixas de papelão empilhadas sobre a mesa como se fossem cobras venenosas. Mas enfim as alcança e desaparece no banheiro com as caixas nos braços.

Não corro para a porta com um copo no ouvido, embora esteja tentado pra caralho. Em vez disso, ligo a televisão e assisto a duas mulheres tentarem me vender um casaco de veludo em vários tipos de estampas de animal — por apenas 69,99 dólares.

O entorpecimento mental dura dez minutos infinitos, e então a porta do banheiro se abre. O rosto de Sabrina adquiriu uma cor muito próxima à do roupão branco do hotel que está usando.

"Positivo?", pergunto, embora nem precisasse.

Ela levanta uma caixa vazia. "Você precisa comprar mais dez disso."

Dou um tapinha na almofada do sofá ao meu lado. "Não vou comprar mais nada. Vem, linda, senta aqui."

Como uma criança emburrada, ela vem pisando duro. Em seguida, desaba ao meu lado e cobre o rosto com as mãos. "Não posso ter um filho, Tucker. Não posso."

Um mal-estar invade meu estômago. É uma estranha mistura de alívio e decepção. As palavras *eu te amo* — que eu queria dizer antes, quando estava enterrado dentro dela — estão presas na minha garganta. Não posso dizer isso agora.

"Faz o que achar melhor", sussurro, colado ao seu cabelo. "Vou apoiar você de qualquer jeito."

Sinto que é tudo o que posso dizer agora, e sei que não é o bastante.

19

TUCKER

Sempre achei que, se engravidasse alguém, seria capaz de contar para os meus amigos. Mas faz quase uma semana que sei que minha namorada está grávida e ainda não falei nada para ninguém.

Na verdade, ninguém nem sabe que *tenho* uma namorada.

Aliás, nem eu.

Desde que Sabrina fez xixi nos três palitinhos e teve três resultados positivos, está evitando me ver. Trocamos mensagens todos os dias, mas ela insiste que está ocupada demais para me encontrar, porque quer adiantar os estudos para o semestre que vem. Tenho tentado dar a ela o espaço de que obviamente precisa, mas minha paciência está se esgotando.

A gente tem que sentar e discutir isso. Quer dizer, estamos falando de um possível bebê. Um *bebê*. Meu Deus. Estou enlouquecendo. Sou o cara que não se abala por nada, o cara que aguenta levar qualquer pancada, chute e batida, mas a única coisa batendo agora é o meu coração — e acelerado.

Não sei lidar com isso. Sabrina disse que não podia ter um filho, e pretendo apoiar qualquer decisão que ela tome, mas quero que ela me inclua, caramba. Fico arrasado de pensar nela passando por isso sozinha.

Ela *precisa* de mim.

"Você vai cozinhar alguma coisa ou vai só ficar olhando pro fogão?"

A voz de Garrett me desperta do sofrimento. Meu colega de república entra na cozinha com Logan a reboque. Os dois vão direto para a geladeira.

"Sério", reclama Logan, olhando o interior da geladeira. "Faz alguma coisa, Tuck. Não tem nada pra comer aqui."

Pois é, não comprei nada essa semana. E, quando você mora numa casa cheia de jogadores de hóquei, deixar de fazer compras é uma má ideia.

Fico olhando a panela vazia que coloquei na boca do fogão. Não tinha um cardápio em mente quando entrei na cozinha, e a escassez de ingredientes à mão não me dá muita escolha.

"Acho que vou fazer macarrão", digo, desanimado. Carboidrato a esta hora não é a ideia mais inteligente, mas não estamos em posição de escolher.

"Obrigado, mãe."

Estremeço diante da palavra. *Mãe*. Ele podia muito bem ter dito *pai*. Pode ser que eu vire pai, porra.

Inspiro fundo e encho a panela com água.

Logan sorri para mim. "Não esquece o avental."

Mostro o dedo do meio para ele no caminho até a despensa. "Seus preguiçosos, um de vocês podia tomar vergonha na cara e picar umas cebolas", murmuro.

"Pode deixar", se prontifica Garrett.

Logan senta à mesa da cozinha e, feito um idiota, fica observando a gente preparar um jantar tardio. "Faz pra cinco", diz ele. "Dean tá treinando com Hunter hoje. Pode ser que ele venha pra cá."

Garrett me olha, zombeteiro. "Que nada... Acho que a gente vai fazer só pra quatro — né, Tuck? Se o Hunter aparecer, ele come no lugar do Logan."

"Boa ideia."

Nosso colega de república revira os olhos. "Vou contar pro treinador que você tá tentando me matar de fome."

"Faça isso", diz Garrett, com gentileza.

Ponho a panela no fogo. Enquanto espero a água ferver, vasculho a gaveta da geladeira em busca de algum legume. Encontro um pimentão e duas cenouras. Que seja. Posso muito bem picar e jogar no molho.

Durante a preparação do jantar, conversamos sobre nada em particular. Ou melhor, eles conversam. Estou ocupado demais pirando por dentro. Acho que é uma prova do meu talento como ator, porque meus colegas não parecem perceber que tem algo de errado.

Estou prestes a despejar dois pacotes de penne na água fervente quando o telefone de Garrett toca.

"É o treinador", diz ele, parecendo um pouco confuso.

Pouso o macarrão na bancada em vez de jogar na panela e observo Garrett atender à chamada. Não sei por quê, mas sinto uma pontada de nervoso na coluna. O treinador Jensen não costuma ligar fora de hora sem motivo. Garrett é o capitão do time, mas não é comum receber telefonemas à noite o tempo todo.

"Oi, treinador. Tudo certo?" Garrett escuta por um momento. Suas sobrancelhas escuras se franzem, e, em seguida, ele fala de novo. Cuidadoso. "Não entendi. Por que o Pat te pediu pra me ligar?"

Ele escuta de novo. Por muito mais tempo, desta vez.

Não sei o que o treinador Jensen está dizendo, mas está fazendo Garrett ficar pálido. Ao desligar, está tão branco quanto as paredes.

"O que foi?", pergunta Logan. Ele também não deixou de notar o efeito que a ligação teve no nosso amigo.

Garrett balança a cabeça, parecendo atordoado. "Beau Maxwell morreu."

O quê?

Logan congela.

Largo a espátula que estou segurando. Ela cai com um estrondo no chão, e, no silêncio da cozinha, parece uma explosão num filme de guerra. Todos estremecemos com o ruído.

Não pego a espátula. Só olho para Garrett e pergunto, feito um idiota: "O quê?".

"Beau Maxwell morreu." Ele continua a balançar a cabeça, de novo e de novo, como se não pudesse compreender as palavras que saem da sua boca.

"Como assim *morreu*?", Logan rosna, indignado. "Isso é uma piada de mau gosto?"

Nosso capitão apoia ambas as mãos na bancada da cozinha. Está tremendo de verdade. Acho que nunca vi Garrett perder a calma assim.

"O treinador acabou de receber uma ligação do Pat Deluca. Treinador do Beau. Pat disse que Beau morreu."

Sem uma palavra, desligo o fogo e cambaleio até a mesa da cozinha.

Desabo na primeira cadeira que encontro e esfrego os punhos na testa. Isso não pode estar acontecendo.

"Como?", devolve Logan. "Quando?"

Ele parece bravo, mas sei que é só choque. Logan e Beau eram próximos. Não tanto quanto Dean e Beau, mas... Ah, merda. Dean. Alguém tem que contar pro Dean.

"Ontem à noite." A voz de Garrett é quase um sussurro. "Acidente de carro. Ele tava em Wisconsin para o aniversário da avó. O treinador disse que as estradas estavam congeladas. O pai de Beau estava dirigindo e desviou de um cervo na pista. O carro capotou e voou para fora da estrada e..." Suas palavras soam sufocadas agora. "Beau quebrou o pescoço e morreu."

Deus do céu.

O horror invade minhas entranhas feito veneno. Do outro lado da mesa, Logan está piscando para conter as lágrimas. Ficamos só sentados ali. Em silêncio. Em choque. Nunca... nunca perdi um amigo antes. Nenhum parente, também. Quando meu pai morreu, eu era novo demais para sofrer por ele. Acidente de carro também. Merda, por que é que a gente dirige, hein?

Lá no fundo, vem um pensamento insistente de que eu deveria estar fazendo alguma coisa. Meus olhos ardem, então passo a mão neles e me obrigo a me concentrar.

Sabrina.

Caralho, é isso que preciso fazer. Preciso ligar para Sabrina e dar a notícia. Ela costumava sair com Beau. Ela gosta dele.

Antes que eu possa levantar da cadeira, a porta da frente se abre. Nós três ficamos tensos.

Dean chegou em casa.

"Merda", sussurra Logan.

"Eu conto", diz Garrett, a voz rouca.

Dean está com a cabeça loira baixa ao entrar na cozinha. Está concentrado no celular, os dedos digitando uma mensagem, provavelmente para Allie. De início, não percebe nossa presença, mas, mesmo quando nos nota, acho que não repara nas nossas expressões.

"O que foi?", pergunta, distraído.

Quando nenhum de nós responde, ele faz uma cara feia e guarda o telefone. Seu olhar pousa em Logan, e ele se enrijece ao ver as lágrimas do nosso amigo.

"O que tá acontecendo?", insiste.

Logan esfrega os olhos.

Aperto os lábios.

"Sério, se alguém não me disser o que tá acontecendo nesse segundo..."

"O treinador ligou", interrompe Garrett, em voz baixa. "Ele acabou de falar com Patrick Deluca, e, humm..."

Dean parece confuso.

Garrett continua a falar, embora eu preferisse que parasse. Queria que ele não tivesse que contar pro Dean sobre Beau. Queria que nós nem sequer soubéssemos do Beau.

Queria... um monte de coisas. Mas agora querer não significa merda nenhuma.

"Acho que Deluca ligou porque sabe que somos amigos de Beau..."

"É sobre Maxwell? O que aconteceu com ele?"

Logan e eu olhamos para as mãos.

Garrett tem mais coragem do que nós, porque não evita o olhar ansioso de Dean. "Ele... ah... morreu."

E, simples assim, Dean cai num transe. É terrível de ver, e não sei como trazê-lo de volta. Garrett repete o que nos contou, mas está na cara que nosso colega não está ouvindo. Os olhos verdes de Dean estão vítreos, sua boca está entreaberta, e ele respira de forma irregular.

É só quando Garrett diz que Beau morreu no impacto que Dean pisca e volta à realidade. "Pode falar de novo?", pede, rouco. "Quer dizer, explicar o que aconteceu."

"Droga, por quê?"

"Porque preciso ouvir de novo." Dean parece irredutível.

Nós o assistimos traçar uma reta até o armário da cozinha e tirar uma garrafa de uísque de uma das portas de cima. Ele dá um gole demorado direto do gargalo e senta ao meu lado na mesa.

Garrett volta a falar. Deus. Não sei se consigo ouvir essa história horrível de novo. Dean me passa o uísque, e dou um pequeno gole antes de passar a garrafa para Logan. Não posso encher a cara agora. Estou pensando em dirigir hoje.

Quando Garrett termina, Dean afasta a cadeira e se levanta. Ele agarra a garrafa de Jack Daniel's com ambas as mãos como se fosse um bichinho de pelúcia. "Vou lá pra cima", murmura.

"Dean...", chamo por ele, mas nosso colega já foi.

Ouvimos seus passos na escada. Um baque. Uma porta se fechando. O silêncio invade a cozinha.

"Tenho que sair", murmuro para Garrett e Logan, cambaleando para longe da mesa.

Nenhum deles pergunta onde vou.

SABRINA

Fico olhando para Tucker, incapaz de compreender o que está dizendo. Quando ele mandou uma mensagem falando que estava vindo me ver em Boston esta noite, achei que teríamos uma conversa séria sobre a nossa gravidez não planejada. Entrei em pânico, disse a ele que estava estudando, e ele não deu a mínima. Acho que suas palavras exatas foram: *Tô indo aí. A gente vai conversar.*

Passei os sessenta minutos de espera tentando me animar. Disse a mim mesma que estava na hora de agir feito gente grande e lidar com esta gravidez como lido com tudo na vida — de cabeça erguida. Lembrei que Tuck tinha dito que ia me apoiar em qualquer escolha que eu fizesse.

Mas nada disso conseguiu me livrar do pânico fechando a minha garganta.

Agora o pânico é ainda pior, mas por outra razão.

"Beau morreu?" Meu coração bate perigosamente rápido. Estou com medo de que pule para fora.

Estou com medo da dor que vejo nos olhos de Tucker.

"É. Ele se foi, princesa."

Não consigo entender. Não *consigo*. Beau é o quarterback titular da Briar. Beau é meu amigo. As covinhas do Beau sempre aparecem quando ele dá aquele sorriso travesso. Beau...

Morreu.

Acidente de carro, parece. O pai sobreviveu, mas Beau morreu.

As lágrimas contra as quais eu estava lutando escorrem por meu rosto em filetes salgados. Tento respirar entre os soluços, mas é difícil, e acabo ofegante. Então Tucker me envolve num abraço quente e apertado.

"Respira", sussurra ele contra o meu cabelo.

Eu tento, de verdade, mas o oxigênio não está entrando.

"Respira", ordena, com mais firmeza desta vez, e suas mãos se movem para cima e para baixo em minhas costas, num carinho reconfortante.

Consigo inspirar uma vez, e depois outra, e outra, até que não estou mais tão tonta. Mas as lágrimas continuam caindo. E parece que abriram meu peito e o estão espetando com uma lâmina quente.

"Ele é..." Engulo. "... *era*. Ele era um cara tão bom, Tuck."

"Eu sei."

"Ele era bom e *jovem* e não deveria estar morto", digo, irritada.

"Eu sei."

"Não é justo."

"Eu sei."

Tucker me aperta mais forte. Me aninho contra ele até não haver mais nenhum espaço entre nós. Seu corpo forte e sólido é a âncora de que preciso agora. Isso me permite chorar, xingar e esbravejar contra o mundo, porque sei que Tuck está aqui, escutando, dando apoio e me lembrando de respirar.

Uma batida forte nos faz dar um pulo.

"Dá pra fazer silêncio?", diz a voz horrível de Ray. "Como é que vou ver o jogo, com essa choradeira toda? Tá de chico ou alguma coisa assim?"

Um soluço estrangulado me escapa da boca. Ai, Deus. Nada como uma interrupção de Ray para realçar o caos emocional que sou — um caos emocional que *não* menstrua mais. Porque está grávida.

Minha respiração falha de novo.

Tucker, sem parar de acariciar minhas costas, responde ao meu padrasto. "Se você não tá ouvindo a tv, aumenta o volume", grita, com firmeza.

Há uma pausa, e em seguida ele pergunta: "É você, atleta? Não tinha percebido que a Rina tinha companhia".

"A gente passou bem na frente dele quando você abriu a porta", Tucker murmura para mim.

Sim, passamos. Mas Ray está mais bêbado que o normal hoje. Passou o dia num bar de esportes com os amigos enchendo a cara enquanto assistia aos jogos de futebol da tarde.

"Ele mal tava conseguindo andar em linha reta quando chegou", murmuro de volta.

Ray fala de novo, enrolando a língua loucamente: "Deve tá fazendo alguma coisa de errado, se a vadia tá chorando!".

Seguro o braço de Tucker antes que ele se levante. "Ignora", sussurro. Então grito para Ray: "Vai ver o seu jogo. Vamos fazer silêncio".

Depois de mais alguns instantes, ouvimos seus passos se afastando.

As lágrimas molham meu rosto quando me aninho em Tucker de novo. "Você... você..." Limpo a garganta dolorida. "Você pode passar a noite comigo?"

"Não precisa nem pedir", murmura ele, antes de dar um beijo suave em minha testa. "Vou ficar aqui pelo tempo que você precisar, linda."

20

TUCKER

O estádio é um mar de preto e prata. Milhares de pessoas compareceram, e várias delas estão com a camisa do time de futebol americano da Briar por baixo dos casacos abertos. As outras estão vestindo as cores da universidade.

No campo, foi montado um grande palco, onde os outros jogadores e os parentes de Beau estão sentados. Ex-alunos do país inteiro vieram prestigiar o nosso quarterback. Gente que nem conhecia Beau veio. Os rostos estão sombrios, e os ânimos, abatidos.

É horrível pra caralho.

Estou na arquibancada atrás do banco do time da casa, com Garrett à minha esquerda. Hannah está do outro lado dele, depois Logan e Grace e, por fim, Allie — sozinha.

Dean está o próprio caos esta semana. Entrou numa espiral autodestrutiva, faltando aos treinos e se trancando no quarto, completamente bêbado a maior parte do tempo. Na outra noite, ficou tão mal que desmaiou no sofá da sala, com metade do corpo no chão. Logan o arrastou para o andar de cima, com Allie atrás deles, à beira das lágrimas.

Fico querendo tranquilizar Allie de que Dean vai superar isso, mas, pra ser sincero, minha cabeça também está uma bagunça esta semana.

A razão para a minha angústia está sentada do meu outro lado. Acho que Garrett e os outros nem perceberam que Sabrina está aqui — estão com os olhos fixos no campo, onde um telão imenso está mostrando os melhores momentos dos quatro anos de Beau na Universidade Briar. Na verdade, foram cinco. Beau não jogou no primeiro ano, então tecnicamente este é o seu quinto ano. *Era* o seu quinto ano. Nossa, é difícil lembrar que ele não está mais aqui.

Está frio aqui fora, e a manga do meu casaco volumoso meio que esconde que estou segurando a mão de Sabrina. Quero passar o braço em volta dela, beijar sua bochecha, abraçá-la, no entanto, acho que o velório de Beau não é o melhor momento para anunciar o nosso relacionamento para o mundo. Mas para mim é surreal que a menina ao meu lado esteja grávida do meu filho e ninguém tenha a menor ideia.

Não trocamos nenhuma palavra sobre o bebê. Não sei se Sabrina está pensando em fazer um aborto. Merda, até onde sei, já pode até ter feito. Gostaria de imaginar que ela me envolveria, se e quando chegasse a hora, mas ela tem estado muito distante esta semana. A morte de Beau a afetou profundamente. E testemunhar o que isso fez com Dean me deixa ainda mais hesitante quanto a pressionar Sabrina para falar, pelo menos enquanto ela está lidando com a perda de um amigo.

Ouço um soluço baixinho a alguns assentos de nós. É Hannah. O ruído sufocado me alerta para o fato de que o vídeo sobre a vida de Beau acabou. Sua irmã mais velha, Joanna, está levantando da cadeira.

Fico tenso, porque sei que as coisas estão prestes a ficar ainda mais devastadoras.

Joanna é uma mulher bonita, tem o cabelo escuro curto na altura do queixo e os olhos azuis como os de Beau. Neste momento, eles parecem sem vida. Seu rosto está atormentado. Assim como os de seus pais.

Num vestido preto simples, ela senta diante de um piano de cauda preto do outro lado do palco. Estava me perguntando por que o piano, e agora tenho a resposta. Joanna Maxwell foi aluna de música na Briar e conseguiu um emprego na Broadway logo depois da formatura. Hannah diz que é uma cantora incrível.

Estremeço quando o barulho da microfonia invade o estádio.

"Desculpem", murmura Joanna. Em seguida, ajusta o microfone e se aproxima um pouco. "Acho que quase ninguém aqui sabe disso, mas meu irmão cantava muito bem. Só que ele não se atreveria a cantar em público. Afinal, tinha que manter a fama de mau."

Risadas tomam as arquibancadas. Combinadas à tristeza que paira sobre nós, têm um quê de sinistras.

"Enfim, Beau era louco por música. Quando a gente era pequeno, entrava escondido no escritório do meu pai e ficava mexendo no toca-discos." Ela olha timidamente para o pai. "Desculpa por você só estar descobrindo isso agora, pai. Mas juro que nunca invadimos o armário de bebidas." Faz uma pausa. "Pelo menos não até ficarmos mais velhos."

O sr. Maxwell balança a cabeça com tristeza. Outra onda de risos perpassa as arquibancadas.

"A gente adorava Beatles." Ela ajusta o microfone de novo e paira os dedos sobre as teclas de marfim. "Esta era a música preferida de Beau, então...", sua voz falha, "... pensei em cantar pra ele hoje."

Meu coração dói quando os primeiros acordes de "Let It Be" enchem o estádio. Sabrina segura minha mão com mais força. Seus dedos parecem gelo. Eu os aperto, na esperança de aquecê-la, mas sei que os meus estão tão frios quanto.

Quando Joanna termina de cantar, não há um olho seco na arquibancada. Estou piscando depressa para conter as lágrimas, mas acabo desistindo e as deixo escorrer por meu rosto, sem limpá-las.

Depois, Joanna se levanta graciosamente do banco do piano e se junta aos pais. Em seguida, começam os discursos, e as lágrimas só caem mais intensas. O treinador Deluca assume o pódio e fala sobre como Beau era talentoso, da sua dedicação e do seu caráter. Alguns dos jogadores também discursam, trazendo de volta um pouco dos risos com histórias do que Beau aprontava no vestiário. A mãe dele agradece a todos pela presença, pelo apoio ao seu filho, por amá-lo.

Quando o velório finalmente termina, me sinto devastado.

O ar está embargado pela tristeza à medida que as pessoas se levantam e começam a caminhar pelos corredores da arquibancada. Sabrina solta minha mão e segue na minha frente. Hope e Carin a envolvem num abraço protetor, cada uma passando um braço por seus ombros, enquanto o trio desce os degraus.

Lá embaixo, eu me aproximo dela e murmuro em seu ouvido. "Quer que eu passe esta noite em Boston?"

Sabrina recusa com um aceno ligeiro da cabeça, e sinto a decepção e a frustração inundarem meu estômago. Ela deve ter notado isso em meus olhos, pois morde o lábio e sussurra: "A gente conversa em breve, tá?".

"Tá", sussurro de volta.

Com o coração na boca, vejo-a se afastar.

"O que foi isso?" Garrett aparece ao meu lado, observando Sabrina.

"Só prestando minhas condolências", minto. "É a Sabrina James — costumava sair com Beau."

"Ah." Ele franze a testa. "A Sabrina do Dean?"

Minha Sabrina.

Engulo outra onda de frustração e dou de ombros, indiferente. "Acho que sim."

Estou de saco cheio disso. Cheio pra caralho. Quero falar da Sabrina para os meus amigos. Contar do bebê e ouvir seus conselhos, mas ela me fez prometer que não diria uma palavra até a gente tomar uma decisão. E aí, se a decisão for nada de bebê, então não vai fazer mais sentido contar pra ninguém. O que eu ia dizer? *Engravidei alguém, mas ela fez um aborto, então não tem nada pra falar?*

Engulo a saliva, sentindo a boca seca de repente. Não tenho ideia de como cheguei aqui. Meus amigos me provocam, dizendo que sou o menino perfeito, e sinceramente acreditava ser um mestre nesse negócio de "estar preparado". Mas um pequeno descuido e agora posso ser pai. Tenho vinte e dois anos, cacete.

Não sei se consigo.

O pânico borbulha na minha garganta. Sou um cara paciente. Firme. Com a cabeça no lugar. Quero ter uma família um dia. Quero filhos, uma esposa, um cachorro e uma casinha com uma cerca branca na frente. Quero tudo isso — *um dia.*

Não hoje. Não daqui a nove meses. Não...

Você pode não ter escolha.

Deus.

"Vamos", diz Garrett, e me empurra gentilmente para a frente. "Vai todo mundo lá pra casa."

Engolindo o pânico, deixo meus amigos me levarem para fora do estádio até o estacionamento. Vim de carona com Garrett e Hannah, então subo no banco de trás do Jeep de Garrett. Allie senta ao meu lado. Nenhum de nós quatro diz uma única palavra durante o trajeto até em casa.

Assim que passa pela porta da frente, Allie corre para o quarto de Dean no andar de cima. Ainda não acredito que ele faltou ao velório de Beau, mas tenho a sensação de que Dean nunca experimentou muitas perdas na vida. Acho que não sabe lidar com isso, e estou torcendo para que Allie o ajude.

O restante de nós tira os casacos e as botas e caminha até a sala. Hannah e Grace fazem café, e sentamos em silêncio por um tempo. É como se todo mundo estivesse com transtorno pós-traumático ou algo assim. Perdemos um amigo e não estamos conseguimos lidar com isso.

Por fim, Garrett afrouxa a gravata, tira e a deixa cair no braço do sofá. Com um suspiro cansado, diz: "Faltam poucos meses para a formatura".

Todo mundo assente com a cabeça, embora eu não saiba se estamos concordando ou só demonstrando que ouvimos.

Ele olha ao redor da sala, uma expressão triste no rosto. "Vou sentir saudade desta casa."

É, eu também. E ainda não tenho ideia de onde vou estar em maio. O plano era voltar para o Texas, mas não posso fazer isso com tantas incertezas sobre mim e Sabrina. Tudo bem que até maio já vou ter uma resposta sobre o bebê. Pesquisei na internet, então sei que, se Sabrina optar por um aborto, ela só pode fazer isso até março.

Engulo um gemido estrangulado. Meu Deus. Odeio não saber em que pé estou. Em que pé *estamos*.

"Estou animada pra começar a procurar apartamento", diz Hannah, mas, apesar das palavras, não há um pingo de empolgação na sua voz.

"A gente vai achar um lugar bem legal", Garrett garante.

Ela olha para Grace. "Vocês ainda estão procurando alguma coisa entre Hastings e Providence?"

Grace assente e se aconchega em Logan, que está passando os dedos com carinho por seu cabelo longo.

A inveja vara o meu corpo. Eles não têm ideia da sorte que têm de poder fazer planos para o futuro. O agente de Garrett está negociando com os Bruins, o que significa que Garrett e Wellsy vão morar em Boston quando ele fechar o contrato com o time. Grace ainda tem mais dois anos na Briar, mas Logan já está escalado para o time de base dos Bruins, então vai jogar em Providence na expectativa de ser chamado para a liga profissional.

E eu? Quem pode saber?

"Você vai voltar pro Texas logo depois da formatura ou vai ficar pro verão?"

A pergunta de Logan traz um nó de desconforto ao meu peito. "Ainda não sei. Tudo depende das oportunidades de negócios por lá."

Não, tudo depende da decisão da minha namorada sobre ter meu filho.

Mas acho que a outra coisa também é verdade.

"Ainda acho que você devia abrir um restaurante", brinca Hannah. "Você podia inventar nomes engraçados para os pratos, que tivessem alguma coisa a ver com Tucker."

Dou de ombros. "Não... Não quero ser chef. E não quero o estresse de ter um negócio que envolva tanta pressão. Toda hora fecha um restaurante — é muito risco."

Quero ser cuidadoso com o dinheiro do seguro do meu pai. Faz anos que estou guardando e não sei se quero apostar tudo num restaurante. Não que eu esteja cheio de ideias.

Só que é melhor eu inventar alguma coisa — e rápido. A formatura está quase aí. A vida real está chegando com o pé na porta. Minha garota está grávida. Tenho um milhão de decisões para tomar, mas, por enquanto, estou no limbo.

Não posso tomar decisão nenhuma. Não até Sabrina tomar a mais importante de todas.

21

SABRINA

Fevereiro

Caminho pela trilha coberta de neve do parque Boston Common num frio cortante. Estou de luvas e com as mãos enfiadas no bolso do casaco, e puxei tanto o gorro vermelho de lã para baixo que ele quase cobre meus olhos.

Está tão frio aqui fora hoje. De repente, me arrependo de ter sugerido a Tucker para nos encontramos no parque. Ele queria ir até a minha casa, mas tanto a minha avó quanto Ray estão lá, e eu não podia correr o risco de um dos dois bisbilhotar nossa conversa e descobrir sobre a gravidez. Não contei para eles ainda. Não contei para ninguém.

Achei que Tucker tocaria no assunto logo de cara, mas quando chego ao Chafariz de Brewer, cinco minutos depois, a primeira coisa que ele diz é: "Odeio chafariz".

"Hum. O.k. Tem algum motivo específico pra isso?"

"Não servem pra muita coisa." Então me puxa para um longo abraço, e me vejo amolecendo contra ele, agarrada ao seu corpo quente e firme.

Não o vejo desde o velório de Beau. Faz duas semanas. *Duas semanas.* Eu juro, John Tucker tem o tipo de paciência que eu não tenho nem em sonho. Não insistiu que a gente devia se encontrar. Não me forçou a falar da nossa situação. Não fez nada além de ficar ao meu lado e aproveitar minhas deixas.

"Mas são bonitos", murmuro em resposta à sua observação.

Seus lábios roçam os meus num beijo breve. "Não tanto quanto você."
E então me abraça mais apertado, e faço muita força para não chorar.

Estou um caos hormonal ultimamente. Sempre à beira das lágrimas, e não sei se é a gravidez ou porque sinto saudade de Tuck.

Sinto tanta falta que é de doer o coração, mas não sei o que dizer quando estou com ele.

Não sei que merda fazer.

O abraço enfim termina, e nós dois damos um passo sem jeito para trás. Vejo uma dezena de perguntas em sua expressão, mas ele não verbaliza nenhuma delas. Em vez disso, sugere: "Vamos andar. Se a gente se mexer, talvez não congele até a morte".

Rio de novo, deixando-o passar o braço à minha volta, e seguimos pelo caminho, o solado das botas esmagando a fina camada de neve sob elas.

"Como estão as aulas?", pergunta ele, bruscamente.

"Bem, acho." Estou mentindo. Não estão nada bem. Está impossível pensar em outra coisa que não as mudanças sutis no meu corpo. "E você?"

Ele dá de ombros. "Não muito bem. Tô com dificuldade de me concentrar desde..." Ele para de falar.

"Desde isso aqui?" Aponto para a barriga.

"É. E Beau também. Dean não está nada bem, as coisas estão tensas lá em casa."

"Sinto muito."

"Vai melhorar", é tudo o que ele diz.

Nossa, queria ter essa fé. E a capacidade de resiliência. E a coragem. Todas essas coisas me faltam agora. Só de pensar em abrir a boca e mencionar o bebê-elefante rosa ou azul entre nós me faz querer vomitar. Ou talvez sejam só os enjoos da gravidez.

Mas, como de costume, Tucker não insiste no tópico. Simplesmente muda de assunto. "Você vinha muito aqui quando era criança?" Ele gesticula para a bela exibição de natureza à nossa volta.

"Quando era pequena", admito. "Quando éramos só eu, minha mãe e minha avó, a gente vinha todo fim de semana. Aprendi a patinar no Lago dos Sapos."

Ele me lança um olhar de esguelha. "Você não fala muito da sua mãe."

"Não tem muito que falar." O ressentimento me sobe até a garganta. "Nunca esteve por perto. Quer dizer, quando eu era bem novinha, até uns seis anos mais ou menos, ela se esforçava. Mas depois os homens da sua vida passaram a ser mais importantes."

Tucker aperta meu ombro com a mão enluvada. "Sinto muito, princesa."

"É a vida." Olho para ele. "Você é próximo da sua mãe, né?"

Ele assente. "É a melhor mulher que eu conheço."

A emoção forma um nó na minha garganta. Tucker pode ter perdido o pai quando era muito novo, mas não há dúvidas de que sua mãe fez tudo o que podia para compensar isso. Pelo que ele me falou, ela trabalhava duro para dar uma vida boa para o filho. Minha própria mãe podia aprender umas coisas com a sra. Tucker. Vovó também.

"Nossas infâncias foram tão diferentes", me vejo dizendo.

"E, no entanto, nós dois viramos ótimas pessoas."

Ele, talvez. Eu? Não me sinto ótima agora. Mas guardo o pensamento para mim mesma. "Sua mãe quer que você volte para o Texas depois da faculdade?"

"Quer." Ele para no meio do caminho, soltando o ar numa expiração cansada.

"Você quer voltar?", pergunto, e prendo o fôlego enquanto espero a resposta.

"Não sei."

Ele passa uma das mãos pelo cabelo ruivo, e acompanho o movimento. Seu cabelo parece tão macio. É macio — sei disso porque já passei a mão nele várias vezes. Quero fazer isso agora, mas estou com medo de não conseguir parar de tocá-lo.

"Meu plano sempre foi voltar depois da formatura. Quero ficar perto da minha mãe, cuidar dela, sabe? Mas quando passei as férias lá..." Ele geme baixinho. "Não existe oportunidade em Patterson. Nenhuma. É uma cidade pequena que não cresce há cem anos. E não vou poder nem trabalhar em Dallas e morar em Patterson, porque é uma viagem de quatro horas de carro. Primeiro pensei em passar a semana em Dallas e os fins de semana em Patterson, mas cada vez que penso nisso parece mais cansativo."

"Então o que você vai fazer?"

"Não tenho a menor ideia."

Fico esperando que me devolva a questão, que pergunte para *mim* o que *eu* vou fazer a respeito deste bebê, mas ele não faz isso.

"Quer ver as pessoas na pista de patinação um pouco?", sugere.

"Claro."

Voltamos a caminhar. Ele ainda está com o braço em torno de mim. Seu aroma familiar inunda minhas narinas e me faz ansiar por ele. Quero beijá-lo. Não, quero arrastá-lo para onde ele estacionou a caminhonete e *atacá-lo*. Quero sentir seus lábios nos meus, as suas mãos nos meus seios e seu pau se movendo dentro de mim.

Ouvimos os gritinhos felizes das crianças antes mesmo de chegar ao lago. Quando nos aproximamos do corrimão, uma melancolia me invade. Dezenas de pessoas passam por nós na superfície brilhante da pista. As crianças estão empacotadas em casacos coloridos, cachecóis e luvas. Famílias patinam juntas. Casais deslizam de mãos dadas.

Tucker pega a minha mão e entrelaça nossos dedos enluvados, e ficamos ali, olhando a pista por um tempo. Meu coração dá um pulo, porque parece que somos um casal de verdade. Só duas pessoas felizes passando a tarde no parque, desfrutando da companhia um do outro.

"Ai, merda, tá vendo aquele homem ali?", pergunta Tucker, de repente.

Eu sigo seu olhar até encontrar um homem alto e grisalho numa parca azul e de patins pretos. "Tô... Você conhece?"

Ele aperta os olhos. "Não. Por um segundo achei que conhecia, mas é só um sósia."

"De quem?", pergunto, curiosa.

"Do treinador Mort."

Quase engasgo com minha própria língua. "Tá legal. Volta um pouquinho. Você acabou de falar 'treinador Morte'?"

Suas gargalhadas fazem cócegas no meu rosto. "É. E não estava nem brincando, princesa. Meu primeiro treinador de hóquei se chamava Paul Mort. Parece que é um nome britânico. Ou galês, talvez. Não lembro agora."

Fico de costas para o corrimão. "E ele era tão malvado quanto o nome sugere?"

"O cara mais legal que existe", declara Tucker.

"Sério?"

"Muito. Foi a primeira pessoa que me disse que eu tinha potencial.

Eu tinha cinco anos na época. Implorei para a minha mãe me botar na escolinha de hóquei, então ela me levou numa arena a uma hora de casa, porque Patterson não tem rinque. O treinador Mort se abaixou, apertou minha mão e disse: 'Positivo, dá pra ver, filho. Você tem potencial'." Tucker solta uma risada. "*Positivo* era o bordão dele. Comecei a falar dentro de casa, e minha mãe ficava louca."

Eu rio. "Então, o treinador Mort era o seu ídolo na infância?"

"Basicamente." Ele inclina a cabeça. "E você? Quem era o seu ídolo?"

"Eu tinha cinco." Sorrio para ele. "Se chamavam 'N Sync."

Tucker deixa o queixo cair. "Ah, não, princesa, diz que não. Você gostava de boy bands?"

"Muito, você nem imagina. Minha avó me levou num show do 'N Sync quando eu tinha doze anos. Juro que tive meu primeiro orgasmo naquela noite."

Ele joga a cabeça para trás numa gargalhada.

"Já falei, não tem graça", resmungo. "Fiquei obcecada. Rabiscava *Sabrina Timberlake* em todos os meus cadernos."

"Não consigo imaginar isso."

"Por que não?"

"Porque você é tão séria o tempo todo. Quando te imagino criança, vejo você lendo por diversão e estudando para as provas de conclusão do ensino médio com quatro anos de antecedência."

Um sorriso irônico surge em meus lábios. "Fiz tudo isso também. Mas sempre tinha tempo pro Justin. Eu fazia pausas nos estudos para beijar sua foto. De língua."

Tucker dá uma gargalhada. "Caramba, Sabrina. Depois dessa, não sei mais se posso continuar com você."

E, simples assim, meu bom humor vai embora. Não por causa do que ele falou, sei que está brincando — mas por causa... Por causa do elefante rosa ou azul entre nós, droga.

Tucker e eu estávamos namorando havia só uns poucos meses quando essa bomba caiu no nosso colo. Será que a gente ia ter um futuro juntos? Amo passar o tempo com ele. É *fácil* ficar com ele, mais fácil do que jamais foi com qualquer um. Eu estava *começando* a ver um futuro para nós, mas e ele? E se ele estiver cansado de mim e querendo me largar?

Se tivermos esse filho, então o futuro está decidido. Vamos fazer parte da vida um do outro, independentemente do que quisermos. Independentemente do que ele quiser.

"Qual é o problema?", pergunta, preocupado.

Engulo em seco sobre o nó na garganta. "Eu..." Meu rosto se contorce. "Ainda não me decidi."

Sua voz fica rouca. "Eu sei."

"Tô... com medo." Olho para as minhas botas. "Tô com muito medo, Tuck."

"Eu sei", diz ele de novo. Em seguida, esfrega o próprio rosto. "Eu também."

Meus olhos voam para os seus. "Jura?"

"Tá brincando? Tô apavorado." Ele deixa escapar um gemido. "Tô aqui tentando ser forte pra você, Sabrina. Tentando pra caralho."

Pisco para afastar as lágrimas. "Em geral, a forte sou eu. Mas agora não me sinto nada forte."

Ele me puxa para os seus braços, e, de repente, estamos abraçados de novo. Tenho certeza de que todo mundo no gelo está olhando para nós, perguntando-se por que estamos nos enlaçando feito dois loucos, mas não ligo. Estou sobrecarregada emocionalmente, e é isso que me leva a dizer: "Acho que não quero ter esse filho."

Tucker se afasta um pouco. Sua expressão é séria. "Tem certeza?"

"Não."

"Então você precisa de mais tempo pra pensar", diz ele, em voz baixa. "O.k.?"

"O.k.", murmuro.

Depois de um longo tempo, ele pega na minha mão de novo. "Vem, vamos continuar andando. Vou te contar mais sobre o treinador Mort, e você pode me contar tudo sobre como beijava seu pôster do Timberlake de língua."

Deixo escapar uma risada. Nossa. Esse cara... Sério mesmo... Esse cara. Quero agradecê-lo. Beijá-lo. Dizer como é maravilhoso.

Mas tudo o que faço é entrelaçar os dedos nos seus e deixá-lo me guiar de volta para a trilha do parque.

22

SABRINA

O telefone pesa como um tijolo nas minhas mãos. Tenho que marcar a curetagem logo, ou vou perder o prazo. Merda, devia ter feito isso há um mês. Estamos quase no final de fevereiro, e já estou com quinze semanas. Não sei por que demorei tanto.

Quer dizer, sei. Porque não consigo me decidir. Metade do tempo, acho que vou ficar melhor sem uma criança. O resto do tempo, não consigo tirar a imagem do caixão de Beau da cabeça.

Sinto o rosto molhado e, irritada, limpo as lágrimas com uma das mãos. Ótimo. Estou chorando em público. Seria de imaginar que eu já tinha chorado tudo o que podia chorar no velório de Beau. Aquilo foi muito difícil.

Sabia que ia ser má ideia estudar no Starbucks hoje, considerando como meus hormônios têm me deixado nos últimos tempos, mas não queria estar em casa se finalmente criasse coragem de ligar para a clínica. Ainda não contei da gravidez para a minha avó e não queria que ela descobrisse.

Pela primeira vez na vida, me sinto completamente perdida. Não vejo Tucker desde a nossa caminhada no parque, e faz mais ou menos uma semana que parei de responder a suas mensagens. Nos últimos dias, não tenho conseguido me concentrar em nada além da decisão iminente.

E não é só Tucker que tenho evitado. Só fui a um almoço semanal com Hope e Carin desde que Beau morreu. Tenho posto a culpa no aumento das horas de trabalho, mas acho que elas não estão acreditando.

"Sabrina?"

Ergo a cabeça. Joanna Maxwell está de pé diante da minha mesa. Está com uma xícara de café numa das mãos e uma bolsa branca bonita na outra. Vestida com seu casaco de lã azul-marinho, ela parece mesmo a estrela da Broadway que um dia vai ser.

"Joanna." Fico de pé e lhe dou um abraço. "Como você tá?" Seus ossos parecem galhos finos sob o meu toque. Dou mais um aperto antes de soltá-la.

Ela sorri palidamente. "Vou indo."

"O que está fazendo em Boston? O musical tá viajando o país?"

"Não, continua em cartaz em Manhattan." Um rubor lento sobe por seu pescoço. "Eu... hã... saí da peça."

O espanto me cala por um segundo. "Saiu?"

"É. Tive uma oportunidade de fazer uma coisa diferente e aceitei." Suas palavras são um misto de rebeldia e constrangimento, como se ela estivesse cansada de ter de justificar suas escolhas, o que certamente não tem a ver comigo.

"Ah, que bom!" Mas estou confusa, porque quando eu saía com Beau ele dizia que trabalhar na Broadway era o sonho de Joanna.

"Não é? Sou jovem, então, se existe uma hora para experimentar coisas novas, é agora."

Experimentar coisas novas me apavora, mas concordo com a cabeça, porque não sou a menina que perdeu o irmão querido.

Sou só a menina grávida.

"Com certeza. O que você vai fazer?"

"Tô gravando uma demo", admite.

Não faço parte da galera das artes da Briar, então não tenho ideia do que ela está falando. "Ah. Legal."

A incompreensão deve estar bem evidente no meu rosto, porque Joanna acrescenta: "É basicamente um material que posso mandar para o pessoal que faz pesquisa de talentos nas gravadoras. Eles vão ouvir, e, espero, alguém vai me oferecer um contrato de gravação. Se não funcionar, vou cantar covers e publicar no YouTube, talvez tentar ganhar visibilidade assim. Tá tudo meio em aberto".

"Isso é ótimo", digo a ela, mas, na minha cabeça, não entendo.

Porque alguém iria largar um trabalho pago de cantora por algo que parece arriscado pra burro? Se eu tivesse um trabalho bom agora, talvez tivesse esse bebê. Acho que se tivesse ficado grávida no final do curso de direito, e não no início, estaria vendo as coisas de forma bem diferente.

"É assustador, na verdade. Tive que pegar um emprego de garçonete, o que nunca fiz antes. Mas é o único jeito de pagar as contas. E largar a Broadway agora pode significar que nunca mais consiga voltar."

"Eu, hã, eu...", gaguejo. A possibilidade de perder tudo o que planejei para a minha vida por causa dessa gravidez me deixou paralisada. Joanna parece estar pulando de propósito de um penhasco, sem rede de proteção. "Espero que você corra atrás do seu sonho", termino, sem convicção.

"É exatamente o que tô fazendo." Ela suspira. "E, apesar do que meus pais acham, não tô numa crise existencial porque Beau morreu. Na verdade, ele me apoiaria cem por cento, você não acha?"

Beau amava a irmã, então, sim, se isso a faria feliz, ele teria apoiado. "Ele iria querer te ver feliz", concordo.

Joanna morde o lábio inferior. "Sabia que Beau na verdade não queria virar profissional? Quer dizer, o time estava indo mal no ano passado, e ele tinha recebido propostas para ir para outras universidades, talvez ganhar outro campeonato. Isso o teria colocado numa posição melhor para ser convocado por um time profissional, mas ele amava o time da Briar e não estava interessado em seguir carreira. Beau só queria ser feliz." Ela começa a engasgar, e peço a Deus que as lágrimas não transbordem, porque, se ela chorar, vou começar a chorar também.

A gravidez me transformou numa chorona.

"Então você tem que fazer isso", digo, com firmeza.

"Eu sei."

Ela limpa o rosto com a manga, enquanto vasculho a bolsa para ver se encontro um lenço. Tem um amassado no canto, mas está limpo, e Joanna o aceita com gratidão.

"Ele gostava muito de você", diz, com uma voz suave. "Vocês teriam dado um casal lindo, mas talvez tenha sido melhor você não ter se apaixonado por ele." Seu rosto se contorce, à medida que a dor que estava tentando conter transborda. "Senão você ia estar um trapo que nem eu."

Sem dizer uma palavra, eu a guio para a mesa, arrasto uma cadeira vazia para junto da minha e sento ao seu lado, enquanto ela chora. Alguns dos outros clientes nos lançam olhares estranhos. Respondo a indiscrição com uma expressão furiosa.

Felizmente, Joanna se recompõe em dois tempos. Logo está assoando o nariz e me lançando um olhar desanimado por sob a cortina de cabelo. "Merda. Passei o dia inteiro sem chorar", murmura. "Era um novo recorde."

"Se eu fosse você, não conseguiria sair da cama."

"Foi o que eu fiz nas duas primeiras semanas, aí um dia acordei e pensei que Beau ia me dar uma bronca se me visse jogando a vida no lixo. Então aqui estou, tentando algo estúpido e novo."

"Pra mim não parece tão estúpido." E já não parece mesmo. Joanna *é* jovem. Se correr atrás de uma carreira diferente na música for o seu sonho, melhor tentar agora do que mais tarde.

"Acredita mesmo nisso?"

"Claro."

Ela enfia o lenço no bolso do casaco. "Beau sempre disse que você era muito determinada. Achei que esse seria o tipo de coisa que você reprovaria."

Franzo a testa. "Assim parece que eu não tenho coração."

"Não. Não quis dizer isso. Foi um elogio." Ela faz uma pausa. "Eu também era assim. Tinha tudo planejado — ia me formar em artes cênicas, conseguir um papel fantástico num musical da Broadway e alçar meu nome ao estrelato. Aí Beau morreu, e nada disso importa agora, sabe?"

Acho que sim.

"De qualquer forma, é melhor eu ir." Ela me abraça de novo. Desta vez, seu aperto é surpreendentemente forte. "Se cuida, Sabrina. Espero que você viva a vida se fazendo feliz."

Ah, claro. Se eu ao menos soubesse como.

No dia seguinte, me vejo diante da sala da minha orientadora. A professora Gibson está com a cabeça baixa, corrigindo artigos. Bato de leve para não a assustar.

"Sabrina, entra." Ela me convida com um sorriso acolhedor. "Como está indo o último semestre?"

"Fácil. Já aprendi a fazer provas."

"Ou você se treinou a pensar de forma mais crítica e a ser capaz de analisar uma batelada de informações para encontrar os princípios simples que sustentam todas as teorias?"

"Ou isso." Rio, sentando diante dela.

"Animada com Harvard ou ansiosa pelas férias de verão?"

"Harvard, sem dúvida. Vou sentir falta daqui." Olho à minha volta para a sala acolhedora da professora Gibson, com as poltronas largas que ela reforma a cada quatro anos e a pilha imensa de livros que ameaça cair a qualquer momento, mas nunca cai. Ela tem fotos por todos os cantos — com os alunos, com o marido.

É então que percebo. A razão pela qual nunca pensei em ter filhos é porque, no momento em que conheci a minha orientadora, quis ser ela. A professora Gibson é inteligente, bem-sucedida, tem bom coração e é muito respeitada. Em todos os lugares a que vai, as pessoas a admiram. E, para uma criança como eu, de um bairro pobre no sul de Boston, esse tipo de admiração era um sonho — um que tenho perseguido implacavelmente aqui na Briar.

Não conheço uma mulher com filhos que seja tão bem-sucedida quanto a professora Gibson. Embora saiba, intelectualmente, que isso não é verdade, porque tem milhares de mães médicas, advogadas, banqueiras e cientistas. Mesmo Hope e Carin falam em ser mães um dia. Mas esse *um dia* é um futuro nebuloso para elas, enquanto, para mim, está na merda da minha barriga.

"Você gostaria de ter tido filhos?", deixo escapar, enquanto fito uma foto dela com o marido na frente de um antigo castelo.

A professora Gibson estreita os olhos e, de alguma forma, ela sabe. Vejo em seu rosto.

"Ah, Sabrina." Seu suspiro contém uma pergunta implícita.

Faço que sim com a cabeça.

Ela fecha os olhos, e, quando os abre, todos os vestígios de censura se foram. Mas vi o brilho inicial de decepção, e ele incomoda.

"Às vezes", diz, em resposta à minha pergunta. "Às vezes acho que sim, e às vezes fico feliz de que não tenha tido. Fui a tia querida dos três filhos do meu irmão, e isso satisfez quase todos os meus instintos maternais. Tenho meus alunos, o que é extremamente gratificante, mas não vou mentir que nunca me perguntei como seria ter um filho meu."

"Acha que dou conta? Ter um filho e encarar Harvard?"

Ela faz um barulhinho triste no fundo da garganta. "Não sei. O primeiro ano é desgastante e muito pesado, mas você é muito inteligente, Sabrina. Se tem alguém capaz disso, é você. Mas pode significar sacrifícios. Talvez você não se forme *summa cum laude*..."

Estremeço, porque estar no topo da turma definitivamente é um dos meus objetivos.

"... ou não consiga entrar para a *Law Review*, a revista dos estudantes..."

Engulo um gemido de desespero.

"... mas você ainda vai se formar em Harvard. Não tenho dúvida." Ela faz uma pausa. "O que o pai diz?"

"Depende de mim. Ele apoia a decisão que eu tomar."

O sorriso que ela me oferece é sincero. "Ah, é um dos bons, então."

É. Tucker tem sido muito bom para mim, e isso é parte do problema. Se eu tiver este filho, vou afetar a vida dele de mil maneiras diferentes — e nem todas elas são boas.

"Tenho certeza de que você vai tomar a decisão certa, seja qual for."

"Obrigada." Fico de pé. "Sei que isso é estranho, eu vir falar com você, mas minha mãe..." Paro.

"Estou feliz que você tenha vindo", a professora Gibson diz, com firmeza.

Agradeço mais uma vez e saio da sala. Sei que deveria falar com as minhas amigas, mas elas vão dizer o mesmo que a professora Gibson. Na verdade, a razão pela qual vim até ela foi porque tinha certeza que ia me dizer para fazer um aborto.

Cinco minutos depois, estou sentada no carro, fitando o painel com olhos vazios. Sinto falta da minha mãe agora. Ela quase nunca esteve por perto, e não éramos muito próximas, mas ainda assim ela é minha mãe, e queria que estivesse aqui. Quero saber por que ela me teve, se claramente não me queria em sua vida.

Quando chego em casa, pego uma folha de papel e começo a listar os prós e os contras. No meio dos contras, rasgo a folha ao meio e jogo fora.

Minha resposta já estava lá o tempo todo. Não precisava ver Joanna, nem a professora Gibson, ou comungar com a minha mãe ausente. O fato é que não marquei o aborto porque não quero fazer. Abortar pode ser a melhor opção, mas passei a vida inteira me sentindo indesejada.

Pouso uma das mãos de forma protetora na minha barriga ainda reta. Uma menina mais inteligente teria feito o procedimento, mas não sou essa menina inteligente. Hoje não.

Hoje, vou ter esse filho.

23

SABRINA

Fico à espreita na saída da aula das onze de Tucker. Em vez de perguntar a ele quando a gente podia se encontrar, pesquisei na internet e encontrei um post no aplicativo da Briar que tinha os horários de todos os jogadores. Nem um pouco psicótico.

Observando os alunos que deixam o prédio, percebo que reconheço talvez um em trinta, no máximo. Meu tempo na Briar está chegando ao fim, e não vou ter muito o que levar comigo desse período. Algumas pessoas se formam com uma penca de amigos que carregam para a vida pós-faculdade. Eu? Tenho meu diploma, Carin e Hope. E agora um bebê. Acho que o bebê pesa mais do que todas as amizades formadas na universidade.

Tucker sai do prédio com Garrett Graham. Os dois são lindos, mas Tucker é quem monopoliza minha atenção. Não que Graham não seja bonito, mas só tenho olhos para Tucker. Ele raspou a barba. Não sei o que acho disso — gostava da barba, mas não posso negar que seu rosto liso também é atraente. Ele tem uma covinha no queixo que ficava escondida por todo aquele pelo. Nossa, quero explorar essa covinha com a língua.

O resto dele também é muito tentador. Está usando uma camisa justa de manga comprida com uma ponta enfiada na lateral da calça jeans. Os óculos escuros estão sobre os cabelos avermelhados, no alto da cabeça, que ele joga para trás ao rir de algo que Graham está murmurando com o canto da boca. Atrás dos dois vem uma fila de meninas apaixonadas, tentando desesperadamente chamar a atenção deles. Mas os caras estão mais interessados em falar besteira do que em olhar para elas.

Sinto uma onda de alívio tomar conta de mim. Não dormimos juntos desde aquela noite no hotel. Primeiro teve a descoberta da gravidez, depois a morte de Beau, e então o velório, e aí... Nada, na verdade. Minha cabeça não tem funcionado muito bem desde o Ano-Novo.

Mordo o lábio. Não queria arrastá-lo comigo, mas é exatamente isso que estou fazendo.

Seus olhos pousam em mim, e ele interrompe a risada no meio. Os lábios se movem, dizendo algo como: "Te vejo mais tarde, cara. Tenho que resolver um negócio".

Garrett me vê e provavelmente diz: "Essa menina vai chupar a sua alma. Fica longe dela".

Tucker sorri. Ou ele responde que consegue lidar comigo, ou que gosta do jeito como chupo, ou até: "Tarde demais". Enquanto Tucker caminha na minha direção, Garrett alterna o olhar do amigo para o meu rosto.

Abro um grande sorriso, mostrando um pouco de dentes.

"Você tá me evitando", murmura Tucker, quando me alcança.

Volto minha atenção para ele, apagando Garrett, as meninas puxa-sacos e todos os nossos colegas. Eles são uma distração, e devo a Tucker minha concentração.

"Tenho andado com a cabeça cheia", admito.

"É. Eu também."

Quando ele arqueia uma sobrancelha, aponto as pessoas à nossa volta com a cabeça. "Tem um segundo?"

"Pra você, sempre."

Meu coração aperta. Sumi durante semanas, e ele ainda consegue me olhar como se eu fosse a única menina na sua órbita. Não mereço esse cara.

Tuck segura meu cotovelo, e eu o sigo na direção de uma fileira de bancos no pátio. "Você tá saindo com alguém?", pergunto, com a voz mais casual que consigo transmitir.

Ele para tão de repente que quase caio de cabeça nos paralelepípedos. Ele me segura e planta as duas mãos nos meus ombros, para me virar de frente para ele.

"Tá de brincadeira?"

"Você parou de me escrever." Odeio a incerteza na minha voz.

Sua expressão se suaviza. "Estava te dando um espaço."

Forço um dar de ombros. "Tudo bem se você estivesse saindo com alguém."

Um músculo salta em sua mandíbula, e as mãos nos meus ombros me apertam desconfortavelmente. Tá legal. Interpretei errado.

Por fim, ele suspira e põe os óculos escuros. "Não, não tô saindo com ninguém." Em seguida, ouço-o murmurar, baixinho: "Nem com você, pelo visto".

"Desculpa", deixo escapar. "Não era pra ser um insulto. Só queria que você soubesse que isto...", desenho um círculo em volta da barriga, "... não deveria estar te impedindo de fazer nada."

Suas feições ficam tensas novamente. "Preciso comer alguma coisa antes de continuar esta conversa. Vamos."

"Pra onde?"

"Pra algum lugar com privacidade." Ele não diminui o passo nem quando nos redireciona da sala de aula para o estacionamento atrás do prédio.

Várias pessoas o cumprimentam enquanto caminhamos, mas ele não para e conversa com nenhuma delas, nem fala comigo. Quando chegamos à sua caminhonete, ele me leva até o banco do passageiro e fica me olhando, em expectativa.

"O quê?", murmuro.

"Cinto de segurança."

"Vou colocar quando você entrar."

"Agora."

"Isto é porque perguntei se você tava saindo com alguém?"

O músculo em sua mandíbula salta de novo. "Não. É porque você tá grávida." E uma sobrancelha surge por cima dos óculos escuros. "Quer dizer, ainda tá, né?"

Fico vermelha. Mas acho que mereci. "Tô. Não teria feito nada sem te avisar antes."

"Ótimo. Bota o cinto."

Obedeço, porque está na cara que a gente não vai se mover um centímetro até ele ouvir o clique. Então levanto as mãos e digo: "Tá bom assim?".

Ele assente e fecha a porta.

Não trocamos uma palavra enquanto ele liga a caminhonete e sai do estacionamento. Tucker dirige por uns cinco quilômetros, e paramos na frente de uma pequena pista de patinação ao ar livre. O gelo derreteu e, em vez de patinadores, o rinque está cheio de mesas de piquenique. Só tem algumas pessoas nas mesas, nenhuma delas é aluno da Briar.

"Por que você não escolhe um lugar?", sugere Tucker enquanto me ajuda a sair do carro. "Quer comer alguma coisa? Beber?"

"Uma água."

Ele vai até o balcão de pedidos, e decido pegar uma mesa no canto mais distante, situando-me de forma a poder observar Tucker caminhando do outro lado da calçada.

Se tivesse que escolher o pai do meu filho, não haveria ninguém melhor do que John Tucker. Ele é lindo, alto, atleticamente talentoso e inteligente. Mas, acima de tudo, é correto. Não importa o que aconteça no futuro, nunca vai se distanciar do filho. Nunca vai fazê-lo se sentir indesejado. Nunca vai ameaçar sua vida de alguma forma. Não importa o que aconteça — mesmo que eu estrague tudo, e tenho certeza de que vou fazer isso —, Tucker vai estar lá para ajeitar as coisas.

É por ele ser tão bom e correto que a decisão de ter o bebê foi tão difícil. Se eu tivesse feito um aborto, acho que ele teria ficado triste, mas agora que decidi ter a criança, sua vida vai mudar para sempre. E vai ser por minha causa.

Continuo tendo que me lembrar disso. Não posso contar demais com ele ou pedir muito, porque ele me daria tudo sem reclamar. Mas não sou uma aproveitadora e não uso as pessoas à minha volta. Seria tão fácil me apaixonar por Tucker e deixar que ele cuidasse de tudo.

Seria fácil. Mas não seria justo.

Um minuto depois, ele senta e empurra uma garrafa de água sobre a mesa. Comprou um cachorro-quente e um café, e nenhum de nós fala enquanto ele engole a comida depressa. Quando termina, amassa o guardanapo e enfia na caixinha vazia do cachorro-quente. Então pendura os óculos escuros na gola da camisa, envolve as mãos grandes e hábeis em torno do copo de café e me espera. É a minha deixa.

Lambo os lábios uma, duas vezes, então vou direto ao assunto. "Vou ter o bebê."

Seus olhos se fecham, escondendo qualquer que seja a emoção que toma conta dele. Alívio? Medo? Tristeza? Quando abre as pálpebras novamente, seu olhar está focado e inexpressivo. "Como posso ajudar?"

Abro um sorriso relutante. É a cara do Tucker dizer isso. O que reforça minha determinação de dar a ele o mínimo de responsabilidade possível e deixar claro que está livre para sair com quem quiser ou fazer o que bem entender no futuro. Não vou criar obstáculos quando ele quiser pular fora.

"Por enquanto, não preciso de nada. Tenho o plano de saúde dos Correios. Trabalho lá desde que me formei no colégio. Costumava reclamar do desconto no salário, já que nunca usei, mas agora vai ser bem útil."

"Certo. Então o pré-natal tá resolvido. E depois que o bebê nascer? Você ainda vai pra faculdade de direito?"

"Vou, claro." Não tinha pensado em desistir. "É como na Briar. Três ou quatro horas de aula por dia. O resto do tempo, vou estar em casa estudando."

Ele comprime os lábios, na primeira demonstração de algum tipo de emoção. "Com o seu padrasto?"

É difícil não corar de vergonha. "Ele é um idiota, mas nunca tocou em mim."

"Isso não chega a ser tranquilizador."

Giro a garrafa d'água entre minhas mãos algumas vezes. Tucker fica me esperando. Ele tem mais paciência que um santo.

"Tive que sair do emprego na boate", digo, baixinho. "Estava contando com esse dinheiro para pagar a faculdade de direito. Não posso me dar ao luxo de me mudar agora. Além do mais, imagino que minha avó vá me ajudar com o bebê quando eu estiver na aula."

"E eu? Não confia em mim?"

Ergo a cabeça para fitar sua expressão levemente frustrada. "Claro que confio."

"Então por que não posso cuidar do bebê enquanto você estiver na aula?"

"Porque você tem que arranjar um emprego, né? Vovó não trabalha. Ela vive da aposentadoria."

Tucker esfrega a testa como se por fim estivesse se dando conta da enormidade da tarefa que estamos prestes a assumir. "Tem razão. Preciso encontrar um emprego."

"Você não arrumou um negócio ainda?"

"Tem um monte por aí, mas se tem uma coisa que aprendi sobre gestão de negócios é que não amar o que você faz é garantia de fracasso." Ele toma um gole de café. "Vou pegar um trabalho temporário numa equipe de construção civil durante o verão. Já fiz isso antes, e o dinheiro é bom. Enquanto isso, vou continuar procurando outras oportunidades até encontrar o caminho certo."

"Então, até lá, faz sentido minha vó ajudar."

Ele considera a questão, mas não consegue pensar numa solução melhor. "Por enquanto. Até a gente pensar em outra coisa." Ele faz uma pausa. "Preciso contar pra minha mãe. E pros meus amigos."

A agitação que sinto na barriga não tem nada a ver com a gravidez e tudo a ver com vergonha. Isso me faz ficar com raiva de mim mesma, porque engravidar não é uma coisa horrível, vergonhosa. Sou adulta. Vou ter um bebê. Não tem nada demais nisso.

"Pode esperar mais um pouquinho? Quer dizer, tudo bem contar pra sua mãe, mas não fala nada pros seus amigos por enquanto." Hesito, então confesso: "Não contei pra ninguém".

"Ninguém?", pergunta ele, incrédulo.

Faço que sim, triste. "Você não é a única pessoa que tô evitando. Mal tenho visto Carin e Hope."

"Então você admite que tá me evitando."

Não consigo encará-lo. Em vez disso, concentro-me nos veios da mesa de madeira. Quero tanto dizer como senti falta dele. Porque senti muita saudade. Saudade de beijá-lo, de me divertir com ele e ouvi-lo me chamar de "princesa" naquele sotaque do sul.

Passei grande parte da vida de forma solitária, evitando vovó e Ray quando podia. Na Briar, fiz amizade com Carin e Hope, mas não senti necessidade de ter um círculo mais amplo. Então a solidão aguda provocada pela falta de Tucker me pegou de surpresa.

Mas como posso ficar com ele sabendo que sou a responsável por virar seu mundo de cabeça para baixo? O peso da culpa me esmagaria mais do que o peso da solidão.

Inspiro fundo e me obrigo a dizer as palavras que não quero dizer. "Se você quiser sair com outras pessoas... você pode. Não vou fazer isso. Não tenho tempo, mas se você quiser, não me importo."

Um silêncio cai entre nós.

Tucker leva o dedo comprido ao meu queixo e ergue meu rosto, até eu ter que fechar os olhos ou encará-lo. Escolho a segunda opção, mas é impossível interpretar sua expressão.

Ele me examina por um bom tempo antes de dizer: "E se a gente combinar o seguinte? Eu te digo se encontrar alguém novo. E você e eu podemos ser só amigos". Ele suaviza o tom. "Se você decidir que quer mais do que isso, a gente conversa."

"Amigos?", repito, baixinho. "Aceito isso de amigos." E então, porque ele é tão correto, acabo acrescentando: "Nunca tive um namorado. Só sei ter casinhos e estragar tudo".

"Princesa..."

Ouvir aquela palavrinha gentil só aumenta o meu pânico. "Não acredito que vou ser mãe. Nossa, Tuck, a minha vida inteira só pensei numa coisa — sair daquele buraco. E agora tenho que arrastar alguém comigo pra dentro dele e não sei se posso fazer isso."

As lágrimas que passei semanas contendo transbordam. Tucker segura meu rosto com a mão quente e me encara com firmeza.

"Você não tá sozinha", diz, baixinho e com determinação. "E você não tá arrastando ninguém pra buraco nenhum. Tô aqui com você, Sabrina. Em cada passo do caminho."

É disso que eu tenho medo.

TUCKER

No hóquei, quase todo mundo joga com um par. A linha de ataque é formada por um ala esquerda, um jogador de centro e um ala direita. A defesa joga em duplas. Só o goleiro joga sozinho, e ele é sempre estranho. Sempre.

Kenny Simms, que se formou no ano passado, foi um dos melhores goleiros da Briar e provavelmente o motivo pelo qual ganhamos três

Frozen Fours seguidos, mas o cara tinha os hábitos mais esquisitos. Falava consigo mesmo mais do que falava com os outros, sentava no fundo do ônibus e preferia comer sozinho. Nas raras ocasiões em que saía com a gente, discutia o tempo todo. Uma vez, entrei numa polêmica com ele sobre se as crianças estão expostas a tecnologia demais. Passamos três horas no bar debatendo o tópico, regado a cerveja.

Sabrina me lembra Simms. Ela não é estranha, mas é fechada igual a ele. Acha que está sozinha. Basicamente, nunca teve ninguém para patinar com ela — nem as amigas, Carin e Hope. Meio que entendo. Fora do time, os caras com quem me relaciono são legais, mas nunca dei meu sangue por eles, chorei com eles, ganhei com eles. Não sei se eles me apoiariam, porque nunca estive numa posição em que essa lealdade fosse testada.

Sabrina não sabe o que é ter alguém ao lado dela, muito menos apoiando-a. E é por isso que não cedo à tentação de dar um chacoalhão nela por dizer merdas do tipo me autorizar a sair com outras mulheres. O medo nos seus olhos é palpável, e me lembro de que é fundamental ter paciência aqui.

"Quer que eu te siga até em casa?" Ofereço, ao entrar com a caminhonete no estacionamento da faculdade, onde ela parou o carro. "A gente pode ficar junto um pouco, planejar as coisas."

Ela nega com a cabeça. Claro que não. A garota não consegue mais olhar para mim desde que caiu em prantos. Odeia chorar na minha frente. Merda, pelo jeito odeia chorar em geral. Para Sabrina, lágrimas são um sinal de fraqueza, e ela não suporta ser vista como nada menos que uma amazona.

Abafo um suspiro e salto da caminhonete. Caminho com ela até o seu carro, em seguida puxo seu corpo rijo contra o meu. É o mesmo que abraçar um tronco congelado.

"Quero ir com você na próxima consulta", aviso.

"Tá."

"Não se empolga muito não. Vai acordar o bebê", digo, secamente.

Ela me abre um sorriso triste. "É esquisito, né? Dizer que a gente vai ter um bebê?"

"Tem coisas mais esquisitas. Simmsy, nosso antigo goleiro, costumava comer marshmallow antes de todos os jogos. Isso é muito esquisito. Uma mulher ter um filho parece bem normal."

Suas orelhas ficam rosadas. "Tô falando de nós dois." Ela aponta de mim para ela. "*A gente* ter um bebê é esquisito."

"Não. Também não acho esquisito. Você é jovem — e superfértil, aparentemente —, e eu não consigo manter as mãos longe de você." Me abaixo e planto um beijo forte em sua boca surpresa. "Vai pra casa e descansa. Me manda uma mensagem assim que souber quando vai ser a próxima consulta. Te vejo mais tarde."

Então me afasto antes que ela tenha a oportunidade de discutir comigo. Esquisito? Nem um pouco. É assustador e maravilhoso ao mesmo tempo, mas não tem nada de esquisito.

Quando chego em casa, ela está vazia, o que é uma coisa boa. Se os caras estivessem por aqui, eu talvez acabasse dando com a língua nos dentes, e tenho que respeitar a vontade de Sabrina. Somos um time agora, quer ela goste disso ou não. Ela está apavorada, cheia de culpa e assustada com o que está para acontecer. Acho que tudo o que posso fazer agora é apoiá-la.

Quando você tem um colega novo no time, ele nem sempre confia em você de cara. Ele dá uma de fominha porque é assim que está acostumado a marcar, a alcançar o sucesso. Criar uma criança é um esporte de equipe. Sabrina precisa aprender a confiar em mim.

Mas, embora eu não vá contar aos meus colegas de república até ela estar pronta, tem alguém que precisa saber.

Então subo até o meu quarto, sento na beirada da cama e escrevo para minha mãe.

Eu: *Pode falar?*

Ela: *Daqui a 20 min, filho! Terminando a tintura da sra. Nelson.*

Passo os vinte minutos seguintes pesquisando sobre bebês. Não tinha me permitido fazer isso antes. Não sabia se Sabrina ia querer ter a criança e não queria ficar apegado demais para depois ficar triste se ela resolvesse fazer o aborto.

Agora, estou livre para me lançar na paternidade. Ao contrário de Sabrina, não sinto tanto medo. Sempre me vi formando uma família. Claro que imaginei que isso ainda demoraria um pouco, ou que pelo menos não aconteceria antes de eu terminar a faculdade, começar um bom negócio e estar ganhando uma grana decente. Mas a vida está sempre mudando, e você só tem que se adaptar.

Pego o caderno onde faço minhas anotações sobre investimentos em propriedades e rabisco umas contas rápidas na margem, para ver se consigo comprar uma casa em Boston. Não demoro a perceber que não posso me dar ao luxo de adquirir um negócio e uma casa com o dinheiro que meu pai deixou. Imóvel em Boston é uma coisa ridiculamente cara. Acho que vou ter que alugar por um tempo.

Certo. Então vou precisar de um lugar para morar, um emprego e tenho que descobrir o que fazer com a merda da minha vida depois da faculdade. Estava meio que adiando a busca por um empreendimento, porque isso não tinha a menor urgência, mas, com uma criança a caminho e Sabrina naquele buraco em que mora atualmente, tenho que me organizar.

Quando minha mãe liga, estou no site da Amazon comprando livros sobre gravidez e educação infantil.

"Meu filho! Como vão as coisas? Só mais alguns meses e você vai estar de volta em casa!", comemora em meu ouvido.

Sinto o estômago contrair. Se tem uma pessoa que odeio decepcionar é minha mãe, e não voltar para o Texas vai deixá-la arrasada. Mas, para ser sincero, já faz um tempo que eu estava em cima do muro com essa história de Texas. De certa forma, o bebê está me salvando disso.

Faço uma nota mental para falar isso para Sabrina, porque sei que, na sua cabeça, ela acha que está arruinando a minha vida.

"Na verdade, é sobre isso que quero falar. Minha...", hesito, porque não sei o que somos depois da conversa de hoje de manhã, "... namorada", termino, por falta de um termo melhor. Nosso relacionamento é muito complicado para explicar para minha mãe agora. Além do mais, não quero piorar ainda mais as coisas, porque minha mãe já vai ficar chateada. "Lembra que te falei no Natal que conheci uma garota?"

"Lembro..." Ela soa cautelosa.

Arranco o band-aid logo de uma vez. "Ela tá grávida."

"É seu?", minha mãe pergunta na mesma hora. Há uma nota de esperança na sua voz, que apago depressa.

"É, mãe, por isso que pedi pra você ligar."

Há um longo momento de silêncio. Tão longo que quase me pergunto se ela desligou na minha cara.

Por fim, ela diz: "Ela vai ter o bebê?".

"Sim. Está com dezesseis semanas." Já fiz as contas. A concepção deve ter sido na primeira vez em que transamos, quando eu estava com tanta pressa para entrar nela que esqueci a camisinha.

Sabrina James me faz perder a cabeça, e de várias maneiras.

"Dezesseis semanas!", exclama minha mãe. "Você sabia no Natal e não falou nada?"

"Não, claro que não. Só descobri depois."

"Ah, John. O que você vai fazer?"

Deixo escapar uma expiração lenta e firme. "O que for preciso."

24

SABRINA

Três semanas depois

Quando chego ao Della's, tem uma mesa vazia no canto. Bom sinal. Puxo a lateral do casaco para me cobrir. Está ficando quente demais para usar sobretudo, mas minha barriga está começando a aparecer. Bendito seja quem inventou a calça legging. Não sei mais por quanto tempo vou poder usar roupas normais.

Andei pesquisando tudo o que podia sobre gravidez, e infelizmente descobri que nenhuma gestação é igual a outra. Para cada mulher que ganhou só o peso exato do bebê mais uns poucos quilinhos, tem cinco que juram que engoliram toda uma plantação de melancia. Muitas delas admitiram que em algum momento tiveram que desistir de dirigir, porque o volante apertava a barriga, sem falar que cintos de segurança não foram feitos para grávidas. Já sei por experiência própria.

Tudo está mudando, e isso me deixa assustada. Ainda não contei para minha avó nem para minhas amigas. Tucker ainda não contou pros amigos *dele*, só porque eu pedi. Sei que é irracional, mas é como se uma parte de mim acreditasse que, se não dissermos nada, então a vida não tem que mudar. Quando disse isso a Tucker no telefone ontem à noite, ele respondeu com uma risada suave e um: "Já mudou, princesa".

Aí acordei hoje de manhã e não consegui entrar na calça jeans, e a realidade desabou na minha cabeça feito o martelo do Thor. Não posso mais esconder essa gravidez. O negócio tá ficando sério.

Então hoje é dia de jogar a bomba-bebê. Estou torcendo para que, quando eu parar de me esconder, consiga recuperar o controle da minha vida. Talvez então eu seja capaz de dormir uma noite inteira sem acordar suando frio.

"Quer fazer o pedido agora ou vai esperar as suas amigas?", pergunta a garçonete, Hannah, quando me acomodo no banco.

Meu olhar cai involuntariamente na sua cintura fina, e sinto uma pontada de inveja. Será que a minha vai voltar a ser o que era antes? Meu corpo está começando a ficar estranho. O caroço duro na minha barriga não é algo que eu possa eliminar com dieta. Tem um *ser humano* lá dentro. E essa barriga só vai crescer.

"Leite", digo, ainda que com relutância. Refrigerante está na lista de coisas que são ruins para mim, junto com tudo o que tem de gostoso neste mundo.

Assim que Hannah se afasta, Hope aparece. "E aí? Sua mensagem soou tão séria." Ela tira o casaco e senta na minha frente. "Ainda tá tudo certo pra Harvard, né?"

"Vamos esperar a Carin chegar."

Ela franze a testa profundamente. "Você tá bem? Sua avó não tá doente, tá?"

"Não, tá bem. E tudo certo com Harvard." Olho para a porta, ansiosa para que Carin chegue.

Hope continua a me pressionar. "Ray caiu de um penhasco? Não, isso seria uma notícia boa. Ai, Deus, ele quebrou a perna e você vai ter que ficar literalmente de babá."

"Fica quieta. E vira essa boca pra lá, não preciso de mais problema."

"Ah, ela ainda sabe fazer piada. O mundo não tá acabando." Hope chama Hannah antes de fixar o olhar em mim. "O.k., se não é a sua avó, e tá tudo certo com Harvard, e Ray continua sendo o mesmo idiota de sempre, o que foi? Faz semanas que não te vejo."

"Quando a Carin chegar eu conto."

Ela levanta as mãos em sinal de frustração. "A Carin tá sempre atrasada!"

"E você é sempre tão impaciente." Eu me pergunto como meu filho vai ser. Do tipo que atrasa, impaciente, obstinado, descontraído? Espero que seja descontraído. Sou uma pessoa ansiosa pra cacete. Tomara que Tucker tenha me fertilizado com um pouco daquela paciência dele, e não com esperma. Infelizmente, não é assim que funciona.

"Verdade." Ela se ajeita no banco. "E o Tucker, tudo bem? Vocês continuando se vendo?"

"De alguma forma", murmuro.

"Como assim? Você tá saindo com ele desde o final de outubro. Tem mais de quatro meses. No mundo Sabrina, é quase como se vocês estivessem noivos."

Na verdade, tem dezoito semanas e três dias, mas quem está contando, além de mim e do meu obstetra?

Antes que Hope possa me pressionar mais, Carin aparece, despreocupada, e diz: "Foi mal, gente, me atrasei um pouco". Então dá um abraço rápido em cada uma de nós.

Hannah serve meu leite e deixa mais dois cardápios na mesa antes de desaparecer para atender a mesa ao lado.

Hope agarra Carin pelo pulso e a arrasta para o banco. "A gente perdoa", diz ela. Em seguida, vira para mim com um olhar severo. "Desembucha."

"Carin nem tirou o casaco ainda", protesto, mas não sei por que estou adiando o inevitável. É uma vergonha não saber usar camisinha direito, mas ter um filho é normal. Pelo menos esse tem sido o meu mantra.

"Que se dane a Carin e o casaco. Ela chegou. Fala logo."

Inspiro fundo e, como não existe jeito fácil de dizer, cuspo as palavras: "Tô grávida".

Carin congela com o casaco na metade dos braços.

Hope fica boquiaberta.

Com um dos braços presos, Carin cutuca Hope. "É primeiro de abril?", pergunta, sem tirar os olhos de mim.

Também com os olhos fixos em mim, Hope responde: "Acho que não, mas agora tô meio na dúvida".

"Não é brincadeira." Dou um gole no leite. "Tô quase de cinco meses."

"*Cinco meses?*", Hope grita tão alto que todo mundo no restaurante vira a cabeça na nossa direção. Debruçando-se sobre a mesa, ela repete as palavras, desta vez num sussurro: "Cinco meses?".

Faço que sim com a cabeça, mas, antes que eu possa acrescentar mais alguma coisa, Hannah aparece para anotar os outros pedidos. Parece que a notícia acabou com o apetite das duas, mas estou com fome, então peço um sanduíche de peru.

"Você já tá com barriga?" Hope ainda parece um pouco atordoada.

"Um pouco. Ainda dá pra usar legging. Mas já não tô cabendo no jeans skinny."

"Já foi ao médico?", pergunta. Ao seu lado, Carin permanece em silêncio.

"Já. Tenho o convênio do trabalho. Tá indo tudo bem."

"Você tava planejando contar depois de nascer?", Carin deixa escapar, a mágoa pontuando suas palavras.

"Não sabia se ia ter o bebê", admito. "E, depois que decidi, fiquei... com vergonha. Não sabia como contar pra vocês."

"Você sabe que ainda dá tempo, né?", comenta Hope, com um sorriso encorajador.

Carin se anima com a ideia. "Pois é. Até o final do terceiro trimestre ainda dá pra tirar."

A falta de apoio machuca, mas de alguma forma me torna ainda mais decidida. A minha vida inteira tem sido provar para as pessoas que duvidam de mim que sou capaz.

"Não", digo com firmeza. "É isso que eu quero."

"E Harvard?", pergunta Hope.

"Ainda vou. Nada mudou."

Minhas amigas trocam um olhar de quem concorda que estou louca e que uma delas tem que me dar a notícia. Acho que Hope ganha, porque ela diz: "Acha mesmo que nada vai mudar? Você vai ter um *filho*".

"Eu sei. Mas milhões de mulheres têm filhos todos os dias e ainda conseguem levar uma vida de adulto normal."

"Vai ser muito difícil pra você. Quem vai cuidar do bebê enquanto você estiver na aula? Como é que você vai estudar?" Ela estende o braço por cima da mesa e aperta a minha mão inerte. "Não quero que você se sinta como se estivesse cometendo um erro."

Fecho a cara. "Ainda vou para Harvard."

Não sei se é o meu tom ou a minha expressão que convence as duas de que já me decidi, mas, seja como for, elas entendem o recado. Apesar do ceticismo ainda presente em seus rostos, as duas seguem em frente com as perguntas.

"É menino ou menina?", começa Carin. "Espera... O pai é o Tucker, né?"

"Claro que o pai é o Tucker, e não sei o sexo. Ainda não fizemos o ultrassom."

"O que ele disse quando você contou?", acrescenta Hope.

Que não estou sozinha. "Por ele, tudo certo. Não desatou a chorar nem gritou de raiva. Não chutou a mesa ou se enfureceu com a injustiça da situação. Só me abraçou e disse que eu não estava sozinha. Acho que tá um pouco assustado, mas vai me apoiar em cada passo do caminho." Engulo o nó na minha garganta. "E, por mais que eu queira protegê-lo, vou me segurar nele pelo tempo que for possível. É egoísta pra cacete da minha parte, mas, neste momento, a ideia de enfrentar o futuro sozinha me tira o sono."

"Pelo menos isso é bom", diz Carin, com carinho.

"Ele é incrível. Não mereço esse cara." Deus, se minhas melhores amigas não estão sabendo lidar com a situação, não posso nem imaginar o que está se passando na cabeça de Tucker.

Hope franze a testa. "Por que você tá falando isso? Afinal, você não engravidou sozinha."

"Ele não teve escolha."

"Besteira. Sempre que a gente faz sexo tem risco. Nenhum contraceptivo é cem por cento eficaz, nem vasectomia. Quer se divertir, tem que pagar o preço."

"É um preço muito alto."

Ela me dispensa com um gesto da mão. "Que você também tá pagando."

"Dá pra parar de ser tão deprimente?", intervém Carin. "Vamos falar das coisas importantes. Quando você vai fazer o ultrassom? Quero começar a comprar coisinhas de bebê."

Abro a boca para dizer que não sei, quando somos interrompidas pelo telefone de Carin. "Merda." Ela o tira da bolsa e levanta do banco. "É meu orientador. Tenho que atender."

Enquanto ela desaparece na direção do banheiro, Hope volta o olhar preocupado para mim. "Droga, S. Espero mesmo que você saiba o que tá fazendo."

"Eu também." Sei que ela me ama e que é por isso que está tão preocupada, mas, como disse Carin, não quero me concentrar nos aspectos negativos. Já tomei minha decisão, e se elas continuarem pondo dúvidas na minha cabeça só vou me sentir mal.

"Só quero que você seja feliz", diz ela, com carinho.

"Eu sei." Desta vez, sou eu que estendo o braço por cima da mesa. "Tô com medo, mas é isso que eu quero. Juro."

Ela segura a minha mão com força. "Tá bom. Então vou estar aqui. Pro que der e vier."

Carin volta e empurra Hope para o lado no banco. "Vou aprender a tricotar", anuncia.

"Tricotar?", repito, com ironia.

"É, sapatinhos de bebê. Você tá de cinco meses? Isso me dá uns quatro pra aprender a tricotar, então se prepare para ser surpreendida pela minha nova habilidade."

Abro um sorriso, por fim. "Pode deixar, tô preparada."

Em mais de um sentido, mas, ei, tenho minhas amigas e tenho Tucker, que é mais do que jamais imaginei e provavelmente mais do que mereço.

Mas não vou recusar.

25

TUCKER

A cozinha está tão silenciosa que parece que estou na igreja. Não que eu tenha ido à igreja com muita frequência. Minha mãe chegou a me arrastar para algumas missas de domingo quando eu era criança, até enfim admitir que preferia dormir até tarde nos fins de semana. Concordei totalmente com ela.

Mas agora nem Deus nem o padre Dave estão me julgando — são meus melhores amigos.

Garrett: "Por que você não contou antes?".

Logan: "Tem certeza que vai ter esse filho?".

Dean: "Sabrina James, caralho?".

Aperto um pouco mais a garrafa de cerveja que estou segurando e faço uma cara feia para Dean. Esta pequena reunião é culpa *dele*. Dois segundos depois que dei a notícia para ele e Allie, ele mandou um S.O.S. para Garrett e Logan, chamando-os de volta para casa com urgência. Os dois iam dormir no alojamento com as namoradas, e agora me sinto um idiota por ter estragado a noite deles.

"Gente, por que vocês não deixam o Tucker falar em vez de ficar jogando um monte de pergunta na cara dele?", diz Allie, num tom cauteloso.

Sei que ela não queria participar disso, mas Dean a arrastou para a cozinha com a gente, segurou a mão dela e não a deixou sair. Não consigo entender por que ele está tão chateado com isso. Não é *ele* que está prestes a virar pai. E tenho certeza absoluta de que não está a fim de Sabrina, porque olha para Allie como se fosse a única mulher no planeta. Os dois passaram por maus bocados depois da morte de Beau, mas nos últimos dois meses estão tão apaixonados que chegam a ser enjoativos.

"Tuck?", insiste Allie, colocando o cabelo louro atrás da orelha.

Dou um gole contido na cerveja. "Não tenho muito que falar. Sabrina e eu vamos ter um filho. Fim de papo."

"Há quanto tempo vocês estão saindo?", pergunta Logan.

"Faz um tempo." As caras feias me dizem que não gostaram da resposta, então acrescento: "Desde o início de novembro".

Logan parece assustado. Garrett não, o que me faz estreitar os olhos para ele, exigindo uma explicação.

"Já tava suspeitando", admite.

Os outros se viram para ele com um olhar acusatório. "Como assim você tava suspeitando?", exclama Logan.

"Tava suspeitando, ué." Garrett me encara do outro lado da mesa. "Vi você segurando a mão dela no velório do Beau."

Vejo um lampejo de culpa brilhar nos olhos de Dean e sei que está pensando em como ficou enchendo a cara no próprio quarto em vez de ir ao velório de um dos melhores amigos.

Logan se vira para mim. "Então é sério o negócio entre vocês dois?"

Uma gargalhada me escapa. "Vamos ter um filho. Claro que é sério."

Ou pelo menos estou planejando que seja. Mas Sabrina ainda precisa de tempo. Tempo para se acostumar com a ideia da gravidez. Tempo para baixar a guarda e perceber que pode confiar em mim. Tempo para baixar essa guarda ainda mais e perceber que me ama. Porque sei que ela me ama. Ela só está apavorada demais para admitir ou reconhecer isso, para mim e para si mesma.

"Por que ela não aborta?"

A pergunta de Dean faz Allie engasgar. Os rapazes franzem a testa, e eu fecho a cara para ele.

"Porque decidimos ter", respondo, bruscamente.

Todos estremecem. Tenho certeza de que nunca me ouviram levantar a voz para ninguém antes. Não é do meu feitio, mas Dean está muito perto de levar uma bela surra. Sei que ele não gosta de Sabrina, mas acho melhor demonstrar um pouco de respeito, mesmo que ela não esteja presente.

"Ei. Vamos relaxar, tá legal?", diz Garrett numa voz calma e tranquilizadora, provando por que é o nosso capitão.

Embora já não seja mais capitão de Dean, porque ele foi expulso do time em janeiro. Acho que ter sido pego no antidoping foi um dos catalisadores para trazê-lo de volta ao mundo dos sóbrios. Isso e Allie.

"A vida é do Tuck", continua Garrett. "A gente não tem o direito de julgar suas decisões. Se é isso que ele quer, então a gente vai apoiar. Certo?"

Depois de um segundo, Logan concorda. "Certo."

Dean cerra os dentes. "Isso vai acabar com a sua vida, cara."

Está ficando cada vez mais difícil controlar a raiva borbulhando nas minhas entranhas. "Bem, a vida é minha", digo, friamente. "Não pedi a sua opinião."

"E Harvard?", insiste ele. "Ela vai continuar?"

"Vai."

Ele sacode a cabeça. "Ela tem noção de quanto tempo dura o curso de direito?"

"Claro que tem."

Mais um aceno de cabeça. "Então ela tá jogando tudo pra cima de você?"

Defendo Sabrina na mesma hora. "Não, vamos dividir as responsabilidades."

Dean continua balançando a cabeça.

Juro por Deus, se ele não parar com isso, vou arrancar essa cabeça loira fora.

"Dean", adverte Allie.

"Foi mal, mas acho que isso é loucura", anuncia. "Essa menina é mais fria que gelo. Ela é crítica. Ela..."

"É a mãe do meu filho", rosno.

Dean rosna de volta: "Tá bom, você que sabe. Vai em frente e destrói a sua vida. O que eu tenho a ver com isso?".

Boquiaberto, vejo-o sair da cozinha. É sério?

Depois de um longo silêncio, Allie também se levanta. "Vou falar com ele", diz, com um suspiro. "Não liga pro que ele disse, Tuck. Dean só tá dando uma de idiota."

Não respondo. Estou chateado demais para falar.

"De qualquer maneira, você tem o meu apoio. Acho que você vai ser um ótimo pai." Sua mão repousa brevemente no meu ombro, e ela se dirige até a porta.

Assim que Allie deixa a cozinha, olho para os meus outros amigos. "Vocês estavam falando sério? Vão me apoiar?"

Os dois assentem. Mas Logan está contraindo os lábios, como se estivesse tentando prender o riso.

"Qual é a graça?", pergunto, cauteloso.

"Cara. Você tem noção das coisas nojentas que tem pela frente?"

Pisco, confuso.

"Vai procurar uns vídeos de parto no YouTube", aconselha. "A gente teve que assistir a uns troços desses na aula de estudos feministas que fiz no primeiro ano. É a coisa mais horrível", estremece Logan. "Sabia que oitenta por cento das mulheres cagam no parto?"

Garrett bufa. "Você acabou de inventar esse número."

"Tá, talvez não oitenta por cento. Mas acontece, cara, e é *nojento*. Ah, e a placenta? Um saco sangrento que cai no chão depois que a criança sai? Depois de ver isso, garanto que você nunca mais vai querer enfiar o pau lá de novo."

"Estou com muita pena da Grace agora", observa Garrett.

"Vou insistir em marcar uma cesárea", diz Logan, decidido, mas o brilho em seus olhos me diz que está só brincando. Sempre dá pra contar com Logan para aliviar o clima.

"Olha", digo, "sei que é um choque enorme. E, de verdade, a ficha ainda não caiu totalmente pra mim. Mas am... gosto muito da Sabrina." Me corrijo antes de dizer a palavra "amo". De jeito nenhum vou confessar isso para os meus amigos antes de falar para ela. "Dean tá errado. Ela é obstinada, sim, mas não é fria nem crítica. Sabrina tem o maior coração do mundo. Ela é... incrível pra caralho."

Um nó fecha a minha garganta. Droga. Queria que Sabrina pudesse se ver pelos meus olhos. Ela acha que está me arrastando para a sarjeta com ela, mas não é verdade. Está me dando a única coisa que sempre quis — uma família. Claro que isso aconteceu um pouco antes do que eu tinha planejado, mas a vida nem sempre segue um roteiro.

"Então você vai mesmo fazer isso, né?" Garrett soa um pouco impressionado.

"Vou."

"Posso ser o padrinho?"

"Vai se foder!", exclama Logan. "O padrinho vou ser eu. Claro."

"Até parece. Tá na cara que sou a melhor opção."

"Tá na cara que você é o mais egocêntrico, isso sim."

Rio. "Se continuarem assim, não vou escolher nenhum dos dois. Mas é bom saber que estão ansiosos pra assumir o cargo. Acho que vou inventar algum tipo de competição, botar os dois pra suar."

"Tá no papo", diz Garrett na mesma hora.

"Quero só ver!"

Saio da cozinha e deixo meus amigos discutindo. Dean pode ter sido um babaca diante da notícia, mas é um alívio saber que pelo menos tenho o apoio de G. e de Logan.

Com certeza vou precisar.

Tô aqui. Cadê vc?

A mensagem de Fitzy aparece assim que estaciono na frente do Malone's. Vim direto para cá, porque contar para meus amigos sobre o bebê não é o único item na agenda de hoje. Ainda preciso encontrar um lugar para morar, e estou torcendo para que Fitz possa me ajudar com isso.

Digito uma resposta rápida.

Eu: *Cabei de chegar. Entrando.*

Ele: *Mesa do canto, nos fundos.*

Guardo o celular, tranco a caminhonete e sigo para o bar. Fitzy está tomando uma cerveja quando sento na frente dele. Pediu uma para mim também, que aceito com gratidão.

"Oi. Obrigado por ter vindo."

Ele dá de ombros. "Sem problema. Estava ficando louco em casa. Meu apartamento é pequeno pra caralho."

Hum. Não estava esperando uma oportunidade tão no início da conversa, mas de jeito nenhum vou deixar a chance passar. "É disso mesmo que eu queria falar com você."

Fitzy arqueia a sobrancelha. "Do meu apartamento pequeno?"

"Mais ou menos." Deslizo o dedo pelo rótulo da cerveja. "Você disse que o seu contrato termina em maio, né?"

"É. Por quê?"

"Já pensou no que vai fazer depois disso? Vai renovar? Se mudar?"

Ele abre um sorriso meio sem jeito. "Qual é a do questionário?"

"Só quero saber o que você tá pensando em fazer." Dou outro gole. "Não vou voltar pro Texas depois da formatura."

Ele me fita por cima do gargalo da garrafa. "Quando você decidiu isso?"

"Quando soube que vou ter um filho, em agosto."

Fitz engasga do outro lado da mesa. Eu provavelmente não deveria ter soltado a bomba com ele no meio do gole. Me sinto mal de vê-lo tossindo descontroladamente.

"Vo... você..." Ele tosse de novo. Pigarreia. "Você vai ter um filho?"

"Vou. Sabrina tá grávida."

"Ah." Ele ergue um braço tatuado e esfrega a têmpora. "Merda. Quer dizer. Parabéns, acho?"

Um sorriso involuntário toma meus lábios. "Obrigado."

Ele me estuda com cuidado. "Você parece tranquilo."

"É porque tô tranquilo", digo, simplesmente. "Mas, sim, preciso arrumar um lugar em Boston. E lembro que você comentou que não seria contra a ideia de morar na cidade, então..." Dou de ombros. "Achei que não tinha mal nenhum em perguntar se você topa dividir alguma coisa."

"Ah." Seus olhos brilham com uma pontada de culpa. "Acabei mudando de ideia. Primeiro achei que a viagem de carro não ia incomodar, mas depois falei disso com Hollis, e ele me lembrou como é uma merda dirigir de Boston pra Hastings no inverno, então vou passar o último ano aqui."

Engulo a decepção. "Ah, o.k. Faz sentido."

"Pergunta idiota, mas... Por que você não vai morar com a Sabrina?"

Pergunta idiota coisa nenhuma.

"A gente ainda não tá nesse pé", respondo, porque a alternativa é vergonhosa demais. *Porque ela não quer ficar comigo.*

"Certo. Bem, se você estiver falando sério sobre morar em Boston, conheço uma pessoa que tá precisando de alguém pra dividir o apartamento."

Me animo novamente. "Quem?"

"Você não vai gostar", avisa ele.

"Quem?", insisto.

"O irmão do Hollis. O proprietário quer subir o aluguel, e ele não sabe se consegue manter o lugar sozinho."

Ah, merda. Brody Hollis, o rei dos babacas? Melhor não. Mas não posso me dar ao luxo de ficar escolhendo. Afinal, não tenho opção melhor. Brody é meio... arruaceiro, mas o apartamento dele é grande, limpo e tem dois quartos.

E fica a cinco minutos de carro da casa de Sabrina.

Por mais que odeie a ideia, não posso negar que é conveniente.

Dou outro gole na cerveja. Então digo: "Me passa o número dele?".

26

SABRINA

"Tô nervosa." Sussurro as palavras no ouvido de Tucker para as outras grávidas na sala de espera não me ouvirem. Estão todas com um brilho animado no rosto, e não quero estragar o dia delas. Só porque sou um caso perdido não significa que tenho que assustar ninguém.

Mas estou assustada. É a primeira consulta de que Tuck participa, e é a que vai revelar o sexo do bebê — se a gente conseguir chegar a um acordo sobre isso. Eu quero saber. Ele quer que seja surpresa. O que é o exemplo perfeito do tipo de pessoa que somos.

Gosto de estar no controle da situação. Se souber o sexo do bebê, posso me planejar. Comprar coisinhas bonitinhas de menina ou coisinhas bonitinhas de menino. Pensar nos nomes.

Tucker é um cara que vai com a maré. Ele acha que a gente deveria comprar só roupinhas amarelas e seguir em frente.

"Não tem por que ficar nervosa." Ele aperta a minha mão e me dá um beijo na bochecha.

Tenho um arrepio involuntário. Seus lábios são suaves e quentes, e quero senti-los na minha boca, não na bochecha. Quero beijar seu pescoço e chupar sua pele até ele gemer. Quero enfiar a mão na sua calça, segurar seu pau e acariciar até ele gozar nos meus dedos.

Já falei que estou louca de tesão?

Não sei se é a sensibilidade aumentada ou os mais ou menos três meses de inatividade sexual, mas, minha nossa, preciso de sexo. Só de esbarrar minha própria mão contra os seios já fico pegando fogo. Li que é normal as mulheres ficarem mais excitadas durante o primeiro trimestre, mas meu desejo sexual só disparou no segundo. Toda vez que vejo Tucker, quero rasgar suas roupas.

E ele sabe disso.

"Pronta pra gente ser mais do que amigo?", murmura.

Estreito os olhos para ele. "Acabei de dizer que tô nervosa, e você aí pensando em sexo?"

"Não, *você* tá pensando em sexo." Ele sorri. "Seus olhos estão implorando pra eu transar com você."

Olho à minha volta depressa para ter certeza de que ninguém ouviu, mas as outras grávidas conversam com os parceiros ou estão com a cara enfiada numa revista de bebê.

"Não", minto. "Meus olhos estão ocupados demais se preocupando com o que vão ver no ultrassom. Li que talvez dê pra ver o rostinho do bebê e os dedos." O pânico se reacende em minha barriga. "E se ele só tiver três dedos, Tuck? E se não tiver um nariz?" Minha respiração se acelera. "Ai, meu Deus, e se a gente tiver um bebê mutante?"

Tucker se dobra ao meio e começa a tremer. Levo um segundo para perceber que está tremendo por causa do riso histérico e silencioso. Maravilha. O pai do meu filho está rindo de mim.

"Ai, meu Deus, princesa." Ele está ofegante ao levantar a cabeça. "Sabia que não devia ter deixado você assistir a *Viagem maldita* na noite passada."

"Não tinha mais nada pra ver", protesto. *E eu não queria que você fosse embora.*

Sou tão patética. Passei esta última semana arrumando motivos para convidar Tucker para a minha casa. Tipo: "a gente precisa pesquisar sobre aulas de respiração" e "minhas costas estão me matando — se importa de vir me fazer uma massagem?". E: "talvez eu devesse ter um parto na água". Ele me implorou para reconsiderar essa última, mas eu não estava falando sério, para começo de conversa. A ideia me faz querer vomitar.

Mas, como ele é o Tucker, dirigiu até Boston todas as vezes que eu liguei. Lá no fundo, tenho medo de estar me aproveitando dele, mas Tuck continua insistindo que sabia onde estava se metendo.

"A gente não vai ter um bebê mutante." Suas risadas desapareceram, e ele está segurando a minha mão de novo. "Ele ou ela vai ser perfeito. Prometo."

Concordo com a cabeça, sem muita convicção.

"Sabrina James?", chama alguém da porta.

"Sou eu." Fico de pé tão rápido que perco o equilíbrio por um momento. Tucker me estabiliza, passando um braço musculoso em volta dos meus ombros.

"Somos nós", corrige ele.

Seguimos a enfermeira de uniforme cor-de-rosa ao longo de um corredor grande e bem iluminado. Ela nos guia até uma sala de exames e me instrui a sentar na maca. A máquina de ultrassom já está configurada ao lado dela, e meu coração dá um pulinho agitado.

"Eu quero muito saber", deixo escapar, quando a enfermeira sai da sala.

Tucker faz beicinho. "Mas pensa em como vai ser emocionante quando o médico gritar 'É menino!' ou 'É menina!'"

Ele sempre vem com esse argumento. Mas, francamente, não preciso de mais emoção na minha vida agora. Minha situação em casa já está pesada demais, com minha avó me enchendo o saco por ter engravidado, recriminando-me porque escolhi ter o bebê, e sempre me lembrando de que ela não vai servir de creche grátis só porque sou neta dela. E, claro, ainda por cima tem Ray, com os comentários sarcásticos sobre minha promiscuidade, minha barriga gorda e minha burrice por não saber usar camisinha.

Não dou a mínima para Ray. Já a minha avó... Bem, tenho certeza que vai dar o braço a torcer quando segurar a bisneta ou o bisneto nos braços. Sempre foi louca por bebês.

"Quero saber *agora*", respondo, teimosa, indiferente ao fato de que pareço uma criança de cinco anos fazendo birra.

"E se a gente decidir com pedra, papel e tesoura?"

É, vamos dar excelentes pais, já estou vendo.

"Tá bom." Estalo os dedos, o que o faz rir. "Pronto?"

"Pronto."

Contamos em uníssono. No três, mostramos as mãos. Ele jogou papel. Eu, pedra.

"Ganhei", comemora Tuck, presunçoso.

"Desculpa, meu bem, mas você perdeu."

"Papel envolve pedra!"

Sorrio. "A pedra faz o papel ficar pesado e o impede de voar com o vento. Prende ele."

Um suspiro alto enche a sala. "Não vou ganhar isso, vou?"

"Não." Mas ele está tão bonito agora que ofereço uma compensação. "E se a gente fizer assim: você pode sair da sala quando o médico me disser, e eu juro que não conto. Vou esconder tudo o que comprar pro bebê no meu armário, pra você não ver o que estou comprando."

"Combinado."

Somos interrompidos pela chegada da técnica, que me cumprimenta animada, pede para eu levantar a camisa folgada e passa aquela geleca gelada na minha barriga.

"Está com a bexiga cheia?", pergunta ela.

"Minha bexiga tá sempre cheia", respondo, seca.

Isso a faz rir. "Não se preocupe. Não vai demorar muito. Daqui a pouco você vai poder fazer xixi até dizer chega."

"Ótimo. Praticamente um sonho."

Já fiz um ultrassom, então não fico preocupada quando a técnica se cala depois de começar o exame. Às vezes ela aponta alguma coisa, tipo a coluna do bebê, que parece um cordãozinho de pérolas, ou o fato de — graças a Deus — ele ter dez dedos nos pés e nas mãos.

Tucker fica lá, num silêncio maravilhado, observando as imagens granuladas na tela. Em dado momento ele se abaixa e beija a minha testa, e ondas de calor inundam meu corpo. Estou feliz que ele esteja aqui. De verdade.

"Certo. Tudo pronto." Depois de limpar a gosma da minha barriga, a técnica aperta um botão e a máquina faz um zumbido e imprime uma imagem. Mas ela não a entrega a nós. Em vez disso, anuncia: "A médica já vem conversar com vocês. Se precisar esvaziar a bexiga, o banheiro fica na segunda porta à esquerda".

Tucker ri diante da pressa com que eu pulo da mesa. "Já volto", digo a ele, deixando a sala.

Faço o que tenho de fazer, lavo as mãos, e, quando volto para a sala de exame, a dra. Laura já está lá, conversando com Tuck. Quando a conheci, não soube bem o que pensar. Acho estranho chamar um médico pelo primeiro nome. Talvez tenha imaginado que era um sinal de falta de profissionalismo ou algo assim, mas a mulher parece saber o que faz. Tem trinta e poucos anos e explica as coisas de um jeito direto que eu aprecio.

"Então, o papai aqui está dizendo que vocês não chegaram a um acordo sobre descobrir o sexo do bebê", comenta ela, quando entro.

"O papai aqui está sendo teimoso", resmungo.

Tucker abre a boca. "Nada disso. A mamãe é que é a teimosa porque não gosta de surpresas."

Deslizo a mão sobre a barriga saliente, que aumentou bastante no último mês. "Isso aqui não foi surpresa o suficiente para você?", pergunto, de forma contida.

A dra. Laura deixa escapar uma risada, antes de fitar a pasta com a minha ficha em sua mão. "Bem, temos uma imagem muito clara do ultrassom. Como a minha paciente é a Sabrina, e não você, John, vou dizer o sexo, se é isso que ela quer."

"Traidora", responde ele, com um olhar de decepção fingida.

"Quero saber", digo à médica, antes de me voltar para Tucker. "Pode sair da sala agora, papai."

"Acho que não... Mudei de ideia. Quero saber."

Encaro-o, ansiosa. "Tem certeza?"

Ele responde com um aceno sério.

"Tudo bem então. Pode falar", peço à médica.

Seus olhos brilham. "Parabéns. Vocês vão ter uma menina."

Arquejo, levando todo o oxigênio para os meus pulmões e prendendo o ar lá dentro. Meu pulso acelera, e é como se tudo à minha volta, o meu mundo inteiro, entrasse em foco e se tornasse mais nítido. As cores parecem mais brilhantes, e o ar mais leve, e toda esta experiência — esta vida crescendo dentro de mim — de repente parece *real*.

"Vamos ter uma menina", murmuro, voltando-me para Tucker.

Seu olhar é quase reverente. "Vamos ter uma menina", sussurra ele.

A dra. Laura deixa que nos maravilhemos em silêncio por alguns segundos, antes de limpar a garganta. "De qualquer forma, está tudo indo muito bem. É uma bebê saudável, com pulsação forte e constante. Continue tomando as vitaminas pré-natais, tente não se esforçar demais, e a gente se vê de novo em quatro semanas."

Na porta, ela para e lança uma piscadinha para Tucker por cima do ombro. "Quanto ao outro assunto que você perguntou, tudo liberado."

Depois que ela vai embora, franzo a testa para ele. "Que outro assunto?"

Ele dá de ombros, o epítome do mistério. "Só uma pergunta de pai."
Então pega na minha mão. "Vamos. Quero te mostrar uma coisa antes de te levar pra casa."

Minha testa se enche de rugas. "Mostrar o quê?"

"É surpresa."

"Não acabamos de concluir que não gosto de surpresas?"

Ele ri. "Vai por mim, dessa você vai gostar."

27

SABRINA

"O que a gente tá fazendo aqui?", pergunto, quinze minutos depois, examinando a rua em que Tucker acabou de entrar. É um bairro meio perigoso. Quer dizer, fica só a cinco minutos de carro da minha casa, então é claro que é meio perigoso.

"Tenha paciência", ele me repreende, parando o carro diante de um edifício de tijolo com dez andares.

Reúno um pouco dessa paciência e o espero abrir minha porta. O cara se recusa a me deixar abrir portas. É como se não entendesse que tenho mãos.

Quando meus sapatos tocam a calçada, Tucker pega a minha mão e me leva até a entrada do edifício. Reprimo um milhão de perguntas, porque sei que ele não vai responder a nenhuma, e o sigo obedientemente até um pequeno hall de entrada com um elevador ainda menor. Subimos até o décimo andar, caminhamos por um corredor curto e paramos na frente do apartamento 10C.

Tucker tira uma chave do bolso e abre a porta.

"Quem mora aqui?", pergunto.

"Eu."

"O quê? Desde quando?"

"Desde três dias atrás", admite ele. "Bem, tecnicamente só vou me mudar no final da semana, mas faz três dias que a gente acertou tudo."

"A gente?"

"Eu e Brody Hollis, o irmão de um colega do time."

"Ah." Estou tão confusa, porque em nenhum momento esta semana ele falou em se mudar para Boston. "E a sua casa em Hastings?"

"O contrato de aluguel termina em junho. Eu ia ter que sair de qualquer forma." Ele dá de ombros. "Fazia mais sentido arrumar um lugar aqui em Boston. Assim posso ficar perto de você e da bebê." Ele estende a mão. "Quer conhecer?"

"Hum. Claro." Ainda estou um pouco atordoada.

Tucker entrelaça os dedos nos meus e me conduz pelo apartamento. Embora a fachada do prédio seja meio prejudicada, o interior é surpreendentemente bom. O apartamento é bem iluminado, tem piso de madeira e cozinha aberta para a sala. O corredor tem três portas, que levam ao banheiro e aos dois quartos.

"Não trouxe nada ainda", diz ele.

Entramos num quarto grande e vazio, com um janelão que deixa entrar tanta luz que tenho vontade de pôr os óculos escuros.

"Ah, jura?", brinco, caminhando pelo cômodo desocupado. Aproximo-me da janela e admiro a vista. "Ih, legal. A escada de incêndio é pelo seu quarto."

"O mais legal é que ela termina num terraço. Só os apartamentos do décimo andar têm acesso. Tem uma churrasqueira lá em cima, e vários móveis de jardim."

"Uau, que máximo."

Voltamos para a cozinha, onde Tucker abre a geladeira para examinar o conteúdo. "Quer beber alguma coisa? Tem suco de laranja, leite e água. E uma tonelada de cerveja, mas isso você não pode."

"Água." Enquanto ele pega uma jarra e me serve um copo, deslizo uma das mãos sobre a bancada impecável. "É superlimpo aqui."

"É. Uma das qualidades redentoras do Brody é que ele gosta de coisas limpas. Sabe como é, porque roupa largada no chão corta o tesão da mulherada."

"Ele não tá errado."

"Todas as decisões do cara são baseadas em 'vou conseguir comer alguém se fizer isso?'"

Sorrio. "Previsibilidade pode ser bom."

"Se importa se eu tomar uma cerveja?"

"Vai em frente. E cadê ele? No trabalho?"

"É. Trabalha das nove às cinco na Morgan Stanley. Está no setor de planejamento financeiro, que, pelo que consegui entender, consiste em vender seguro de vida para idosos."

Dou um gole na água, e Tucker abre uma cerveja. Na bancada, perto do micro-ondas, vejo um monte de folhetos coloridos empilhados em cima de fichários de mais de dois centímetros de espessura.

"O que é isso?" Corro os dedos pelo folheto de cima, que diz "Fitness. No seu tempo. No tempo da sua família. A qualquer momento."

"Mais anúncios. Peguei isso outro dia numa feira de empreendimentos." Ele repassa a pilha, entregando um folheto para mim. "Este aqui é para um negócio de depilação com cera e tratamentos a laser. Hollis disse que é tipo ser ginecologista, mas sem ter que fazer faculdade de medicina. Mulher pelada todo dia."

Meus lábios se contorcem. "Ele sabe que só porque vai depilar as partes íntimas de uma menina não significa que vai poder tocá-las de novo, não sabe?"

"Não, tenho certeza que ele pensa que isso dá passe livre para transar com elas."

"Encantador."

Folheio o anúncio, que traz duas fotos de pernas compridas e lisas ao lado de um texto em letras maiúsculas afirmando que esse tipo específico de laser é a última novidade do mercado. Hum. Se Tucker comprar um salão de depilação a laser, talvez me ofereça serviços gratuitos. Minha barriga cada vez maior já está começando a dificultar as tarefas mais simples. Tenho que sentar para raspar a perna, porque fico com medo de me desequilibrar dentro do chuveiro ao me apoiar num pé só feito um flamingo.

Tucker me passa outro folheto. "Este é para vender pás. De porta em porta."

Faço uma careta. "Parece horrível. Dá dinheiro?"

"De acordo com os papéis da franquia, sim, mas tenho minhas dúvidas."

"O que mais você tem aí?"

"Sex shop, lavanderia, academia, um monte de opção de comida. *Fast casual* é a onda do momento."

"Você não parece empolgado com nada."

"Eu sei." Ele bate os panfletos numa pilha e joga no lixo. "Acho que tocar uma franquia não é pra mim."

Mordisco o lábio inferior, hesitando por um momento. "O que você estaria fazendo se não fosse por isso?" Aponto para minha barriga.

"Me enforcando com uma gravata", responde ele. "Minha mãe queria que eu comprasse a imobiliária da cidade..."

Mordo o lábio com mais força.

"... mas prefiro depilar bunda de homem do que vender casas em Patterson, então pode parar com essa cara de tristeza."

Seu olhar se volta para a minha barriga de novo. Desde o ultrassom ele não para de olhar para ela. Comigo também não é muito diferente. Estou sempre com a mão em cima ou embaixo dela, e agora a sensação é ainda mais especial, porque sei que minha bebezinha está logo debaixo da minha palma.

Subo na banqueta junto ao balcão da copa e o chamo para junto de mim. "Quer tocar?"

"Sempre." Ele dá a volta na bancada e se curva diante de mim, com ambas as mãos segurando minha barriga. "Oi, lindinha. Papai tá aqui." Então olha para mim, o cabelo avermelhado desarrumado, os olhos castanho-claros cheios de carinho. "Ela já tá chutando?"

"Às vezes." Levo a mão dele até o ponto em que a bebê em geral tenta abrir caminho para fora do meu útero. "Tenta aqui."

Esperamos, prendendo o fôlego. A mão de Tuck está firme contra a minha barriga, e o calor da sua palma penetra a minha pele, espalhando-se até todas as minhas terminações nervosas começarem a formigar.

Que obscenidade! Ele está comungando com a filha, e não tentando acariciar você.

Só que... é tão bom. Faz meses que Tucker e eu não dormimos juntos. E ultimamente só consigo pensar em transar com ele.

Claro que foi isso que me pôs nessa situação, para começo de conversa, mas à noite, quando a bebê está me tirando o sono, lembro da sensação de tê-lo entre as minhas pernas. Os pelos das suas coxas roçando a minha pele enquanto ele entra em mim. Lembro da grossura do seu pau e do jeito delicioso como ele me abre quando entra. Lembro dos seus dentes nos meus peitos, arranhando até pegar um mamilo na boca. Lembro de tudo, e isso me faz ficar ofegante e deixa minha pele muito sensível.

Os dedos na minha barriga me apertam. "Sabrina", diz, numa voz rouca. "No que você tá pensando, princesa?"

Meu olhar turvo focaliza o seu rosto. Lambendo os lábios, lembro do peso do seu pau na minha língua. "Em você."

Ele prende o fôlego. "Em mim como amigo ou como outra coisa?"

"Outra coisa", sussurro.

Tucker desliza as mãos devagar da minha barriga até o alto das minhas coxas. Minhas pernas se abrem involuntariamente, e seus polegares brincam junto ao cós da minha calça legging.

"Seja mais específica", ele sussurra de volta.

De repente, sou transportada para a nossa primeira noite juntos, quando ele se recostou feito um sultão na caminhonete e me disse — ou melhor, mandou — fazer o que quisesse com ele.

"Tô pensando em você na minha boca."

Seus dedos se afundam em minhas coxas. "Sério? Porque tô pensando no quanto quero arrancar essa calça e te lamber até essa preocupação toda sumir da sua cabeça."

As palavras me fazem contrair lá embaixo. "Eu tô... Droga, eu tô enorme."

"Não. Você tá perfeita." Ele fica de pé e me pega no colo.

"Espera." Me contorço em seu abraço. "Tô muito pesada."

"Você tá cheia de frescura", retruca, caminhando até a sala de estar. Sem me soltar, ele me deita no sofá de couro preto.

Dou um gritinho de protesto. "Esse é o sofá do seu amigo!"

"O que os olhos não veem, o coração não sente. Agora tira a roupa. Tô maluco de vontade."

Todo o sangue do meu corpo pulsa sob seu olhar ardente. Nós nos encaramos por um momento, e então começamos a arrancar as roupas. Ele tira a camiseta e joga do outro lado da sala. Minha camisa e a calça se juntam a ela. Depois são sua calça jeans e a cueca. Quando tiro o sutiã, Tucker solta um palavrão.

"Puta merda." Percebo um quê de espanto em sua voz conforme vem na minha direção. Seu pau duro balança a cada passo.

"Eu sei. Eles cresceram."

Ele se ajoelha entre minhas pernas, erguendo as mãos para segurar meus seios pesados. "Estão gostosos pra caralho."

Estremeço quando seus polegares esfregam meus mamilos eretos. "E muito sensíveis", ofego.

Um brilho malicioso ilumina seus olhos. "Acha que pode gozar se eu chupar?"

"Não sei." Corro uma das mãos por seu cabelo. "Vamos descobrir."

Sem demora, sua boca se gruda a um dos meus seios, enquanto ele aperta o outro. A sucção me faz arquear contra as almofadas. Ai, Deus. É como se tivesse uma linha direta entre a língua dele e a minha boceta. Quando ele geme, sinto em todos os lugares. Meu quadril se ergue do sofá, buscando alguma pressão para aliviar a ânsia, mas sem encontrar nada.

"Me come", imploro.

Sem soltar meus seios, ele senta no sofá e me puxa para cima dele. Sento em seu colo e tento esfregar minha entrada molhada contra o seu pau, mas minha barriga idiota atrapalha e provoca um gemido de frustração.

Sua resposta é deslizar a mão entre nós. Empurrando minha calcinha de lado, seus dedos encontram minha pele lisa e começam a me esfregar. Dois dedos entram em mim, enquanto o polegar toca meu clitóris como uma corda de violão. E, de repente, não resisto mais. Gozo numa onda extasiada de prazer, gemendo seu nome, e, mesmo depois de voltar dessa viagem feliz, ainda não é suficiente. Seguro seu pau e faço um movimento desesperado.

"Isso", suspiro. "Quero isso."

"Sim, senhora."

Com um olhar faminto e reluzente, ele rasga a minha calcinha e me deita de costas. Então segura o membro e o leva até a mim. Quando a cabeça larga me abre, inspiro fundo.

Ele para abruptamente, no meio do movimento. "Tudo bem?"

Vejo como seus braços ficam rijos à medida que tenta conter o desejo. Mas quero que ele me coma com força. Quero que lembre que sou bonita, que sou digna de provocar desejo, que ainda o faço perder a cabeça.

Envolvo seu quadril com as pernas e tento enfiá-lo mais fundo. "Tudo ótimo. Preciso que você me foda. Por favor."

A ferocidade em seu rosto é de tirar o fôlego. Ele entra fundo, forte e quente, me enchendo com o pau até eu não conseguir pensar em mais nada. Faz tanto tempo que não o sinto perto de mim. Parece... que estou em casa.

Sua boca encontra meu pescoço, a pele macia atrás da minha orelha. Ele deixa beijos molhados ao longo do meu ombro e da clavícula. Chupa meu mamilo de novo, e vejo estrelas por trás das pálpebras fechadas. Desliza uma das mãos para baixo da minha bunda, erguendo-me um pouco do sofá, e seu quadril se move, acariciando, acariciando, acariciando até atingir aquele ponto que me faz gritar mais uma vez.

Ele é implacável, entrando de novo e de novo. A cabeça do seu pau esfrega aquela bolinha macia de nervos dentro de mim até que eu esteja ofegante e me contorcendo.

"Senti sua falta", murmura. "Pra caralho."

Não respondo porque desaprendi a falar. O prazer é muito intenso, confundindo meu cérebro. Ele continua a atacar meus seios, um e depois o outro. E então levanta, segura meu quadril e entra em mim mais e mais rápido do que antes.

O couro sob meus ombros arranha minha pele. Meu cabelo está emplastrado na cara, e estou com dificuldade de respirar, mas nada disso importa à medida que me entrego ao turbilhão de sensações. Tudo o que registro, tudo o que sei é *ele*. Como é boa a sensação do seu toque, como meu corpo anseia por ele, quão forte meu coração bate por ele.

Como estou profundamente apaixonada por ele.

"Goza pra mim", arqueja ele. "Goza no meu pau, Sabrina."

O prazer se acumula dentro de mim até explodir por fim, destruindo minha compostura, derretendo meu corpo. Tucker joga a cabeça para trás e geme com o próprio clímax, comigo deitada exausta debaixo dele.

De onde ele encontra a força para se levantar e caminhar até a cozinha eu não sei. Estou cansada demais para fazer qualquer coisa, mas murmuro um "obrigada" quando ele volta com algumas toalhas de papel úmidas e gentilmente limpa a umidade escorrendo da minha coxa.

Antes que eu possa protestar, ele se junta a mim no sofá e joga um cobertor sobre nossos corpos nus. Então passa um braço por baixo da minha cabeça e me aninha em seu corpo quente, e rezo para que este não seja o dia em que Brody Hollis decidiu voltar para casa mais cedo do trabalho.

Enquanto Tucker acaricia meu cabelo, as palavras apaixonadas parecem pesar como chumbo na minha garganta, lutando para sair, mas eu as engulo de volta. Foi só sexo. Nós dois precisávamos disso, é só. Não posso achar que tem algo mais do que isso, e não posso nem confiar nos meus próprios sentimentos hoje em dia, não com todos os hormônios da gravidez correndo no meu sangue.

Me aconchego em seu corpo suado. Para mim, isso basta. O que ele puder me oferecer vai ser suficiente. Não vou pedir mais do que isso.

"Sobre o que você e a médica estavam cochichando?", pergunto, afinal.

Ele ri. "Sobre isto."

"Isto?"

"É, *isto*." Ele enfia a mão sob o cobertor e belisca um dos meus mamilos. "Perguntei se a gente podia fazer sexo."

Fico boquiaberta. "Você pediu à nossa obstetra permissão para transar comigo?"

"Queria ter certeza de que não ia machucar o bebê", protesta ele. "Foi mal por ser um pai preocupado."

Não posso deixar de sorrir.

Nós dois resmungamos ao ouvir um celular apitar. É o de Tuck, e ele se debruça com relutância por cima do braço do sofá para pegar a calça. Então tira o smartphone do bolso e se acomoda ao meu lado, desbloqueando a tela.

Curiosa — tá bom, intrometida —, dou uma olhada na mensagem.

E solto um grito horrorizado.

Sentando num sobressalto, arranco o telefone da mão de Tucker. "Ai, meu Deus!", exclamo. "O que é isso?"

28

TUCKER

Sei que não deveria rir. A mãe do meu filho está nervosa. A última coisa que devo fazer é rir dela, mas a expressão de horror em seu rosto não tem preço.

"Tucker!" Ela dá um soco no meu ombro. "Para de rir e me diz que merda é essa."

Olho para a foto e volto a gargalhar. "Era pra ser reconfortante", explico, em meio aos risos.

Sabrina me dá outro soco.

"Foi o Logan", digo. "Ele fez isso pra neném. É o teste pra ver quem é mais reconfortante."

"Juro por Deus, Tuck, se você não começar a fazer sentido, vou mandar isso pra polícia e dizer que estou sendo vítima de um crime de ódio."

Soluço incontrolavelmente.

"Tucker!"

Chorando de tanto rir, consigo me sentar. Tusso durante um minuto inteiro para afastar o riso. Então olho para a coisa de pelúcia na tela.

Acho que era para ser um urso, mas em algum momento do processo deu tudo muito errado. A costura parece saída de um filme do Tim Burton. Um dos olhos é um botão, e o outro é um X costurado com linha preta digno de um assassino em série. Tem um pedaço de pele faltando num dos lados da cabeça, e os braços e as pernas são cada um de um tamanho.

Abaixo da foto, Logan escreveu:

Grace acha q vai assustar o bb. Ela tá errada, não tá?

Ela não tá errada.

"Por que o Logan fez isso com a gente?", pergunta Sabrina.

Deixo escapar mais um riso. "Ele está competindo para ser padrinho."

"Fala alguma coisa que faça sentido!"

Engolindo outra gargalhada, explico depressa. "Ele e Garrett querem ser padrinhos da nossa filha. Falei uma bobeira sobre como ia botar os dois para competir pelo cargo, e eles decidiram que era uma ótima ideia. Então agora estão competindo."

Sabrina arqueia uma sobrancelha. "E você já pensou que eu talvez não queira nenhum dos dois como padrinho da nossa filha?"

"Claro. Imaginei que a gente ia conversar sobre isso em algum momento, mas, sinceramente, acho que Garrett e Hannah seriam padrinhos excelentes."

"Eles vão ter que disputar com Hope e Carin. Mas você já tá vetando o Logan?"

Meu olhar se volta para a tela. "Hum. Já."

Ela enfim abre um sorriso. "Tá legal, então como é que funciona essa competição?"

Suspiro. "É complicado. Desnecessariamente complicado."

"Isso não me surpreende nem um pouco", comenta, bem-humorada.

"Tem umas cinco categorias, acho. Cada uma é projetada para demonstrar uma habilidade educacional." Nossa. Nem acredito que estou falando isso. Bastou ter que ouvir a explicação ridícula de Logan. Mas repeti-la é como se eu estivesse endossando a maluquice.

Sabrina, no entanto, parece fascinada. "Quais são as categorias?"

Vasculho o cérebro. "Saber reconfortar. Demonstrar segurança sob pressão. Oferecer um bom sistema de apoio. Hum... finanças. E... merda, não lembro a última."

"E por que comprar um bichinho de pelúcia é um sinal de conforto?"

"Comprar? Princesa, aquele troço foi feito em casa. Eles arrumaram uns kits de 'faça seu próprio bichinho de pelúcia'."

Ela fica boquiaberta. "Ai, meu Deus. Quanta... dedicação."

"Eles são jogadores de hóquei. Dedicação está no nosso DNA."

"Como eles sabem quem ganhou? Eles vão recebendo pontos?"

"Tenho que escolher um vencedor pra cada categoria." Porque meus amigos me odeiam, aparentemente.

"E eles te mostraram cópias da declaração de imposto de renda para determinar quem ganha na categoria das finanças?", pergunta ela, irônica.

"Não. Mas essa deu empate, porque os dois vão jogar na liga profissional. Foi o mesmo com o sistema de apoio — de jeito nenhum eu ia escolher entre Hannah e Grace. Quero manter minhas bolas onde estão."

Ela ri. "Então, quem vai ganhar a categoria do saber reconfortar?"

"A menos que Garrett faça algo ainda mais medonho do que isso...", aponto o celular com meu polegar, "... tenho certeza de que vai ganhar essa rodada."

"Seus amigos são muito esquisitos, Tucker. Você sabe disso, não sabe?"

"Tô bem ciente disso." Hesito por um instante. "Ei, você vai trabalhar no correio amanhã à tarde?"

"Não. Por quê?"

"Achei que talvez pudesse passar lá em casa e me ajudar a empacotar algumas coisas. Os caras vão estar lá. Hannah e Grace também. Talvez Allie. Aluguei um caminhão, então todo mundo vai me ajudar a carregar os móveis que vou trazer pra cá." Acrescento, depressa: "Claro que não vou te deixar pegar nada pesado, mas acho que você poderia ajudar com as coisas leves, as roupas, por exemplo. Vamos pedir pizza, então vai ter comida...". Deixo a palavra *comida* no ar, sedutora, porque sei como o apetite dela tem estado voraz.

Mas Sabrina está franzindo a testa com relutância. "Tem certeza de que eles não vão se incomodar de eu aparecer?"

"Claro que não. Eles estão doidos pra te conhecer melhor. Wellsy estava reclamando outro dia que você nunca aparece por lá."

"Wellsy?", pergunta ela, sem entender.

"Hannah. O sobrenome dela é Wells, então Garrett a apelidou de Wellsy." E, de repente, fico incomodado com o fato de que estou com Sabrina desde novembro e ela não sabe quase nada sobre meus amigos mais chegados.

"Não sei, Tuck..."

"Por favor." Ofereço meu melhor sorriso pidão. "Ia significar muito pra mim."

"Ah." A expressão dela derrete como manteiga no sol. "Tá bom. Eu vou."

* * *

Sabrina mantém sua palavra e aparece na minha casa por volta das duas da tarde do dia seguinte. Na entrada da casa, quase é atropelada pelo colchão que Logan e Fitzy estão levando para o caminhão de mudança. O lugar está um caos.

Tiro-a da frente e dou um beijo bem nos seus lábios. "Oi, princesa. Obrigado por ter vindo."

Um rubor cobre seu rosto quando ela percebe que Hannah e Grace estão de pé logo atrás de mim e testemunharam o beijo. Eu, por outro lado, não estaria nem aí se elas tivessem me visto comendo Sabrina contra uma parede. Sabrina está linda pra cacete no vestidinho azul florido e o cabelo escuro puxado para trás num rabo de cavalo baixo. Nestes últimos dois meses, suas bochechas têm estado sempre coradas, comprovando aquela história do brilho da gravidez.

"Oi", diz, soando estranhamente tímida.

Apresento-a às meninas. Elas a cumprimentam de forma calorosa, e Sabrina logo retribui a simpatia. Ao que parece, já conhece Hannah da lanchonete, e Grace tem o hábito fofinho de tagarelar quando está nervosa, então, antes mesmo de as apresentações terminarem, já está despejando um monte de coisa em cima de Sabrina.

"Quer beber alguma coisa?", ofereço, guiando-a para a cozinha, e somos seguidos por Hannah e Grace.

"Não, estou bem. Só me dá uma tarefa pra fazer."

"A gente ia fazer uma pausa agora mesmo. Fitzy chegou mais cedo do que o planejado e tem que sair daqui a uma hora, então a gente já tirou todos os móveis do meu quarto. Só falta esvaziar o armário e as gavetas." Puxo uma cadeira. "Senta aí. Água?"

"Pode ser."

Hannah e Grace se juntam a ela na mesa, e não deixo de notar como conferem a barriga de Sabrina a todo instante. Ela está obviamente grávida, mas sua barriga ainda não está do tamanho de uma melancia. Talvez de uma bola de futebol americano.

De qualquer forma, é a minha filha ali dentro, e toda vez que penso nisso um orgulho me invade o peito. Minha filha. Meu Deus. A vida é estranha, imprevisível e simplesmente incrível.

"Como você tá?", Hannah pergunta a Sabrina. "Enjoando muito ainda?"

"Não, isso parou faz uns dois meses. Hoje em dia só me sinto cansada, com fome e precisando ir ao banheiro o tempo todo. Ah, e tá ficando cada vez mais difícil ver os meus pés. O que provavelmente é uma coisa boa, porque acho que eles estão tão inchados que já estão com o dobro do tamanho normal."

"Ah, tadinha", comenta Grace, condoída. "Mas pelo menos esse sofrimento todo vai ser recompensado quando você receber seu milagre lindo e bochechudo. É uma troca razoável, não?"

"Rá!" Sorri Sabrina. "Que tal eu te ligar às três da manhã, quando o meu milagre bochechudo estiver aos berros, e *aí* você me diz se é uma troca razoável."

Hannah ri. "É um bom argumento, Gracie."

Entrego um copo d'água a Sabrina e me recosto na bancada, sorrindo enquanto as meninas continuam a brincar sobre todas as coisas "maravilhosas" que Sabrina e eu vamos ter pela frente — sono atrasado, fraldas sujas, cólicas, dentição.

Na verdade, nada disso me assusta. Se você não tiver que dar duro por uma coisa, então como ela pode ser gratificante?

Ouço passos se aproximando da cozinha. Garrett aparece, enxugando o suor da testa. Quando percebe que Sabrina está aqui, se anima todo. "Ah, que bom que você chegou. Espera aí, tenho que pegar uma coisa."

Ela se vira para mim como se perguntasse: *Ele tá falando comigo?*

Mas meu amigo já saiu, e ouvimos seus passos ecoando nos degraus da escada.

Na mesa, Hannah passa a mão pelo cabelo e me lança um olhar suplicante. "Lembra que ele é o seu melhor amigo, tá?"

Isso não soa nada promissor.

Quando Garrett volta, está segurando um bloquinho de anotações e uma caneta, que pousa sobre a mesa na frente de Sabrina. "Tuck", diz. "Senta. É importante."

Estou tão confuso. A expressão resignada de Hannah não ajuda a diminuir a sensação.

Depois que me acomodo ao lado de Sabrina, Garrett abre o bloquinho, todo sério. "Certo. Vamos repassar os nomes."

Sabrina levanta uma sobrancelha para mim.

Dou de ombros, porque não tenho ideia do que ele está falando.

"Fiz uma lista sensacional. Acho que vocês vão gostar." Mas, quando fita a página, a decepção invade seu rosto. "Ah, merda. Não vamos poder usar nenhum dos nomes de menino."

"Espera." Sabrina levanta a mão, com a sobrancelha franzida. "Você tá escolhendo nomes pra nossa filha?"

Ele assente com a cabeça, ocupado, virando a página.

A mãe da minha filha me encara, boquiaberta.

Dou de ombros de novo.

"Só por curiosidade, quais eram os nomes de menino?", pergunta Grace, obviamente lutando contra um sorriso.

Ele se anima de novo. "Bem, a primeira opção era Garrett."

Rio alto o bastante para fazer o copo de Sabrina balançar. "Aham", digo, fazendo o jogo dele. "E qual era o segundo lugar?"

"Graham."

Hannah suspira.

"Mas tudo bem. Também tenho uns nomes de menina alucinantes." Ele bate com a caneta no bloquinho, ergue os olhos para nos encarar e profere duas sílabas: "Gigi".

Fico boquiaberto. "Tá maluco? Não vou chamar minha filha de Gigi."

Sabrina não consegue entender. "Por que Gigi?", pergunta, devagar.

Hannah suspira de novo.

O nome de repente provoca um estalo na minha cabeça. Ai, pelo amor de Deus.

"GG", murmuro para Sabrina. "As iniciais de Garrett Graham."

Ela fica em silêncio por um segundo. Então começa a rir, provocando risos em Grace e, por fim, em Hannah, que continua balançando a cabeça para o namorado.

"O que foi?", pergunta Garrett, na defensiva. "O padrinho tem direito a dar opinião no nome. Tá nas regras."

"Nas regras?", exclama Hannah. "Você que inventou essas regras!"

"E daí?"

"Além do mais, você não foi coroado padrinho ainda", ressalto, com um sorriso, assim que Fitzy e Logan aparecem na cozinha. Então aponto Logan com o polegar. "Esse idiota ainda tá na disputa."

"Na verdade..." Garrett sorri para nós. "Logan pulou fora."

Giro em minha cadeira para olhar para o nosso colega. "Desde quando?"

Logan fecha a cara na mesma hora. "Decidi sair do páreo", murmura ele. "É muita responsabilidade."

Isso provoca um riso de escárnio de Garrett. "Decidiu sair do páreo? É assim que a gente tá chamando agora?"

Logan olha feio para o amigo. "É assim que a gente tá chamando porque é a verdade."

"Ah, é?" Garrett fica de pé. "Já volto."

Ele sai da cozinha, e Sabrina e eu trocamos olhares intrigados. Ouço-o andando pela sala. Um instante depois, ele aparece de novo e sacode a mão na frente da cara de Logan.

"Então como você explica *isto*?"

Sabrina grita, horrorizada.

Mas eu estou curioso demais para saber por que Garrett está segurando uma boneca do tamanho de um recém-nascido.

Sem cabeça, diga-se de passagem.

"Você trouxe pra casa?" Logan parece indignado.

"Claro que trouxe. De que isso ia servir lá? Não tem cabeça, cara."

"Você trouxe isso de onde?", pergunto, com cuidado, embora não tenha certeza se quero saber a resposta.

"Reanimação cardiorrespiratória para recém-nascidos", explica Garrett. "Fizemos um curso no centro médico do campus hoje de manhã."

"Reanimação cardiorrespiratória para recém-nascidos?" Sabrina sacode a cabeça, atordoada.

"Era o teste para demonstrar segurança sob pressão." Garrett sorri, presunçoso. "E ele não passou. Já eu passei com honras, claro."

"É culpa minha que eu não conhecia minha própria força?", protesta Logan.

"É!", responde Garrett, numa crise de riso. "Isso é *totalmente* sua culpa." Ele levanta a boneca e mostra ao redor, divertindo-se. "Me diz onde fica o cérebro dela. Ah, não dá. Porque você decapitou a boneca."

Sabrina vira para mim. "A gente pode ir lá em cima empacotar umas coisas?"

"Vocês estão assustando a Sabrina", resmunga Hannah para os dois idiotas discutindo ao nosso lado. "Amor, tira essa boneca daqui. E, Logan, me lembra de nunca deixar você tomar conta dos meus futuros filhos." Com isso, ela se concentra em Sabrina. "Certo, deixando Gigi de lado um pouco, em que outros nomes vocês estão pensando?"

Sabrina e eu trocamos outro olhar. "Ainda não discutimos isso", admite ela.

"Tem algum nome em geral que você gosta?"

Sabrina pensa um pouco. "Gosto de Charlotte."

"Ah, adorei!", exclama Grace. "Charlotte Tucker. Soa bem."

"Charlotte James", corrige Sabrina.

Olho feio para ela. "O sobrenome vai ser Tucker."

"Não vai, não. Vai ser James."

"E que tal Tucker-James?", sugere Fitzy, enquanto pega uma cerveja na geladeira.

"Não", respondemos em uníssono. Não porque somos contra hifens, mas porque somos dois teimosos.

Não sabia que iria me sentir tão determinado a dar meu sobrenome para a minha filha, mas é assim que me sinto. Droga, se dependesse de mim, Sabrina também teria o meu sobrenome. Mas, para isso, a gente teria que se casar, o que significa que eu teria de pedi-la em casamento, e tenho certeza de que ela se mudaria para outro continente se eu fizesse isso. Podemos estar dormindo juntos de novo, mas sei que ela ainda está lutando contra a ideia de sermos um casal.

Por alguma razão, a boba pensa que tem que fazer tudo sozinha.

"Certo." Hannah sorri. "Que tal se a gente discutisse o primeiro nome só depois de vocês terem resolvido o problema do sobrenome?"

Parece uma boa ideia. A última coisa que quero é discutir com Sabrina na frente de todos os meus amigos. "Vamos lá pra cima empacotar alguma coisa", digo a Sabrina.

Assentindo, ela me permite ajudá-la a levantar da cadeira.

Em seu canto na bancada, Garrett parece triste. "Não acredito que você vai se mudar."

Reviro os olhos. "Vocês também vão."

"É, mas só daqui a duas semanas."

Noto que Logan também parece decepcionado com a perspectiva da minha partida hoje. Eles queriam fazer uma festa de despedida para mim, mas não deixei, porque tecnicamente isto não é um adeus. Só estou me mudando para Boston, que é onde os dois vão estar daqui a alguns meses, de qualquer forma.

Mas Dean está indo para Nova York. Ele desistiu da faculdade de direito e arrumou um emprego como professor numa escola preparatória. Allie conseguiu um papel num programa de TV que vai ser filmado em Manhattan, então acho que eles vão morar juntos.

Na verdade, estou ao mesmo tempo triste e aliviado por Dean estar indo morar em outro estado. Ele não foi exatamente solidário com a minha paternidade iminente, mas ainda é um dos meus melhores amigos, droga.

"Já decidiram quem vai ficar com a suíte?"

Garrett está falando com Fitzy agora, que encolhe os ombros tatuados. "Eu. Claro."

"Não sei, não", adverte Logan. "Hollis e o calouro vão brigar por ela."

Fitzy levanta uma sobrancelha e depois flexiona o bíceps enorme. "Eles que tentem."

Contenho o riso. Pois é, Hollis e Hunter não têm a menor chance contra Colin Fitzgerald. Mas, considerando como ele é um cara reservado, ainda estou surpreso que tenha concordado em dividir o aluguel da casa com os dois. Achei que iria procurar outro lugar só para ele, mas acho que Hollis conseguiu convencê-lo.

Sabrina e eu subimos até o segundo andar, onde dou uma conferida no meu quarto vazio. A cama já foi retirada, e não temos onde sentar. Vejo Sabrina esfregando a base das costas, então faço uma nota mental para não a deixar de pé por muito tempo.

"Certo", começa ela, decidida, ao abrir a porta do armário. "Vamos dobrar tudo bonitinho? Ou só jogar nas caixas de qualquer jeito?"

"Caixas? Que caixas?" Pego uma embalagem de sacos de lixo do chão. "As roupas vão aqui."

"Meu Deus. Só homem mesmo."

"E não é isso que eu sou?" Sorrindo, corro a mão pelo abdome e seguro o pau por cima da calça jeans. "Quer dar uma conferida para ter certeza?"

"Você me chamou aqui em cima pra empacotar suas coisas ou pra me comer?"

"Os dois?"

Ela gesticula para o quarto à nossa volta. "Não tem cama."

"Quem precisa de cama?"

"A pobre da grávida gorda aqui", responde Sabrina, sorrindo, num tom de autocrítica.

"Que tal se a gente fizer assim", contraponho. "Vamos empacotar tudo o mais rápido que a gente puder, aí eu te sigo de volta para Boston e nós dois podemos ir à loucura na sua cama grande e confortável."

Ela fica na ponta dos pés e planta um beijo nos meus lábios. "Combinado."

SABRINA

Estava nervosa de encontrar os amigos de Tucker, mas na verdade não tinha com que me preocupar, porque eles são demais. Hannah e Grace são ótimas de papo. Garrett e Logan são hilários e muito mais descontraídos do que eu imaginava. Quer dizer, os dois são jogadores de hóquei lindos de morrer. Eles não são todos supervaidosos como...

"A gente precisa conversar."

... como *esse* cara?

Fico rígida quando Dean Di Laurentis aparece na porta. Tucker acabou de sair para se despedir de Fitzy, me deixando para trás para esvaziar a última gaveta da cômoda por minha conta, mas paro tudo o que estou fazendo quando ele entra e fecha a porta atrás de si.

A simples visão dele me irrita. Não é justo um sujeito tão babaca ser tão ridiculamente atraente. Para ser sincera, Dean talvez seja o cara mais bonito que já vi fora de uma tela de cinema. É louro, tem um rosto esculpido de modelo e um corpo espetacular. E é charmoso pra burro — foi assim que me levou para a cama, para começo de conversa. Bem, isso e os três daiquiris que eu tinha bebido. Eu podia até ter saído com ele de novo, se não tivesse descoberto que estava dormindo com a nossa professora assistente em troca de notas boas.

"Ah, precisa, é?", resmungo. "Sobre o quê, hein, Richie?"

Ele estremece, como sempre faz quando uso o apelido debochado. Passei a chamá-lo de Richie Rich, aquele personagem do desenho *Riquinho*, depois que descobri que ele usa o dinheiro e a aparência para ir mais longe.

"Você sabe exatamente sobre o quê."

Franzo a testa. "Se está falando *disto*...", aponto minha barriga, "... então não temos nada a discutir. Minha bebê e eu não somos da sua conta."

"Tucker é da minha conta", diz, com frieza, cruzando os braços sobre o peito musculoso. "Sério, Sabrina, sempre soube que você era uma megera ambiciosa, mas não imaginei que fosse egoísta."

A raiva me sobe até a garganta. "Uau. Beau sempre tentou me convencer de que você era um cara decente, mas tá na cara que ele estava errado."

Dean bufa por entre os dentes. "Deixa o Beau fora disso. Estamos falando de você e de Tuck."

"Quer mesmo comprar uma briga com uma grávida agora? Porque vou logo avisando — meus hormônios estão uma loucura. Posso arrancar seus olhos fora."

Ele não parece se incomodar. "Você tá acabando com a vida do meu garoto. Acha mesmo que vou ficar aqui parado e deixar você fazer isso?"

Rangendo os dentes, fecho a gaveta com força e imito sua pose, apertando os braços sobre os seios inchados. "Tucker é adulto. E por acaso é também o pai desta criança. Se ele quer participar da criação dela, não posso impedi-lo."

A frustração turva sua expressão. "Isso vai acabar com a vida dele. Você não enxerga? Ele tá abrindo mão de tudo pelo que batalhou por causa de uma garota que nem o ama."

Meu queixo quase bate no chão. Como ele se atreve a me dizer uma coisa dessas?

"De onde você tirou que eu não o amo?", retruco, desafiadora.

"Se amasse, então já teria uma aliança no dedo. Tuck não faz as coisas pela metade. Ele te ama, você vai ter a filha dele — se ele achasse por um momento que você também o ama, vocês estariam no cartório se casando antes dessa criança nascer. Em vez disso, ele está indo morar em Boston, quando sempre falou desde o primeiro ano que ia voltar pro Texas..."

A culpa arde em minha garganta. Forte.

"E agora ele vai aceitar o primeiro trabalho que arrumar, em vez de abrir um negócio sobre o qual pesquisou e pensou com calma." Dean balança a cabeça. "Você não enxerga isso?"

Vacilo diante do argumento. Ele tem razão. Tucker não faz nada pela metade. E, no entanto, aqui está ele, indo morar com um cara de que mal gosta, considerando comprar franquias vagabundas pelas quais não tem o menor interesse, e tudo porque fiquei tão descontrolada de desejo uma noite que esqueci que "só a pontinha" pode ser tão eficiente em te engravidar quanto um cara gozando dentro você.

Ele está mudando a vida toda por mim. Está mudando seus objetivos, planos e estilo de vida para acomodar essa criança. E *eu* sou a responsável por isso.

Apesar da ameaça de arrancar os olhos de Dean fora, não me sinto mais tão indócil. Me sinto... arrasada.

Tão arrasada que não consigo conter o soluço. Tão arrasada que desmorono bem na frente do babaca do Dean Di Laurentis.

Desabo no chão e escondo o rosto nas mãos, chorando tanto que não consigo nem respirar. Arfo em busca de ar, enquanto lágrimas quentes deslizam pelas minhas bochechas e molham minhas palmas. Sou uma pilha de nervos confusa, trêmula, patética e grávida, e só quando sinto sua mão firme apertando meu ombro é que percebo que Dean está sentado no chão ao meu lado.

"Merda", murmura ele, soando tão indefeso quanto me sinto. "Não queria fazer você chorar."

"Eu mereço chorar", exclamo por entre soluços.

"Sabrina..." Ele segura meu ombro de novo.

"Não!" Me afasto do seu toque e o encaro com os olhos cheios de lágrimas. "Você tem razão, tá legal? Tô acabando com a vida dele! Acha que tô feliz com isso? Porque não tô!" Engulo em seco rapidamente, tentando me lembrar de como respirar. "Ele é gentil, cuidadoso, incrível e não merece ter o mundo virado de ponta-cabeça desse jeito! Ele devia estar fazendo todos esses planos agora e estar animado com a formatura e em começar um novo capítulo na vida, e em vez disso é *game over*, porra. O melhor cara do mundo tá preso comigo — *para sempre* — só por causa do que era pra ser um caso de uma noite só!"

Termino ofegante, limpando as lágrimas com violência. Ao meu lado, Dean parece total e absolutamente atordoado.

"Ah, merda", diz, afinal. "Você o ama."

Deixo a cabeça cair. "Amo."

"Mas não falou pra ele."

"Não."

"Por que não?"

"Porque..." Meu rosto se desfaz novamente. "Porque estou tentando tornar isto o mais fácil possível pra ele. Amor complica as coisas, e a merda já tá complicada o suficiente agora. E..."

"E o quê?", pergunta Dean.

E não sei se ele também me ama.

Às vezes, acho que sim, mas lá no fundo sempre tem uma pequena sombra de dúvida. Não sei ao certo se Tucker quer ficar comigo porque me ama ou porque acha que a gente tem que ficar junto pelo bem da criança.

"Não importa", digo, com a voz rouca. "Você tem razão. Este bebê está acabando com todos os planos dele." Limpo o rosto de novo. "O mínimo que posso fazer é tomar o cuidado de não estragar mais do que o necessário. Vou assumir a maior parte da responsabilidade. Isso vai dar bastante tempo para ele abrir um negócio que ama."

Dean hesita. "E Harvard?"

"Continua de pé." A amargura se junta à tristeza na minha garganta. "Não se preocupe, você vai ter mais três anos pra me odiar e me chamar de bruxa."

"Na verdade, não vou pra Harvard", confessa ele.

Franzo o cenho. "Desde quando?"

"Aceitei um emprego de professor numa escola particular em Manhattan." Ele dá de ombros. "Descobri que não quero estudar direito."

"Ah." Eu me pergunto por que Tucker não comentou sobre isso, mas acho que não chega a ser uma surpresa. Ele já admitiu que Dean não aceitou muito bem essa gravidez.

"Depois que o Beau morreu", começa, mas sua voz falha, e ele para e limpa a garganta. "Depois que ele morreu, eu meio que pirei por um tempo. Mas saí do buraco que cavei pra mim mesmo e fiz um balanço da minha vida, sabe?"

Concordo com a cabeça lentamente. Joanna Maxwell fez a mesma coisa. Eu também. A morte de Beau me fez perceber como a vida é importante, como pode ser curta. Pergunto-me se perder Beau foi um divisor de águas para todos que o conheciam e gostavam dele.

"Isso também mudou as coisas pra mim", confesso.

É a vez de Dean assentir. "Dá pra ver." Ele faz uma pausa, triste. "Às vezes, não acredito que a gente chegou a ficar. Parece que faz um milhão de anos."

Solto uma risada. "É."

"Você ama mesmo o Tuck, é?"

"Amo."

Ele deixa escapar um suspiro pesado. "Você tem que contar pra ele."

"Não." Engulo em seco. "E você também não vai dizer nada."

"Ele precisa saber..."

"Não", repito, mais firme desta vez. "É sério, Dean. Não conta nada pra ele. Você me deve isso."

Seus olhos brilham, bem-humorados. "Como assim?"

Ergo o queixo para ele. "Você não merecia aquele dez na aula de estatística do segundo ano."

"Ah. Então, ficar de boca fechada é meu castigo pela nota indevida?"

"Então você admite que não mereceu a nota!"

"Claro que admito." Seu tom se torna conturbado. "Vai por mim, fiz o que pude pro professor me reprovar."

"Mentira."

"Verdade. Depois que tirei dez no projeto que a gente fez junto e você ficou só com oito, percebi que a professora assistente tava mexendo nas minhas notas. Pedi pro professor rever todas as minhas provas e trabalhos, e acontece que eu devia ter reprovado a matéria."

"Meu Deus. Eu *sabia*." Mas não me sinto tão altiva sobre isso quanto imaginei que me sentiria. Minha rixa com Dean de repente soa incrivelmente banal. E, como ele disse, parece que aconteceu há um milhão de anos.

"Acontece que não reprovei", diz ele, com franqueza. "Sei que você acha que eu tava pegando a professora assistente por causa das notas...", ele me abre um sorriso, "... mas era porque ela tinha um peitão e uma bunda deliciosa."

Finjo arfar, antes de ficar séria de novo. "Por que você nunca me falou isso?"

Ele ri. "Porque não somos amigos."

Rio também. "Verdade." Penso por um instante. "Mas talvez a gente devesse concordar com um cessar-fogo."

"Meu Deus. Tem alguma vaca tossindo por aí?"

Sinto a vergonha arder na minha barriga. "Você é um dos melhores amigos do Tucker. Estou prestes a ter uma filha com ele. Faz sentido a gente tentar coexistir."

"Verdade", concorda.

Dean levanta do chão e estende a mão para mim.

Hesito por apenas um segundo antes de o deixar me ajudar a levantar. "Obrigada."

Um silêncio constrangedor cai sobre nós, e não tento quebrá-lo. Ainda acho que Dean não passa de um playboy superficial, e tenho certeza de que uma parte dele ainda pensa que sou uma bruxa. Mas a hostilidade se foi, e, embora a gente nunca vá virar melhores amigos, sei que Tucker vai gostar se eu fizer um esforço para me dar bem com Dean.

É o mínimo que posso fazer, considerando o quanto Tucker já sacrificou por *mim*.

29

SABRINA

Junho

"Caramba, bebês precisam de uma cacetada de coisa." Carin entra no meu quarto trazendo três bolsas. "Acho que a sua futura filha já tem mais coisa que a Hope."

"Impossível", diz o namorado de Hope, que foi encarregado de buscar um berço de segunda mão que encontramos num bazar em Dunham.

Ele e Tucker forçam as partes do berço para dentro do cômodo e fitam o pequeno ambiente.

"Vai caber tudo aqui?", pergunta D'Andre, na dúvida.

Esfrego minha barriga. Nada mais parece caber. Nem as minhas roupas. Nem meus sapatos. E, agora, nem o berço. Meu quarto é grande o suficiente para uma mesa e uma cama, mas não para uma mesa, uma cama e um berço.

Suspiro. "Acho que vou ter que tirar a mesa."

Tucker fica calado, mas vejo a frustração incendiar seus olhos por um momento. Já passamos por isso antes. Ele quer que eu me mude, mas estou me recusando.

Neste último mês, estabelecemos uma rotina agradável, na qual tenho feito exatamente o que disse a Dean que iria fazer — tentar facilitar a vida de Tuck.

Não peço nada a ele. Não o deixo pagar nem dividir o custo das coisas de criança que estou comprando. Não ligo no meio da noite, quando o bebê me acorda com os chutes e minhas costas estão latejando. E definitivamente não vou me comprometer a dividir um apartamento com ele. Eu jamais seria capaz de bancar algo decente e preciso me sustentar, ou isso nunca vai dar certo.

Ainda assim, pedir a John Tucker para não ajudar é igual pedir ao sol para não nascer. Ele vai a todas as consultas, massageia minhas costas e meus pés toda vez que estamos juntos no sofá, lê todos os livros sobre bebês que a gente consegue arrumar e está sempre me trazendo lanchinhos — um pote de sorvete, um pacote de Oreo com recheio duplo, um vidro de azeitonas. Parei de comentar meus desejos aleatórios em voz alta, porque bastava insinuar que alguma coisa parecia apetitosa e Tucker subia na caminhonete para ir ao supermercado.

"Onde você vai estudar?", pergunta Carin, preocupada.

D'Andre grunhe e tenta ajeitar o peso do berço.

"Na cozinha", respondo. Apontando para a porta do armário, peço aos rapazes para baixarem as peças. "Coloca aí por enquanto. Acho que a gente pode deixar a mesa na calçada e torcer para alguém pegar."

Enquanto os dois homens manobram as partes de berço para dentro do quarto, começo a limpar as gavetas, jogando papéis na cama. Carin vem me ajudar.

"Boa ideia esse bazar em Dunham", digo a Tucker. Foi sugestão dele passar nessa cidade chique a vinte minutos de Boston.

Ele dá de ombros como se não fosse nada demais. "Olhei uns imóveis lá, e o mais barato estava na casa dos seis dígitos. Imaginei que ia ter alguma coisa boa pra gente."

"O que você estava fazendo em Dunham?", pergunta D'Andre.

"Pesquisando negócios à venda. Quero comprar alguma coisa com o dinheiro do seguro do meu pai." Tucker se abaixa ao meu lado e começa a organizar as partes do berço.

"Encontrou alguma coisa interessante?"

"Um monte de franquias, mas nada que parecesse certo. Não consigo me ver preparando sanduíche pro resto da vida, mesmo com bons balancetes. Eu poderia comprar uns dois apartamentos pequenos pra alugar. Dá um bom fluxo de caixa."

D'Andre concorda. "Verdade. E você também ia poder cuidar da maior parte da manutenção. Que outras opções você acha que tem?"

"Na minha faixa de preço? Basicamente empresas pequenas. Tem algumas academias, um monte de restaurante e lanchonete, e mais algumas coisas que acho que são um desperdício de dinheiro."

"Tem que ser uma coisa que você goste."

"Pois é." Tucker fica de pé. "Vou buscar o resto das coisas na caminhonete."

Faço que sim, meio distraída, enquanto ele sai. Em dois tempos, esvaziamos a mesa. Hope e eu começamos a arrastá-la, mas D'Andre vem na minha direção e me afasta de lado.

"Tá maluca? Vai sentar ali, vai." Ele balança a cabeça. "Parece que é doida. Tá do tamanho de uma casa e ainda tenta fingir que não tá grávida", resmunga, mas sua voz é alta o suficiente para todo mundo no quarto ouvir.

De castigo, vou até a cama e começo a arrumar as compras. Vou ter que esvaziar o armário e as gavetas da cômoda, porque, como disse Carin, bebês precisam de uma cacetada de coisa. As fraldas já estão empilhadas no canto do armário — foram presente de Hope. Não consigo imaginar que vá usar tudo aquilo, embora os livros digam que é preciso trocar a fralda de seis a dez vezes por dia.

Os livros que achei no sebo são velhos, então imagino que algumas das informações estejam desatualizadas. Porque de seis a dez vezes por dia? Quem tem tempo para isso? Tucker tem alguns livros mais recentes, então posso comparar depois.

Hope se junta a mim na cama. "'Mais propensa a virar advogada, oitava série'." Ela faz uma careta. "Você era a diversão em pessoa quando criança, hein?"

Tiro o certificado idiota da sua mão. "Era péssima em ciências, mas não me importava em dizer para as pessoas exatamente o que pensava delas, então médica estava fora de cogitação, e advogada parecia bem mais verossímil."

"Acho que tá mais para apresentadora de programa de entrevistas, e não advogada." Ela desliza a mão por minha barriga. "Como está nossa bebê hoje?"

"Dormindo."

"Acorda ela, quero sentir o chute."

Hope está obcecada pela bebê. Toda vez que me vê, quer alisar minha barriga como se eu fosse a estátua do Buda da sorte num restaurante chinês.

Infelizmente para Hope, a neném e eu não estamos no mesmo ritmo. Quando estou me mexendo, ela dorme. Quando deito na cama, ela decide acordar. A dra. Laura disse que é porque meus movimentos ninam o bebê. Até aí tudo bem, mas isso não me ajuda a ter uma boa noite de sono, né?

"Como você quer que eu faça isso? Polichinelo?"

"Isso ia fazer a bebê cair? Tipo, se você estiver perto da data prevista para o parto, basta se sacudir até a criança sair?" Carin balança os braços como se fosse uma integrante da equipe de dança da Taylor Swift.

Encaro minha amiga. "Por favor, me diz que a sua pós-graduação não vai ser num campo importante da ciência."

Carin me mostra o dedo do meio e caminha pelo quarto até se abaixar e pegar uma das sacolas que enchemos no brechó beneficente. Ela despeja tudo no chão e começa a separar as roupas claras das coloridas. Decidimos que tínhamos que lavar tudo na água mais quente possível, por causa do cheiro de algumas das peças.

"Sabia que, quando o bebê começa a se mexer, isso se chama vivificação?", pergunta Hope.

Rio. "Então ela vai abrir a minha barriga com uma espada e dizer que só pode haver uma?"

"Talvez. Mulheres morrem no parto, né? O bebê é essencialmente um parasita. Ele vive dos seus nutrientes, suga a sua energia." Ela bate um cabide contra o lábio. "Então, sim, acho que o lema do Highlander se encaixa bem."

Carin e eu a encaramos, horrorizada. "Hope, dá pra calar a boca?", ordena Carin.

"Só estava dizendo que, do ponto de vista médico, é uma teoria possível. Aqui não, mas talvez em outros países menos desenvolvidos." Ela estende o braço e dá um tapinha na minha barriga. "Não se preocupe. Você tá segura. Você deveria ter comprado mais roupas de gestante", diz, mudando de assunto, embora eu ainda esteja digerindo a informação de que minha bebê é uma parasita.

Balanço a cabeça. "Não. Só tinha coisa horrível lá. Já pareço um barco. Não preciso ser um barco feio."

"Acho que, se estivesse grávida, só ia usar túnicas e robes, que nem a Lucille Ball", divaga Carin.

"Alguém ainda usa isso?", pergunta Hope.

"Pois devia."

Concordo com a cabeça, porque não tenho dúvida de que usaria alguma coisa assim por cima da calça jeans horrorosa com cintura branca expansível de poliéster. Sei que vou agradecer pela cintura expansível em algumas semanas, mas neste momento não estou ansiosa para aumentar de tamanho.

"Tentei me abaixar e tocar os dedos hoje de manhã", conto às meninas. "Me desequilibrei, bati a cabeça na mesa e ainda tive que chamar minha avó para me levantar. Estou literalmente do tamanho de um Oompa Loompa."

"Você é a Oompa Loompa mais bonita do mundo", declara Hope.

"Porque ela não é laranja."

"Os Oompa Loompas eram laranja?" Tento visualizá-los na cabeça, mas só lembro dos macacões brancos.

Carin franze os lábios. "Eles eram pra ser doces? Tipo balinha de laranja?"

"Eles eram esquilos", Hope nos informa.

"De jeito nenhum", nós duas exclamamos ao mesmo tempo.

"Claro que eram. Li isso numa embalagem de bala de caramelo, quando eu tinha dez anos. Era um 'Você sabia?', e eu tinha acabado de ver o filme. Passei anos morrendo de medo de esquilos depois disso."

"Que merda. Vivendo e aprendendo." Fico de pé, uma tarefa que hoje em dia exige certa quantidade de força da parte superior do meu corpo, e vou inspecionar o berço.

"Não acredito", Carin diz a Hope. "O filme é sobre doces. Se chama *A fantástica fábrica de chocolate*. Desde quando esquilo é doce? Se fosse coelho eu aceitava, sabe como é, tem o coelhinho da Páscoa, mas esquilo, não."

"Pode pesquisar. Tô certa."

"Você tá acabando com a minha infância." Carin se vira para mim. "Não faça isso com a sua filha."

"Ensinar pra ela que Oompa Loompas são esquilos?"

"É."

Hope ri. "A minha teoria sobre a maternidade é a seguinte: vamos errar. Feio. Várias e várias vezes. E nossos filhos vão precisar de terapia. O objetivo é reduzir a quantidade de terapia de que eles vão precisar."

"É uma perspectiva bem sinistra", observo. "Como é que essas partes se juntam? Tá faltando alguma coisa?" Tem duas cabeceiras iguais, mas as outras tábuas no chão parecem um monte de peças de Lego sem instrução.

Carin dá de ombros. "Sou uma cientista. Posso estimar o volume e a massa das peças, mas não vou me machucar tentando montar um berço."

D'Andre aparece na porta, o suor brilhando na pele escura. Nós três nos voltamos para ele com olhos suplicantes.

"Por que vocês estão me olhando assim?", indaga ele, desconfiado.

"Você consegue montar o berço de novo?", pergunto eu, esperançosa.

"E, se sim, você pode tirar a camiseta?", implora Carin.

D'Andre faz uma cara feia. "Você tem que parar de me tratar feito um pedaço de carne. Também tenho sentimentos."

Mas ele tira a camiseta mesmo assim, e todas nós agradecemos a Deus por criar um espécime como D'Andre, cujo peitoral parece esculpido em mármore.

Ele sorri. "Já basta?"

"Na verdade, não." Carin segura o queixo com uma das mãos. "Por que não tira essa bermuda também?"

Confesso que estou curiosa. D'Andre é um sujeito grande. Não sou contra conferir seu material.

Hope levanta a mão aberta. "Não, nada de striptease. A gente veio aqui ajudar a montar o berço. Amor, você acha que consegue?"

"Sou aluno de contabilidade", comenta ele. "Lembra? Sou bom com números e em levantar coisas. O Tucker monta. Ele tá lá fora convencendo algum estranho a levar a mesa." Em seguida, lança um olhar penetrante para a minha barriga. "Então, vamos esperar o seu homem."

"Ela não precisa de um homem", diz Hope. "Ela tem a gente."

"Então por que estou aqui?"

"Porque você me ama e não quer dormir no sofá", responde Hope, docemente.

"Aquilo não é um sofá, Hope. É um pedaço de madeira com espuma por cima."

Eu rio. O apartamento novo de Hope em Boston está cheio de coisas que ela arrumou no sótão da avó, que tem móveis suficientes para encher umas três casas.

"É um Saarinen original."

"Continua não sendo um sofá", insiste ele.

"Você senta nele. Ele tem três almofadas. Portanto, é um sofá." Ela faz um barulhinho zangado. Fim de papo. "Precisamos de um amigo engenheiro." Hope aponta o indicador para Carin. "Volta pra Briar e pega um aluno de engenharia."

"Tá bom, mas vou ter que transar com ele, então não vou voltar antes das...", ela finge olhar a hora, "... dez, mais ou menos."

"Todo mundo aqui tem diploma universitário", afirmo. "A gente é capaz."

Batendo palmas, chamo todo mundo para sentar no chão comigo. Depois de três tentativas de me abaixar — e de Hope e Carin quase fazerem xixi nas calças de tanto rir —, D'Andre fica com pena da gente e me ajuda a ficar de joelhos. É quando Tucker reaparece.

"Isso é algum ritual novo de fertilidade?", pergunta ele da porta, um ombro apoiado contra o batente. "Porque ela já está grávida, sabia?"

"Quer fazer o favor de ajudar, seu branquelo?", devolve D'Andre. "Isto é ridículo."

"O que é ridículo?" Tucker para ao meu lado, e aproveito para me recostar nas suas pernas. Até ajoelhar é difícil quando você está carregando quase quinze quilos a mais. "A gente desmontou. Como não vai conseguir remontar?"

D'Andre repete a desculpa anterior. "Sou aluno de contabilidade."

Tucker revira os olhos. "Você tem uma chave Allen?"

"Tá zombando da gente agora?", resmungo. "Não tenho chave nenhuma, ainda mais uma com nome."

Ele sorri. "Deixa comigo, princesa. Eu monto."

"Quero ajudar", Hope se voluntaria. "É que nem cirurgia, só que com madeira, e não gente."

"Deus nos proteja", murmura D'Andre.

"Anda." Carin me puxa pelo braço. "Vamos começar a lavar algumas das coisas que a gente comprou."

Tucker me dá um empurrão na bunda para eu ficar de pé, e me arrasto na direção de Carin.

"Como é não trabalhar de garçonete?", pergunta ela, a caminho da máquina de lavar.

"Estranho. É difícil arrumar um emprego por três meses que não envolva algum trabalho manual pesado. Fui a uma agência de trabalho temporário para ver se tinha alguma coisa, mas eles não foram muito otimistas. Aparentemente, grávidas não estão no topo da lista de candidatos."

"Então o Tucker não vai mais voltar pro Texas?"

"Não. Quer ficar perto da filha." Faço uma careta. "Mas a mãe dele... ele é tão grudado com ela. Acho que vai dar problema."

"Ai, não. Você não quer arranjar problema com uma sogra do Texas", adverte Carin. "Já cansei de ouvir Hope reclamando de ter que comer canjiquinha."

Eu também. Mas que opção eu tenho? "Então devo largar Harvard e me mudar pro Texas?"

"Não. Basta comer a maldita canjiquinha. Sempre que ela oferecer. Não importa o quanto isso te dê ânsia."

"Que mórbido."

"Já pensou no que você vai fazer com a neném quando estiver na aula?", pergunta ela, enchendo a máquina de lavar.

"Não sei ainda. Harvard não tem creche. Acho que vou tentar arrumar uma babá."

Pensar nisso tudo está me deixando estressada, mas não quero reclamar muito. Carin e Hope já estão se sentindo culpadas por não poderem ajudar mais, mas, sério, as duas têm mais com que se preocupar.

"E a sua avó?"

"Nossa. Você tinha que ter visto a cara dela quando pedi. Ela disse que já criou uma criança...", aponto o polegar para o meu peito, "... que não era dela, e que não ia cuidar de outra."

"Que pesado."

Voltamos para a cozinha e começamos a lavar as mamadeiras. "É pesado, mas é verdade. Não posso despejar essa carga nela."

"E o Tucker?" Carin sacode uma mamadeira lavada e põe no escorredor.

"O que tem ele?"

"Ele é o pai. Tem que ajudar. Você pode entrar na justiça para obrigá-lo a pagar pensão."

Meu queixo cai. "Não vou fazer isso. E ele *vai* ajudar." Faço uma pausa. "Até onde eu deixar."

Carin faz um barulhinho de reprovação. "Você é tão teimosa. Não precisa fazer tudo sozinha, S. Parece até que ele só fica com a parte boa. O que tá acontecendo entre vocês dois?"

Pego uma das mamadeiras lavadas e torço o bico, tentando me imaginar segurando a neném e a alimentando com uma dessas. "Ele nunca pensou em ficar aqui. Só está ficando por minha causa e por causa da bebê, e me sinto como se estivesse acabando com a vida dele."

Ela solta um riso de escárnio. "Ele também teve participação nisso. Você não é a Virgem Maria. Não foi concepção imaculada."

"Eu sei. Mas eu poderia ter abortado." Sinceramente, esse é um pensamento que me atormenta sempre que me pergunto como vou fazer isso funcionar.

"Mas não abortou, então para de ficar olhando pro passado."

"Eu sei", digo, de novo.

"Você sente alguma coisa por ele."

Estou ocupada em encontrar um lugar para as mamadeiras lavadas e as outras coisinhas de bebê. "Gosto dele."

"Pode falar a palavra que começa com A. Não vai te matar."

Irritada, olho para Carin. "Como se você fosse melhor, srta. Odeio Compromisso. Desde quando você sai falando para os caras que pega que está apaixonada por eles?"

"Desde nunca, mas não tenho medo disso que nem você."

"Não tenho medo." Tenho?

Ela revira os olhos.

"Tanto faz. Não importa. Tucker tá nessa porque ama a nossa filha, e, pra mim, isso basta."

Carin abre a boca para me repreender, mas Tucker aparece na cozinha antes que ela possa dizer qualquer coisa. "Pronta?", pergunta para mim.

Confiro a hora no relógio do micro-ondas. Merda. Era pra gente chegar vinte minutos antes da aula.

"Pronta. Vocês vão ter que ir embora", digo a Carin. "Tuck e eu vamos a uma aula de respiração."

Ela ergue a sobrancelha. "Pra quê?"

"Pra ajudar no trabalho de parto", explica Hope, entrando na cozinha com D'Andre na sua cola. Ela me dá um beijo na bochecha. "Depois liga pra gente, tá?"

"Tá. E obrigada pela ajuda. Todos vocês."

"Não precisa agradecer", diz Hope, e Carin e D'Andre assentem com a cabeça. "Estamos aqui pra você, S. Agora e sempre."

A emoção inunda a minha garganta. Não tenho nenhuma ideia de como arrumei amigos tão incríveis. Quem sou eu para reclamar de alguma coisa?

"Você não parece muito animada", comenta Tucker, vinte minutos depois. Ele abre a porta do centro comunitário para mim.

"E você tá?" Somos recebidos por uma plaquinha amarela decorada com balões. "Este processo é tão difícil que tenho que aprender a respirar? Não pode ser normal."

"Já viu algum daqueles vídeos no YouTube?"

"Deus, não. Não queria pirar. Você viu?"

"Alguns."

"E?"

Ele me oferece um polegar para baixo. "Não recomendo. Queria saber por que a gente diz que pessoas corajosas têm colhões, porque depois do segundo vídeo meus colhões tentaram se esconder dentro do meu corpo. Além do mais, meu histórico no YouTube foi oficialmente pro espaço."

"Rá. É por isso que não vi nenhum." Aponto o indicador para ele numa advertência. "Trate de ficar do lado da minha cabeça durante o parto ou você nunca mais vai querer fazer sexo comigo de novo."

"Até parece... Sou capaz de separar as duas coisas." Ele desliza a mão pela minha coluna até pousá-la em cima da bunda, que, como os seios, está cada vez maior. "Essa bunda foi feita para ser agarrada."

Antes que eu possa responder, uma senhora mais velha de cabelos encaracolados e vestindo uma saia comprida nas cores do arco-íris vem nos cumprimentar. "Bem-vindos à turma Amor em Gestação! Meu nome é Stacy!"

"John Tucker e Sabrina James." Tuck nos apresenta.

Mas Stacy não aperta sua mão. Em vez disso, faz um gesto de oração. "Por favor, escolham uma esteira."

"Isso vai ser hipponga demais pra mim", murmuro, a caminho das três fileiras de esteiras de ioga arrumadas no chão. A turma está praticamente cheia, mas encontramos uma esteira vazia no fundo da sala.

"É uma aula sobre respiração. Acho que isso é a definição de hippie." Tucker me ajuda a sentar. "Prefere que eu pratique te dar injeções?"

"Pode ser uma boa, hein?" Estou só brincando. Li que pode haver complicação com os medicamentos, e ainda não decidi se vou optar pela peridural.

As luzes se apagam, e Stacy caminha pela sala, as mãos ainda em postura de oração.

"Acho que ela sabe de alguma coisa que a gente nem desconfia", Tucker murmura no meu ouvido. "Por isso que não para de rezar."

"Ela sabe que nenhuma quantidade de meditação jamais vai eliminar a dor do parto."

O homem ao nosso lado pigarreia. Tucker ri baixinho, mas nós dois nos calamos.

Na frente da sala, Stacy liga um projetor. As palavras "Bem-vindos ao Amor em Gestação" aparecem. E então ela começa a ler o slide.

"Estamos aqui para guiá-los no processo do trabalho de parto. A mídia tradicional e as organizações de saúde promovem muito medo e paranoia, mas a verdade é que o parto não tem que ser uma experiência dolorosa. Hoje vamos começar a nossa viagem rumo a um parto alegre e agradável. Nas próximas três aulas vamos ajudá-los a canalizar seus sentimentos negativos, atraindo serenidade e afastando o medo."

"Isso é uma aula de respiração ou uma introdução para uma seita?", sussurra Tucker.

Seita. Definitivamente seita.

"Parceiros, ajudantes, fiquem atrás da mamãe."

"Já odeio essa mulher", resmungo quando ele se agacha atrás de mim.

"Porque ela te chamou de mamãe ou porque disse que o parto não é uma experiência dolorosa?"

Um homem algumas esteiras mais adiante ergue a mão. "Onde a gente põe a mão?"

"Ótima pergunta, Mark."

Ai, Deus, ela se lembra dos nomes de todos os alunos.

"Durante o parto, a posição adequada é na base das costas, mas hoje vamos nos concentrar em relaxar, então, por favor, coloquem as mãos nos ombros da sua parceira."

Ao meu lado, uma gestante anota tudo, como se essa hippie fosse o oráculo do parto e estivesse revelando os dez mandamentos da gestação.

"Se ela disser 'Vocês não têm nada a temer a não ser o próprio medo', a gente dá o fora daqui", digo, um pouco alto demais.

A aluna dedicada e seu parceiro igualmente sério me encaram. Uma gargalhada ameaça me escapar. Perturbar a paz numa aula de respiração dá cadeia?

Stacy aponta para a tela. "Primeiro vamos ver um pequeno vídeo com o padrão adequado de respiração, depois vamos praticar."

O vídeo consiste em cinco minutos de uma mulher ofegante, com os lábios contorcendo-se em formatos diferentes, enquanto seu parceiro conta.

"Acha que tem um bebê de verdade ali dentro ou é uma daquelas barrigas de espuma?", pergunta Tucker, apertando de leve os meus ombros.

"Espuma", respondo, na mesma hora. "Ela não tá nem suando. Suo até pra calçar os sapatos."

Ao final do vídeo, Stacy caminha pela sala para verificar nossa respiração. "Respira mais fundo, Sabrina. John, por favor, mais força nessa massagem. Coloca os dedos mais perto da nuca. O pescoço dela precisa de mais atenção."

Seus dedos percorrem a lateral do meu pescoço, provocando um gemido baixo em mim. Cara, que delícia. Acho que Stacy tinha razão. Eu estava mesmo precisando de mais atenção no pescoço.

"Muito bem, John", elogia Stacy. Ela ergue o rosto e fala para a turma toda. "Agora, quero que vocês pensem na sua memória favorita. Algo muito bom na sua vida. Fechem os olhos e tragam essa lembrança para o primeiro plano. Fixem essa imagem na sua tela mental."

"Estou visualizando que um de nós é um ciclope." A respiração de Tucker faz cócegas no meu ouvido, e começo a sentir coisas completamente inadequadas lá embaixo.

"Talvez o caolho seja o seu pau", contraponho.

O casal perto da gente bufa alto. Dessa vez, os ignoramos.

"Todo esse 'shhhh' está me lembrando da biblioteca." Seus lábios roçam a minha orelha. "Na verdade, é pior que a biblioteca, porque não tem mesa nenhuma para esconder a minha mão entrando na sua saia."

Me contorço. "Cala a boca."

"Ela me disse para voltar à minha memória favorita. A maioria delas envolve ou a minha cabeça de cima, ou a de baixo, entre as suas pernas."

"O importante", diz Stacy, levantando a voz e lançando um olhar aguçado em nossa direção, "é encontrar paz. Agora fechem os olhos e se imaginem no seu lugar feliz."

Tucker cantarola.

Tenho que admitir, todas as minhas boas memórias mais recentes também envolvem Tucker, mas este definitivamente não é o momento ou o lugar para ficar com tesão. Então invoco o brasão vermelho e tento canalizar a euforia de saber que passei para Harvard. Isso também foi uma lembrança boa.

"Parceiros, enquanto a mamãe está respirando, por favor, façam uma boa massagem no pescoço e nos ombros. Muitas mamães guardam a tensão ali. Não sejam delicados demais. Suas mamães são pilares da força. O vídeo a que vamos assistir agora é do nascimento em si."

Stacy aperta um botão no laptop ligado ao projetor. Uma imagem de um pegador de cozinha gigante aparece na tela. Bom, talvez não seja um *pegador de cozinha*, mas parece demais com um. A câmera se afasta, e vemos que o pegador está sendo manipulado por um médico de máscara. À medida que a cena se desenrola, um suspiro toma a sala.

Surgem as pernas abertas de uma mulher, e não é bonito. Cubro os olhos. As mãos de Tucker pressionam meu pescoço.

A voz alegre de Stacy narra a cena. "Ao verem os vídeos a seguir, lembrem-se de seu lugar feliz. O apetrecho utilizado não é um dispositivo de tortura, e sim um fórceps. Se você não for capaz de empurrar com força o suficiente, seu médico vai ter que usar isso para puxar o bebê do útero, o que pode afetar a forma da cabeça do seu filho e possivelmente levar a danos cerebrais. Continuem respirando, mamães. Parceiros, continuem a massagem. Isto é o que vai acontecer se você não conseguir dominar a sua dor. Lembrem-se de que a sua mente controla o resultado."

Outro suspiro coletivo toma a sala quando a tela mostra um bisturi cortando a carne de uma mulher.

Tucker me aperta mais forte.

"Você tá me sufocando", murmuro.

Ele não me solta. Na verdade, acho que só aperta ainda mais.

"E aqui temos uma cesárea. Quando a barriga for cortada, a criança vai fugir da luz. O médico tem que enfiar a mão e tirar o bebê para fora. Mais uma vez, se você for incapaz de fazer seu dever como mãe e empurrar seu bebê pelo canal vaginal, seu médico vai ser forçado a arrancá-lo a força."

Puxo os dedos de Tucker. "Você tá me sufocando", repito.

Stacy passa para outra cena. Um jato de líquido, sangue e *aquilo é merda?* jorra da mulher na maca.

"Esta é a coisa mais natural do universo, como os nascimentos que ocorrem na natureza podem comprovar", diz ela, com uma voz sonhadora.

O que se segue é uma sequência de partos sangrentos de diferentes mamíferos.

Agarro o dedo médio de Tucker e puxo o mais forte que posso.

"O que foi?", pergunta ele, afastando-se na mesma hora.

"Você tava me sufocando!", reclamo.

"Achei que você tinha dito 'você tá brincando'!"

Olhamos um para o outro, tomados tanto pelo horror quanto pela hilaridade da situação.

"A comunicação é sempre a chave", cantarola Stacy lá na frente.

O riso vence. Tucker e eu desabamos um contra o outro. Não conseguimos parar de rir, e, depois de alguns segundos chamando nossos nomes e batendo palmas em busca de atenção, Stacy finalmente nos pede para sair.

30

TUCKER

Quatro de julho

"Numa escala de um a 'estou prestes a pular deste carro em movimento', o quanto você diria que está pirando agora?"

Sabrina desvia o olhar da janela num sobressalto. Estava fitando a paisagem de Boston como se nunca tivesse visto antes, embora tenha morado aqui a vida inteira.

"Dá pra ver que estou ansiosa?" Ela faz uma careta, achatando os lábios carnudos.

"Seus dedos estão brancos, então ou você está sofrendo de uma condição grave que precisa de cuidados médicos imediatos, ou está cortando o fluxo de sangue intencionalmente."

De canto de olho, vejo-a desenrolar os dedos devagar até eles estarem esticados e rosados de novo.

"Nunca conheci os pais de um namorado antes", admite, brincando com os botões do rádio.

"Ainda bem que só tem a minha mãe", brinco. Então assimilo suas palavras. "Espera, nunca?"

Lembro que ela me disse que nunca teve um namorado antes, mas achei que estivesse falando da faculdade. Sabrina é linda. Se a conhecesse no colégio, teria batido cartão na frente do seu armário todos os dias até ela concordar em sair comigo.

Agora tudo faz sentido, o motivo pelo qual está tão à flor da pele desde que eu disse que minha mãe vinha conhecê-la. Primeiro, eu e Sabrina pensamos em ir para o Texas, mas pagar duas passagens de avião e um aluguel de carro não fazia sentido, mesmo que minha mãe tivesse que remarcar alguns compromissos. Além do mais, várias companhias aéreas se recusam a levar mulheres grávidas. Acho que não gostam muito da ideia de partos a bordo.

A vantagem de ficar em Boston é que posso trabalhar neste feriado e ganhar um pouco daquela hora extra de que Sabrina sempre se gabava. Tenho trabalhado meio período numa equipe de construção da cidade e estou ganhando um dinheiro razoável, o que é ótimo, porque estou tentando não usar minhas economias, a menos que realmente precise.

"Já falei", murmura Sabrina no banco do passageiro. "Nunca tive namorado."

Abandonando o rádio, ela se recosta com um suspiro. A barriga está grande o suficiente para que não consiga mais cruzar os braços, a menos que os apoie no abdome. Que não é uma prateleira, segundo ela mais de uma vez já me lembrou.

"Achei que você tava falando da faculdade. Os meninos do seu colégio eram cegos, surdos e mudos?"

"Não. Eles vinham atrás de mim, mas eu não tinha tempo pra eles." Ela massageia distraída a curva da barriga.

Toda vez que olho para ela, fico impressionado mais uma vez com o fato de que minha filha está dentro do seu corpo. O que também me deixa com tesão pra caralho. Graças a Deus estamos transando regularmente de novo.

"Eu estava o tempo todo correndo atrás do dinheiro da bolsa", continua ela. "Trabalhei quase que em tempo integral no correio desde que tinha dezesseis anos. No verão, trabalhava de garçonete à noite e no correio de dia. Homens eram... desnecessários. Tirando 'você sabe pra quê'", ela aponta vagamente para a virilha. "Além do mais, eles não sabiam usar o equipamento direito na escola. Eu ficava melhor por conta própria em casa."

Meu pau se contrai debaixo do zíper. A ideia de Sabrina brincando consigo mesma me deixa tonto, e tenho que esperar um pouco até o sangue voltar ao meu cérebro.

"E você? Namorava muito na época do colégio? Era o ídolo da turma?", brinca ela.

"Não. Namorei três meninas. E os ídolos no Texas sempre são jogadores de futebol americano."

"Você não jogava futebol?"

"Só até o nono ano. Jogava hóquei o ano inteiro. O rinque do treinador Mort ficava uma hora ao norte da cidade, e eu dirigia até lá praticamente todo dia."

"Então me conta dessas três meninas."

"Tá tão desesperada por uma distração?"

"Tô", responde, ansiosa.

Tamborilo os dedos contra o volante, vasculhando minhas memórias empoeiradas. "Na sétima série, eu namorava Emma Hopkins, até ela ser convidada para o baile da escola por um cara do nono ano. Depois disso, ela passou a se interessar só por homens mais velhos."

"Fascinante. Conta mais."

Sorrio. Posso sofrer um pouco de humilhação pessoal, se isso a ajudar a não se preocupar com o encontro com minha mãe.

"No nono ano, eu era louco por June Anderson. Fazíamos quase todas as matérias juntos, mas o diferencial era que ela conseguia dar um nó num talo de cereja com a língua. Na nona série, isso era quase equivalente a atravessar o Grand Canyon numa corda bamba."

Sabrina ri. "Acho que para alguns caras continua sendo um dos maiores feitos da humanidade. Aposto que, para Brody, é pré-requisito para ficar com ele."

Seu tom de desprezo não passa despercebido. O dia em que Sabrina conheceu Brody não deu muito certo. Começou com ele sugerindo que o parto ia deixá-la toda arrombada, e terminou com ela respondendo que, independentemente de como o seu parque de diversões ficasse depois do parto, ele ainda não estaria convidado para um passeio.

"O cara é um babaca completo", resmunga ela. "É muito ruim morar com ele?"

É.

"Já tive colegas melhores." Melancólico, penso nos tempos maravilhosos da faculdade, com Dean, Logan e Garrett.

Meu problema com Brody não é que ele é um tarado que corre atrás de mulher do momento em que acorda até o instante em que vai dormir.

Quer dizer, meus antigos colegas de república pegavam geral. Até eu tive minha cota de diversão, incluindo uma noite a quatro regada a bebida, numa véspera de Ano-Novo muito louca. É difícil não perder um pouco a cabeça quando você joga hóquei no nível que a gente jogava. Tinha um fluxo ininterrupto de meninas na nossa casa.

E, mesmo tendo experimentado três pares de seios se esfregando em mim e três línguas no meu pau, não hesitaria nem por um momento em escolher Sabrina em vez de uma orgia embriagada. Só que isso não é algo que eu possa dizer, mesmo que as três garotas juntas jamais cheguem aos pés dela.

O problema de Brody é que ele não tem o menor respeito pelo sexo oposto.

"Ele se recusa mesmo a tirar selfies com garotas, ou tava inventando aquilo pra me encher?", pergunta Sabrina.

"Não, ele tava falando sério. Acha que fotos dele de bochecha colada com uma menina podem acabar com possíveis transas futuras. Selfies são um sinal de compromisso." Ele discorreu longamente sobre o tema depois de me instruir a manter a minha conta do Tinder ativa e não contar para ninguém que ia ter uma filha.

"Eca. Ele é tão nojento."

"Abri uma conta falsa no Instagram só pra perturbar. Toda vez que ele posta alguma coisa, espero um ou dois dias e escrevo um comentário sobre como é legal que ele e o meu avô têm a mesma camisa. Já fiz isso duas vezes e, nas duas, vi quando ele jogou a camisa no triturador de lixo do apartamento."

Sabrina joga a cabeça para trás e gargalha. "Mentira!"

"Ei, todo mundo tem o direito de se divertir, né? Eu me divirto fazendo elogios às avessas para o Brody no Instagram e sufocando a mãe da minha filha na aula de respiração."

Ela ri ainda mais alto, a barriga pulando para cima e para baixo. Estendo o braço e acaricio a curva eu mesmo. É bom vê-la rindo de novo.

"Minha mãe vai amar você", asseguro. "Pode apostar."

Minha mãe odeia Sabrina.

Ou pelo menos está fazendo um bom trabalho em esconder o seu amor. O primeiro encontro não foi tão ruim. Pegamos minha mãe no Holiday Inn e a levamos até o meu apartamento, que felizmente está livre de Brody no momento. Ele e Hollis estão passando o feriado com a família em New Hampshire.

Durante o trajeto, minha mãe e Sabrina trocaram algumas palavras, meio sem jeito, mas a tensão foi administrável.

Agora, a tensão está quase me sufocando.

"Onde você mora, Sabrina?", minha mãe pergunta, enquanto examina meu apartamento de dois quartos.

"Com minha avó e meu padrasto."

"Hum."

Sabrina estremece diante da óbvia desaprovação.

Lanço um olhar irritado para minha mãe. "Sabrina tá economizando para não ficar com uma dívida muito alta quando terminar a faculdade de direito."

Mamãe levanta uma sobrancelha. "E qual vai ser o tamanho dessa dívida?"

"Enorme", brinca Sabrina.

"Espero que não esteja esperando que John pague por isso."

"Claro que não", exclama Sabrina.

"Mãe!", digo ao mesmo tempo.

"O que foi? Estou pensando em você, meu filho. Assim como você vai pensar na sua filha." Ela inclina a cabeça em direção à barriga de Sabrina.

Sabrina oferece um sorriso contido e muda de assunto. "Queria poder ter ido a Patterson. Aposto que é um ótimo lugar para criar filhos. Você com certeza fez um trabalho incrível com Tucker."

Cada palavra transborda sinceridade, e até minha mãe é capaz de detectar isso. Felizmente, suaviza um pouco o tom. "Sim, é um lugar maravilhoso. E eles fazem um piquenique delicioso no Quatro de Julho. Este ano, quem organizou foi Emma Hopkins."

"Sua antiga namorada, Tuck", brinca Sabrina, a caminho da geladeira. "A gente deveria ter se esforçado mais pra ir."

"A companhia aérea não deixou. Além do mais, a gente pode beber e soltar foguete aqui, e vai ser tão divertido quanto se estivéssemos lá", digo, secamente. "Falando em beber — mãe, quer uma taça de vinho?"

"Tinto, por favor", responde ela, acomodando-se num banquinho diante da bancada.

Sabrina pega os pastéis de carne que preparou com carinho hoje mais cedo. Posso muito bem cozinhar, mas ela não me deixou levantar um dedo. Fez tudo, da salada de batata ao feijão branco no molho de tomate.

Conseguimos chegar à metade do jantar sem nenhuma hostilidade, com Sabrina fazendo uma tonelada de perguntas sobre Patterson, o salão da minha mãe e até sobre o meu pai. É a parte sobre o meu pai que destrava a língua da minha mãe.

"Ele falou que o carro tinha quebrado, mas não acredito", declara, entre garfadas do hambúrguer.

Sabrina arregala os olhos. "Você acha que ele mentiu pra poder ficar lá e te conhecer?"

Minha mãe sorri. "Eu não acho. Tenho certeza."

Já ouvi essa história mil vezes, mas ela continua tão divertida quanto sempre. Mais do que isso, na verdade, porque desta vez é Sabrina que está ouvindo, e ela não acredita no amor. Mas a devoção da minha mãe pelo meu pai é inegável.

"John Senior, o pai de Tucker, admitiu quando fiquei grávida. Ele disse que tirou a vela de ignição do carro e que teve a ideia vendo *A noviça rebelde* com a mãe. Perguntei até pro Bill — o mecânico da cidade —, e ele confirmou que a única coisa de errado com o carro do John era que estava faltando uma peça."

"É a história mais romântica que já ouvi."

Não deixo de notar que Sabrina está empurrando a salada no prato. No geral, ela conseguiu disfarçar bem o nervosismo, mas a falta de apetite é uma evidência clara. Decido que vou fazer um prato para ela depois de lavar a louça.

"Sinto muito pela sua perda", acrescenta Sabrina, num tom suave e de compaixão.

"Obrigada, querida."

Sorrio para mim mesmo. Mamãe sem dúvida se derreteu.

Sabrina se vira para mim. "Quantos anos você tinha quando seu pai morreu? Três ou quatro?"

"Três", confirmo, enfiando uma garfada de batata na boca.

"Tão novo." Ela acaricia a barriga, distraída.

"Você não sabia?", interrompe minha mãe, a frieza de volta à voz.

"Não. Sabia", se atrapalha Sabrina. "Só tinha esquecido a idade exata."

"Vocês dois conversam sobre algo importante ou é só uma coisa física? Porque com certeza não dá pra criar uma criança só com luxúria."

"Mãe", digo, bruscamente. "A gente conversa sobre coisas importantes."

"Vocês vão morar juntos? Como vão dividir as finanças? Quem vai cuidar da sua filha quando você estiver na aula?"

Sabrina está com uma expressão ansiosa nos olhos. "Eu... eu... Minha avó vai ajudar."

"John disse que ela não ficou muito feliz com a ideia. Não sei se um responsável relutante é uma boa opção."

Sabrina lança um olhar de traição na minha direção.

"Eu disse que a gente não sabe que tipo de ajuda ela vai poder oferecer." Baixo o garfo. "Vai dar tudo certo." Digo isso para as duas, mas nenhuma delas encara muito bem.

"Não dá pra criar uma criança no improviso, John. Eu sei que você quer fazer a coisa certa. Você sempre faz, mas, neste caso, se vocês dois não puderem cuidar dela, é melhor pensar em outras opções. Já pensaram em colocar para adoção?"

Sabrina fica pálida com o insulto implícito de que não é capaz de ser mãe.

Estendo a mão para ela. "Sabrina, vai dar tudo certo..."

Mas ela já está correndo para fora da cozinha, um soluço preso na garganta, enquanto murmura algo que soa como *banheiro* e *desculpa*. Seus pés se chocam contra o piso de madeira, correndo mais depressa do que uma grávida de oito meses deveria.

Pulo da cadeira. "Sabrina..."

"Dá um tempo pra ela", diz minha mãe atrás de mim.

A porta bate, e estremeço diante do estrondo. Corro na direção do corredor, mas paro no meio da cozinha e me viro para minha mãe.

"Sabrina é uma boa pessoa", digo, rispidamente. "E ela vai ser uma ótima mãe. E, mesmo que fosse a pior, você ia ter que aceitá-la, porque aquela criança na barriga dela é metade de mim."

Desta vez é a minha mãe que empalidece. "Isso é uma ameaça?" Sua voz treme.

Corro os dedos agitados pelo cabelo. "Não. Mas não tem nenhuma necessidade de estarmos de lados opostos do rinque aqui. Estamos todos no mesmo time."

Minha mãe ergue o queixo num desafio. "Só vendo pra crer."

Decepcionado, balanço a cabeça e sigo até o corredor, para ver se Sabrina quer falar comigo.

Ela abre a porta do banheiro com os olhos vermelhos. "Desculpa sair correndo desse jeito."

"Tá tudo bem, princesa." Empurro-a mais para dentro e fecho a porta atrás de mim. Ela me deixa abraçá-la —o máximo que conseguimos com uma bola de boliche entre nós. "Você vai ser uma ótima mãe. Acredito em você."

Seu corpo parece frágil, apesar do peso que ganhou. "Não fica com raiva da sua mãe", sussurra ela em meu peito. "Ela tá tentando te proteger. Ela só quer o melhor pra você. Sei disso."

"Ela vai mudar de ideia." Mas soo muito mais confiante do que me sinto.

31

TUCKER

Agosto

"Ai, meu Deus! Ai, meu Deus! Brody! Assim! Assim, assim! Bem aí, gato! Ai, meu Deeeeeeeeus!"

Nem o volume da televisão no máximo é capaz de conter os ruídos sexuais saindo do quarto de Brody. Se tivesse um alicate comigo, arrancava as orelhas fora para não ter mais que ouvir. Infelizmente, Brody nem tem uma caixa de ferramentas — descobri isso quando me mudei e procurei uma para consertar a torneira da cozinha que estava vazando. Brody deu de ombros e disse: "As coisas vazam, cara. A vida nem sempre te dá ferramentas".

Pensei em responder que sim, a vida te dá as ferramentas — basta ir numa porcaria de uma loja comprar. Mas discutir com a lógica de Brody é um exercício de futilidade.

Não sei mais quanto tempo vou aguentar. É impossível conviver com o irmão de Hollis. Cada noite é uma mulher nova e, ou elas são atrizes pornô ou são muito boas em expressar o que gostam, amam e *adoram* na cama. Ele deixa toalha molhada no chão do banheiro. E seu conceito de cozinhar é pôr uma pizza congelada no forno, dizer que ainda tá com fome e pedir uma pizza de verdade.

"Ai, Deus, isso! Mais forte!"

"Assim?"

"Mais forte!"

"Isso, sua safada!"

Deus do céu. Odeio este apartamento com todas as minhas forças.

Levanto do sofá e vou até a porta, mandando uma mensagem para Sabrina enquanto calço um chinelo.

Eu: *Oi, linda, quer uma massagem?*

Ela deve estar com o telefone à mão, porque responde na mesma hora.

Ela: *Hj não. Ray tá c/ os amigos do pôquer aqui, e estão todos meio bêbados.*

Fecho a cara para a tela. Droga, não suporto que ela ainda esteja naquela casa com aquele cara nojento. Mas toda vez que toco na ideia de morarmos juntos Sabrina me dispensa. E ela tem estado meio distante desde que minha mãe voltou para o Texas.

Amo a minha mãe de paixão, mas, para ser sincero, estou chateado com ela. Entendo que esteja preocupada comigo e que pense que ter um filho na minha idade é uma ideia terrível, mas não gostei do jeito como interrogou Sabrina. E não foi só no primeiro dia. A visita inteira foi marcada por comentários sarcásticos e uma censura velada. Acho que Sabrina estava se sentindo derrotada depois que minha mãe foi embora, e não sei se posso culpá-la.

Mando outra mensagem.

Eu: *Sério? Não gosto da ideia de vc perto d um monte d bêbados. A data prevista é daqui a 4 dias. Vc precisa estar c/ adultos responsáveis.*

Ela: *Não se preocupa. Vovó está sóbria como uma freira. Ela não bebe, lembra?*

Pelo menos isso. Ainda assim, odeio não estar lá com ela.

"Aaaaahhhhhh! Vou gozaaaaaar!"

Já chega. Não posso ficar nem mais um segundo aqui, ouvindo Brody Hollis transar.

Enfiando celular e carteira no bolso, saio do apartamento e pego o elevador até o térreo. Já passam das nove, então o sol de agosto já se pôs e uma brisa agradável acaricia meu rosto quando saio para a rua.

Caminho pela calçada sem um destino em mente além de *fora de casa*. Com o trabalho de meio período, a visita da minha mãe e as idas e vindas levando Sabrina para algum lugar, ainda não tive a chance de explorar a fundo meu bairro novo. É o que faço agora, e descubro que não é tão carente quanto eu tinha imaginado.

Passo por vários cafés com varandas simpáticas, alguns prédios comerciais baixos e respeitáveis, vários salões de beleza e uma barbearia que decido conferir um dia desses. Acabo diante de um bar de esquina, admirando a fachada de tijolos vermelhos, o pequeno pátio externo cercado por uma grade de ferro forjado e o toldo verde sobre a porta.

O letreiro é antigo, antiquado e está um pouco torto. Diz "Paddy's Dive" e, quando passo pela porta de madeira com seu rangido característico, encontro um bar tradicional. O lugar é maior do que parecia por fora, mas tudo aqui aparenta ter sido feito, comprado e usado nos anos 1970.

Tirando um pinguço na ponta do balcão comprido, o local está vazio. Numa sexta à noite. Em Boston. Nunca fui a um bar que não estivesse lotado numa sexta à noite.

"Vai querer o quê?", pergunta o homem atrás do balcão. Tem uns sessenta e poucos anos, uma faixa de cabelos brancos na cabeça, a pele enrugada e bronzeada e vincos de exaustão ao redor dos olhos.

"Pode ser..." Faço uma pausa, percebendo que não estou no clima de beber álcool. "Um café", termino.

Ele dá uma piscadinha. "Vivendo no limite, hein, filho?"

Rindo, sento num dos bancos altos de vinil e entrelaço as mãos sobre o balcão. Opa, má ideia tocar este balcão. A madeira está tão velha que tenho certeza de que acabei de sentir uma farpa.

Distraído, tiro a lasquinha de madeira do polegar enquanto espero o barman trazer meu pedido. Quando ele pousa uma xícara de café na minha frente, agradeço e dou uma olhada à minha volta.

"Pouco movimento, hoje?", pergunto.

Ele sorri com ironia. "Pouco movimento nesta década."

"Ah. Sinto muito."

Mas vejo o motivo. Tudo neste bar está desatualizado. A jukebox é do tipo que ainda precisa de moedas — quem ainda usa moeda? Os alvos para dardos estão com furos tão grandes que acho que nem seguram mais um dardo. O estofado das cadeiras está esfarrapado. As mesas, tortas. O chão parece que vai desabar a qualquer momento.

E não tem televisão. Que tipo de bar não tem televisão?

No entanto, apesar de todas as falhas e desvantagens óbvias, vejo potencial no lugar. A localização é incrível, e, dentro, o teto é bem alto com as vigas expostas e painéis de madeira belíssimos nas paredes. Basta dar uma renovada e modernizar algumas coisas, e o proprietário poderia transformar este estabelecimento.

Dou um gole no café, estudando o barman por sobre a xícara. "Você é o dono?"

"Claro."

Hesito por um segundo. Então baixo a xícara e pergunto: "Já pensou em vender?"

"Na verdade, estou..."

Meu telefone toca antes que ele possa terminar. "Desculpa", digo às pressas, enfiando a mão bolso. Quando vejo o nome de Sabrina, fico na mesma hora em estado de alerta. "Preciso atender. É a minha namorada."

O homem mais velho sorri com conhecimento de causa e se afasta. "À vontade."

Atendo à chamada e levo o telefone ao ouvido. "Oi, princesa. Tudo bem?"

"Não! Não tá nada bem!"

Seu grito quase destrói meus tímpanos. A angústia em sua voz faz meu pulso disparar em pânico.

"O que foi? Você tá bem?" Será que o filho da puta do Ray encostou a mão nela?

"Não", geme ela, e então há um suspiro de dor. "Não tô bem. A bolsa acabou de estourar!"

32

TUCKER

Não tem sentimento pior neste mundo do que ver a mulher que você ama sentindo dor e ser incapaz de fazer alguma coisa a respeito.

Nas últimas oito horas, tenho sido tão útil quanto um peixe fora d'água. Ou um peixe *dentro* d'água, porque que merda os peixes têm pra nos oferecer?

Toda vez que tento incentivar Sabrina a fazer sua respiração, ela me olha como se eu tivesse matado seu bichinho querido de estimação. Quando ofereço uns pedacinhos de gelo para mastigar, ela me diz para enfiar na bunda. A única vez em que espiei as partes femininas de Sabrina por cima do ombro da dra. Laura, ela me disse que ia quebrar meu taco de hóquei ao meio e me apunhalar com ele se eu fizesse isso de novo.

Esta é a mãe da minha filha, senhoras e senhores.

"Quatro centímetros de dilatação", informa a dra. Laura na última checagem. "Ainda falta muito, mas as coisas estão progredindo bem."

"Por que está demorando tanto?", pergunto, preocupado. "Faz horas que a bolsa estourou." Oito horas e seis minutos, para ser exato.

"Algumas mulheres dão à luz logo depois de a bolsa estourar. Algumas só começam a ter contrações lá para quarenta e oito horas depois. Cada parto é de um jeito." Ela dá um tapinha no meu ombro. "Não se preocupe. Vai dar tudo certo. Sabrina, se a dor piorar muito, fale com a enfermeira, e a gente prepara a peridural. Mas não espere muito. Se o bebê tiver descido muito no canal de parto, não vai ser bom. Daqui a pouco eu volto para ver como você está."

"Obrigada, doutora." O tom de Sabrina é doce feito açúcar, provavelmente porque a dra. Laura é quem controla as drogas.

E, sim, no segundo em que a médica vai embora, o sorriso desaparece do rosto da minha garota e ela me fulmina com os olhos. "Foi *você* que fez isso comigo", rosna. "Você!"

Luto contra uma gargalhada. "Precisa de duas pessoas para procriar, princesa. Pelo menos de acordo com a ciência."

"Não se atreva a falar de ciência! Você tem noção do que tá acontecendo com o meu corpo agora? Eu..." Um ganido escapa de sua garganta. "Nãããão! Ai, Tuck, outra contração."

Me ponho em ação, massageando a base das suas costas do jeito que Stacy, a hippie, ensinou. Mando-a respirar e conto as respirações, enquanto tomo o cuidado de conferir o monitor ligado a ela, que mede e cronometra as contrações.

Esta passa depressa, e a próxima demora a vir, o que me desanima. Fiz minhas pesquisas sobre o trabalho de parto, e parece que Sabrina ainda está nos estágios iniciais. Ela nem chegou ainda ao trabalho de parto ativo, e peço a Deus que esse bebê não leve dias para aparecer.

"Dói", reclama, depois que termina outra contração. Seu rosto tem um brilho de suor, e os lábios estão tão secos que estão ficando brancos.

Esfrego um pedacinho de gelo em sua boca e beijo sua têmpora. "Eu sei, princesa. Mas já vai acabar."

Estou mentindo. Mais quatro horas se passam antes que ela chegue a uma dilatação de cinco centímetros, e depois mais três para ela chegar a seis centímetros. Isso eleva o total para quinze horas, e posso ver a energia de Sabrina começando a se esgotar. Além disso, a dor está piorando. Na última contração, ela agarrou minha mão com tanta força que senti meus ossos se deslocarem.

Quando a contração passa, Sabrina desmorona na maca coberta de suor e anuncia: "Quero a peridural. Foda-se, aceito até o fórceps do inferno. Tira essa criança de mim!".

"Tá bom." Afasto o cabelo molhado de sua testa. "Quando a dra. Laura chegar, a gente pede para..."

"Agora!", grita Sabrina. "Vai falar com ela *agora*."

"Daqui a pouco ela tá aqui, linda. E as contrações estão com três minutos de intervalo. Ainda temos tempo até a..."

Antes que eu consiga terminar, sinto sua mãozinha letal me agarrando pela camiseta. Sabrina gane feito um gato selvagem encurralado e me trucida com os olhos.

"Juro por Deus, Tucker, se você não for atrás dela *agora*, vou arrancar essa sua cabeça do pescoço e DAR DE COMIDA PRA NENÉM!"

Assentindo calmamente, solto seus dedos da gola da minha camiseta e dou um beijo em sua testa. Então sumo dali e vou procurar a médica.

Os números continuam subindo.

Tempo em trabalho de parto: dezenove horas.

Tempo entre as contrações: sessenta segundos.

Número de vezes que Sabrina ameaçou me matar: trinta e oito.

Número de ossos quebrados na minha mão: impossível saber.

A parte boa é que estamos enfim na reta final. Apesar da peridural, Sabrina ainda está sofrendo. Seu rosto está profundamente vermelho, e ela está aos prantos desde que a dra. Laura mandou fazer força. Mas ela não é do tipo que grita. Na cama? Sim. No parto, nem um pouco. Os únicos sons que faz são gemidos angustiados e grunhidos baixinhos.

Minha mulher é uma guerreira.

Há poucas horas, consegui dar uma saída da sala de parto para fazer xixi e mandar mensagens para minha mãe e meus amigos, mas desde que a parte mais difícil começou Sabrina não me deixou sair do seu lado. Isso é bom, porque não vou a lugar nenhum até nossa filha estar sã e salva em nossos braços.

"Tudo bem, Sabrina, mais um empurrão", ordena a dra. Laura entre as pernas de Sabrina. "Estou vendo a cabeça. Mais um empurrão, e você vai conhecer sua filha."

"Não consigo", geme Sabrina.

"Consegue, sim", digo suavemente, passando seu cabelo por trás das orelhas. "Você consegue. Só mais um empurrão, e acabou. Você é capaz."

Quando ela começa a chorar de novo, seguro seu queixo e encaro seus olhos enevoados. "Você consegue", repito. "Você é a pessoa mais forte que eu conheço. Trabalhou a faculdade inteira, ralou pra entrar no curso de direito e agora vai ter que trabalhar um pouquinho mais para expelir o nosso bebê. Tá bom?"

Ela respira, e suas feições se endurecem com firmeza de novo. "Tá bom."

E então, depois de quase vinte horas de sangue, suor e lágrimas, Sabrina dá à luz uma bebê saudável.

Depois que a menininha escorregadia cai nas mãos da dra. Laura, há um silêncio de uma fração de segundo, e então um choro estridente enche a sala de parto.

"Bem, o pulmão parece saudável", observa a médica, com um sorriso. Ela se vira para mim. "Quer cortar o cordão, papai?"

"Claro, porra."

"Olha o palavrão", repreende Sabrina, e a dra. Laura ri.

Com o coração na boca, corto o cordão que prende minha filha à sua mãe. Vejo de relance uma coisinha vermelha e gosmenta, mas uma enfermeira tira a menina de vista tão depressa que reclamo. Eles estão só fazendo a pesagem, e, enquanto isso, a médica faz alguma costura discreta entre as pernas de Sabrina.

Seu sofrimento me enternece, mas Sabrina nunca me pareceu tão serena quanto agora.

"Três quilos e duzentos", anuncia a enfermeira ao depositar a neném gentilmente nos braços da mãe.

Meu coração triplica de tamanho.

"Ai, meu Deus", sussurra Sabrina, olhando para a nossa filha. "Ela é perfeita."

Ela é. É tão perfeita que estou à beira das lágrimas. Não consigo tirar os olhos do seu pequeno rosto e do tufo de cabelo ruivo na cabecinha minúscula. Já não está chorando, e nos encara com grandes olhos azuis curiosos e sem piscar. Seus lábios estão vermelhos, e as bochechas, rosadas. E os dedos são tão pequenininhos.

"Bom trabalho, princesa." Minha voz sai rouca, e eu acaricio o cabelo de Sabrina.

Ela ergue o olhar para mim, com um sorriso maravilhoso no rosto. "Bom trabalho pra nós."

Horas depois, estamos os dois deitados na cama de hospital de Sabrina, maravilhados com a pequena criatura que trouxemos ao mundo. Faz cerca de vinte e quatro horas que Sabrina me ligou para dizer que estava entrando em trabalho de parto. Ela vai ter de ficar aqui por mais duas noites, para os médicos poderem monitorar sua saúde e a da neném, mas as duas parecem bem.

Uma hora atrás, uma especialista em amamentação passou para ensinar a Sabrina as técnicas adequadas, e nossa filha já provou que é melhor do que todos os bebês do mundo, porque grudou na mesma hora no bico e mamou feliz no seio da mãe, enquanto nós dois assistimos, absolutamente admirados.

Agora está dormindo pesado, deitada metade nos braços de Sabrina e metade nos meus. Nunca senti tanta paz na vida quanto neste momento.

"Eu te amo", sussurro.

Sabrina fica ligeiramente rígida. Não responde.

De repente, percebo que no mínimo acha que estou falando com a neném. Então acrescento: "Vocês duas".

"Tucker..." Sua voz tem um quê de advertência.

Na mesma hora eu me arrependo de abrir a boca. E como não estou particularmente interessado em ouvi-la dizer que não me ama ou dar desculpas para não admitir isso, abro um sorriso alegre e mudo de assunto.

"A gente precisa escolher um nome."

Sabrina morde o lábio. "Eu sei."

Deslizo o polegar com carinho sobre a boquinha perfeita da nossa filha. Ela faz um barulhinho e se mexe nos nossos braços. "Vamos começar pelo nome ou o sobrenome?"

Estou torcendo para que ela escolha a primeira opção. Ainda não discutimos nomes possíveis porque andamos ocupados demais com o problema James-Tucker.

Sabrina me surpreende dizendo: "Sabe... Acho que James-Tucker não é tão ruim assim."

Prendo o fôlego. "James Tucker."

"Foi o que eu falei."

"Não, tô falando que esse devia ser o nome dela — James Tucker."

"Tá maluco? Quer chamar a menina de James?"

"É", digo, lentamente. "Por que não? A gente pode chamar de Jamie. Mas na certidão de nascimento vai ser James Tucker. Assim, ela vai ter partes iguais de nós, sem o hífen que nós dois odiamos."

Ela ri e se abaixa para beijar o rosto perfeito da nossa neném. "Jamie... Gostei."

E está resolvido.

33

SABRINA

A pequena James está no banco traseiro da caminhonete. As enfermeiras dão tchau da entrada da maternidade. Estou com uma sacola cheia de amostras grátis aos meus pés. As mãos de Tucker estão no volante. Mas estamos parados.

"Por que estamos parados?"

Tucker vira os olhos vermelhos para o banco de trás. "Tem um bebê aqui dentro, Sabrina."

"Eu sei."

Ele engole em seco. "Que loucura. Eles não deviam deixar a gente sair do hospital com um bebê. Nunca tive nem bichinho de estimação."

Eu não deveria rir do Tucker. Na verdade, meio que dói fazer qualquer coisa que não seja ficar sentada bem paradinha, numa postura um pouco reclinada. Mas sua expressão frustrada e um tanto aterrorizada é tão pouco característica dele que não consigo conter uma risadinha. Cubro a boca para abafar o som, porque nas quarenta e oito horas desde o parto aprendi rapidamente que sono é um bem precioso e escasso demais para pais de primeira viagem.

"Adoro saber que é você que está em pânico. Liga o carro, Tuck. A família atrás da gente quer ir embora."

Ele espia pelo para-brisa traseiro. "Eles já têm dois filhos. Vamos seguir o carro deles."

"Não vamos."

De mansinho, me estico na direção da cadeirinha de Jamie e abaixo um pouco a manta, porque, embora ela esteja dormindo e eu não tivesse nada que perturbá-la, quero ver seu rostinho bonito e enrugado de novo.

Ela está com a boquinha ligeiramente entreaberta e os punhos cerrados ao seu lado.

"Vamos pra casa", digo com firmeza. "Quero abraçar minha filha."

A sensação de vazio nos braços é estranha. Sim, é isso mesmo, Tuck e eu temos só vinte e dois anos de idade. Não temos empregos estáveis. Moro com uma avó rabugenta e um padrasto nojento. Tucker mora com um cara cujo sonho é ser figurante no seriado *Entourage*. E agora temos uma filha juntos.

Mas, olhando o rostinho bonito de Jamie, tudo o que consigo pensar é em como a amo e em como amo Tucker.

Me acomodo de novo no banco e vejo Tucker ligar a caminhonete e dirigir devagar. Ando mais rápido que isso, mas pelo menos estamos em movimento. Ainda assim, levamos cerca de quarenta e cinco minutos para chegar em casa, porque Tucker mantém uma velocidade constante de dez quilômetros abaixo do limite.

"Minha surpresa foi que você não acelerou nem quando o policial mostrou o dedo do meio e buzinou."

"Aquele idiota deveria levar uma advertência", retruca ele. "Fica aí, vou te ajudar."

Nos últimos dez meses, aprendi que Tucker tem mesmo um tesão em me ajudar a saltar da caminhonete, e, não vou mentir, estou me acostumando com isso.

Ele tem esse cavalheirismo antiquado. Sempre abre a porta para mim. Eu tenho que caminhar na parte de dentro da calçada, para o caso de um assaltante armado nos abordar de carro. E ele segura até o meu casaco para eu vestir.

Mamãe Tucker fez um bom trabalho. Tenho muito que aprender com ela. E, como estamos presas uma à outra pelo filho dela e por esta criança, decidi que a gente vai se dar bem. Não importa quantas farpas ela dispare na minha direção, vou engolir e provar a ela que sou boa o bastante para ser a mãe da sua neta.

"Será que eu devo colar um daqueles adesivos de 'bebê a bordo'? Assim os babacas atrás de mim podem aprender a ter um pouco de paciência, em vez de enfiarem a mão na buzina como se estivéssemos no meio de uma merda de uma emergência", resmunga Tucker, enquanto me ajuda.

"O que vai acontecer quando um desses babacas bater à sua porta querendo levar Jamie pra sair?"

Tucker para abruptamente, me fazendo bater nas suas costas. "Ela vai pra uma escola só de meninas."

"Tá, então o que vai acontecer se uma dessas babacas quiser levar Jamie pra sair?"

"Nada disso seria um problema", acusa ele, "se tivéssemos ficado no hospital, como sugeri."

Eu rio e o afasto para o lado para pegar minha filha. "Ainda tá dormindo."

Seu corpo forte pressiona as minhas costas enquanto ele se debruça por cima de mim para espiar dentro do carro. "É tão linda. Não acredito que foi a gente que fez", diz, baixinho, contra a minha orelha. "Vou comprar um cinto de castidade."

"Acho que ela ainda não precisa disso."

"Tô pensando no futuro." Ele me empurra de lado com carinho para tirar a cadeirinha da base.

Arqueio uma sobrancelha. "Ouvi dizer que você já fez sexo a três."

Ele quase tropeça numa falha inexistente na calçada. Uma tosse leve precede sua pergunta: "A três? Quem te falou isso?".

Rá! Ele não negou. Achando graça, passo por ele para chegar à porta de casa. "Carin ficou sabendo. Disse que os mais quietos são sempre os piores."

"Nada de sexo a três para a Jamie", declara. "Acho que a gente devia educar ela dentro de casa até os trinta anos."

"Estamos virando uns hipócritas."

Tucker assente, enfaticamente. "Isso aí, e não tenho o menor problema com isso." E, logo antes de entrar em casa, murmura: "Aliás, o sexo foi a quatro".

Engasgo. "Dois homens e duas mulheres?"

Ele sorri. "Três mulheres e eu."

"Uau." Estou mais impressionada do que com raiva. "Bom pra você, garanhão."

Rindo, ele entra no corredor e tira os chinelos.

A casa está surpreendentemente quieta. Ray ainda deve estar na cama, porque a televisão está ligada, mas o volume está baixo e, em vez da ESPN, tá passando um *game show*.

"É você, Sabrina?", pergunta minha avó da cozinha.

"Vou levar a neném para o quarto", diz Tucker, tentando fazer o mínimo de barulho possível.

Vou até a cozinha. "Oi, vó. Eu... ah... sobrevivi." Levanto os braços numa comemoração desanimada.

Ela limpa as mãos num pano de prato. Atrás dela, o bacon está chiando na panela e um cheiro de ovos e baunilha enche o ar. Minha barriga ronca, receptiva. Comida de hospital é horrível.

"A neném tá dormindo?"

"Tá." Abro a porta do forno e vejo algumas fatias grossas de rabanada numa calda de pêssego. Estou salivando. "Isso tá com uma cara boa."

"Você precisa comer e dormir um pouco. Essas primeiras semanas não são fáceis." Ela me cutuca em direção à mesa, com gestos e um tom de voz surpreendentemente amorosos.

"Quer ver a Jamie?", pergunto, tentando não soar esperançosa demais. Carin e Hope nos visitaram ontem, mas minha avó não apareceu no hospital. Claro que fiquei magoada, mas estou contando com ela para cuidar de Jamie, então não posso reclamar.

"Ela tá dormindo", comenta minha avó, com desdém. "Vou ter bastante tempo pra pegar no colo quando acordar. Bebês nunca dormem muito — você tem que aproveitar o máximo que pode. Seu homem veio?"

"Bem aqui, sra. James. Em que posso ajudar?" Tucker caminha determinado, ocupando a pequena cozinha com o corpo alto e os ombros largos. A hesitação de quando saímos do hospital parece ter desaparecido.

"Senta aí também. Vamos tomar café da manhã. Rabanada e bacon."

"Queria muito ficar, mas tenho que ir. Meu chefe ligou, um dos operários caiu de uma escada numa obra. Ele disse que me pagaria a mais se eu aparecesse assim de última hora."

"Um dinheirinho a mais é bom", comenta minha avó, assentindo com a cabeça.

Tucker me beija na bochecha. "Me acompanha até lá fora?"

Levanto, sem fazer perguntas, e o sigo até a caminhonete. Agora que não tem mais uma barriga enorme entre a gente, as coisas estão meio estranhas. Ele me viu no meu pior momento e continua do meu lado. "Obrigada por tudo."

"Não fiz muito."

"Você estava lá comigo. Isso é muito."

Ele corre o polegar ao longo do meu queixo. "Você ficou meio desorientada no hospital. Lembra de tudo o que aconteceu?"

De como você disse que me ama?

"Não muito", minto. "Estava funcionando sob exaustão pura."

Seu rosto se contrai de decepção. "Tudo bem. Se você prefere fazer assim, vou deixar quieto por enquanto." Ele abre a porta do motorista. "Venho te ver depois do trabalho. Me liga se precisar de alguma coisa."

Quero dizer que preciso que ele diga que me ama quando não estou urrando de dor ou quando não estou chorando apavorada porque vou ser mãe.

Uma dezena de emoções pulsa sob a membrana fina do meu autocontrole. Sentindo-me vulnerável, dou um passo para trás. "Vamos ficar bem. Venha quando puder."

Pela forma como ele aperta a mandíbula, sei que não era a resposta que queria.

Com um pequeno aceno, me apresso para dentro de casa, sem esperar a caminhonete se afastar. Na sala, encontro vovó segurando Jamie.

"Ela tava chorando", diz, na defensiva.

"Tudo bem", respondo, lutando contra um sorriso. "Se importa se eu tomar um banho? Tô me sentindo nojenta."

"Vai lá." Seu olhar está fixo no rosto de Jamie. "Essa coisinha linda ama a bisa, não é? Não é?"

Com o coração aliviado, tomo uma ducha. Minha avó já está a meio caminho de se apaixonar por Jamie. Mas quem não estaria? Ela é a coisa mais linda do mundo.

Tomo um bom banho, quente e demorado, o que não me permitiram no hospital, por causa da peridural. Apesar da dor, é bom estar fora daquela cama de hospital. Depois de me secar, visto uma calça de moletom velha e uma camiseta e examino meu reflexo no espelho.

Meu corpo ainda parece estranho, como se não pertencesse a mim. As veias capilares em meus olhos estouraram durante o parto, então pareço um monstro, os olhos vermelhos e o cabelo bagunçado. Seria capaz de deixar Helena Bonham Carter em *Sweeney Todd* no chinelo. Minha barriga continua grande e redonda, mas agora está mole e macia. Meus seios estão cômicos de tão gigantes.

Ainda bem que não posso transar pelas próximas seis semanas. Não consigo nem olhar meu corpo pós-parto sem estremecer, e quero menos ainda que *Tucker* olhe para ele.

"Você vai continuar com esse negócio de amamentação? Sempre usei fórmula, e você e sua mãe nunca tiveram problema." Minha avó me fita com expectativa, quando me junto a ela na sala de estar.

"Disseram que é o melhor."

"Humpf. Acho que li algo sobre isso na *People*. Bem, melhor dar de mamar pra essa criança então."

Ela me entrega a neném, eu a aninho com cuidado no colo e vou para o meu quarto. Sentada na beira da cama, levanto um lado da camiseta e seguro com o queixo. Em seguida, levo Jamie até o meu seio. Ela se remexe feito um bichinho até achar o mamilo. Enfim, se agarra a ele.

Suspiro de alívio e deslizo para trás no colchão até meus ombros tocarem a parede. A especialista em amamentação me avisou que o negócio é difícil pra caralho — bem, não com essas palavras exatamente, mas a ideia foi essa —, então fico grata que esteja indo bem por enquanto.

Pego o telefone e digito com uma das mãos.

Eu: *Tô em casa.*

Hope: *Quando posso visitar?*

Carin: *NÃO!!!!!!! Não terminei o sapatinho. Volta pro hospital!*

Eu: *Parece o Tucker. Não queria ir embora d jeito nenhum.*

Carin: *Escuta o pai da sua filha.*

Hope: *Ela não vai voltar pro hospital pq vc não terminou o sapatinho. Parto normal vc fica só 2 dias internada. Como vc tá?*

Eu: *Cansada. Assustada. Tucker disse que me amava no hospital.*

Hope: *UAU!*

Carin: *UAU!*

Hope: *O q vc respondeu?*

Carin: *Disse que não acredita no amor, acertei?*

Mostro a língua para o telefone.

Eu: *Fingi q não ouvi.*

Hope: *Não!*

Carin: *Não falei?!*

Hope: *Pior resposta possível.*

Mas será que é mesmo? De verdade?

Eu: *Foi um momento d emoção. Não vou cobrar nada dele.*

Hope: *Sua idiota. Tô terminando nossa amizade.*

Carin: *Ela tá sendo altruísta.*

Eu: *Vlw, C.*

Hope: *Vc continua sendo idiota.*

Eu: *Não sou idiota. A mãe me odeia. T. tá sendo obrigado a morar em Boston. Não vou prender o cara. Ele devia estar por aí, saindo na noite, pegando mulher.*

Carin: *Retiro o q disse. Vc é uma idiota.*

Hope: *Viu?!*

Carin: *Você mataria qq uma q olhasse pra ele 2 vezes.*

Visualizo Tucker com outra mulher, segurando outro bebê ao lado de Jamie, e uma dor lancinante brota em meu peito. Carin não está nem um pouco errada. Não me sinto pronta para ver Tucker seguindo em frente, não importa o quão indiferente e insensível eu tente ser.

Jamie dá um grito agudo, olho para baixo e vejo sua boquinha linda procurando meu mamilo de novo.

Eu: *Tenho q ir. Bebê chorando.*

Hope: *Boa sorte.*

Carin: *Boa sorte? Não é uma competição esportiva.*

Hope: *:P Qual é a pior resposta pra eu <3 vc?*

Carin: *Silêncio e depois "Queria sentir o mesmo".*

Hope: *Estava pensando em "Pq?".*

Carin: *Que tal "Que bom".*

Hope: *Pesado.*

Eu: *Tchau pra vcs.*

Jamie abre a boca, e o volume que seus pulmões alcançam surpreende até a mim. É como se tivesse um amplificador na sua garganta.

"Shhhh. Shhhh." Levanto e pego a manta da cadeirinha do carro. Preciso de algumas tentativas até conseguir enrolar Jamie feito um pacotinho. O tempo todo, estou sussurrando *shhh*. Tem um monte de gente na internet que defende um sistema de cinco passos: sussurrar baixinho, enrolar numa manta, ninar, deitar de lado ou de barriga para baixo e... Droga, não lembro o último.

Jamie não parece aprovar meu esquecimento. Seu rosto se contorce de infelicidade, e ela berra para o mundo sua opinião sobre minhas habilidades maternas.

"Sussurrar, manta, ninar, de lado, de barriga pra baixo... Qual era o último? Cantar?" Cantarolo algumas notas.

Jamie continua gritando.

"Cacete, que merda tá acontecendo aí dentro?" Ray acordou e está batendo na minha porta.

"Vamos, Jamiezinha. Para de chorar. Mamãe tá aqui."

Jamiezinha não dá a mínima. Grita mais alto ainda.

"Chupar!", exclamo, em triunfo. "O último passo é chupar alguma coisa!"

Corro até a cômoda no canto, onde estão todos os apetrechos de Jamie. A porta se abre, e minha avó entra às pressas.

"O que você tá fazendo com essa criança?", grita mais alto que a bebê.

"Eu disse que ela ia foder tudo." Ray está logo atrás dela, doido pra se meter onde não foi chamado.

"Ray, já chega. Vai comer sua rabanada." Minha avó me empurra para o lado. "O que você tá procurando?"

"A chupeta." Vasculho por entre macacões, mantas e cueiros até encontrar uma chupeta.

"Pensei que você tava amamentando", comenta minha avó, quando tento enfiar a chupeta na boca de Jamie. Sua língua é mais forte que a da namorada de Tucker no nono ano. Depois que ela cospe pela quinta vez, eu desisto.

"O que eu faço?", pergunto para minha avó, desesperada.

"Ela quer o peito", diz Ray da porta.

Será que ele está certo? Em pânico, levanto a camiseta, sem me importar que Ray vai ver meu peito nu. Jamie gruda em mim quase que imediatamente, o corpo todo tremendo de chorar. Pequenos soluços interrompem a mamada, mas pelo menos o choro parou. Afundo na cama de alívio.

No meio do quarto, minha avó balança a cabeça. "Você não deveria ter deixado a menina viciada em peito. Agora só vai querer isso."

"Eu tô gostando." Ray me faz um sinal de positivo com o polegar. "Belos peitos, Rina."

"Sai daqui", retruco, soltando a camiseta. Jamie dá um gritinho quando o tecido cai sobre seu rosto. "Sério, sai agora. Vó, por favor."

"Você deveria ter dado mamadeira", repreende minha avó.

"Você deveria tirar a camiseta", é a sugestão útil de Ray.

Cerro os dentes. "Preciso de um pouco de privacidade. Por favor."

"Como você vai dar de mamar quando estiver na aula?", pergunta minha avó.

Jamie começa a chorar de novo. Levanto a camiseta, apesar de Ray estar me vendo. Dou outro olhar suplicante para minha avó, que finalmente se move em direção à porta.

"Anda, Ray. Seu café vai esfriar."

"Isso não vai funcionar, Joy", murmura ele. "Essa criança não pode ficar grudada no peito da Rina o dia todo."

"Deixa as duas em paz." Minha avó olha feio para ele antes de se voltar para mim. "Bebês choram."

Levanto a camiseta antes mesmo de a porta se fechar. Jamie se acalma quando levo meu mamilo à sua boca. Quando ela começa a sugar de novo, a tensão começa a se esvair de mim.

Puta merda.

Não sei se vou conseguir sobreviver a isso. Sua cabecinha parece ainda menor diante do meu seio gigante, mas, quando seus olhos se abrem e sua mão começa a me apertar, o amor inunda meu corpo com tanta força que chego a me sentir mole.

O processo inteiro de amamentação leva menos de quinze minutos. São os únicos quinze minutos de paz que tenho pelas próximas duas horas. Não consigo colocá-la no berço. Toda vez que tento, Jamie começa a chorar, o que desencadeia um ataque de gritos entre mim, Ray e vovó. Então acabo carregando-a pela casa, aprendendo a comer só com uma das mãos e gastando três fraldas na primeira troca, porque arranquei as fitas adesivas das duas primeiras.

Quando Tucker liga ao meio-dia, estou exausta.

"Papai tá ligando", digo para Jamie, que me olha com olhos semicer-rados. Estou no chão, segurando o pacotinho nos braços.

"Como tá indo?", pergunta ele, quando atendo.

"Já tive dias melhores." Levanto Jamie um pouquinho mais no ombro. Seu rosto está enterrado no meu pescoço. "Mas acho que você tinha razão. A gente não deveria ter saído do hospital."

"Agora não tem mais volta."

"Você não tem ideia."

"Me conta do seu dia."

E fico tão agradecida de ouvir sua voz calma que quase caio no choro. De alguma forma, consigo me conter e conto sobre como Jamie vai ganhar medalhas olímpicas em levantamento de peso, porque já é forte pra cacete, ou como poderia ser mágica, porque consegue escapar de todas as mantas com que tento envolvê-la.

Tucker ri e me encoraja, e, quando desligo, estou convencida de que sou capaz.

34

SABRINA

Setembro

A maternidade é difícil pra cacete. Mais difícil do que jamais imaginei que qualquer coisa pudesse ser. Mais difícil do que estudar para o vestibular. Ou para a faculdade de direito. Mais desafiador do que o artigo que tive que escrever para o curso de estudos feministas no primeiro ano, que voltou para mim parecendo que duas canetas vermelhas tinham se envolvido em um assassinato/ suicídio bem em cima das palavras impressas. Mais cansativo do que ter dois empregos e fazer faculdade por quatro anos.

Meu respeito por minha avó subiu até os céus. Se eu tivesse de criar uma criança depois da outra, também ficaria meio rabugenta. Mas, com a ajuda dela e de Tucker, consegui entrar numa rotina que parece funcionar, e, na segunda semana de aulas, estou convencida de que posso dar conta. Afinal, fico em sala três horas por dia — no máximo. E não tenho mais dois empregos.

Eu sou capaz de fazer isso.

Sou capaz.

Até a sexta-feira desta segunda semana, quando saio da última aula carregando mamadeiras, tubos, dois quilos de livros, meu computador e mais de mil páginas para ler no fim de semana. Elas ficam só acumulando. Quando o professor Malcolm avisou que tínhamos que ler o capítulo inteiro sobre culpabilidade e intenção, fiquei esperando que alguém — qualquer um — se queixasse. Mas ninguém falou nada.

Depois da aula, nenhum dos meus colegas parece afetado pelo fato de que basicamente temos que ler em dois dias o que parece ser o conteúdo de um semestre inteiro. Em vez disso, três alunos da minha fileira decidem entrar numa discussão intensa sobre o sistema de avaliação de Harvard, que já deveriam conhecer antes mesmo de se inscreverem.

Espero com impaciência que encerrem a conversa para que todos possamos sair da sala. Preciso começar a ler, mas, mais importante, meus seios parecem a ponto de estourar. Faz quase três horas que não dou de mamar, e, se não chegar à sala de amamentação da biblioteca, vai acabar vazando na camisa inteira.

"Não gosto dessa coisa de não ter notas. Aprovado com honras, aprovado, aprovado com restrições e reprovado?", resmunga o menino loiro de nariz pontudo ao meu lado.

"Ouvi dizer que ser aprovado com restrições é muito desencorajador. O negócio é ficar nas duas primeiras categorias. E você tem que fazer muita merda pra ser reprovado", diz a menina ao lado dele. Ela tem os ossos das maçãs do rosto tão pontudos que poderiam cortar meu livro inteiro.

Faço um grande estardalhaço para recolher todas as minhas tralhas e enfiar na bolsa, mas ninguém se mexe. Em vez disso, uma outra menina, usando uma saia comprida que me traz lembranças ruins da Stacy Hippie, entra na conversa.

"Meu primo se formou aqui no ano passado e disse que as Big Law calculam as nossas notas com base na nossa aprovação, então dá no mesmo. Ser aprovado com honra é igual a tirar dez, e por aí vai."

"A minha principal queixa é que só uma pessoa consegue se formar *summa cum laude*. Em qualquer outra faculdade de direito, se você tira boas notas, ganha a honra. Dar o título só pra uma pessoa é uma merda", declara a srta. Maçã do Rosto.

A srta. Saia Comprida a tranquiliza. "Mas dá pra conseguir o prêmio de bolsista do reitor."

"Mesmo assim, só uns gatos pingados conseguem."

"Eles são tão mesquinhos com as notas", acrescenta o rapaz.

Limpo a garganta. Eles continuam a me ignorar.

"Mas é Harvard, todos os grandes nomes vão estar de olho em você de qualquer forma", comenta a srta. Maçã do Rosto, com a indiferença de quem está confiante a respeito de suas perspectivas na pós-graduação. "Quando é que eles liberam a inscrição para o programa de estágio?"

A srta. Saia Comprida abre um risinho convencido. "Pode ir segurando a onda, apressadinha. Só no segundo ano. Aprende a escrever um memorando primeiro."

Ela troca um olhar de escárnio com o rapaz, e a srta. Maçã do Rosto fica levemente ruborizada. Não tem a menor graça ser motivo de piadas, o que me estimula a me intrometer, sem pensar.

"Não tô tão preocupada assim com as notas, mas com a quantidade de coisas que a gente tem que ler. Queria já ir dando uma adiantada esta tarde." Entenderam? Vamos levantar, gente.

A srta. Maçã do Rosto ergue o queixo, feliz de poder atacar, em vez de ser o alvo do insulto. "Isso não é difícil. Difícil é escolher o assunto certo para o artigo da *Law Review*. Ler e estudar alguns casos é moleza."

Ela me dá as costas, jogando o cabelo para trás com desprezo, pega seus livros e me deixa de queixo caído. Os outros dois estudantes a seguem. O rapaz sussurra para a srta. Saia Comprida: "Ei, ouvi dizer que tem inscrições abertas para um grupo de estudo. Fiquei interessado. Como faz pra entrar?".

Ela torce o nariz. "Se você não sabe, não é pra você."

Encantador. Pelo menos estamos saindo da sala.

Meus seios doem como se meu corpo estivesse se preparando para pôr todo o leite para fora. Corro até a porta, esbarrando em dois colegas que pararam para conversar com outro aluno. Essa gente não tem nada melhor para fazer além de ficar por aí falando merda?

Lá fora, um aluno está distribuindo folhetos. Pego um e paro de repente. É um convite para participar de um curso sobre como publicar na *Law Review*. Começa daqui a quinze minutos. Meu peito lateja.

"Sua camisa tá vazando", diz uma voz masculina que parece se divertir.

Baixo a cabeça para ver do que ele está falando e fico horrorizada ao ver duas manchas úmidas bem em volta dos mamilos.

"Não sei o que está acontecendo, mas talvez você devesse ir ao médico para mostrar essa infecção. Nojento."

Reconheço-o na mesma hora. Kale Sei Lá O Quê, o imbecil da assistência jurídica. Seu cabelo parece o do boneco Ken, um topete cheio de gel. Tudo nele denota dinheiro e privilégio. Ele cutuca o cara ao seu lado, que parece totalmente enojado.

Cubro o peito com o folheto. "Tô amamentando, babaca."

Juro que ouço um mugido atrás de mim, mas, quando me viro, os dois estão indo embora.

Levo quinze minutos para atravessar o campus. A cada passo, pingo mais. Minhas emoções são uma mistura de vergonha, raiva e frustração. Vergonha porque estou vazando para todo lado. Raiva por me importar com o que aquele babaca pensa. E frustração por todo esse leite precioso estar enchendo meu sutiã e manchando minha camisa. Cruzar os braços não ajuda em nada. A pressão faz o leite sair mais rápido.

Quando chego à biblioteca, estou um caos. O funcionário que guarda a chave da sala de amamentação a entrega para mim com o maior cuidado possível para não me tocar.

Tem uma mulher saindo quando entro. "Toda sua", diz ela, alegremente.

"Obrigada", é a minha resposta contida.

Ela segura a porta enquanto me apresso para dentro da sala. "Dia ruim?"

Sua voz é tão gentil e compreensiva que quase perco o controle. "Você não tem ideia", respondo, mas logo percebo que ela, de todas as pessoas, provavelmente tem ideia, sim. "Quer dizer, talvez tenha. Mas, sim, tá sendo um dia de merda."

"Espera um segundo." Ela procura algo na bolsa. "Aqui." E me entrega uma pequena embalagem de plástico. "Tenho um par extra e nunca usei."

"O que é isso?" Viro a embalagem, examinando os adesivos de silicone em forma de pétala.

"É pra pôr no mamilo, segura o vazamento."

"Sério?" Encaro-a, pasma.

"Sério. Não é perfeito, e, se você esperar muito, o leite acaba gastando a cola, mas funciona."

Aperto o pacote com força no punho cerrado, sentindo um alívio esmagador. Mais uma vez, tenho que lutar contra as lágrimas. "Eu te abraçaria agora se não estivesse tão nojenta. Mas muito obrigada." Vejo um livro vermelho com letras pretas e douradas na lombada saindo da sua bolsa. "Primeiro ano de direito?", pergunto.

"Terceiro, na verdade. Achei que ia conseguir terminar a pós antes de isso acontecer." Ela aponta a bolsa térmica que está carregando. Deve ser o leite. "E você?"

"Primeiro ano."

Ela faz uma careta. "Boa sorte, querida. É só lembrar que vai ficando mais fácil a cada ano. O primeiro é só uma guerra de exaustão." Ela me dá um tapinha nas costas. "Você vai ficar bem."

Entro e coloco a bomba de sucção no peito. A biblioteca está a uma boa caminhada da faculdade de direito, mas é onde fica a bomba, o que significa que só tenho que trazer mamadeiras, válvulas e tubos, e não precisei gastar uma fortuna com uma bomba portátil. Minha conta-corrente já está chorando com o estrago que meus livros didáticos fizeram nela.

Abro os botões da blusa de seda e tiro o sutiã. Devia estar com nojo, mas estou cansada demais. Estou sobretudo ligeiramente irritada com esta máquina idiota, que leva vinte minutos para tirar do meu peito cinquenta mililitros de leite que Jamie nem quer tomar.

Balançando na cadeira, pego o celular para ler minhas mensagens. Hope e Carin me escreveram, mas ignoro e abro a mensagem de Tucker.

Tucker: *Fui ver J. na hora do almoço.*

Embaixo da mensagem, ele mandou uma foto de Jamie dormindo na dobra do seu braço. Meu coração se aperta, e o lugar entre as minhas pernas — que eu achei que tinha morrido no trabalho de parto — pulsa descontroladamente. Não tem nada mais sexy do que um pai dedicado.

Tucker põe meus hormônios para fazerem uma dancinha feliz.

Eu: *Parece um anjinho.*

Tucker: *Odeio ir embora.*

Eu: *Vazei leite na camisa. A maior vergonha.*

Tucker: *Ahhh, tadinha. Eu passo na sua casa p/ fazer 1 massagem.*

Eu: *Tenho mil páginas pra ler e isso não é um exagero.*

Tucker: *Eu cuido da J. Vc estuda.*

Eu: *Olha que eu aceito.*

Tucker: *Tranquilo. Vc nunca me deixa fazer o suficiente.*

Porque não quero te afugentar.

Claro que não escrevo isso.

Eu: *Vc é o melhor pai q J. poderia pedir.*

Tucker: *Vc tem padrões baixos, princesa, mas eu gosto.*

Eu: *:)*

Eu: *Vou tirar um cochilo agora, enqt minha alma é sugada. Pareço parte da Matrix, ligada a uma máquina.*

Tucker: *Vc tomou a pílula vermelha ou a azul?*

Eu: *Qual delas faz Jamie dormir? É essa q eu quero.*

Tucker: *Vou comprar uma receita d sonífero.*

Eu: *Pena q não posso tomar.*

Tucker: *Minha mãe disse q a minha avó esfregava conhaque nas gengivas dela pra fazer dormir.*

Eu: *Espero q o Dep. d Segurança não esteja espionando estas mensagens. Funcionava?*

Tucker: *Não sei. Vou deixar uma garrafa de conhaque junto do sonífero.*

Eu: *Tá vendo. Melhor pai do mundo.*

Tucker: *Hahaha. Vai dormir, princesa.*

Hope e Carin compraram para mim um livro chamado *Go the Fuck to Sleep* [Vai dormir, porra]. Já li para Jamie uma centena de vezes. Não funciona. Uma porcaria. No fim de semana, Jamie decidiu que é alérgica a sono. O único momento em que fecha os olhos é quando estou em movimento.

Embora eu consiga ler e andar ao mesmo tempo, dormir e andar simultaneamente está além das minhas habilidades, e é por isso que começo minha terceira semana na faculdade de direito atrasada em oitocentas páginas. Me arrasto para a aula de contratos sem ter lido uma palavra sequer para a matéria. Consegui me virar com direito penal, mas foi só isso.

Tomara que o professor Clive chame qualquer um além de mim hoje.

"Na semana passada, analisamos os dois primeiros elementos que formam um contrato. Sr. Bagliano, por favor, explique para a turma esses dois elementos e a resolução do caso Carlill, de 1898."

O sr. Bagliano, que parece tão italiano quanto o sobrenome sugere, recita obedientemente os dois princípios que aprendemos na última aula. "Oferta e aceitação. O caso Carlill, de 1898, questionou se um anúncio publicitário poderia ser interpretado como uma oferta. O caso foi julgado pela Corte Inglesa de Apelações, que considerou que se tratava sim de uma oferta de vínculo unilateral que poderia ser aceita por qualquer pessoa que respondesse ao anúncio."

"Excelente, sr. Bagliano." O professor Clive consulta uma folha de papel que imagino conter todos os nossos nomes.

Fecho os olhos e rezo para que meu nome desapareça magicamente da lista.

"Srta. James, explique para nós qual é o terceiro elemento de um contrato e a resolução do caso Borden."

Com o coração na boca, olho à minha volta, desesperada, como se de alguma forma pudesse ler a resposta nos olhos de um dos meus colegas. Nenhuma lâmpada aparece sobre a cabeça de ninguém, muito menos na minha.

Ao meu lado, um cara cujo nome não me dei o trabalho de aprender tenta me soprar alguma coisa. Parece *confederação*. Isso não faz sentido. Ele tosse "confederação" de novo na mão. Um riso nervoso se espalha pela sala, e minhas bochechas queimam feito duas fogueiras.

Lá embaixo, no palanque, o professor Clive comprime os lábios em desaprovação. "O que o sr. Gavriel está tentando dizer, srta. James, é *consideração*." Ele volta o olhar para o pobre rapaz ao meu lado. "Sr. Gavriel, já que sabe a resposta, talvez possa explicar a resolução do caso."

O sr. Gavriel me lança um olhar de piedade antes de pegar as anotações impecáveis e passar a discutir mutualidade, promessas ilusórias e umas outras merdas que não tenho a menor ideia do que sejam.

Casualmente, pego um caderno e cubro meus garranchos, escondendo o lugar em que a tinta borrou e manchou a página seguinte por causa da minha baba, de quando dormi em cima do papel, além de uma boa dose de leite materno e baba de bebê.

É difícil prestar atenção ao final da aula com a vergonha rugindo em meus tímpanos, mas faço milhões de anotações, na esperança de que, quando revisar essa porcaria mais tarde, tudo vai fazer sentido.

Ao final da aula, o professor Clive me chama até a frente da sala.

Ele leva os dedos estendidos ao queixo. "Srta. James, a professora Fromm compartilhou comigo sua circunstância familiar, e, embora eu entenda o quão difícil deva ser para você, os padrões em sala não são modificados devido à maternidade."

Rígida, respondo: "Não achei que seriam. Peço desculpas por hoje e prometo que não haverá mais lapsos no futuro".

"Certamente espero que não, mas nosso sistema de avaliação é comparativo, e alguém tem que ficar em último."

Ergo a mão para esfregar o pescoço, não porque está coçando, mas por causa do impulso irresistível que tenho de mostrar o dedo do meio para ele.

"Não serei eu", asseguro.

Ele me olha por um longo e desconfortável momento antes de me dispensar com um leve aceno de cabeça. "Veremos."

35

TUCKER

Na sexta à noite, Sabrina aparece no meu apartamento carregando coisas suficientes para encher uma loja inteira de bebê. Desde que Jamie nasceu, aprendi que já não posso mais sair de casa só com chave, carteira e celular.

Não. Uma caminhada curta requer uma bolsa de fralda com tudo, de lenço umedecido a chupeta, e o patinho de pelúcia, que, se você tentar tirar das mãos dela, faz com que ponha o pulmão para fora de tanto gritar. Mais o carrinho, chapéu e uma roupa extra, para o caso de ela se babar toda.

E, com tudo isso à mão, metade das vezes não uso mais do que uma fralda e uma mamadeira, tornando todo o resto inútil.

Mas não me importo. Amo ser pai. Queria poder ver Sabrina e a neném todos os dias, o dia inteiro, mas por enquanto tenho que me contentar com alguns dias inteiros por semana e minhas visitas noturnas até a casa de Sabrina. Toda vez que vou até lá, me ofereço para passar a noite, e ela recusa gentilmente. Acho que fica desconfortável com a presença do padrasto vagabundo, e quanto mais conheço Ray mais o odeio. O filho da puta é um tarado, um bruto e um grosso. Não é um cara do bem.

"Oi." Sabrina entra com o carrinho pela estreita porta da frente, e não deixo de notar as olheiras.

Quando nos falamos pela manhã, ela disse que não tinha dormido nada, porque Jamie a acordou a noite inteira. Nossa filha tem um apetite voraz, e sei que ela ama o peito de Sabrina, porque sempre que você tenta dar uma mamadeira com leite materno, ela leva o dobro do tempo para mamar.

"Oi. Como vai minha menina hoje?", pergunto, com um sorriso.

"Surpreendentemente animada, considerando que não me deixou dormir nada."

"Quis dizer você, princesa." Revirando os olhos, abaixo para beijá-la. Está com um brilho labial com gosto de fruta — morango, acho. E é tão delicioso que me abaixo para provar de novo. Deslizo a língua sobre seu lábio inferior e solto um gemido baixinho.

Porra, queria ficar aqui e beijá-la para sempre. Ou melhor — rasgar sua roupa e me perder em seu corpo por uma semana inteira. Mas as seis semanas ainda não passaram, e, mesmo que tivessem terminado, nem sei se Sabrina quer sexo. Está tão cansada o tempo todo, a meio caminho de virar um zumbi.

Não sei como está conseguindo ir às aulas, ler todo o material do curso, escrever artigos e ainda cuidar da nossa filha. Acho que é uma prova da sua força e determinação, mas queria que ela me deixasse fazer mais para aliviar o estresse. Só para conseguir convencê-la a vir aqui hoje, onde pode estudar em paz enquanto cuido da bebê, precisei argumentar por trinta minutos. Ela está tendo dificuldade de estudar em casa, com a avó constantemente falando no seu ouvido sobre o que as Kardashians têm feito, enquanto Ray entra e sai da cozinha para pegar uma cerveja gelada.

Divido o apartamento com um cara que trabalha durante o dia, então a casa é tranquila e silenciosa. Além do mais, não tenho trabalhado muito nas obras ultimamente, por causa de uma frente fria que trouxe uma chuva constante, então passei a última semana em casa de bobeira, pesquisando vários empreendimentos comerciais.

Do carrinho, vem um grito irritado, e rio baixinho.

"A princesinha não gosta de ser ignorada, né?" Abaixo na frente dela e, com cuidado, solto as muitas faixas e fivelas que a mantêm segura. Então levanto Jamie em meus braços, segurando a bundinha com uma das mãos e apoiando seu pescoço com a outra para erguê-la na minha frente.

Como sempre, perco o fôlego só de vê-la. É o bebê mais lindo do mundo. Até minha mãe concorda. Mando fotos todos os dias, e ela está sempre maravilhada com a perfeição que é James Tucker. Minha mãe está morrendo de vontade de conhecer Jamie pessoalmente, mas não pode viajar até tirar férias, daqui a uns dois meses. Por enquanto, as fotos diárias parecem acalmá-la.

"Como anda o anjinho do papai?"

Jamie gorgoleja e me abre um sorriso desdentado. E, sim, *não tenho dúvidas* de que é um sorriso. Sabrina continua insistindo que são gases, mas acho que sei quando minha própria filha sorri para mim, tá legal?

Beijo sua bochecha incrivelmente macia, e ela esfrega o rosto bonito contra o meu peito. Na mesma hora, sinto uma dor aguda no mamilo. Solto um grito quando sua boca ávida tenta me chupar.

Merda, esqueci que estava sem camisa. Brody evita ligar o ar-condicionado se não for imprescindível, por isso, na maioria das vezes, deixamos as janelas abertas. Acabei me habituando a ficar só de bermuda e mais nada.

"Solta, princesa", repreendo, afastando seu rosto.

Sua boca abre e fecha depressa, enquanto ela tenta sugar o ar, o que faz meu coração derreter.

Ergo o rosto para trocar um sorriso com Sabrina, apenas para descobrir que seus olhos escuros estão vidrados, e a boca, aberta.

Franzo o cenho. "O que foi?"

Sabrina leva um segundo para responder. Quando o faz, sua voz soa meio rouca. "Você acabou de me fornecer centenas de horas de material para minha diversão noturna."

Contenho uma risada. "Como assim, Sabrina? Você tá ficando com tesão de ver nossa filha tentando mamar em mim?"

"Não, com *isso*." Ela aponta para nós.

Ainda não entendi.

"Um homem lindo, sem camisa, segurando um bebezinho", explica ela. "É a coisa mais sensual que já vi na vida."

Estaria mentindo se dissesse que meu pau não endureceu dentro da bermuda. "Ah, é?", pergunto, lentamente.

"Ah, se é." Ela suspira. "Que droga, Tuck. Agora não vou conseguir me concentrar em contratos."

"Vou vestir uma camisa", ofereço, com gentileza.

"Faça isso." Sabrina solta a sacola de fraldas, mas continua com a bolsa pendurada no outro ombro. Ela caminha até a mesa da sala, pousa a bolsa e começa a tirar os livros.

Dou um assobio baixinho. Cara, ela estava carregando aquela bolsa pesada de fraldas numa das mãos e todos esses livros na outra? Ela é o próprio Hulk.

"Como foi a aula da manhã?"

"Cansativa." Ela olha por cima do ombro. "É melhor eu estudar aqui ou no seu quarto?"

"Pode ficar aqui." Mudo Jamie de braço, amando seu peso e o pequeno rosto pressionado contra o meu ombro nu. "Tava pensando em levar a princesa para caminhar pelo quarteirão."

Sabrina assente. "O.k., mas cuidado pra ela não pegar sol."

Concordo com a cabeça. Nós dois lemos os mesmos livros, então sei que luz solar direta é prejudicial para os bebês. Sempre que saio com Jamie, tomo cuidado de pôr chapéu e mantê-la coberta pelo protetor do carrinho. Trato-a praticamente como se fosse uma vampira.

"Se importa de segurar essa preciosidade aqui enquanto visto uma camiseta?"

Sabrina abre os braços, e deposito Jamie neles. Meu peito se desmancha quando a vejo se abaixar para dar beijinhos nas bochechas e na testa de Jamie. Em resposta, Jamie se sacode feito uma lagartixa e agita os punhos no ar. Ainda não aprendeu a rir, pelo menos não com as cordas vocais, mas descobri que quando seu corpo se contorce é sinal de que está se divertindo.

Entro no quarto, visto uma regata e meias esportivas e coloco carteira e celular no bolso de trás. No hall de entrada, amarro o tênis e pego Jamie e sua montanha de coisas. Depois que a prendo pelo cinto de segurança, empurro o carrinho em direção à porta, e Sabrina nos dá um tchauzinho.

"Estuda bastante, mamãe", brinco.

"Divirtam-se", responde ela, distraída. Já está escrevendo num bloco amarelo, o olhar concentrado num de seus livros de direito.

É preciso um pouco de jeito para entrar com o carrinho no elevador apertado. Poucos minutos depois, Jamie e eu estamos passeando pela calçada. O sol decidiu se esconder atrás de uma nuvem cinzenta espessa, deixando o céu nublado, então levanto um pouco o protetor de Jamie, para que ela possa apreciar a paisagem.

E ela não é a única que está gostando. Sabe uma coisa que aprendi desde que tive uma filha? As mulheres ficam loucas quando me veem com a bebê.

Sempre que estou empurrando o carrinho na rua, atraio dezenas de fãs. As mulheres me param do nada para babar em cima de Jamie. Quase sempre dão uma conferida na minha mão, para ver se encontram alguma aliança, e acenam a cabeça satisfeitas quando não veem nada. As mais ousadas não têm o menor escrúpulo em me perguntar de cara se a mãe da minha anjinha ainda está na jogada.

E sempre ficam muito decepcionadas quando informo que a mãe está totalmente na jogada. Então ofereço um sorriso educado, dou bom-dia e continuo a caminhar. Na única vez em que Logan me acompanhou num desses passeios, ficou espantado e comentou que era uma pena que a gente não fosse solteiro, porque Jamie é um ímã de mulher.

Meus amigos a adoram. Sei que gostariam de visitá-la mais vezes, mas todos nós temos vidas ocupadas. Desde que a temporada de hóquei começou, Garrett está treinando bastante e viaja o tempo todo para os jogos fora de casa. A equipe de base de Logan treina tão pesado quanto, e ele e Grace ainda estão se instalando no apartamento novo. Apesar disso, todos passam lá em casa para ver Jamie sempre que podem. Principalmente Hannah, que por enquanto está trabalhando só meio período e compondo nas horas vagas.

"Ei, olha ali, princesinha", digo à minha filha, quando paramos na faixa de pedestres. "É um cachorrinho."

A dona do tal cachorrinho para ao nosso lado, e ele tenta cheirar o carrinho. Eu deveria ter ficado de boca fechada, porque agora já chamei a atenção da dona.

"Nossa! Olha só que anjinho!"

Ela se abaixa e começa a mexer com Jamie, o que me deixa de cabelo em pé. Isso é normal? Estranhos constantemente tentando tocar o seu bebê? Porque acontece com frequência demais para o meu gosto.

A mulher dá um beijo nos dedinhos de Jamie, e faço uma nota mental para limpá-los no segundo em que estivermos fora de seu campo de visão. Droga, usaria uma mangueira, se não achasse que isso iria machucá-la. Não quero esse monte de germes na minha filha.

"Qual é o nome dela?", pergunta.

"Jamie." Olho fixamente para o sinal de pedestres, torcendo para que o homenzinho verde apareça antes que ela comece a flertar.

"E o nome do papai?"

Tarde demais. "Tucker, mas minha esposa me chama de Tuck."

Isso a cala depressa. Em geral, não sou tão grosso nesses encontros aleatórios na rua, mas não gostei mesmo do jeito como ela tocou a minha filha sem permissão. Vai se foder.

Quando o sinal abre, empurro depressa o carrinho para a frente, murmurando um tchau para a mulher e o cachorro.

"Bem, pelo menos o cachorrinho era bonito, não era, princesa?"

Ela não responde, mas não importa. Já me acostumei a ter conversas inteiras com essa menina. Acho que me acalma.

"Tá vendo ali? É um balanço", digo, ao passarmos por um parquinho. "Quando você for um pouquinho mais velha, papai vai te levar ali e te empurrar no balanço."

Caminho por mais dois quarteirões, acelerando o passo quando nos aproximamos de uma sex shop. "E *este* é um lugar em que você nunca vai entrar", digo, animado. "Porque você nunca vai fazer sexo, né, princesa?"

Ouço uma gargalhada alta.

Olho por cima do ombro e vejo um casal de idosos caminhando atrás de mim. Eles me lembram um pouco Hiram e Doris. Cara, como será que aqueles dois estão? Queria ter trocado telefones com eles depois daquela maluquice de aula de pintura de nu artístico.

"Boa sorte", comenta o homem, com um sorriso torto.

"Quatro filhas", acrescenta a mulher. "O pobre Freddie aqui não conseguiu convencer nenhuma delas a ficar virgem."

Sorrio de volta. "Isso é por que ele não se esforçou o suficiente. Pensou em comprar uma espingarda?"

O casal se mata de rir.

Jamie e eu continuamos a passear por mais alguns minutos, até que de repente chego a uma esquina familiar. Não venho ao Paddy's Dive desde a noite em que Sabrina entrou em trabalho de parto, mas, de alguma forma, acabei retraçando meus passos até ele.

E tem uma placa de VENDE-SE na janela.

36

SABRINA

"Desculpa o atraso", digo, ao me sentar numa cadeira no Della's.

Carin e Hope já estão com suas bebidas, e, pela poça de condensação sobre a mesa, estou mais atrasada do que imaginei. Ou elas chegaram cedo. Desde que Jamie nasceu, tenho tido dificuldade de chegar a qualquer lugar na hora.

"Cadê a Jamie?", pergunta Carin, dispensando minhas desculpas com um gesto da mão.

"Com a minha avó." Pego o cardápio, procurando depressa pela coisa mais suculenta e carnuda que posso encontrar.

As duas fazem beicinho. "A gente queria ver a neném!", grita Hope.

"Pois é. A ideia era você trazer pra gente ficar babando em cima dela. Já quase terminei as botinhas." Carin me mostra um emaranhado de linhas que não se parece em nada com um sapato, nem com uma meia.

"O que é esse troço?" Baixo o cardápio para ver melhor o objeto que ela está segurando. É um equivalente em lã do ursinho de pelúcia horroroso de Logan.

"É uma meia. Tá grande demais ou pequena demais?" Ela estica a coisa, e consigo distinguir vagamente alguma forma.

"É... Tem certeza que é uma meia?"

Hope ri de trás do seu cardápio.

Carin fecha a cara para mim. "Já tentou fazer tricô? É difícil pra caralho, tá legal?" Com um suspiro, ela enfia o emaranhado na bolsa.

"Além de tricô, o que eu agradeço, como vai o MIT?"

Hope se anima toda. "Carin cortou barba da lista."

"Boa." Levanto o polegar para ela. "Conta mais."

"Não... não é nada demais." Carin cobre o rosto com o cardápio.

"O sr. Barba é professor assistente da Carin", explica Hope. "Ela acha que você vai ficar furiosa."

"Ele não é meu professor assistente!", intervém Carin.

"Tá, tudo bem", Hope cede. "Ele é professor assistente de outra turma, que Carin provavelmente vai fazer no ano que vem."

"É... Por mim, tudo bem." Pego meu cardápio de novo e avalio as minhas escolhas.

Estou dividida entre o hambúrguer com gorgonzola e o sanduíche de filé com queijo. Posso comer gorgonzola? Abaixo o menu para perguntar a Hope, e me deparo com minhas amigas me encarando.

"O que foi?" Olho para o peito em pânico. "Estou vazando?" Não, minha camisa está seca, graças a Deus. Esses adesivos de silicone são uma mão na roda.

"A gente tinha certeza que você ia ficar brava por causa da história com o Dean", explica Carin.

"Dean e eu meio que fizemos as pazes." Se é que desmoronar na frente dele e Dean me dar tapinhas desajeitados nas costas conta como fazer as pazes. Mas, para mim, conta. Além do mais, até onde sei, ele não falou uma palavra para Tucker sobre o fato de que estou perdidamente apaixonada pelo cara.

"Bem, isso é bom."

A garçonete aparece, e fazemos o pedido. Hope escolhe uma salada, Carin pede sopa e salada, e eu, um sanduíche de carne com queijo e uma porção de batata frita, porque estou faminta.

"Como está a faculdade de medicina?", pergunto a Hope.

"Tudo bem. A carga horária é de matar."

"Sei como é."

"Está minando todas as minhas forças, não tenho tempo nem para o D'Andre. Ele fica falando que quer esquiar todo dia nas férias de fim de ano, e tudo que quero fazer é deitar na frente da lareira do chalé e dormir. Não sei como você aguenta."

"Não conseguiria sem Tucker. Ele tá sempre lá. Bem, na maioria das vezes", corrijo. Porque, ultimamente, ele tem andado muito ocupado, e eu tenho vivido num pânico silencioso.

Hope franze a testa. "Ah, não. Problemas no paraíso?"

"Não, nada demais. Na verdade, ele faz mais do que eu jamais imaginaria. Me sinto culpada."

"Ah, sem essa", exclama Carin. "A Jamie é filha dele também. Ele tá fazendo corpo mole? Porque, por você, posso chutar a bunda dele daqui até o porto."

"Não, nem um pouco. É que..." Faço uma pausa, hesitante em verbalizar meu medo, como se dizer as palavras as tornasse realidade. Mas essas duas são minhas amigas mais próximas, por isso me entrego ao impulso. "Acho que ele encontrou outra pessoa."

"Não." A Hope nega na mesma hora. "Quando ele ia arrumar tempo pra isso? Você disse que ele passa quase todas as noites na sua casa, e vocês se veem nos fins de semana também."

"É exatamente isso. Antes ele ficava o tempo todo por perto, mas nas últimas semanas tem estado muito ocupado."

"Talvez tenha um monte de construtores querendo terminar as obras antes que a neve chegue", sugere Carin. "E tá todo mundo trabalhando dobrado ou algo assim."

"Talvez." Dou um suspiro. "Não é só que ele não fica mais tanto por perto. Ele anda distraído e quieto, mais do que o habitual. Sinto que quer me dizer alguma coisa, mas tem medo de como vou encarar."

"Fala logo que você ama o cara", ordena Hope, apontando o garfo para mim. "Na verdade, tô chocada que você não tenha feito isso ainda. Nem por mensagem."

"É muito difícil", admito. "No outro dia, ele tava pegando um copo d'água, e a camiseta subiu, e eu quase caí de joelhos de tesão. E quando ele tá com Jamie, então? É quase impossível. Ele estava sentado no sofá na outra noite, dando a mamadeira. Eu me peguei dizendo *eu amo você* e parei no meio, mas já tinha dito as duas primeiras palavras. Acabei emendando com *eu amo as suas meias*."

"Eu amo as suas meias?", exclama Carin.

"É mais do que ridículo. Eu sei."

"Por que você não fala logo?"

"Porque, se eu disser, ele vai se sentir preso a mim. Ele é tão correto e decente, não vai nem olhar pra outra."

"Basta perguntar se ele tá saindo com alguém. Se disser que não, então fala que você o quer só pra você", aconselha Carin. "Se disser que sim, pelo menos você fica sabendo. É melhor saber do que pirar imaginando coisas."

"A certeza é a melhor coisa", concorda Hope.

Ofereço um sorriso contido e mudo de assunto, perguntando a Carin mais sobre o o professor assistente barbudo e gostoso com quem ela está saindo. Felizmente, ela embarca na conversa, embora falar de sexo me lembre do quão pouco estou transando nos últimos tempos. Era difícil arrumar uma posição confortável antes do parto, e, agora que o período de seis semanas passou, não sei se quero que Tucker veja o meu corpo. Ele está acostumado a universitárias gostosas sem nenhuma gordura e barriguinha de aço. Hoje, estou mais para barriga de gelatina.

A comida finalmente chega. Enfio a cara, sob o pretexto de que estou morrendo de fome, mas estou na verdade me escondendo de minhas amigas, porque não concordo com seus conselhos. Saber que Tucker ama outra pessoa vai acabar comigo.

Prefiro passar a vida inteira no limbo a ouvi-lo dizer que está apaixonado por outra.

Quando chego em casa, vovó está cochilando com Jamie, o que me dá algumas horas de estudo antes do jantar. Ray está no sofá, com a televisão aos berros, o que significa que não posso ler na cozinha. Estou ficando cansada de viver trancada no meu quarto apertado com o berço, a cama e mil e uma coisinhas de bebê, mas não tenho muita escolha. Ponho um tampão nos ouvidos e consigo ler todo o material de direito criminal e delitos antes de ouvir o choro agudo da minha filha faminta.

"Já chegou, Sabrina?", minha avó chama junto à porta.

Pulo da cama e a cumprimento. "Já. Faz umas duas horas. Vocês duas estavam dormindo." Pego Jamie dos seus braços. A neném reclama e se contorce, tentando me chupar por cima da camisa. "É melhor dar de mamar."

"Faça isso. Vou correr no mercado pra comprar umas coisas. Estamos quase sem leite e queijo."

"Certo." Começo a fechar a porta, mas minha avó me interrompe.

"Você tem que sair daí", diz, olhando por cima do ombro para o espaço confinado. "Vai ficar maluca."

"Tô bem", respondo, mas ela tem razão. O quarto parece menor a cada dia.

Ela dá de ombros, sua linguagem corporal me dizendo que o problema é meu.

Antes de eu fechar a porta, ouço-a gritando com meu padrasto. "Essa televisão tá muito alta, Ray. Vai machucar o ouvido da neném."

Ele murmura algo incompreensível. Tenho certeza de que é alguma variação de "foda-se a neném".

Mais três anos. Mais três anos, e vou arrumar aquele emprego numa Big Law e dar o fora daqui.

Vovó e Ray trocam mais algumas palavras secas — a voz dela é fria, e a dele, irritada. A energia desta casa é tão negativa.

Aninho Jamie junto a mim. "A gente já vai sair daqui."

Ela chora, um som faminto e doído. Equilibrando Jamie nos braços, desabotoo a camisa. Mas ela continua chorando.

Um instante depois, Ray bate à minha porta. "Cala a boca dessa criança, porra. Tô vendo meu jogo."

Fecho os olhos e rezo por paciência. Jamie grita sua irritação, e, ao olhar para baixo, vejo que o adesivo de silicone a está impedindo de mamar. Arranco e jogo na cômoda.

Ray bate de novo. "Tô falando sério, Rina!"

Abro a porta num solavanco, com Jamie agarrada ao meu seio, e confronto o imbecil. "Ela é um bebê, não uma máquina. Não dá pra ligar e desligar na hora que eu quiser, tá legal? É óbvio que eu também não gosto de ouvi-la chorando, seu imbecil. Tô fazendo tudo o que posso para deixá-la feliz."

"Parece que você só é boa pra chupar", resmunga ele. Seu hálito de cerveja quente me envolve.

A raiva queima nas minhas entranhas. Fecho a porta, mas ele a empurra de volta na minha direção, com a mão espalmada.

"Sai daqui", ordeno. Não quero este homem perto da minha filha, e não me importo se tiver que chutar seu saco para deixar isso bem claro.

Ray não é muito mais alto do que eu e é magro feito um palito, mas ele consegue chutar a porta da minha mão e avançar para dentro do quarto.

Recuo, as pernas batendo no colchão. "Sai", repito.

Meu coração começa a bater depressa. Ray nunca foi violento, nunca levantou a mão para mim, mas, neste momento, a expressão em seus olhos faz todos os pelos do meu corpo se eriçarem. Aperto Jamie junto de mim. Ela choraminga, e me obrigo a aliviar o abraço.

"Seus peitos estão enormes." Ele umedece os lábios com a língua.

Puxo um lado da camisa para me cobrir. Mas Jamie ainda está agarrada ao outro peito.

"Como é o gosto desse leite?"

Um frio corre minha coluna. Meu leite é doce, mas o medo tem gosto de cobre na minha língua. "Você tem que sair agora", rosno.

"Você tem dois peitos e só uma boca grudada neles." Ele se aproxima, devagar e ameaçadoramente.

Me arrasto para trás na cama, mantendo minha filha num abraço protetor. "Fica longe da gente, Ray. Tô falando sério. Mais um passo e juro que arranco seus olhos."

"Por que não me deixa provar? Andei pensando em como você deve ser gostosa. Já peguei a mãe e a avó. Por que não pegar a filha? Vai ser o gol triplo de Ray Donaghy."

Vasculho às minhas costas em busca de alguma arma, mas não encontro nada. Em vez disso, ouço um barulho junto à porta e, em seguida, um torpedo de um metro e noventa se lança em cima de Ray e o vira de costas para mim.

Tucker dá um soco na cara de Ray antes mesmo de o filho da mãe perceber que tem outra pessoa no quarto com a gente.

Me encolho no canto, puxando um cobertor sobre o peito, como que para cobrir os olhos de Jamie da cena na sua frente. Tucker joga Ray contra a parede, levantando seus pés do chão com a mão forte que mantém em seu pescoço.

"Seu doente, filho da puta. Sorte sua a minha filha e a minha mulher estarem neste quarto agora, ou ia *acabar* com você."

Ele aperta mais forte, e, embora eu ache que Ray mereça ser enforcado, não quero que Jamie tenha que visitar o pai num presídio de Massachusetts pelos próximos vinte anos.

"Melhor esperar eu me formar em direito antes de matar o Ray", digo a Tucker, fraca de alívio.

Ele aperta a garganta de Ray mais uma vez, antes de deixar o infeliz cair no chão.

"Vamos", Tucker ruge, voltando-se para mim. Suas pupilas estão dilatadas e suas narinas arreganhadas, como se estivesse se esforçando para se recompor. "Vamos sair daqui."

Não discuto.

"Há quanto tempo isso tá acontecendo?", pergunta Tucker, ao colocar o carro em movimento. Afasto o olhar do rostinho feliz de Jamie, e o encontro com uma expressão sombria.

"Ray sendo um imbecil? Desde o início dos tempos. Ele tentando me apalpar enquanto eu dava de mamar? Primeira vez."

Apesar de que acho que sempre desconfiei do seu descaramento, ou não teria me sentido compelida a me esconder no quarto o tempo todo.

"Você não pode ficar lá", afirma Tucker, categórico.

Passo a mão trêmula no rosto. "Não tenho opção. Bebês são caros, e minha conta bancária está indo pro espaço. Hope organizou aquele chá de fraldas e coletou umas duzentas e cinquenta — eu ri quando fiz a conta. Bem, acabou tudo nas três primeiras semanas. E você tá morando com o Brody, que finge que o quarto dele é um teste para o Cirque du Soleil, com trilha sonora e tudo."

"Eu sei." Tucker morde o lábio. "Não estava pronto pra fazer isso porque queria esperar a hora certa, mas não tenho alternativa."

Começo a morder as bochechas por dentro, nervosa. "A hora certa pra quê?"

Ele vai terminar comigo?

Ai, meu Deus.

Tento conter a ânsia para não vomitar na caminhonete limpinha de Tucker.

"Pra isto." Ele para o carro na frente de um bar de esquina. É um bar tradicional de Boston, com fachada de tijolo vermelho, toldo verde e um pátio minúsculo nos fundos.

"Não posso beber amamentando", eu o lembro.

"É, pode apostar", diz, e salta da caminhonete.

Enquanto ele tira Jamie da cadeirinha, saio do carro e o encontro na calçada. "A gente não pode levar um bebê a um bar."

"Não é isso que a gente vai fazer." Ele pousa a mão na base das minhas costas e me guia em direção à lateral do pequeno prédio. Uma escada leva ao segundo andar. "Vai em frente", diz, quando hesito.

"Você alugou um apartamento?" Tento afastar a preocupação da voz. O dinheiro é dele, e é ele que tem que decidir como gastar, mas alugar um lugar só para ele porque estou tendo problemas em casa parece um desperdício. "Porque Ray é só papo e zero ação."

"Claro. Porque te atacar no seu quarto foi só um monte de palavras."

"Ele tava bêbado." Caramba. Por que estou defendendo o psicopata, hein?

Tucker me empurra de leve. "Quer fazer o favor de subir ou vou ter que te carregar também?"

"Tô indo." Obedeço. A maçaneta gira sob a minha mão, e noto uma fechadura eletrônica recém-instalada.

"Funciona com comunicação por campo de proximidade", me diz Tucker.

"Traduz, por favor."

"Abre a porta quando um dispositivo emparelhado chega perto. Assim, você consegue entrar mesmo com as mãos ocupadas."

"Legal", digo, baixinho. E isso é apenas a primeira de muitas surpresas.

No andar de cima, encontro um enorme apartamento de dois quartos. A cozinha é pequena, e os utensílios são antigos, mas há várias janelas. A sala está coberta de poeira e tijolos expostos.

"Andei derrubando umas paredes", explica Tucker, gesticulando. "Não toquei no quarto porque achei que você ia querer dar uma opinião, mas as coisas aqui estavam apodrecendo. Vem."

Desta vez, ele assume a frente. Há dois quartos no final do corredor. Ele abre o primeiro, pousa a cadeirinha no chão e em seguida se ajoelha para pegar uma Jamie sonolenta no colo. A pequerrucha sempre dorme no carro.

Passo bem devagarinho pela porta, como se tivesse um assassino atrás dela. Mas o que encontro é um quarto de bebê completamente decorado.

"Ai, meu Deus", suspiro.

As paredes foram pintadas com um rosa-claro. Cortinas brancas cobrem os janelões. Junto de uma das paredes, há um berço cinza-claro, e da outra, uma cômoda com trocador. Entre os dois, uma poltrona estofada — uma pela qual eu tinha babado e postado na minha conta do Instagram.

Lanço um olhar espantado para Tucker, mas ele está ocupado demais namorando Jamie. Deus, ele é bonito demais para descrever. Os bíceps são maiores do que a cabeça da bebê, mas ele é gentil feito um cordeirinho com ela.

É essa combinação que faz de Tucker quem ele é. Forte, firme, com o toque certo de delicadeza para enlouquecer as mulheres. Comigo funcionou.

Desvio o olhar de sua cabeça abaixada para não me jogar em cima dele desavisadamente. À minha direita, no fundo do quarto, vejo uma porta entreaberta. Vou investigar e encontro uma suíte. É demais.

"O que tá acontecendo? Você ganhou na loteria?"

Ele me abre um sorriso torto. "Não. Comprei um bar. Isso veio junto."

"Isso?" Gesticulo para o cômodo à minha volta. "O quarto rosa, o berço, a fechadura eletrônica?"

"Tá bom, o bar veio com um apartamento. Ainda não terminei as reformas aqui em cima. Vai demorar um pouco. Estava querendo te fazer uma surpresa lá pra novembro, quando abrisse o bar."

Recosto contra a parede, me sentindo fraca. "Não sei o que dizer."

Ele atravessa o quarto e ergue meu queixo. "Diz que isto aqui vai ser uma casa. Pra você, pra Jamie e pra mim."

Fecho os olhos para que ele não veja a emoção neles — alívio, gratidão, um amor esmagador por ele. Não mereço esse cara. Não mesmo, mas por alguma razão ele me quer na sua vida.

Aninho o rosto na sua palma e pressiono os lábios contra a pele quente. "Adorei. É lindo. Você é o máximo." E, porque não consigo me conter, fico na ponta dos pés e abraço seu pescoço. "Obrigada."

Um braço musculoso me envolve apertado, enquanto o outro segura a neném entre nós. "Vai dar certo", murmura ele. "Você vai ver."

Espero que sim. Deus, espero que sim.

37

TUCKER

Novembro

"Puta merda! Este lugar é animal."

Fico cheio de orgulho com a exclamação de Logan. Foram semanas de trabalho duro para chegar aqui, mas meus esforços extenuantes parecem valer ainda mais a pena quando testemunho a reação dos meus amigos.

E estou honrado que todos tenham vindo. Dean e Allie pegaram um trem de Nova York, e o treinador Jensen até cancelou o treino de hoje, então todos os meus antigos colegas de time da Briar puderam vir à inauguração.

Mas as convidadas mais importantes são as minhas duas meninas. Jamie está pendurada num canguru no meu peito, usando um macacão cor-de-rosa feito sob medida que diz "Bar do Tucker" em letras douradas brilhantes.

Sabrina está ao meu lado, não tão arrumada quanto a filha, de calça jeans desbotada e um suéter verde apertado. Seus peitos cheios estão quase pulando do decote profundo em V, e toda vez que olho na direção dela meu pau vira uma pedra. Quase queria que ela ainda estivesse reclamando de estar carregando o peso do bebê e se recusando a me deixar tocá-la, porque, embora ela não tenha voltado ao corpo de antes da gravidez, vivo o tempo inteiro com tesão.

"Vou ao banheiro", diz Logan. "Já volto."

Enquanto ele desaparece na multidão, Garrett examina o bar lotado. "A obra ficou tão boa que nem dá para acreditar", admira-se.

Olho ao redor, tentando ver o lugar por seus olhos. Depois que restaurei por completo os painéis de madeira e as vigas expostas, fui atrás de objetos de decoração esportivos para pendurar nas paredes novas. Tecnicamente, não é um bar de esportes, mas sou um jogador de hóquei. Não posso *não* ter fotos de atletas no meu bar.

E ajuda ter amigos importantes. Garrett conseguiu camisas assinadas de vários dos seus novos colegas — muitos dos quais estão aqui hoje. Uma das mulheres na mesa de sinuca não perdeu tempo em divulgar isso nas redes sociais, e, uma hora depois de abrir minhas portas, tinha gente fazendo fila para entrar, na esperança de conseguir um autógrafo ou conversar com os jogadores profissionais.

As fãs, no entanto, têm sido surpreendentemente discretas, deixando os colegas de Garrett beberem em paz, sem incomodar muito. Fico feliz, porque o clima que quero criar é de "bar da vizinhança". Um lugar a que as pessoas podem ir depois do trabalho (ou do treino) e relaxar. Um lugar que não seja muito barulhento nem muito agitado.

Até agora, é exatamente o que eu queria que fosse.

"Obrigado pela ajuda", digo a Garrett, que dá de ombros, como se eu não tivesse o que agradecer. Mas tenho. Ele abriu mão de muitos dias de folga para vir aqui e me ajudar a arrancar piso e quebrar o banheiro.

"Você também", digo a Fitzy, que dirigiu até Boston todos os fins de semana desde que comprei o bar, dormindo no quarto de Jamie e acordando de madrugada para me ajudar.

Contratei umas pessoas para os trabalhos que meus amigos e eu não podíamos fazer sozinhos. Também contratei funcionários para o bar, já que não tenho interesse nenhum em servir, a menos que seja necessário; minha área é mais a gerência. Samira e Zeke, as duas pessoas no balcão esta noite, são impressionantes. Já brigam como um casal de velhos, e é a primeira noite dos dois aqui.

"Foi divertido", murmura Fitzy, antes de tomar um gole de cerveja.

"Cara", diz Dean, batendo no ombro de Fitz. "Jogaço na semana passada, hein? Vocês acabaram com Yale."

Fitzy franze a testa. "Você viu em Nova York? Não sabia que ia passar na televisão."

"Não... Alguém tava postando no Twitter. Fiquei acompanhando."

Eu também, aliás. Queria ter ido até a Briar para ver ao vivo, mas Jamie tinha passado uma noite péssima no dia anterior, e Sabrina e eu estávamos exaustos. O time, no entanto, está arrebentando nesta temporada. O resultado de merda do ano passado ficou para trás, agora que a Briar está numa sequência de cinco vitórias.

"Hunter marcou um golaço no terceiro período", diz Hollis, de seu banco. "Quase gozei na calça."

"Olha a grosseria na frente da minha filha", digo, na mesma hora.

"Cara, você trouxe um bebê para um *bar*. Vai jogar pedra de vidro na sua própria casa." Diante dos risos, Hollis fica visivelmente confuso. "O que foi?"

"Não é assim que se fala", explica Hannah.

"Claro que é."

"Claro que não."

Hollis a dispensa com um gesto. "Você não sabe nada, Jon Snow."

Ela suspira e caminha até a mesa em que Allie, Hope, Carin e Grace estão sentadas. "Vem comigo?", pergunta para Sabrina.

"Tô indo." Minha mulher olha para mim. "Quer que eu leve a Jamie?"

"De jeito nenhum", diz Dean na mesma hora. "Você não pode tirar ela da gente! Quase não fica com os tios!" Ele pega Jamie do canguru e a aninha em seu peito. "Dá um beijo no tio Dean, princesa."

Sabrina revira os olhos, enquanto Dean pressiona a boca da nossa filha em sua bochecha e começa a fazer barulhos exagerados de beijo.

"Vou lá ficar com as pessoas normais", diz Sabrina, seca, e em seguida se dirige para a mesa das meninas.

Meus amigos passam Jamie de um para o outro, até que ela acaba nos braços de Fitzy. Como ele está de camiseta, suas tatuagens estão totalmente à mostra, e, por algum motivo, elas deixam a neném fascinada. Toda vez que ele a segura, ela arregala os olhos para os desenhos e faz um O com a boca vermelha.

"Meu Deus, que menina linda", diz Garrett, balançando a cabeça.

Logan volta do banheiro bem a tempo de ouvir o comentário de Garrett. "Né? Juro que fiquei morrendo de medo que o bebê fosse feio e eu tivesse que fingir. Um dia antes de conhecer, fiquei uma hora praticando 'Ahhhhh! Ela é tão linda!' na frente do espelho."

Mostro o dedo do meio para ele.

"É verdade... Pergunta pra Gracie. E relaxa, cara. Não tive que mentir, tive? Ela é linda pra caralho."

"Tuck tem esperma mágico", concorda Dean.

Hollis solta uma gargalha. "Não, Tuck tem uma mãe gata pra filha dele. São os genes, cara."

"E falando na mãe..." Dean ergue uma sobrancelha para mim.

Franzo a testa. "O que tem ela?"

"Vocês dois estão oficialmente juntos?"

"Estamos morando juntos", é tudo o que consigo pensar em dizer.

"O.k. Mas isso não responde à minha pergunta."

Meu olhar desvia para o outro canto da sala. Sabrina está rindo histericamente de algo que Hope acabou de dizer. Com os olhos escuros infinitos e o rosto perfeito, é de longe a mulher mais linda do bar. Sou *maluco* por ela. E, sim, a amo. Tanto que dói.

Mas não vou dizer isso de novo depois do jeito como ela me dispensou na noite em que deu à luz.

"Estamos juntos", digo, por fim. "Se é sério?" Dou de ombros. "Quero que seja. Mas estou indo no ritmo dela."

Dean parece preocupado, mas não diz mais nada sobre a questão. Em vez disso, muda de assunto completamente, virando-se para sorrir para Fitzy. "Ei, tô querendo te escrever e sempre esqueço. Acho que preciso te dar um toque sobre uma coisa."

"Um toque sobre o quê?"

"Lembra da Summer?"

"Quem?"

Dean ri. "Minha irmã."

Escondo um sorriso quando vejo Fitzy estreitar os olhos. Não é nenhum segredo que a visita de Summer Di Laurentis no último inverno assustou o cara. Eu não estava lá para testemunhar, mas parece que a irmã superatirada de Dean praticamente se jogou em cima do grandalhão.

"O que tem ela?"

"Pediu transferência para a Briar. Começa no semestre que vem."

Fitzy fica tão branco quanto a baba de Jamie. Que está empoçando a manga da camiseta dele. Ele ainda não percebeu, e estou torcendo que outra pessoa diga alguma coisa, para eu não ter que avisar.

"Por quê?" Dá para ver que Fitzy está falando por entre os dentes.

Dean suspira. "É oficial: foi expulsa da Brown. Ou melhor, eles a

314

convidaram gentilmente a sair, como ela gosta de dizer. Mas, sim, meu pai é amigo do chefe de admissões da Briar, então cobrou um favor. Summer vai começar lá em janeiro."

"Será que ela ainda quer ver o pau do Fitzy?", pergunta Hollis.

O proprietário do referido pau passa minha filha de volta para mim, em seguida pega a cerveja e vira inteirinha.

Um sorriso surge no meu rosto. Coitado. As mulheres vão à loucura com Colin Fitzgerald, mas, nesses anos todos em que a gente se conhece, ele tem sido incrivelmente seletivo com quem sai. Acho que no fundo é tão antiquado quanto eu.

"Tuck!", Zeke chama de trás do balcão. "Uma pergunta rápida sobre o cardápio de bebidas!"

Ponho Jamie de volta no canguru e faço um sinal para os meus amigos de que vou me afastar um minuto. Então vou cuidar dos negócios. O *meu* negócio.

"Oi", diz Sabrina, horas depois, sorrindo para mim quando entro em nosso quarto.

Está deitada no meio da cama com um livro no colo, uma visão que não me surpreende. Sabrina estuda sempre que pode, e a melhor hora para isso é quando Jamie está dormindo. Quase todas as noites, ela continua mergulhada num livro muito tempo depois de eu ter caído no sono.

A parte boa é que agora que as obras no bar acabaram e estou oficialmente funcionando, vou poder cuidar de Jamie durante o dia, enquanto Sabrina está na aula, e depois a gente troca — ela vai ficar com a bebê quando eu estiver lá embaixo, trabalhando. Não temos a rotina mais tranquila, mas estamos fazendo o nosso melhor. E está muito mais fácil desde que ela veio morar comigo.

Bem, mais fácil *e* mais difícil. Ainda não sei em que pé estamos. Faz três meses que não transamos, apesar de dormirmos na mesma cama. Em geral, um de nós está ninando Jamie no quarto dela enquanto o outro tenta pôr em dia o tão necessário sono. Ela não me disse que gosta de mim, muito menos que me ama. Às vezes, acho que gosta, mas outras vezes parece que somos só duas pessoas que por acaso estão criando uma filha juntas.

Mas a única coisa que sei a respeito de Sabrina é que pressioná-la produz o resultado contrário ao que você espera. Eu entendo, no entanto. Ela passou a vida toda sozinha. O pai foi embora antes de ela nascer. A mãe a abandonou. A avó, por mais que diga que a ama, sempre age como se tivesse feito um enorme favor a Sabrina por tê-la criado.

Sabrina James não está acostumada a ser amada. Às vezes me pergunto se ela sequer sabe amar alguém de volta, mas então a vejo com a nossa filha, a maneira como seu rosto amolece de amor e adoração toda vez que olha para Jamie, e sei que é capaz de sentimentos profundos.

Só queria que sentisse algo profundo por *mim*.

"Por que você tá tão sério?", provoca ela, deixando o livro de lado. "Você arrasou esta noite. Deveria estar sorrindo de orelha a orelha."

Abro a calça jeans e deixo cair no chão. "Tô sorrindo por dentro." Em seguida, começo a abrir os botões da camisa xadrez. "Estou exausto demais para mexer os músculos da cara."

"Sério? Que pena, porque não estou nem um pouco cansada."

O tom de malícia em sua voz faz meu corpo despertar na mesma hora. Ah, merda. Por favor, por favor, *por favor*, me diga que ela está dizendo o que acho que está dizendo.

"Jamie tá dormindo pesado no outro quarto", acrescenta, apontando para a babá eletrônica de forma sedutora. "Ela tem dormido umas duas horas antes de começar a exercitar aqueles pulmões..."

Duas horas.

Meu pau sobe e tenta abrir um buraco na cueca.

Sabrina não deixa de notar a reação do meu corpo. Lambendo os lábios, ela segura a barra do suéter e o tira pela cabeça.

"Princesa", começo com a voz rouca.

"Ahn?"

"Se isso é alguma piada de mau gosto e você *não* tá pensando em me foder agora, preciso que me diga logo. Meu pau não vai aguentar a decepção."

Ela desata a rir, em seguida cobre a boca para abafar o som. Felizmente a babá eletrônica continua quieta.

"Não é uma piada", Sabrina confirma. Em seguida, desabotoa o sutiã e, minha nossa, seus peitos são maravilhosos. "Passei a noite toda querendo pular em você."

Caminho em direção a ela como um predador. "Ah, é?"

"Aham. Pensei o dia inteiro nisso. E hoje à noite o pensamento virou obsessão. Você não tem *ideia* de como fica gostoso quando está dando ordens para os funcionários." Ela já está tirando a calça legging e a calcinha.

Minha respiração falha quando olho para a sua boceta. Está completamente depilada. Ah, sim, isto não é um impulso, uma coisa de momento. Ela se preparou.

Num piscar de olhos, estou em cima dela, a boca esmagando a sua num beijo que nos deixa sem fôlego. Mas, por mais que ame a sua boca, não é isso que quero beijar agora.

Três meses. Faz três meses *torturantes* desde que minha língua visitou o paraíso. Afasto a boca e desço no colchão até meu rosto estar na altura da sua boceta. Uma boceta linda e muito molhada.

"Abre pra mim, princesa. Faz tempo que não como e tô faminto."

Sabrina desce as mãos pelo corpo e abre os lábios para mim. Deslizo a língua uma vez de uma ponta a outra, revestindo minhas papilas gustativas com o sabor dela. Meu pau já dolorido pulsa de desejo. Nossa, que saudade disso. Que saudade dela.

"Tucker, por favor", implora ela.

Meu pau está tão duro que parece que vai quebrar ao meio, mas não estou nem aí, porque estou com a cara enterrada entre as pernas da minha mulher. Seus calcanhares pressionam meus ombros, pedindo mais. E ela se debate na cama, fazendo os ruídos mais sensuais da história.

Goza, gostosa. Goza pra mim.

"Isso, ah, isso. Bem aí", grita ela, antes de cobrir a boca de novo.

Nós dois ficamos imóveis, à espera de um pio no quarto ao lado. Nada acontece, e eu solto um suspiro de alívio, esticando-me para pegar um travesseiro e jogar para ela.

Sorrio, diabolicamente. "Por mais que seus gemidos sensuais me deixem louco, acho que é melhor você gritar no travesseiro."

Sabrina joga a cabeça para trás, cobre o rosto com o travesseiro e faz um sinal de positivo para mim com o polegar. Rindo, retorno à incrível tarefa que tenho diante de mim, mas assim que minha boca volta ao trabalho, minhas risadas morrem depressa.

Cada sabor dela me deixa mais voraz. Suas coxas tensionam sob minhas palmas e sua boceta vibra contra a minha língua, sinalizando que ela está perto. Chupo mais forte. Lambo mais rápido. Mordo, beijo e lambo até ela gritar no travesseiro e gozar na minha cara.

É bom pra caralho.

Sentando na cama, limpo a boca com a mão. "Camisinha?", pergunto.

Ela empurra o travesseiro de lado. "Tô tomando pílula. Peguei a receita na última consulta."

Seguro o pau e deslizo sobre sua entrada molhada. Ela arfa quando a cabeça entra. Faz tempo demais desde que estive dentro dela. O corpo feminino é uma coisa maravilhosa.

Ao entrar mais fundo, não consigo conter meu próprio gemido. É bom pra caralho. Quando estou totalmente encaixado, paro. Seus músculos internos pulsam em torno de mim.

"Merda, queria ter me masturbado antes de abrir o bar", digo, por entre os dentes. "Vou gozar em menos de dez segundos."

"Não, por favor. Isto tá tão bom." Seu tom soa um pouco surpreso.

"Achou que ia ser uma merda?" Passo suas pernas em torno dos meus ombros para ir mais fundo.

"Tive um bebê."

"Seu corpo é perfeito." Beijo o tornozelo bonito. "Se fosse mais perfeito, eu estaria perdido. Você ainda é apertada como o inferno, e molhada como o paraíso."

Ela ri. "O paraíso é molhado?"

Giro o quadril, e nós dois gememos. "Meu paraíso é molhado e quente e pertence a uma gostosa chamada Sabrina."

Rindo, ela aperta o meu pau.

"Para com isso." Suspiro. "Quer gozar de novo, ou quer me envergonhar?"

Ela responde me apertando ainda mais forte. Fecho os olhos e tento reunir um mínimo de controle. Quando a ânsia de gozar passa, começo a me mover num ritmo lento e constante.

Seu olhar gruda no meu, e telegrafo tudo o que sinto, tudo o que não posso dizer, tudo o que está no meu coração.

Você é a mulher da minha vida.

Meu sol nasce e se põe no seu sorriso.
Meu coração bate porque o seu bate.

Seu quadril se ergue, acolhendo cada investida.

"Segura em mim, princesa." Enfio um dos joelhos no colchão para ir mais fundo, e minha testa se cobre de gotas de suor.

Ela me puxa para baixo, e seus seios esfregam o meu peito a cada movimento. "Tô quase", sussurra. "Me beija. Quero a sua língua na minha boca quando eu gozar."

Puta merda.

Minha boca ataca a dela. Nossas línguas se emaranham avidamente. Isto é tudo que quero na vida. Seu corpo embaixo do meu. Seu gosto nos meus lábios. Seu cheiro nos meus pulmões.

Ela geme contra a minha boca ao gozar. Engulo seu grito de êxtase e, em seguida, permito que meu próprio orgasmo extravase, batendo contra ela com tanta força que provavelmente vou deixar hematomas. Quando o prazer enfim abranda, desmorono ao seu lado, mal conseguindo não esmagar seu corpo.

"Me dá uns dez minutos, e vou estar pronto pra outra", murmuro no colchão.

Sabrina acaricia a minha coluna e aperta a minha bunda, enviando arrepios por todo o meu corpo. Meu pau contrai com interesse.

"Dez não, cinco."

Ela ri.

Viro de costas e passo um braço sob seus ombros para puxá-la contra mim. "Você me matou, Sabrina. Tô morto."

Ela corre um dedo por dentro da minha coxa. Previsivelmente, meu pau endurece. "Se isto é você morto, tô com um pouco de medo de quanto tempo vai durar a próxima rodada."

"Melhor comer um sanduíche. Vou manter você na cama por um bom tempo."

Suas pernas se entrelaçam nas minhas como se ela não conseguisse ficar nem um centímetro longe de mim. Bom, por mim, tudo bem.

"Parece que tá tudo dando certo", murmura, os lábios se movendo contra a lateral do meu peito. Ela soa surpresa de novo.

"Por que não estaria? Nós dois queremos que isso dê certo, não queremos?"

Prendo a respiração enquanto espero sua resposta. Foi o máximo que a pressionei nos últimos tempos, e meio que espero que ela pule da cama e saia correndo do quarto.

Em vez disso, ela inspira profundamente. "É, queremos."

"Isso significa que posso parar de procurar outra mulher?"

"Isso significa que você *tem* que parar", declara ela. Seus dedos delicados se afundam possessivamente em minha pele, e dou um grunhido de prazer.

"Ótimo. Já disse pra algumas por aqui que sou casado."

"Por quê?"

"Jamie é um ímã de mulher. Nunca levei tanta cantada."

E então, como se tivesse ouvido seu nome, meu celular apita para avisar que Jamie está chorando no outro quarto.

"O que é isso?" Sabrina se senta, afastando o cabelo do rosto.

"Fitzy configurou pra mim. Tem uns sensores no berço que mandam um alerta para o meu celular para avisar se ela parou de se mexer ou se está chorando. Depois instalo o aplicativo no seu telefone." Salto da cama. "Fica aqui", digo, enquanto ela fica de joelhos. "Vou trazer Jamie pra cá."

Quando chego à porta, olho para trás. Sabrina se recostou contra a cabeceira acolchoada, organizando os travesseiros ao seu lado para dar de mamar. Ela levanta a cabeça e sorri, parecendo um anjo.

Não foi isso que planejei para a minha vida, pelo menos não tão cedo, mas não abriria mão nem por todo o ouro do mundo.

Com o coração na boca e me sentindo mais feliz do que qualquer homem tem o direito de se sentir, vou pegar nossa menina.

38

SABRINA

Dezembro

Me arrasto até o apartamento depois do grupo de estudos, uma hora atrasada e me sentindo culpada. Grito um pedido de desculpas para Tucker ao entrar, os braços cheios de livros e uma pequena sacola de compras com apenas metade dos itens que eu devia ter trazido para casa uma hora atrás. "Mil desculpas. O celular tava desligado e..."

O restante da desculpa morre em minha boca quando vejo a mãe de Tucker na minha cozinha.

Detrás da bancada, ela lança um olhar gélido na minha direção e avisa: "John saiu pra comprar algumas coisas. Tentou mandar uma mensagem pedindo pra você passar no mercado no caminho de casa, mas você não respondeu."

Suas palavras são mais frias do que os ventos do inverno na baía. Tremo sob o casaco felpudo.

"Achei que você só chegasse na sexta", gaguejo.

"O casamento em que eu ia fazer cabelo e maquiagem foi adiado, então decidi aproveitar e vir mais cedo. Assim posso passar mais tempo com a minha neta."

"Ah. Legal. Que... bom."

Já virei uma tonta. Mas não consigo evitar. A mãe de Tucker é intimidante demais. Não a vejo desde a visita desastrosa no verão, e, embora Tucker mande mensagens diariamente para ela e faça chamadas com vídeo para mostrar Jamie, ela nunca pediu para falar comigo.

"Por que você se atrasou?" É uma acusação, e nós duas sabemos disso.

Engulo em seco. "Estava num grupo de estudos. As provas finais estão chegando."

Ela aponta a sala de estar com a cabeça. "Por isso que este lugar não está tão limpo quanto deveria?"

Sigo seu olhar, cada vez mais aflita. A semana foi uma correria, e o apartamento está cheio de provas da minha distração. Os armários da cozinha estão vergonhosamente vazios. Na bancada, há uma pilha de pratos — pelo menos estão limpos. Ia guardar hoje à noite, depois que Jamie mamasse. Na sala, livros, documentos e guias de estudo complementares ocupam todas as superfícies disponíveis. O banheiro de Jamie — que a sra. Tucker vai usar — parece um furacão. Está tudo um caos, porque achei que ainda teria dois dias para arrumar.

E é isso que digo a ela. "Planejava arrumar antes de você chegar."

Sua sobrancelha arqueada indica que minha desculpa é vergonhosa. "Você está fazendo o melhor que pode, não é?"

O punhal me atinge fundo. Meu melhor não é bom o suficiente aos olhos da sra. Tucker.

Começo a ofegar, tiro as botas lentamente e percorro a curta distância da sala até a cozinha arrastando os pés cobertos pela meia-calça. O apartamento é maior do que a minha casa de infância, e, na maioria dos dias, fico tonta com o excesso de espaço, mas a sra. Tucker tem o dom de sugar todo o ar da sala.

Em silêncio, guardo o leite, os ovos e a manteiga. A loja de conveniência é mais cara, mas fica bem perto, e eu estava me sentindo meio desesperada. E agora estou me sentindo pequena e incompetente.

"A Jamie está com o Tucker?", pergunto. O apartamento está tão silencioso quanto a biblioteca de Harvard.

"Tá dormindo no berço", responde a sra. Tucker, lacônica, sem erguer os olhos das cebolas que está cortando.

Tento esboçar um sorriso. "Gostou de conhecê-la pessoalmente?"

"Que pergunta é essa? Claro que gostei. É minha única neta."

Meu meio sorriso desaparece. Engulo em seco de novo. Ai, Deus, esta visita vai ser brutal.

"Vou dar uma olhadinha nela." Enfio uma caixa de suco na geladeira antes de fugir da cozinha.

No quarto de Jamie, a cama desfeita que Tucker e Fitzy trouxeram na semana passada escarnece de mim. A pilha de lençóis numa ponta só serve para realçar minha inépcia como mãe e dona de casa. Se essas são características que a sra. Tucker valoriza numa nora, então estou falhando terrivelmente.

Jamie está dormindo em paz no berço, bem enroladinha no lençol. Resisto ao desejo de pegá-la, apesar de saber que segurar seu corpinho lindo e incapaz de críticas vai fazer com que eu me sinta muito melhor. Mas ela precisa dormir, e eu tenho mais o que fazer.

O mais silenciosamente que posso, arrumo a cama e saio do quarto para me juntar à sra. Tucker na cozinha.

"Quer beber alguma coisa?", ofereço. Ela está refogando a cebola numa panela, enchendo o apartamento com o cheiro perfumado de ervas e alho.

"Não. Estou bem assim."

"Posso ajudar com o..." Aponto para o fogão.

"Ensopado?", completa ela. "Não."

Certo. Umedeço os lábios e considero minhas opções. Minha preferida é me esconder no quarto até Tucker chegar, mas, quando meu olhar cai na pilha de pratos, decido que devo arrumar as coisas primeiro. Mesmo que tenha que conversar com alguém que obviamente me acha o cocô do cavalo do bandido.

"Tucker já te mostrou o bar?", pergunto, empilhando as tigelas primeiro. "Ele fez um trabalho incrível e já tá ganhando um dinheiro bom." O bar tem lotado desde que abriu.

"É cedo ainda. A maioria dos bares fecha em dois anos. Não era com isso que eu queria que ele gastasse o dinheiro do pai." Ela franze os lábios. "Teria dito, se ele tivesse me perguntado."

Ainda bem que não perguntou. Está na cara que Tucker ama o bar. Já está até falando em comprar outro, pois, pelo fluxo de caixa estimado do primeiro ano, vai ter lucro suficiente para investir em outra coisa. Ele é um homem de negócios, não um barman, como qualquer um que o escuta por cinco minutos é capaz de atestar. Ele fala de alavancagem financeira, retorno de investimentos, margem de lucro e oportunidades ocultas.

"Acho que vai ser um grande sucesso", declaro, confiante.

"Por que não acharia?" Ela bufa. "Tucker podia ter comprado a imobiliária da nossa cidade. Ele deveria estar trabalhando num escritório, não num bar."

Ela pronuncia bar como se dissesse *prostíbulo*.

"E agora está morando em cima dele." E solta mais um suspiro enorme de decepção. "O pai dele não teria gostado."

Não sei como responder, então volto a conversa para Jamie, porque certamente ela não poderia criticar Jamie.

"Jamie estava acordada quando você chegou? Ela é tão inteligente. Lemos para ela todos os dias. Vi um artigo que diz que se você ler pra sua filha por pelo menos duas horas por dia, ela vai se tornar uma leitora avançada."

Estou começando a soar como a minha avó, soltando pseudofatos de sites duvidosos como se fossem o evangelho.

A mãe de Tucker ignora minhas observações. "Tuck disse que você tá amamentando e que o peso dela tá abaixo da média para a idade. Parece perigosamente baixo. Na minha época, todo mundo usava fórmula. Enchia a barriga e ajudava a crescer."

Resigno-me ao fato de que não tem uma coisa associada a mim na qual a sra. Tucker não vá encontrar uma falha.

Tentando recorrer ao meu último fio de paciência, digo: "A maioria dos médicos hoje em dia insiste que é melhor mamar no peito. O leite materno é calibrado para coincidir com as necessidades da criança, e tem estudos...".

"Tem estudos para provar qualquer coisa", interrompe ela, com desdém. Ela baixa o fogo e se move até a pia, onde começa a lavar as mãos vigorosamente. "Outro dia ouvi falar de um estudo que dizia que crianças que convivem com álcool têm um monte de problemas. Espero que não seja o caso de Jamie."

Piso um pé no outro com força, torcendo para que a dor sirva de distração, já que ranger os molares não está fazendo efeito. Tento lembrar que a sra. Tucker ama o filho e que todas as suas críticas, algumas com fundamento, vêm desse amor. Não por mim, mas por seu filho. Tenho de respeitar isso.

"Não vamos morar aqui pra sempre", digo, com falsa alegria.

Termino de guardar os pratos e caminho até a sala. Talvez a distância me impeça de dizer alguma estupidez por causa da raiva. O que só iria piorar a relação já difícil que tenho com a mãe de Tucker.

Se vou ficar com ele, preciso fazer as coisas com ela funcionarem.

"O curso de direito está indo bem. Estou num grupo de estudos excelente. Isso é muito importante, porque as pessoas ajudam umas às outras a visualizar um quadro mais completo. No começo, achei que não ia fazer amigos, mas foram dias de nervosismo para todos nós." Estou divagando, enquanto arrumo meu material. "Tem um cara no grupo — Simon — que é um gênio. Ele tem uma memória fotográfica e a habilidade apurada de realmente se ater às questões mais importantes. Eu me enrolo demais com os detalhes."

"Simon? Você estuda com outros homens?"

Endireito a coluna diante do tom desconfiado.

"Estudo, tem homens na turma", respondo, cautelosa.

"E o John sabe disso?" Ela cruza os braços e me olha como se eu tivesse acabado de confessar que estou traindo seu filho com um colega de turma.

"Sabe. Ele conhece o Simon. Já estudamos aqui." Bem, na verdade, no bar. Meu grupo de estudos gosta de vir aqui.

Ela sacode a cabeça, o cabelo vermelho dourado brilhando sob a luz da cozinha atrás de si. "Isso é..." Outro movimento da cabeça. "Exatamente o que eu esperava", conclui.

Fecho a cara. "O que você tá querendo dizer?"

"Tô querendo dizer que você tira proveito do meu filho e faz isso desde o dia em que se conheceram."

Inspiro fundo. "O... o quê?"

"Quanto tempo você levou para resolver prendê-lo depois que soube da herança dele, hein, Sabrina?" Sua expressão é mais fria que gelo. "É muito conveniente ele pagar tudo enquanto você *estuda* com outros homens."

Como é que é?

Fico completamente tensa, a indignação borbulhando na minha corrente sanguínea.

Uma coisa é ela criticar a minha limpeza. Sou péssima em arrumação.

Posso lidar com a sua objeção à amamentação. Também estou preocupada com o peso de Jamie, embora o médico tenha me assegurado que é perfeitamente normal bebês que mamam no peito estarem abaixo do peso.

Ela pode ridicularizar minha habilidade como mãe, dona de casa ou educadora por todos os bairros de Boston, que não estou nem aí.

Mas não vou — ah, mas não vou *mesmo* — tolerar que ela enfie suspeitas horríveis e infundadas na cabeça de Tucker.

Sou capaz de me manter sozinha. Não preciso de Tucker — *quero* estar com ele. Quero tanto que daria tudo por ele e por Jamie.

Com toda a minha dignidade, encaro a sra. Tucker.

"Tenho muito respeito por você. Faz só quatro meses que tô fazendo esse negócio de ser mãe e provavelmente já errei mil vezes. É difícil, e tenho o Tucker, seu filho maravilhoso, que me ajuda a cada passo do caminho. Não posso nem imaginar como você fez isso sozinha. Mas não vou deixar que insulte tudo o que faço neste lugar. Esta é a minha casa. É verdade, não sou perfeita, mas tô tentando. Amo a Jamie e amo o Tucker, e se a qualquer momento Harvard, o trabalho ou qualquer coisa ameaçasse a felicidade deles de alguma forma, largaria tudo num minuto."

Ela arregala os olhos castanhos.

Mas ainda não terminei. "Ele e a Jamie são as coisas mais importantes da minha vida", digo, com ferocidade. "E tô fazendo de tudo para mantê-los na minha vida e para poder contribuir com a nossa família e dar à Jamie uma infância melhor da que eu tive, mesmo que isso signifique estudar com um *homem*. Que, aliás, é muito bem-casado e tem dois filhos."

Ouço um barulho de sacolas atrás da sra. Tucker e o borrão atrás da sua cabeça entra em foco devagar. Levo um segundo para perceber que é Tucker. Está de pé na porta da frente.

Ele apoia um dos braços no batente, um sorriso de um lado a outro do rosto.

"Você me ama, é?"

39

TUCKER

Sabrina parece louca pra se enterrar no chão. Ou talvez pular de uma das muitas janelas do nosso apartamento. Sei que não gosta de ser posta contra a parede, e eu provavelmente não a culparia se ela decidisse fugir.

Mas o que quer que minha mãe tenha falado antes de eu chegar em casa — e pretendo descobrir cada palavra que foi dita —, é óbvio que deu a Sabrina uma dose de coragem. Ela franze a testa por um segundo para a minha mãe, então se vira para mim e encara o meu olhar.

"Amo", confirma.

Dou um passo na sua direção. "Desde quando?"

"Desde sempre, porra." Minha mãe estremece, e Sabrina lança um olhar tímido para ela. "Desculpa. Tuck e eu ainda estamos passando por uma transição com os palavrões. Não é sempre que a gente se lembra de dizer 'carambola' e 'porcaria', tá legal?" Ela levanta a sobrancelha. "Vai me dar sermão sobre isso também?"

Minha mãe contorce os lábios como se estivesse tentando não rir. "Não", diz, baixinho. "Não vou. Na verdade..." Ela faz uma cena para calçar as botas de inverno e vestir o casaco. "Acho que vou dar uma volta no quarteirão. Adoro olhar a neve."

"Porra nenhuma", tusso em minhas mãos. Minha mãe odeia o inverno e nós dois sabemos disso.

Ela me olha no caminho até a porta. "Acelera logo essa transição, John." E sai de casa. Sabrina e eu trocamos um sorriso.

Mas a graça não dura muito tempo.

"Desculpa", diz Sabrina.

"Pelo quê?" Caminho até ela e pouso as duas mãos no quadril esbelto.

"Não queria ser grossa com a sua mãe. É só que... ela falou umas coisas... que me machucaram." Ela levanta a mão ao ver minha expressão sombria. "Não vale a pena repetir, e tenho a impressão de que ela não vai mais dizer esse tipo de coisa."

Concordo com a cabeça lentamente. "Agora que ela sabe que você me ama?"

"É."

Avalio seu belo rosto por um momento antes de sorrir de novo. "Desde sempre, porra?"

"Bem, talvez não sempre", admite. "Não vou mentir, Tuck. Sabe aquela conexão de que você falou quando a gente se conheceu? Quando nossos olhos se encontraram no bar e você disse que sentiu algo naquele momento?" Sabrina suspira. "Naquela noite, só senti desejo."

"Eu sei."

"Mas não é mais só isso. Faz um bom tempo que não é."

"Desde quando?" Não consigo conter a provocação. "Quando foi que você descobriu que estava loucamente apaixonada por mim?"

"Não sei. Talvez naquele encontro duplo ridículo. Ou quando você cuidou de mim quando achei que estava doente. Quando me deu a pasta. Quando deu um soco no Ray por mim." Suas palavras são tomadas de admiração. "Não sei exatamente quando, Tuck, mas sei que te amo."

Um nó se forma em minha garganta. "Por que não disse nada antes?"

"Porque estava com medo. E porque não tinha certeza se você me amava mesmo..."

"Tá brincando? Fiquei louco por você no segundo em que a gente se conheceu. Você sabe disso."

Ela levanta o queixo com ar de desafio. "Achei que você estivesse pensando com o pau. Homens fazem isso."

Não deixa de ser verdade. Mas nunca fui um desses homens.

"E aí eu fiquei grávida, e fiquei preocupada que você estivesse confundindo seus sentimentos pelo bebê com seus sentimentos por mim." Ela corre uma das mãos pelo cabelo escuro sedoso. "Mas o mais importante é... era... que eu... eu..."

Acaricio seu quadril. "Você o quê?"

Lágrimas se agarram aos seus longos cílios. "Não posso ser a pessoa que acabou com a sua vida. Já te transformei em pai antes do que você queria. Não queria amor complicando tudo. Não queria..." Ela pisca depressa. "Não queria que você acordasse um dia e me odiasse."

Dou um rosnado. "Odiar você? Meu Deus, mulher." Aperto-a contra mim, enterrando meu rosto no seu pescoço. "Você ainda não entendeu, né?"

"Não entendi o quê?", pergunta ela, baixinho.

"Você. Eu. Nós. Isto." Cuspo as palavras à medida que vão surgindo na minha cabeça. "Você é a mulher da minha vida, Sabrina. Não tem mais ninguém pra mim neste mundo, ninguém além de você. Se eu estivesse dirigindo e visse você na calçada, pode apostar que eu arrancaria uma vela da ignição do carro, ou duas, se isso fosse me dar cinco segundos na sua presença. Você é a mulher da minha vida."

Sua respiração fica pesada.

"Mesmo que você não tivesse me dado Jamie — que é o maior presente do mundo, diga-se de passagem —, ainda ia querer ficar com você. Mesmo que você não tivesse dito que me amava, aceitaria qualquer ninharia que estivesse disposta a me dar, desde que pudesse ficar com você. Não ligo se isso faz de mim patético..."

"Você não é patético." Sua expressão é feroz agora. "Você nunca poderia ser patético."

"Não me importo se você pensou que eu fosse." Seguro seu rosto com ambas as mãos e enxugo suas lágrimas com os polegares. "Você é a melhor coisa que já me aconteceu, Sabrina James."

"Não." Ela sorri. "Você é a melhor coisa que já me aconteceu."

Antes que eu possa me abaixar para beijá-la, um grito poderoso vara o apartamento.

"E *isso*", murmuro, "é a melhor coisa que já aconteceu pra nós dois."

Uma lágrima escapa dos seus cílios e desliza pela bochecha. "É. Verdade."

Jamie dá outro grito de gelar o sangue, e nós dois nos apressamos em direção ao corredor. Mas, na porta do quarto dela, paro Sabrina e seguro sua mão.

"Ela pode esperar mais uns cinco segundos", decido. "Estamos tentando aquela técnica de deixar chorar um pouco, lembra?"

Seus lábios tremem, achando graça. "Achei que você fosse contra." Então faz uma voz grave e imita meu sotaque. "Não vou deixar a minha princesinha sofrer. Que tipo de pai faz isso?"

Meu queixo cai de indignação. "Eu não falo assim."

"Fala, sim!"

Revirando os olhos, puxo-a para junto de mim e mordo seu lábio inferior. Sabrina geme em resposta, o que acorda o meu pau.

"Queria um beijo", resmungo contra a sua boca. "E não gemido de sexo."

"Que pena. Você vai ganhar os dois." Ela enfia a língua na minha boca e me beija com vontade, até nós dois estarmos gemendo.

Quando nos separamos, estamos os dois rindo e ofegantes, e Jamie ainda está gritando sua irritação para quem quiser ouvir.

"Anda, vamos cuidar da nossa princesinha", diz Sabrina, com um sorriso.

Ela dá um tapa brincalhão na minha bunda, e entramos no quanto de mãos dadas para ver a nossa filha.

Epílogo

SABRINA

Um ano depois

À minha frente, Tucker entra no camarote executivo do TD Garden. Jamie está se contorcendo em seus braços, mas suas tentativas de fuga são inúteis, porque o pai é forte pra cacete. Desde que começou a andar, está exigindo ir a todo canto por conta própria. E ela é rápida pra burro. Juro, viro a cabeça um segundo, e a menina *sumiu*. Ultimamente tenho repensado minha opinião sobre pais que botam coleira nos filhos.

"Desculpa o atraso", diz Tucker a todos.

Várias cabeças viram na nossa direção. Não reconheço metade das pessoas no camarote, mas as que reconheço abrem um sorriso feliz.

"Você veio!" Grace pula da cadeira e corre até nós. "Logan vai ficar tão empolgado."

"A gente quase não conseguiu", diz Tucker, meio triste. Ele faz um carinho no cabelo castanho-avermelhado da filha. "A princesinha aqui não conseguia decidir a camisa de qual tio queria usar."

"Rá", digo, com uma risada. "*Ela* não conseguia decidir?" Dou um abraço apertado em Grace e então em Hannah, que veio dizer oi. "Tuck não parava de reclamar disso."

"E ainda assim você não escolheu nenhuma", comenta Hannah, sorrindo para a camisa de hóquei cor-de-rosa de Jamie, que tem as palavras "Filhinha do papai" costuradas na parte de trás.

Feita por encomenda, claro. Tucker gosta de encomendar coisas personalizadas. Provavelmente porque os absurdos que inventa não estão à venda para pessoas normais.

"Ela vai começar alternando", promete Tucker. "Num jogo, vai vestir a camisa do G., no outro, a do Logan. Oi, Jean. Que bom te ver." Ele dá um passo à frente para abraçar a mãe de Logan, que está radiante de orgulho.

Eu a entendo. Seu filho está prestes a estrear na liga profissional, depois de passar um ano jogando no que Tuck chama de "equipe de base". Ainda não procurei aprender nada sobre hóquei. Estou ocupada demais enfiando a cara nos estudos, no meu segundo ano em Harvard. De alguma forma, consegui concluir o primeiro sem ter um colapso nervoso. Até entrei para a *Law Review*, para o espanto daquele babaca do Kale.

Tucker também está indo muito bem. No primeiro ano, o bar teve um lucro maior do que a gente imaginava. Parte do dinheiro foi separada para economizar para a faculdade de Jamie, mas ele está pensando em investir o restante num segundo bar. No centro, agora, o que vai ser um desastre total ou um sucesso estrondoso. Acredito no meu homem, então vou apostar na segunda opção.

"Carambola", xinga Tucker, voltando o olhar para a enorme vidraça com vista para a arena. "O jogo já começou?"

"Dois minutos do primeiro tempo, só", afirma Hannah. "Logan nem entrou no gelo ainda."

"Pode ser que nem jogue", comenta Grace, triste. "Ele me avisou que talvez não o chamassem."

"É claro que vão chamar", declara Jean. "Ele é uma estrela."

Escondo o sorriso com a mão. Pois é, eu sei o que é ser uma mãe orgulhosa. Jamie falou a primeira palavra na semana passada — "Bu", e, sim, isso conta como uma palavra —, e eu praticamente gritei do alto do prédio. Fiz um vídeo em que ela diz isso três vezes e depois mandei para a mãe de Tucker, que me ligou na mesma hora, e passamos trinta minutos nos maravilhando com a inteligência da pequena.

Desde que a mãe de Tucker aceitou que amo seu filho e que não vou a lugar nenhum, estamos nos dando muito bem. Não sei se esse ainda vai ser o caso quando ela se mudar para Boston, no ano que vem. Estou um pouco nervosa de tê-la por perto, mas, depois que perdeu o primeiro aniversário de Jamie, a sra. Tucker decidiu que simplesmente *não ia* aguentar viver tão longe da netinha querida. Primeiro ela vai economizar um pouco e depois vai se mudar para o leste para abrir o próprio salão de beleza. Tucker, claro, está insistindo em fornecer o capital para isso.

Meu futuro marido é um santo. Quando me pediu em casamento depois da festinha de Jamie, quase não aceitei. Às vezes fico assustada com o quanto esse homem é incrível. Tenho medo de estragar tudo de alguma forma, mas Tucker sempre me lembra de que isto é pra valer. Ele e eu. Para sempre.

"Cadê o Dean?", pergunto, procurando sua cabeça loira.

"Não ia conseguir chegar a tempo", explica Hannah. "Tá comandando o time de hóquei das meninas na escola, e eles treinam terça e quinta à noite."

Faço que sim com a cabeça. Tive que dar bolo num grupo de estudos para poder assistir a este jogo numa terça à noite. Mas para Dean e Allie, morando em Manhattan, é mais difícil largar tudo. No entanto, conseguiram vir à festa de Jamie. Dean comprou um unicórnio de pelúcia que ela carrega para todo canto.

Hannah, Carin, Hope, Grace e eu nos encontramos uma vez por mês, não importa o que aconteça, para reclamar dos estudos, da vida e do amor. Carin largou o professor assistente e está loucamente apaixonada por um professor convidado de Londres. Diz que tudo fica mais sexy num sotaque britânico. Não posso discordar. Amo o sotaque de Tucker e espero que ele nunca o perca.

Hope me disse que ela e D'Andre estão falando em casamento e em começar uma família. Ficaram com ciúme de Jamie e dizem que querem ser pais jovens.

No geral, somos um grupo feliz.

Às vezes, me preocupo se somos felizes *demais*, mas uma visita à casa da minha avó põe tudo em perspectiva. Somos felizes porque queremos ser, porque estamos depositando a nossa energia e os nossos sentimentos uns nos outros da melhor maneira possível.

Meu objetivo, um dia, foi ter sucesso. Não tinha percebido que o sucesso não estava em diplomas, bolsas ou realizações, mas nas pessoas que tive a sorte de encontrar na vida.

Olhando à minha volta, quero dar um abraço em todo mundo e dizer "obrigada". Um abraço para expressar o quanto os amo, e um "obrigada" por me amarem de volta.

Porque o amor é a conquista mais importante. Não é algo que eu tenha buscado, mas que tive sorte, muita sorte, de alcançar.

Agradecimentos

Não acredito que este é o quarto (e último) livro da série *Amores improváveis*! É sempre tão triste me despedir de personagens que adoro, mas não se preocupe, caro leitor... Tem uma sequência no forno!

Como sempre, não poderia ter sobrevivido a este projeto sem a ajuda de algumas pessoas muito incríveis, a quem devo muito.

As primeiras leitoras, Viv, Jen, Sarina e Vi, pelo retorno inestimável e a melhor amizade.

Minha editora Gwen, que é a segunda maior amante de cachorros (depois de mim, claro) do planeta e, portanto, a melhor pessoa de todos os tempos.

Minha agente/ chefe de torcida/ alma gêmea Nina Bocci, por amar esta série tanto quanto eu.

Sarah Hansen (Okay Creations), pela capa deliciosa!

Nicole e Natasha — meus anjos na terra.

Kristy, por todo o trabalho que faz no grupo do Facebook!

Sharon Muha, sem porquê.

E, finalmente, você! Os blogueiros e críticos que continuam a elogiar a série e a divulgá-la para o mundo. Os leitores que me mandam as mensagens mais fofas e mais animadas sobre estes livros. Os membros do meu grupo no Facebook (Everything Elle Kennedy) que me fazem rir todos os dias.

Então, sim — a *você*. Obrigada por ler meus livros!

TIPOGRAFIA Adriane por Marconi Lima
DIAGRAMAÇÃO Osmane Garcia Filho
PAPEL Pólen Soft, Suzano S.A.
IMPRESSÃO Gráfica Bartira, abril de 2025